感动你一生的
散文全集 最新版

◎主　编：高长梅　连凌云

九 州 出 版 社
JIUZHOUPRESS | 全国百佳图书出版单位

图书在版编目(CIP)数据

感动你一生的散文全集:最新版/高长梅,连凌云主编.
–北京:九州出版社,2009.9(2021.7 重印)

ISBN 978-7-5108-0164-8

Ⅰ.感… Ⅱ.①高…②连… Ⅲ.散文–作品集–世界
Ⅳ.I16

中国版本图书馆 CIP 数据核字(2009) 第 160968 号

感动你一生的散文全集(最新版)

作　者	高长梅　连凌云　主编
出版发行	九州出版社
地　址	北京市西城区阜外大街甲 35 号(100037)
发行电话	(010)68992190/2/3/5/6
网　址	www.jiuzhoupress.com
电子信箱	jiuzhou@jiuzhoupress.com
印　刷	北京一鑫印务有限责任公司
开　本	720 毫米 × 1020 毫米　16 开
印　张	20.5
字　数	275 千字
版　次	2009 年 10 月第 1 版
印　次	2021 年 7 月第 2 次印刷
书　号	ISBN 978-7-5108-0164-8
定　价	78.00 元

第一辑　假如鱼也生有翅膀

生命的质量,需要我们自己去检验;生命的圆满,需要我们自己去谋划;生命的意义,需要我们自己去追寻。或许,人生中有许多的风风雨雨,但只要我们心底时刻照耀着希望的阳光,那么,在风雨过后,我们就会看到美丽绚烂的彩虹。

001

第二辑　为爱种一片森林

正像一首歌唱的那样:"你入学的新书包有人给你拿,你雨中的花折伞有人给你打。你爱吃的三鲜馅有人给你包,你委屈的泪花有人给你擦。"是的,那就是对我们只讲付出,不求回报,给了我们生命,又时刻呵护着我们的人——父亲和母亲。

第三辑　那个天使流泪了

　　爱我的人为我痴心不悔,我却为我爱的人甘心一生伤悲。爱情,或许是人世间最令人捉摸不定,却又最让人缠绵悱恻的一种情感吧!有些爱情,是岁月酿造的陈酒;有些爱情,是两颗心相互碰撞出的火花。爱我所爱,不求回报,无怨无悔,大概这就是爱情最高的境界吧!

第四辑　向生活索取一个梦想

　　他们曾经来过,他们已经走了。他们是典范和精英,他们是人类的先驱和使者。在现实生活中,或许我们极少有人能做到像他们一样的不同凡响,但正是这一个个令人难忘的名字,像一只只路标,指引着社会和文明的方向,引导着人类进步的行程。

第五辑　凝望一棵开花的树

　　陶渊明的菊,林和靖的梅,郑板桥的竹,已经不再是单纯普通的一株植物,而是成为一种精神上的渴望和象征。它们代表着一种为人的境界,代表着一种胸怀和骨气。此时的植物已经脱离开了孕育它的泥土,长成了一幅精神和人格的画像。

第六辑　花鸟昆虫创造的奇境

　　万物皆有灵性。虽然从进化论的角度上看,花鸟昆虫,飞禽走兽,不及人类高级,但它们也同样拥有属于自己的情感。这种情感,简单而直接,但却最能令人动容,令人感叹,甚至令人汗颜。欣赏这一处处奇境,或许能让人类的精神变得更加洁净。

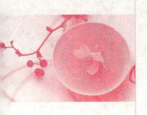

004

Mu Lu

第七辑　季节深处

　　春花秋月，夏雨冬雪，每一个季节都有自己与众不同的景致。当我们跟随着文字的脚步，慢慢地走进季节的深处时，往往会有一番别开生面的体会。而假若把四季合在一处，构成一幅完整的图画，这幅画，也许就是我们人生的背景吧！

目录

第八辑　我寄情思与明月

　　有一个地方让我们魂牵梦萦，有一片土地让我们终生难忘，这就是故乡，这就是故乡的土地。不论我们走到哪里，不论我们身居何职，都无法抹去故乡的记忆，都无法忘怀自己出生的地方。我们会嗅到故土的味道，我们难以割舍那种绿叶对根的情谊。

005

第九辑　遥远的绝响

　　天地者，万物之逆旅；光阴者，百代之过客。品味历史的况味，倾听遥远的绝响时，我们从历史深处打捞起来的，已经不再是单纯的传奇和轶事。历史的烟云在岁月中散去后，依然能够站立在我们面前的，是那些光辉的形象和不屈的精神。

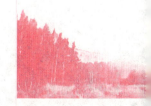

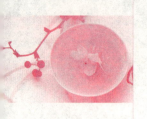

第十辑 精神明亮的人

生而为人,我们就同时拥有了两个部分,一个部分是肉体,另一个部分是精神。肉体的满足,无法代替精神的富有;欲望的达成,也无法遏制心灵的渴望。打个比方,肉体穿行于黝黑的隧道,只有点亮精神的灯盏,才能照亮前行的道路,寻找到正确的方向。

Mu Lu

假如鱼也生有翅膀

第一辑

生命的质量，需要我们自己去检验；生命的圆满，需要我们自己去谋划；生命的意义，需要我们自己去追寻。或许，人生中有许多的风风雨雨，但只要我们心底时刻照耀着希望的阳光，那么，在风雨过后，我们就会看到美丽绚烂的彩虹。

一个人首先要爱自己,只有爱自己才能去爱别人。一个连自己都不爱的人,哪有胸襟去爱别人呢?

假如鱼也生有翅膀 迟子建

假如鱼也生有翅膀,它便拥有两个世界了。一个是水底的,一个是天上的。天上的鱼在飞翔的时候,也许会这样想,把文字留在水底的卵石上,不如让它们镌刻在空中更好。因为天空是一张多么广大的纸张啊。当水底的鱼哀叹人间已繁华不再时,飞翔的鱼却仍可赞美身下美轮美奂的废墟。 ——题记

我把这个假设成立。脑袋中就浮现一幅画面:一群飞翔的鱼,从太阳上一跃而下,优美的抛物线后坠入泛着火样艳丽的深海里。

这是儿时在虚幻的动画片里看到的。我喜欢大自然,喜欢花花草草,喜欢小动物。但是却没养活过任何事物。花草渴死,动物饿死要不就是被撑死。

一个星期前,我买的两条亲吻鱼仙游了。本来买了三条鱼,一条孔雀鱼,尾巴有着五彩的颜色,如孔雀开屏。在鱼缸中,它快活地游在水草间,俨然是小孩子因为过年而穿上新衣时的欢雀模样。可是买来几个小时便匆匆离去,来不及与我打声招呼。

生命中有许多的过客。佛曰,无缘。人与人相识,成为朋友成为敌人成为爱人成为亲人,个中相连的是缘。我记得《康熙王朝》里有一个情节:康熙六十大寿那天大摆宴席,他举起酒杯,对天说了句话:"我要感

谢鳌拜,感谢吴三桂,感谢郑经,是他们成就了我现在的一切。"

另外两条是亲吻鱼,它们有着魅惑人的红唇。一条鱼的脊背有着淡淡的红色,一条鱼的脊背有着淡淡的蓝色。它们喜欢亲吻映在玻璃缸上自己的模样。

人人都有爱美之心。这鱼也有。

记得有一位著名心理学家说过一句话,一个人首先要爱自己,只有爱自己才能去爱别人。一个连自己都不爱的人,哪有胸襟去爱别人呢?

这是自信绝非自恋。

我们都在奔赴那美丽的结果,无论好与坏。即使途中布满荆棘,我们也义无反顾,因为有着手等待的生计。于是,童心就像深埋在地底的矿藏。

❀ 人 生 悟 语 ❀

假如鱼也有翅膀,它就能拥有更广阔的世界;假如人的心灵也插上翅膀,人们就能拥有更开阔的人生和更自由的灵魂。生命中的缘分是可贵的,与他人相识、相知抑或相守是种幸运。有了这样一份对待命运的坦然与自信,再坎坷的道路也阻挡不了人们追求梦想的脚步。

(黄晶晶)

我没有回头，没有看一看那门的颜色和形状，以及门这边和门那边发生的事情。

痛苦的飘落 张立勤

我记得我的脊背朝着那扇死神的门，背后没有了飘扬的长发。我没有回头，没有看一看那门的颜色和形状，以及门这边和门那边发生的事情。我只记着我的长发在通向那扇门的路上铺了一片，那路漆黑发亮，带着蓝色的反光。

每个夜晚仰望天空的时候，我的长发开始一丝一丝地飘落，弯弯曲曲，哆哆嗦嗦，挽着缠绵的风。像山峦的那一条逶迤的边沿，像河流那一线扭动的堤岩，像少女时的我，窈窕的我。它一部分一部分把我撕开。飘落飘落飘落。枕边，床头，桌角，紫色水磨石地面，窗外大叶梧桐，都伸出臂膊承受着这飘落，太阳碎了，月亮碎了，漫天黑色的飘落！

我的头皮裸露着，像黄土地。密密匝匝的庄稼收获了去，显出缩肩缩脖的疲惫。惯了，突然没有了覆盖和飘拂，不是滋味。望不到自己，也不想去望。开始荒凉寂寞的地方，自己并不想承认，也不忍心承认。把镜子狠狠地扣过去，把梳子甩向蓝天，买一瓶红色洗发香波，第一次使用这高级玩意儿，在失去长发的时刻，几十根极短极细毛茸茸的头发接受着特殊的礼遇。

谁知道打了那药，白天黑夜地吐，口腔烂了，皮下渗血，血小板白血球都降到了最低极限。咬咬牙，咬住嘴唇也行，殷殷的血痕也望不见。谁知道头发还要脱落，一根不剩，大彻大底。我悄悄哭了，我想女孩子到这份上都会哭的。我为我的长发，我的生，我的死。

有了长发照镜子都值得。从路边走，总不由得歪几下头。望着临街的窗玻璃上明晃晃的我，那是我，是我，明明媚媚的我，有一束美丽的长发的我。我不敢想，现在的我，我死着，女孩子的意念，骄傲，妩媚死着。小的时候，不知哪一天喜欢了照镜子，这种举动成为一种支撑，懵里懵懂的女孩子的支撑。迈出家门走到蓝天门，坐在男孩子身旁，自己常想着自己，自己的眼睛，自己的鼻子，自己的嘴，还有长长的秀发。自己是自己的榜样，自己先走进自己的眸光里，自己的情怀中，自己是自己世界最崭新的太阳。自己在揣思着自己的榜样：我今天怎么变丑了？我今天怎么变俊了？不知为什么的变幻，摆弄着自己的情绪。如果有一天，自己突然变俊了，变俊的日子，太阳摇着，云朵摇着，沙拉拉沙拉拉的小树枝丫摇着，一整天都摇来摇去地走，去买一块水果糖，到老师的讲桌上交一本作业，都觉得有一种理直气壮的味道。

从自己的长发开始意识到自己是个女孩子，那么女孩子就该像女孩子一样，爱学小燕子飞，两只胳膊张起来，或许，那是很小时候的诗。

从让你心慌让你难忘让你不知所措的初次来潮，终究懂得了些自己为什么是女孩子了，更多的为什么便开始它的若隐若现的缠绕，她羞羞答答了，不声不响了，她开始专心致志地洗脸，搽雪花膏，刷牙，把长长的头发梳呀梳，编两条长辫子，辫梢过了衣衫，垂到臀部，然后悠悠荡荡了。每个时刻都为这悠荡而充实和骄傲。

我的长发，是我女孩子的生涯。

我的长发，是我女孩子的格调。

我的长发，是我女孩子的魅力。

谁会想象得到，没有了头发还叫什么女孩子。

没有了一走一甩的发梢没有了迎风飘荡的江河。

什么都没有，一马平川，凄荒荒的黄土地，滚过远去的风。什么都捎不去，唯有薄薄的尘埃，浮浮沉沉，浑黄一瞬，再跌落回来。

没有办法，戴一顶小白布帽。白天总要见人，医生是个年轻的男子汉。

迟迟半年的荒芜。荒芜的土地的暖日子来得如此缓慢。真不知道我的黄土地将到什么时候才能解冻。我只好戴着白布帽出了医院。入院前我刚考上甘城大学。回家休养了两个月便匆匆起程了。我的头发仍然长不出来，一连做了三顶白布帽，预备着夜深人静时分替换。不能让人看见，她们会吃惊，睁大眼睛，嘴咧开，甚至大叫一声，全屋子的女同胞会朝这边看，目不转睛，好一片新大陆，振臂欢呼吧！

月牙挑着屋檐，屋檐上是厚厚的夜，夜上边是灰灰的天，天上有数不清的星星曳着，要不然夜掉下来会砸断屋檐，砸碎月牙。窗户上横七竖八糊满旧画报。屋子暗极了的时候，那上边的物件动起来，窗棂吱吱响。仿佛有美人鱼走下来，仿佛有出土文物泥人泥罐的碰撞声。上下床终于荡来了错落的轻轻鼾声，我钻出被子，拧亮床头灯，从床下拉出脸盆，开始我悄悄地事情。无论如何也不能叫她们望见，不愿意，连我自己也根本没有望见，我真不知道当初我是个什么模样，掀去白布帽的时刻我究竟是怎样的辉煌。唯有我的大自然望见了我，它们永远为我保守秘密。悄悄地不知有多少个悄悄地夜，有谁能望见那一片神奇的黄土地。我的黄土地在寒风中瑟瑟发抖，却从来没有忘怀地艰难地喘息甚至歌唱，迎接一次又一次光滑的淘洗，水波不被阻拦，夜色不被阻拦地在上面自由自在。谁能知道此刻有一颗女儿心的破碎，在孤零零的夜悄悄地流逝。她的全部的希望、热血和爱，伴着她的痛苦复苏的日日夜夜呀！

一个沉沉的夜，连月牙都没有窥伺的夜，连鱼美人和出土文物都没有骚动的夜。当我掀去白布帽的一刻，我的心剧烈地鸣响了，轰隆隆，夜空打开了一扇门，月亮飘过来——啊！怎么，黄土地不见了，一片茂密的丛林，太茂密了，像胡楂儿直挺挺不折不弯地耸立着。我的天！——那铺满我长发的漆黑的路，那阴森森的死神的门，那脊背朝着死神走去的梦，那对女孩子不能容忍的折磨，统统见鬼去吧！

我的头发重新诞生了！

我的女孩子的旗帜重新升起来了！

我的女孩子的江河重新汩汩流淌！

从来没有过的漫长的日子我丑了这么漫长。从来没有过的漫长日子我难过了这么漫长。谁知道这样一来，我的今后的日子还会漫长地俊下去么？

我真希望我的生活还像小时候那样天天变幻着，我今天变丑啦，我今天变俊啦，变丑的时候我低着头，谁也不看我；变俊的时候我仰着头，那么多人都看我！哦，一去不复返的诗，铭心镂骨的诗啊！

　　我终于开始了我的新生，或许长久或许短暂。不知道为什么，这些天，我怎么有这么多情思，这么多想写的文章，难道我真会面朝着那扇门走去吗！看来背朝着那扇门是无济于事的。当我看清了那门的颜色和形状，看清了两个世界的区别，看清了两个世界壮观的临界点的时刻，我无法妩媚地死去。我的重新润生的长长的秀发会翩翩飘来，掩埋我的面庞我的身姿我的爱！

人 生 悟 语

　　失去了长发的女孩子就像失去了灵魂的人一样，没有了生机与活力。而头发的再次长出，无疑象征着生命的又一次开始。经历了生命的一次轮回，结果如何已经不再重要，重要的是我们已经看到了生与死的界限，体验到生命存在的可贵与结束的无悔。　　　(黄晶晶)

　　如果在我们心里有一座茂密的森林，如果我自己知道我正站在丛林中的那一个角落，那么，这人世即使是崎岖难行，又能影响到我多少呢？

写给生命 (中国台湾)席慕蓉

一

　　我站在月亮底下画铅笔速写。月亮好亮，我就站在田野的中间用

黑色和褐色的铅笔交替地描绘着。最先要画下的是远处那一排参差的树影，用极重极深的黑来画出它们浓密的枝叶。在树下是慢慢绵延过来的阡陌，田里种的是番薯，在月光下有着一种浅淡而又细致的光泽。整个天空没有一片云，只有月色和星斗。我能认出来的是猎人星座，就在我的前方，在月亮下面闪耀着。天空的颜色透明又洁净，一如这夜里整个田野的气息。月亮好亮，在我的速写本上反映出一层柔白的光辉来，所有粗略和精密的线条都因此能看得更加清楚。我站在田里，慢慢地一笔一笔地画着，心里很安定也很安静。家就在十几二十步之外，孩子们都已经做完了功课上床睡觉了，丈夫正在他的灯下写他永远写不完的功课，而我呢？我决定我今天晚上的功课要在月亮底下做。邻家的狗过来看一看，知道是我之后也就释然了，在周围巡视了几圈之后，干脆就在我的脚旁睡了下来。我家的小狗反倒很不安，不明白我为什么不肯回家，所以它就一会儿跑回去一会儿又跑过来的，在番薯的茎叶间不停地拨弄出细细碎碎的声音。乡间的夜出奇的安静，邻居们都习惯早睡，偶尔有夜归的行人也只是从田野旁边那条小路远远经过，有时候会咳嗽一声，声音从月色里传过来也变得比较轻柔。多好的月色啊！满月的光辉浸润着整块土地，土地上一切的生命都有了一种在白昼时从来也想象不出的颜色。这样美丽的世界就在我的眼前，既不虚幻也非梦境，只是让人无法置信。所以，我想，等我把这些速写的稿子整理好，在画布上画出了这种月色之后，恐怕也有一些人会认为我所描绘的是一种虚无的美吧。我一面画一面禁不住微笑了起来。风从田野那头吹过，在竹林间来回穿梭，月是更高更圆了，整个夜空澄澈无比。生命里也应该有这样一种澄澈的时刻吧？可以什么也不想什么也不希望，只是一笔一笔慢慢地描摹，在月亮底下，安静地做我自己该做的功课。

二

对着一班十九、二十岁，刚开始上油画课的学生，我喜欢告诉他们个故事。这是我大学同班同学的故事。我这个同学有很好的绘画基础，人又认真，进了大学以后发誓要沿着西方美术史一路画下来，对每一个画派的观念与技法都了解并且实验了之后，再来开创他自己的风格。他认为，只有这样，才能够画出真正扎实的作品来。一年级的时候，他的风景都是塞尚的，二年级的时候，喜滋滋地向我宣布："我已经画到野兽派了！"之后三年级、四年级，然后教书，然后出国，很多年都不通音讯，最后得到的消息是他终于得到了博士学位，成为一个美术史与美术理论方面的专家了。我每次想到这件事，都不知道是悲是喜。原来要成为一个创作的艺术家，除了要知道吸收许多知识之外，也要懂得排拒许多知识才行的啊！创作本身就具有一种非常强烈的排他性。一个优秀的艺术家就是在某一方面的表现能够达到极致的人，而因为要走向极致，所以就不可能完全跟着别人的脚步去走，更不可能在自己的一生里走完所有别人曾经走过的路。在艺术的领域里，我们要找到自己的极致，就需要先明白自己的极致，需要先明白自己和别人不尽相同的那一点。因为不尽相同，所以艺术品才会有这样多不同的面貌。像布朗库西能够把他的"空间之鸟"打磨得那样光滑，让青铜的雕像几乎变成了一种跃动的光与速度。而麦约却要把流动的"河流"停住，在铅质的女体雕像中显示出一种厚重的量感来。毕沙洛的光影世界永远安详平和，而一样的光影在孟克的笔触里却总是充满了战栗和不安。每一个优秀的艺术家走到极致的时候，就好像在生命里为我们开了一扇窗户，我们在一扇又一扇不同的风景之前屏息静立。在感动的同时，也要学会选择我们所要的和我们不得不舍弃的。

三

当然，有些人是例外，就好像在生命里也常有些无法解释的例外一样。在美术史里，有些例外的艺术家，就像天马行空一般的来去自如，在他们的一生里，几乎就没有所谓"极限"这一件事。像对那个从天文、数学到物理无所不能，无所不精的达·芬奇，我们该怎么办呢？也许只能够把他放在一旁，不和他比较了吧？不然，要怎样才能平息我们心中那如火一般燃烧着的羡慕与嫉妒呢？

四

我相信艺术家都是些善妒的人。因为善妒，所以别人的长处才会刺痛了自己的心；因为善妒，所以才会努力用功，想要达到自己心中给自己拟定的远景；因为善妒，所以才会用一生的时光来向自己证明——我也可以做得和他们一样好，甚至更好。不然，美术史里那些伟大的感人的作品要怎样来解释呢，为什么会有人肯把生命里面最精华的时光与力量，放在那些好像并没有任何实质意义的东西上面去呢？当然，你也可以说，创作的欲望来自人类内心的需求，是一种最最原始也最最自然的呼唤，我也完全同意。但是，我要强调的是，在创作的过程里，如果发现有人远远地超过了我们，在那一刹那，像是有火在心里燃烧的那种又痛又惊的感觉，对我们其实是并没有坏处的。因为，只有在那种时刻里，我们才能猛然醒悟，猛然发现自己的落后是因为没有尽到全力。把海浪掀激起来的，不就是那种使海洋又痛又惊的疾风吗？

五

也喜欢那些在安静地埋首努力着的艺术家。在他们一生的创作过程里，其实就是一种自我的发现与自我的追寻。一个艺术家也许可以欺骗所有的人，但是，他无法欺瞒他自己。因为，不管群众给他的评价是什么，他最后所要面对的最严苛的评判者，其实是他自己。所以，当一个艺术家可以坦然面对自己的时候，他的面容自然会平和安详，谈话间的语气也自然地会缓慢和从容起来。每次和他们在一起，我心里都有种羞惭不安的感觉，和这些人相比，我是怎样的无知和急躁啊！我很喜欢和他们一起画画，有时候是在一个市场的三楼，小小的画室里能有着温暖的灯光和温暖的关怀。有时候是在闹市狭窄巷弄里的一座平房，光洁古老的地板上隐约看出一些油画颜料留下的色点。在这些画室里的艺术家都早已进入中年，却仍然安静地在走着这条从非常年轻的时候就已经开始走的路。我每次走进画室时都会有一种触动，有时候是因为他们迎接我时的天真的笑容，有时候是因为他们脸颊上深深的纹路，有时候是因为他们花白的鬓角，有时候是因为画室中央那一把春天的花束；而更多的时候是因为画室里那一种亲切熟悉的气氛，混合着画布和亚麻仁油以及颜料的淡淡气味，朝我迎来。是啊！就让我在这些熟悉的气氛与气味之间过完我的一生吧。让我们从复杂曲折的世界里脱身，一起把这样的夜晚献给那极明净又极单纯的绘画吧。让我们走入心灵的最深处，在茂密的森林里寻找每个人自己原来该有的面貌。然后，在这样一个共聚的夜晚之后，带着画完或者没画完的作品，带着一颗安静而又微醺的心，我们在星光或者月光之下彼此轻声道别。

然后，再走进闹市的崎岖巷弄里，再开始重新面对另外一个世界，另外一个在别人眼中也许是成功也许是失败的自己。而一切都没有什么关系了，不是吗？如果在我们心里有一座茂密的森林，如果我自己知道我正站在丛林中的那一个角落，那么，这人世即使是崎岖难行，又能影响到我多少呢？人的自由，在认识了生命的本质之后，原该是无可限量的啊！

人 生 悟 语

艺术家也许是最能参透生命本质的人之一，因为艺术创作中蕴藏着许多关于生命的哲理，比如保持澄澈的心，明了所需要的与所舍弃的，懂得把与他人的竞争当成前进的动力，坚守内心的自由，等等。正因如此，我们可以在一幅艺术作品中体会到生命最原始的本真与感动。

（黄晶晶）

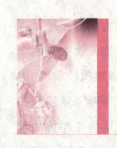

人会造房屋、机器，造美丽的艺术品和动听的歌。但是，对于我们最重要最宝贵的东西——自己的心，谁是它的建造者？

造　　心　毕淑敏

蜜蜂会造蜂巢。蚂蚁会造蚁穴。人会造房屋、机器，造美丽的艺术品和动听的歌。但是，对于我们最重要最宝贵的东西——自己的心，谁是它的建造者？

孔雀绚丽的羽毛，是大自然物竞天择造出。白杨笔直刺向碧宇，是密集的群体和高远的阳光造出。清香的花草和缤纷的落英，是植物吸引异性繁衍后代的本能造出。卓尔不群坚忍顽强的性格，是禀赋的优异和生活的历练造出。

我们的心，是长久地不知不觉地以自己的双手，塑造而成。

造心先得有材料。有的心是用钢铁造的，沉黑无比。有的心是用冰雪造的，高洁酷寒。有的心是用丝绸造的，柔滑飘逸。有的心是用玻璃造的，晶莹脆薄。有的心是用竹子造的，锋利多刺。有的心是用木头造的，安稳麻木。有的心是用红土造的，粗糙朴素。有的心是用黄连造的，苦楚不堪。有的心是用垃圾造的，面目可憎。有的心是用谎言造的，百孔千疮。有的心是用尸骸造的，腐恶熏天。有的心是用眼镜蛇唾液造的，剧毒凶残。

造心要有手艺。一只灵巧的心，缝制得如同金丝荷包。一罐古朴的心，淳厚得好似百年老酒。一枚机敏的心，感应快捷电光石火。一颗潦草的心，门可罗雀疏可走马。一摊胡乱堆就的心，乏善可陈杂乱无章。

一片编织荆棘的心，暗设机关处处陷阱。一道半是细腻半是马虎的心，好似白蚁蛀咬的断堤。一朵绣花枕头内里虚空的心，是假冒伪劣心界的水货。

造心需要时间。少则一分一秒，多则一世一生。片刻而成的大智大勇之心，未必就不玲珑。久拖不绝的谨小慎微之心，未必就很精致。有的人，小小年纪，就竣工一颗完整坚实之心。有的人，须发皆白，还在心的地基挖土打桩。有的人，半途而废不了了之，把半成品的心扔在荒野。有的人，成百里半九十，丢下不曾结尾的工程。有的人，精雕细刻一辈子，临终还在打磨心的剔透。有的人，粗制滥造一辈子，人未远行，心已灶冷坑灰。

心的边疆，可以造的很大很大，像延展性最好的金箔，铺设整个宇宙，把日月包涵。没有一片乌云，可以覆盖心灵辽阔的疆域。没有哪次地震火山，可以彻底颠覆心灵的宏伟建筑。没有任何风暴，可以冻结心灵深处喷涌的温泉。没有某种天灾人祸，可以在秋天，让心的田野颗粒无收。

心的规模，也可能缩得很小很小，只能容纳一个家，一个人，一粒芝麻，一滴病毒。一丝雨，就把它淹没了。一缕风，就把它粉碎了。一句流言，就让它痛不欲生。一个阴谋，就置它万劫不复。

心可以很硬，超过人世间已知的任何一种金属。心可以很软，如泣如诉如绢如帛。心可以很韧，千百次的折损委屈，依旧平整如初。心可以很脆，一个不小心，顿时香销玉损。

造心的时候，可以有很多讲究和设计。

比如预埋下一处心灵的生长点，像一株植物，具有自动修复，自我养护的神奇功能。心受了创伤，它会挺身而出，引导心的休养生息，在最短的时间内，使心整旧如新。

比如高高竖起心灵的避雷针，以便在危急时刻，将毁灭性的灾难导入地下，耐心等待雨过天晴。

比如添加防震防爆的性能，在心灵遭受短时间高强度的残酷打击下，举重若轻，镇定地维持蓬勃稳定。

比如……

优等的心，不必华丽，但必须坚固。因为人生有太多的压榨和当头一击，会与独行的心灵，在暗夜狭路相逢。如果没有精心的特别设计，简陋的心，很易横遭伤害而一蹶不振，也许从此破罐破摔，再无生机。没有自我康复本领的心灵，是不设防的大门。一汪小伤，便漏尽全身膏血。一星火药，便烧毁绵延的城堡。

心为血之海，那里汇聚着每个人的品格智慧精力情操，心的质量就是人的质量。有一颗仁慈之心，会爱世界爱人爱生活，爱自身也爱大家。有一颗自强之心，会勤学苦练百折不挠，宠辱不惊大智若愚。有一颗尊严之心，会珍惜自然善待万物。有一颗流量充沛羽翼丰满的心，会乘上幻想的航天飞机，抚摸月亮的肩膀。

造心是一项艰难漫长的工程，工期也许耗时一生。通常是母亲的手，在最初心灵的模型上，留下永不消退的指纹。所以普天下为人父母者，要珍视这一份特别庄重的义务与责任。

当以我手塑我心的时候，一定要找好样板，郑重设计，万不可草率行事。造心当然免不了失败，也很可能会推倒重来。不必气馁，但也不可过于大意。因为心灵的本质，是一种缓慢而精细的物体，太多的揉搓，会破坏它的灵性与感动。

造好的心，如同造好的船。当它下水远航时，蓝天在头上飘荡，海鸥在前面飞翔，那是一个神圣的时刻。会有台风，会有巨涛。但一颗美好的心，即使巨轮沉没，它的颗粒也会在海浪中，无畏而快乐地燃烧。

人 生 悟 语

造心就是造人的精神世界，造人的高尚品格、高洁情操，以及充溢着的智慧和坚毅的信念。造心的过程就是塑造一个新的人生的过程。我们需要造心，在造心的过程中人格得以完善，情操得以陶冶，智慧得以丰富，信念得以坚守，人生得以展现辉煌。

(黄晶晶)

我只有这一次活着的机会，我死后再也不能复生了，所以，有一次活着的机会就要好好地活着。

活着就是一种忍耐 张海迪

那时候我真的不知道能活到今天，我那时并不懂得什么是活着，只知道活着是要呼吸的。可我知道什么是死——闭着眼睛，脸色苍白，躺在那里一动也不动，任凭自己的亲人怎样哭喊。死的情景是我在医院里看到的，我见过和我住一个病房的孩子死了。我几乎不去想活着的事，我太小了，只有8岁。但我已经朦朦胧胧地觉得活着不好：我要打针吃药，要做手术……那一切太可怕了。其实最可怕的还是孤独，还有夏天，没有电扇。妈妈上班前，让我倚着被子坐好，把一个盛满凉水的罐子放在我身旁，她说你要是热了就把手伸到水里。我守着一罐凉水过了一天又一天，每天都那么漫长，都让人不耐烦。我没有玩具，家里也没有收音机，只有一只马蹄表咔嗒咔嗒地走着，不慌也不忙。那就是我活着的声音。

妈妈对我的病从不绝望，她不断地给医生写信，还把医生请到家里来。我11岁时，有一天，妈妈请来一位军医。看着我不停震颤的腿，还有身上一块块化脓的褥疮，他对妈妈说，这孩子18岁双腿就会挛缩起来，再也伸不开了。医生走后，妈妈对我说，我不相信，你要好好锻炼，你的病一定能好。我不完全懂医生的话，但我懂得妈妈的话。

我总是笑，苦笑。我没有什么可高兴的事，于是我就在父母面前装笑。有时脸上笑，心里却很烦恼。我学会了忍耐，试着咬牙忍耐。因为书上说,痛苦的时候都咬牙坚持。现在想来,那时候我真的很可怜呢。

我18岁的时候,妈妈想起了医生的话,她有点得意,说,你看我说吧。

我继续努力活着。

可是我的病情加重了。1976年12月22日,我做了第4次脊椎手术。此前医生对我的病情并不乐观,他们说了我会死去的几种可能:1.肺炎,2.泌尿系感染,3.褥疮——这是脊髓损伤病人最可能死去的症状。

可我依然活着。

我的生命力一次次粉碎了医生的预言。

很多年了,我总是给自己开处方,我知道怎么预防感染,我把自己收拾得很干净。条件再差也要洗头发洗澡,晒衣服晒被褥。所有能够得着的地方都擦得一尘不染。我会给自己针灸、注射、按摩、给褥疮换药。看不见的地方就照着镜子。我想尽一切办法让自己好起来。

最重要的是,我学会了有病装没病,有残疾装没有残疾。

我像健康人一样穿着,虽然搬动双腿很费力,可我努力就能做到。我像健康女性一样打扮自己,整齐干净。指甲从来都是及时修剪的。即使病在床上,也要挣扎着让自己整洁清爽。

多年以后,我见到了山东省立二院神经外科主任张成伯伯,我童年时,他是我的主治医生。他已经老了,他说没想到我能活到现在,是什么原因他也说不出来,只是不停地说,乐观坚强是第一!

后来,我在全国两会上还见到了著名神经外科专家王忠诚教授。1965年,妈妈带我到北京治病,要找的最好的医生就是王忠诚教授。几十年后,我活着,还和他一起开会,我自己都觉得不可思议。

今天,我还是不断鼓励自己好好活着,还是装得像没有病、没有残疾一样,我让自己忘掉不幸和痛苦。虽然很痛苦,但我知道,活着就是一种忍耐,必须有耐心地活着,耐心地做好每一件事。

我一直努力做一个真正坚强乐观的人,做一个让别人喜欢的人。因为我只有这一次活着的机会,因为我死后再也不能复生了,所以,有一次活着的机会就要好好地活着。

我有快乐,也有烦恼,但是别人很少见我烦恼的样子,我自己早就

第一辑
假如鱼也生有翅膀

学会了排解。我让自己真诚地对别人微笑，不让自己因为病痛而变得古怪和叛逆。我从不这样想问题——为什么我有病而别人没有。病痛是我自己的事，我不能把这痛苦强加到别人身上。其实谁也不知道会遇到什么麻烦或不幸，就好比出门遇到一座大山，你不能抱怨，只能想办法翻过去。面对困境抱怨是最无力的语言。我伤感但从不绝望，苦日子能过，好日子也能过。我让自己豪爽直率，从不在乎传言和谣言，听见就像没听见一样，但是我会检点或拷问自己，让自己正直正派大气。

我再也不孤独了，少女时代我就有了很多朋友。开始写作后，我却常常给自己制造孤独，因为我必须安静地写。我喜欢很执著地做一件事，比如写长篇时，我会一连几个月不下楼。我也喜欢和朋友们在一起聊天，我不喜欢出去吃饭，我愿意请朋友们到家里来吃。在饭桌上，我和他们喝酒，黄酒白酒葡萄酒，我总是哈哈大笑，那会儿我根本不去想自己的病，只觉得活着真好。

大家走了，我又回到我的书桌前，或是躺在床上，翻开一本书，或者一本又一本，也许会趴在桌前发疯似的写，想止也止不住。要不就打开计算机，我很少关机，而让它保持休眠状态，这样开机后立刻就能工作了。再后来，我就困了，很多次去睡觉的时候都会看见太阳出来了。有一次，我在桌前坐了一夜，早上又去赶飞机。在飞机上我的腿很凉很凉的，空中小姐给我一床毯子盖上，我觉得很温暖，就睡着了。我觉得自己好像躺在很久很久以前的草褥子上，盖着一床有太阳味的被子，暖洋洋的……

我有时候也幻想——假如还能再活一回多好！

人 生 悟 语

生命的过程不是简单地画一个圆圈，只有经历过坎坷的人才明白，画这一个圆圈需要付出多大的代价。幸福也好，痛苦也罢；快乐也好，忍耐也罢，活着就证明了一切，证明了生命的伟大与坚强，以及信念的坚毅与韧性。活着是忍耐，更是饱含辛酸的快乐！

(黄晶晶)

当我们温柔相对，让我们什么都别说，因为一切的解释，一切的评说，都有可能使我们之间的那汪意境退色……

不需注释的生命 祝 勇

曾经觉得，注释是那般重要。记得有一次，一位年轻的朋友在编辑一本美国著名汉学家有关中国文化的专著时，将书后十几万字的注释全部删去，令我那么的心疼。我对他说，作者在那些注释里面凝结的心血，并不比他行文中的少啊。没有了注释，这本书将不再完美。

红尘素居，碌碌诸事中，有的时候，我们是那么需要一些注释，不论是注释自己，还是注释周围的人，注释整个世界。孩提时我们总是缠着妈妈问十万个为什么，就是在寻求着世界的注释。

诗人以"离人心上秋"来注释"愁"，以"黄鸡紫蟹堪携酒，红树青山好放船"来注释"乐"，以"秋风吹不尽，总是玉关情"来注释"思"，以"一叫千回首，天高不为闻"来注释"痛"，而我们在一个春天芳香的夜晚开始伏案写下的日记，亦是对自己生命的注释啊。

我们已经习惯于给自己的生命一个注释。我们汲取知识，是因为我们需要聪慧的大脑；我们锻炼身体，是因为世界等着我们去创造；我们种花莳草，是因为它们的枝脉可以染绿我们的心灵；我们夜夜做梦，是因为我们瑰丽的幻想在夜晚也要接力奔跑……

可是啊，我亲爱的朋友，有的时候，我们是不需要注释的，不论是我们的思想，还是我们的行为。沉默中，心有灵犀的人自能心领神会，而心律不同者即便你费尽口舌他仍会茫然不知。

相传世尊一日在灵山会上，拈一枝金婆罗花示众。时众皆默然，不得

其要领，只有迦叶尊者破颜而笑，于是佛祖便将其"正法眼藏，涅槃妙心，实相无相，微妙法门"传给了迦叶。禅宗《无门关》第六则记载的这段"拈花一笑"的著名公案，是那么的令人心动。而且目不识丁的六祖慧能一听无尽藏比丘尼诵念《大涅槃经》便知其中妙义的故事，亦是那样传神。

禅宗讲求"不立文字"、"以心传心"，而在我们的现实生活中，不需彼此注释而"心有灵犀一点通"，该是一个多么动人的境界啊！

俞伯牙摔琴谢知音，没必要诠释自己；管宁割席与友断交，亦无须多言一句。最钦佩古时话本里那些特立独行、从不多言的英雄。大漠孤烟，夜黑风高，他们或杀身取义，或拔刀助友，绝不多说一句，从来不为自己的所作所为加上一段长长的注解。待血迹擦干，宝剑入鞘，是朋友，自会相视一笑。

还有爱情，自古以来就令人"辗转反侧，寤寐思服"的爱情，更是不需要注解，也没有注解的。就像一首歌中唱的："爱，不需要任何理由，就像你，注定跟我走。"我读书时曾结识一位从意大利米兰来中国留学的小姐，她在意大利学习了四年中国历史，又到中国研究古典文学，能写精美的绝句，曾令我惊叹不已。多年以后，我看电视，才知道她嫁给了大学的一位锅炉工。记者问她为什么嫁给一位中国的锅炉工，我就觉得这是一个愚蠢的问题。没有为什么，"不要问，不要说，一切尽在不言中"。

言传是必要的，可意会却是更高的境界。当我们温柔相对，让我们什么都别说，因为一切的解释，一切的评说，都有可能使我们之间的那汪意境退色……

人 生 悟 语

一个会心的微笑，一次眼神的交流，一回心灵的碰撞。真正的心意相通不需要过多的语言作为注脚，也不需要太多的表情来装饰自己，四目相对间，一切尽在其中。这是我们追求的情感的最高境界，这种此时无声胜有声的感情足以超越时空的局限而化为永恒。

（黄晶晶）

只要能感动，即使将你放在生活的最边缘，你也决不会
轻易放弃做人的资格以及与生俱来的发言权。

感动是一种养分 何 蔚

常常有一些无法言说的感动。

譬如看见果实坠地，从一棵树的手腕上，一枚青涩的苹果或一只熟透的蜜桃，冷不丁地跳到地上，在尘土中灼下一道轻痕，打下一个水印，或者连一点儿蛛丝马迹也不曾留下，可就在这一瞬间，它已经深深地感动了我。

譬如看见一只飞鸟，在我的窗台上跳跃盼顾，抖动漂亮的羽毛冲着我叫了那么一声，甚至只有半声，尔后又匆匆飞走。

譬如看见一个朋友久违的眼神和手势，看见一颗滚动的草叶上的露珠被风摔碎之前的最后一次闪耀，看见一群蚂蚁抬着一只蜜蜂在大地上缓缓行进时所表现出的那种小心谨慎与肃穆庄严……总之，感动我的有时是一种声音，一种复杂的隐喻了生命幻象的声音；有时是一种色彩，一种沉重的、负载了诸多情感信息的色彩；有时是一种状态，一种含蓄的、超越了明示话语的状态。也有时候，感动我的竟是一种细微、寻常得极容易被人忽略的场景，正如一群蚂蚁抬着一只蜜蜂的残骸亦惨亦烈地向前移动，最终，它们几乎全部移进了我的内心，默化成一曲悲壮的挽歌和一场永久的仪式。

更有时候，感动我的仿佛什么也不是，也仅仅是事物的一粒元素而已。

不知道为什么要感动。

但有一点是可以肯定的：若是没有感动，我想我就会于不痛不痒中丢失自己。因为我知道，这个世界上连一朵花一茎草一湖水和一尾鱼，都那么持久地拥有着令人感动的特质。所有生命几乎都离不开感动。如果对美视而不见，对春天也无动于衷，那么还有什么理由在美和春天之间迈动双脚？

想一想，一朵花因为什么而鲜艳妩媚，一茎草因为什么而摇曳多姿，一湖水因为什么而清波荡漾，一尾鱼因为什么而跃出河面？

许多时候，我就是这样不可抗拒地被一些极小的事物感动着，被极小的感动润泽着。只是，我好像从来没有留心将每一次感动的具体根由进行仔细的探究，一条一款地罗列起来，为诱发下一次感动埋好伏笔。我想，谁如果真这么愚蠢地对待感动的话，那他就不可能拥有更多的感动了。感动是不能提前准备的，如同做梦一样，因此也没有必要在事后对它做一番精彩的归纳、总结或者赏析。

常常被感动而充满激情的人是有福的。

我或许属于其中之一。故我想，感动是由于我深爱着世上一切美好的事物，甚至比别人更留意也更钟情它们。而这些美好的事物也仿佛是我的朋友和亲人，也同样爱着、留意着、钟情着我。我们永远保持着那种和谐友善、亲密真挚的联系，保持着深层的感情交流、碰撞与沟通。彼此间相互提醒、暗示，相互期许、关怀和给予。每次小小的感动都会洗净我灵魂中某个小小的斑点和污渍，每一次深深的感动都有可能斩断我性情中某一段深沉的劣根。日复一日，年复一年，感动使我的内心变得清洁、明亮、丰富而又宽敞，使我面对每一轮崭新的日出都赢得一个全新的自我。

对于我，感动始终是一种崇高的养分，如同丰盈甘美的母乳；对于感动，我则始终都是一个受益不尽的吮吸者，吮着母乳的精华渐渐长高，长大，健康，强壮，享有智慧与激情。

因此我敢说，一个人，只要他还能感动，就不至于彻底丧失良知与天性。只要能感动，即使将你放在生活的最边缘，你也决不会轻易放弃做人的资格以及与生俱来的发言权。

"能够和家人在一起相视而笑的家庭"，这并不是什么新说法了，但在我看来，这就是"真正的幸福"了。

小时候就在想的事 [日]黑柳彻子

小时候，有一次我在一瞬间突然在心里悄悄地感到"真开心啊"。那是在一个黄昏，雨哗哗地下着，但是爸爸已经结束工作回家来了，家里人都在，连牧羊犬也进了屋。灯很明亮，我和弟弟坐在饭桌旁，等着妈妈把饭做好。我心里非常安宁，因为"大家都在一起，大家都在家里"。爸爸对妈妈说了一句什么话，妈妈看着爸爸笑了，我们也笑了。我从心里感到快乐。

半个多世纪过去了。在最近这 20 年来，我作为联合国儿童基金会的亲善大使去了许多国家，那里的孩子们都需要帮助。

去年，在西非的利比里亚，我和曾经在内战中充当童子军的孩子们见了面。那些孩子们 10 岁的时候就被迫拿起枪去参加枪战，朝大人和孩子们开枪。还有很多孩子和家人失散，成为孤儿。我还见到了许多营养不良的孩子。

　　海湾战争结束 5 个月之后，我去了伊拉克。由于遭到多国部队的高精确轰炸，伊拉克全境的发电站都被破坏了。没有了电就无法净化河水，自来水管里流不出水来。巴格达的居民们甚至要到底格里斯河里去汲水，然后直接饮用河水。但是由于城市无法进行下水道处理，厕所里的污水甚至会流到河里去，为数众多的孩子感染了伤寒等传染病，或者不停地腹泻。综合医院什么病都治疗不了，牛奶、药品、手术用的麻醉药、预防的疫苗等都已用完。因为停电，无法进行肾脏透析，总之什么都无法进行下去。每天早晨，医院门前母亲们抱着生病的孩子排成长队，气温高达 50℃。我曾经见过一个婴儿，因为营养不良，他的脸简直像是老人的脸。本来婴儿的脸蛋和嘴唇周围都应该是胖乎乎、圆鼓鼓的，可这个孩子的脸上却满是皱纹。才刚刚 3 个月的婴儿，他的腿就像是木筷子一样，从大腿开始就布满皱纹。那个孩子突然定定地看着我的眼睛，他才 3 个月大啊！那一瞬间，我发现那孩子眼睛里也完全没有小孩子的水灵劲儿，干巴巴的，仿佛是老人的眼睛。他的眼光中流露出绝望的神情，简直不像是孩子的眼神，好像在诉说："为什么我会这样呢？"我还发现，不仅仅是这个孩子，那些早夭的婴儿们也这样睁着眼睛使劲地看着世界，那眼光也都像是老人的，他们仿佛要多看一眼这个世界："我的人生这么短暂，我要好好看一看！"

　　在非洲的卢旺达，由于胡图族和图西族的冲突，上百万的图西族人被杀害，实在是非常恐怖。我在部族冲突结束 4 个月后去了卢旺达，那时候，被屠杀的人的尸体还随处可见。在屠杀进行的时候，小孩子们在一片惨叫声和临死的呻吟声中四处奔逃，亲眼看到自己的父母和哥哥姐姐被杀害，孩子们还不明白是怎么回事，就夹杂在大人们中逃生。在这些孩子幼小的心灵中，留下了深深的痛楚，因为他们认为自己家人被杀是因为他们自己的过错。

　　"因为我对妈妈做了不该做的事，所以妈妈被杀了。""因为我没有照爸爸说的去做，所以爸爸被杀了。"小孩子们不知道胡图族和图西族

之间的事情，都只知道责备自己。在逃难的人们居住的难民营中，疟疾流行，每天都有数以千计的大人和孩子死去。在一个死于疟疾的母亲的尸体旁边，一个小女孩默默地坐着。那个孩子是这么想的："妈妈是因为我才死的。妈妈想要帮助我，结果她自己死了。"幼小的孩子们就是这样责备着自己。这时候我才第一次知道，纯真的人会把不是自己做错的事也当做自己的过错。为了防止传染，死于疟疾的人的尸体就用铲土机推到深坑里掩埋。我看新闻节目的时候，看到了在大铲土机的车斗里，小孩子的尸体混在大人的尸体中，孩子的脸上一片悲哀。"这个孩子到底为什么要来到这个世上呢？"但是我知道，孩子们没有一句怨言，直到临死还怀着对大人的信任。

在面朝着美丽的加勒比海的海地，由于长时期的独裁统治，80%的海地人处于失业之中。父母养活不了孩子，孩子们走出家门成为街头的流浪儿童。连大人们都有80%失业，当然更不会有工作给孩子们去做。走投无路的女孩们只好卖身。有报告说，海地卖身的人中有72%已经感染了艾滋病。这一切都是因为贫穷。一个在墓地卖身的12岁的矮小女孩子对和我同行的电视台的摄影师说道：

"买了我吧！"

当问她"多少钱"的时候，她说：

"6个古尔顿就行了。"

6个古尔顿折合成日元的话，只有42日元。

当问她"你不怕艾滋病吗"的时候，女孩答道：

"就算得了艾滋病，不是也还能活几年吗？可是我家里人连明天的饭都还没有着落呢。"

这个孩子用42日元来养活着家人。我实在说不出话来。

还有因为家里穷，连小学也上不起的孩子；在地雷的阴影中战战兢兢地生活着的孩子；由于营养不良缺乏蛋白质而导致大脑残疾，无法站立和行走，也不会说话，在地上爬着的孩子；遭受干旱之苦的孩子；走5公里的路去汲水喝的孩子……

地球上有很多孩子就这样一边为家人和自己的命运担忧，一边拼

命地生存下去。仅仅一小部分孩子能够喝上干净的水,能够吃饱饭,能够打预防接种的疫苗,能够接受教育。

"真正的幸福是什么?"当地球上所有的孩子都能够安心地满怀着希望去生活的时候,那就可以说是真正的幸福了。如此想来,我小时候在那个下着大雨的夜晚,待在家里感觉到"好开心"的那一刻,就可以说是真正的幸福了吧!

孩子把自己封闭在屋中、拒绝去上学、家庭暴力、儿童的自杀、家庭的崩溃、杀害亲生孩子、虐待动物……诸如此类的问题困扰着现代家庭。而一个完全没有这些问题的家庭可以说是真正的幸福了吧!

"能够和家人在一起相视而笑的家庭",这并不是什么新说法了,但在我看来,这就是"真正的幸福"了。

人 生 悟 语

"人生在世屈指算,一共三万六千天;家有房屋千万所,睡觉只需三尺宽。"珍惜生活吧,珍惜情感吧,想想那些在贫穷、悲惨的境遇中饱受蹂躏的孩子们,我们还有什么理由不珍惜每一分每一秒,不珍惜家庭的温馨,不珍惜美好生活中的点点滴滴呢?

(黄晶晶)

从他身边经过时，我伸出手在他背上轻轻拍了一下，正如三十多年前我渴望有人可以对我做的那样。我希望他知道，在某个地方有人把他作为人来关心。

4块比萨 [美]罗杰·迪安·凯瑟

那天我非常激动，因为我刚刚收到联邦快递送来的邮包，里面是我第一本书的封面，看来我的书很快就要问世了。我给妻子打了电话，然后开车去她工作的那家比萨店接她一起去共进午餐。到了之后，我找了一个很靠后的隔间坐下，边喝雪碧边等她把剩下的几张桌子收拾好。我透过大大的玻璃窗向外望去，一个30岁左右的男人正穿过停车场，他手里拿着一个装比萨的盒子，那是刚从街对面的小市场买来的。这人走进餐厅，直接去柜台要了一大杯水，然后朝后面走来，最后选中了我斜对面的那张桌子。

这人一定是无家可归，他应该有几个月没刮胡子了，头发和皮肤都油乎乎的，衣服也散发出一股臭味，如果有人在他旁边划根火柴，一定会起火的。他从盒子里拿出一小块比萨，小心翼翼地放到餐巾上，然后慢慢吃了起来。他吃得很小心。我在角落里注视着这一切，心里还在想这人怎么胆敢从一家店里买来比萨然后去另一家餐厅吃。

这个衣衫褴褛的家伙终于吃完了。他把盒子的一个角立起来，让里面剩下的一点儿碎屑滑到了另一个角上，然后弄湿食指沾起盒子一角的那些碎屑。我看到他闭上双眼，向后扬头，打算细细品味那些从小块比萨上掉下来的残渣。我感到喉咙发紧，眼睛热辣辣的，充盈着泪水。

看着餐厅里的这一幕，我又想起了38年前自己的处境，真是令人心痛。那时的我饥寒交迫，肮脏不堪，黑夜降临的时候，没有温暖柔软的地方可以让我睡上一觉。住在街上的那些日子里，我和他一样，曾经无数次地重复过把盒子倾向一侧的动作，每天从垃圾桶里捡东西吃，我永远不会忘记那些特殊时刻的感受。每一小口食物我都吃得津津有味，哪怕是从垃圾桶里捡来的，只有这样我才可以在这地球上多维持一天孤寂的生命。

这时，妻子走了过来，我马上把脸转向一边，不知如何是好。过去的生活正如眼前发生的情景，那时的我和面前的这个年轻人一样，所有的一切在我头脑中闪过。这时妻子站在我身后，她说："罗杰，给那位先生买些比萨吧。"我什么也没说，径直走到柜台前，买了4大块比萨还有一些甜点，然后走回去，把比萨放在那人面前的桌子上："我们一会儿就要把这些东西扔了，但我想你也许想吃几块。"他没抬头，直盯着桌子。我没有停下来，而是绕到他后面。

从他身边经过时，我伸出手在他背上轻轻拍了一下，正如三十多年前我渴望有人可以对我做的那样。我希望他知道，在某个地方有人把他作为人来关心。我不能确定在孤儿院和教养院里经受的打击对我意味着什么，但感谢上苍，我这个"孤儿小崽子"从没忘记被人欺凌、流落街头、饥寒交迫的滋味。

穷人再拿出一点儿来，还是穷人，这是不会改变的。不同的是，当我看到被救助的人眉头舒展开的那一刻，我感觉到了自己内心的富有。

这个世界的贫穷与富有 马 德

一

一位叔叔领着侄子到北方某肿瘤医院看眼疾，由于手术费太高，无力承担，只好沿街乞讨。

某报记者获知此情况后，就他们的处境写了长篇报道刊发在报纸上，呼吁社会各界给他们叔侄俩以帮助。

没想到的是，这篇报道刊出的第二天，就有许多人来报社捐款。更没想到的是，竟有一个下岗工人，领着自己残疾的儿子来捐款。报社记者趁机采访这位下岗工人，问他为何在自己如此窘迫的情况下还要去救助别人。

那位下岗工人岁数并不大，但看起来要比实际年龄苍老很多。他只说了一句话，却让那位记者回味了许久：

穷人再拿出一点儿来，还是穷人，这是不会改变的。不同的是，当我看到被救助的人眉头舒展开的那一刻，我感觉到了自己内心的富有。

二

网上有一组震撼人心的照片，我选取其中的两幅。

其一是：安徽省临泉县城关镇刘老家村11岁的刘小环为了能上学，每天去给一家窑场背砖坯。

她每次背16块，重40公斤，走140米，只得3分3厘工钱。城里的孩子吃一次麦当劳，如果花去33元，刘小环要赚这些钱，就要背着40公斤重的砖坯走1000趟，负重走140公里。

其二是：王致中，17岁，在贵州以背煤为生。一筐煤40公斤，他从煤坑向上爬100米，然后走1000米山路，挣1元人民币。

我把它写出来，并不想引起有钱人的悲悯，这两个孩子，靠自己的力量活着，即便艰难，即便卑微，但一样也顶天立地。

我只是想说，当你在温暖中花天酒地的时候，你要想着，还有人在寒冷中瑟瑟发抖；当你在事业上春风得意的时候，你要想着，还有人正在生活中苦苦支撑。

也就是说，你能时时刻刻保持着对这个世界细微的感知，而不至于变得冷漠麻木，就够了。

三

一个富人在他的回忆录中写过这样一个故事：

有一天，他到郊外去看一片空地，想在那里继续扩展他的房地产业。就在他将要返程的时候，他看到了一个坟墓。那是很简陋的一个坟墓，坟丘上荒草摇曳。墓前，立着一块石碑，碑上刻着八个字：不名一文，唯余快乐。

或许，就是这样的几个字给了他某种触动。回来后，他便宣布暂停了自己的事业，领着父母以及妻儿一大家人开始环球旅行。那一次的旅行，他除了领略到数不清的秀山丽水外，更重要的是，在愉悦中，他也安享到了内心中的许许多多胜景。

那一年，他刚刚36岁。

我坚持着把那本并不算薄的回忆录看完了，引领我把这本书看到最后的唯一原因是：那个富翁，是一个快乐的有钱人。

四

他小的时候,常常被这样的情景煎熬着:

每到冬天,父母的哮喘病就犯了,趴在炕上起不来。家里没有钱买药,父母只好用身体硬扛着。一阵又一阵的剧烈咳嗽过后,汗水几乎湿透了他们厚厚的棉衣。看着父母痛苦的样子,他在心底暗暗发誓:长大了一定要挣许许多多的钱,为父母买最好的药,医好他们的病。

然而,等他挣到钱的时候,等他富有的时候,父母已经双双亡故了。

后来,他也有了自己的子女,他常常给他们讲自己小时候的故事,希望他们有所触动,但衣食无忧的子女们似乎并不懂贫穷的事情。再后来,他的子女们也有了属于自己的事业,而且越做越大。他知道,现在再和子女们谈小时候的事情,已经无济于事了。因为富有的脑袋里不可能再容得下贫穷的故事了。

他在晚年的时候,没有追随子女生活在都市里,而是回到了生他养他的故乡。他说,这一辈子最让他欣慰的是,他对富有的追逐,始终是基于对一种爱的感恩和报答。

也许,在他的心目中,那才是对金钱最纯净的仰望。

人 生 悟 语

　　这篇文章用几段小故事,向我们解说了何为富有,什么又才是贫穷。贫穷者同样会拥有一颗富有的心,富有者只有常怀感恩与感动,才能真正称得上富有。或许,财富多寡对于每个人都不尽相同,但人人都可以做到富有。

(黄晶晶)

承诺之美原来是如此灿烂，有几分传奇，伴几分崇高，带几分沉重。"漂流瓶"还在漂着，只是这现代版的故事，因美丽而让人感动了许多。

承诺之美 陈绍龙

无端地想起"漂流瓶"来。海边，放一个装有信物的漂流瓶，好多年后，在海上漂流的瓶子被人捡到，于是，便演绎出一段极其浪漫的故事。

我说的不是漂流瓶，是一件棉袄，棉袄里装着的只是一张小字条。

1996 年，冬天。9 年前。

单位组织为外省贫困地区孩子捐物，俭将家里的闲置衣物打成捆，捐了。一件碎花小棉袄让俭摩挲不释，女儿扎着马尾辫、穿着碎花棉袄在院内跳橡皮筋的样子在她眼前出现了。她眼前又幻化出另一张面孔，在西北平原，依着冬天的阳光，对着远处让琅琅读书声镀亮的校园发呆。孩子，要上学啊。俭只是在心里这么说着。于是，她拿来一张小纸条，写下了这样的一行字：穿上这件衣服的小朋友，如果上学有困难，请和我联系。并留下了她的联系地址。

俭是我的同事。

小棉袄像瓶子在"海上"漂走了。一年，一年。小棉袄在"海上"漂了 9 年。

2005 年 8 月。9 年后。

俭收到了一封来自陕西省镇安县米粮镇一个叫王翠的女孩写来的信。王翠就是当年穿着碎花棉袄的小姑娘。

9 年前，王翠发现了口袋里的小字条。当时家境尚可维持，便把字条珍藏起来。两年前她的大弟生了一场大病，花光了家里所有的积蓄，且债台高筑；今年高考，王翠以优异的成绩考取了东北农业大学，高昂的学费令一家人一筹莫展。父母四处借钱，又双双空手而归，面对父母企盼的目光，王翠读懂了他们的心愿：不能辍学。万般无奈之下，她拿出了那张字条……

9年前俭的孩子还小，爱人有一份不错的工作。如今，孩子已上大学，正是要用钱的时候。爱人离岗，收入很少，但这并没影响她当初许下的诺言。俭说就当自己多了一个女儿上大学。以后的事情简单了许多，俭再一次承诺，资助王翠读完大学。

承诺之美原来是如此灿烂，有几分传奇，伴几分崇高，带几分沉重。

"漂流瓶"还在漂着，只是这现代版的故事，因美丽而让人感动了许多。

❧ 人 生 悟 语 ❧

承诺是一种美，一种快乐，因为当你能够承诺为他人带去快乐时，自己也是快乐的；承诺还是一种幸福，一种洒脱，因为当你愿意给不幸的人一个承诺，自己就是幸福的，无虑的；当你用尽全力实现了这个承诺时，灵魂也会因此变得更加高贵。 （王 蕴）

克里斯开心地笑着，欢天喜地地跳到冠军身边，骄傲地站在那里。他张开双臂拥抱那个和自己年龄相仿的年轻人。

第 三 名 编译/李 威

他，一个虽然已经筋疲力尽但仍意志坚定的年轻人，低着头，一遍遍地说道："你能做到,你能做到……"这些话,既是为了鼓励自己,也是为了证明自己,只有他自己的心灵能够听到。

他成功地迈步向前跑着,脚抬起来又落下去,落下去又抬起来,一遍又一遍。这个男孩专注地注视着自己那双穿着新球鞋的脚,一下一下有条不紊地踏在柏油马路上。双脚踏在路面上发出的"啪哒"声,听起来已经非常疲惫了,他抬起头来,伸手擦了擦额头上细密的汗珠,向前张望着寻找终点线。"它一定就在前面。"他坚定地对自己说。

终点还在前面很远的地方。但是,尽管如此,克里斯·伯克还是决心跑到终点。

经过一番艰苦的努力,他越过了终点。当他冲过终点线的时候,摄影师和记者们早就围拢在那个赢得第一名的年轻人身边了。摄影机移近目标,闪光灯闪烁,麦克风向前伸去接收第一名的讲话。

克里斯开心地笑着,欢天喜地地跳到冠军身边,骄傲地站在那里。他张开双臂拥抱那个和自己年龄相仿的年轻人。而在此之前,他从来没有见过他。他美滋滋地站在一边,极力压抑着内心的兴奋,耐心地等待着记者们完成对那名胜利者的采访。

当最后一名记者转向摄影机镜头,准备做结束语的时候,克里斯立即迈步上前,伸出手去接受一个表示祝贺的握手。"哦!好家伙!"克里斯大叫道,显然无法抑制内心的喜悦,"我只是想告诉您,这是多么令人兴奋啊,能够得到第三名,我真高兴啊!"

这时候,记者们除了对这位魅力非凡、热情洋溢,并希望得到认可的运动员做出回应之外,已经别无选择了。

"是的……那请你给我们谈谈吧。"惊讶万分的记者不失温和地说道。

"哇!"克里斯说,"谢谢您采访我。这可真是太棒了!简直棒极了!呃,我非常高兴来这儿!这真是莫大的荣耀!当然,我得的是第三名。第三名,挺不错的!真的不错,是不是?"他并不需要别人回答。然后,他将自己那张生气勃勃的脸转向摄影机镜头——这是国家电视台——以便让全世界的观众都能看到他。他脸上洋溢着的喜悦比我在其他任何人脸上看到的都多。他说："谢谢大家和我一起分享这个非常特别的时刻。是该庆祝的时候了！"说完，克里斯就转过身，跑过去和赢得第一名的那个选手站在一起，和大家握手拥抱。

那时候，克里斯 14 岁。这是在残疾人奥运会上。

整个田径项目只有三名选手参赛。

人 生 悟 语

竞技体育总有第一名和最后一名，但最后一名，却并不意味着是失败者。在敢于尝试并能坚持到底的人的词典里，永远只有成功两个字。给自己一些信心，或许，生命就会焕发出截然不同的意义。

(黄晶晶)

为爱种一片森林

第二辑

正像一首歌唱的那样："你入学的新书包有人给你拿，你雨中的花折伞有人给你打。你爱吃的三鲜馅有人给你包，你委屈的泪花有人给你擦。"是的，那就是对我们只讲付出，不求回报，给了我们生命，又时刻呵护着我们的人——父亲和母亲。

母亲啊，你的眼泪真是一条流不尽的河，每当我的生命之船搁浅了，你总用自己的生命托起我这只船，送我到远方。

你的眼泪是一条河 李东辉

母亲哭了，在摇曳的光影里。60年了，多少苦涩的泪伴着逝去的岁月，在母亲的脸上流呀流，流成了道道细密的小河。母亲是个苦命的人，她13岁那年夏天我外婆突然中风去世了，母亲在外婆的坟前哭干了最后一滴眼泪，就担起了操持家务照料妹妹的担子。默默劳作，不善言谈的性格便是从那时候养成的。日子的艰难、心中的愁苦，无人倾诉，只有在夜里默默流泪。

母亲20岁那年冬天，嫁到了我们李家，我的父亲小母亲一岁，家境虽贫寒，可在十里八村，父亲称得上是一个出色的小伙子。贫家女是不怕过穷日子的，只要她的心能有个依靠就够了。哪承想婚后不久父亲就因劳累过度患了肺癌，时常大口大口地吐血，母亲流着泪，求父亲去治疗，执拗刚烈的父亲却咬牙发誓不把日子过好，他死也不去治病。母亲知道父亲的心思，他是怕花钱。看着四壁如洗的两间土坯西厢房，家里也真拿不出钱来给父亲治病，母亲除了拼命干活儿来减轻父亲的劳累，就是终日含泪祈求老天保佑。不知是不是母亲真诚的祷告感动了上苍，半年后，父亲的病竟然不治自愈了，三间新房也盖了起来。房子盖好的那天，母亲抱着父亲大哭了一场。

日子稍稍好过一点的时候，我来到了世上，从出生那一天起就把无尽的牵挂与愁苦带给了她，母亲的生命从此成为一支被我点燃的蜡

烛,再没有停止过燃烧和流泪。不满一岁的时候,我得了急性肠炎,这病在三十多年前的农村,是可以置人于死地的。当时,已经担任村支部书记的父亲远在百里外的地委党校学习,母亲抱着气息奄奄的我,冲进雷电交加的茫茫雨夜,一路跌跌撞撞,终于在子夜敲开了十里外一个老中医的家门。母亲跪在老中医的面前,求他救救她的儿子,她再次用她的泪感动了上苍,我竟死里逃生,奇迹般地活了下来。

说起来,我还算给母亲争气,从小学到中学一路读过来,没让她失望过。1980 年,18 岁的我参加高考竟考了个全县文科第一,母亲连夜把我的被子拆了,添絮了一层新棉,灯光下,她手中的针线起起落落,点点滴滴的泪水连同那颗慈母心都絮进了那厚厚的棉被里。

大学毕业后,我被分到一个新兴城市工作,母亲再没做太多的嘱咐,只对我说:"你真的长大了,以后出门在外,要行善事,做好人。妈今年喂的这头猪不卖了,留着等你过年回来。"可是,母亲盼来的不是儿子归来的团圆,而是我患病住院的音讯。已是农历腊月中旬,单位的车把父母接到我所住的医院,母亲踉踉跄跄扑到我的床头,抱着我的头,泉涌般的泪水润湿了我的脸。我的心里满是对母亲深深的歉意,为什么我带给你的总是流不尽的泪?我真是一个不怀好意的讨债鬼吗?

在以后整整 18 个月的日子里,病魔与死神将我这个不满 24 岁的生命当成它们手中的一根扯来扯去的猴皮筋,母亲用她带血的泪水和根根白发陪着我一道跟它们较量,最终我竟奇迹般摆脱了死神的纠缠,可是它没有空手而去,挖走了我的一双眼睛。

那是一个飘着细雨的暮春之夜,病房里很安静,母亲小声对我说:"你要是难受就抽支烟吧,这是我从小卖部给你买来的,是你从前爱吸的'大前门'牌,护士都查过房了,不会有人来了。"母亲的话怯生生的。对没了眼睛的儿子,已是心碎了的母亲,犹如做错了事的孩子,不知如何才能不惹我发怒。

黑暗中,我下意识他伸出手,她竟看见了,忙把一支烟放到我手中,然后又急急忙忙地去找火柴。我深吸一口久违的香烟,许久才伴着一声重重的叹息吐出浓浓的烟雾。母亲又小心翼翼地开口了,"妈知道你

心里难受,可我们总还得活下去!""活,像我这样活着有啥用?"这是我几个月以来第一次顺着母亲的话茬答言,母亲受到更大的鼓励,"咋没用,只要你还活着,只要我和你爹下地回来能看到炕上坐着他们的儿子,我们心里就踏实,就有奔头……"窗外的雨下得大了,落在长出新芽的树上沙沙作响,忽觉得脸上痒痒的,用手去摸,是泪。

　　肆虐的风暴过去了,生命之树带着累累伤痕又艰难地站了起来。在家休养了三年后,我又鼓起勇气上路了,因为有母亲那句:"咱要好好活!"我必须走出一条活的路来。几年来我的脚下已有一条路的雏形,尽管还不是很清晰,尽管还很狭窄,但那是我用脚踩出来的,是我活着的见证,这条路上有我的梦,也有母亲的泪。如果说我的生命是一条船,那么母亲的眼泪就是一条河。四年前一场婚变,又是母亲含着眼泪默默地担负起了抚养我六岁幼儿的责任。

　　母亲啊,你的眼泪真是一条流不尽的河,每当我的生命之船搁浅了,你总用自己的生命托起我这只船,送我到远方。

人 生 悟 语

　　母亲的眼泪是一条河,它承载着儿子全部的生命和希望。在无声的哭泣中,在坚毅的臂膀上,在期盼的眼神中,孩子的生命之船得以在不断被搁浅后重新踏上新的征程。母爱是厚重而宽广的,即使用任何华丽的词藻来形容都显得无力,因为它朴实、无私、沉默而有力。

（黄晶晶）

在这个世界上，爱是最神奇的力量，有时它比任何先进的医疗手段都有效！

为爱种一片森林 沉 石

在法国南部马尔蒂夫的小镇上，有一位名叫希克力的男孩。在他16岁那年，与他相依为命的父亲不幸患上了一种罕见的肺病。希克力陪父亲辗转各大医院，医生们都束手无策，只是建议说："如果病人能生活在空气新鲜的大森林里，改善呼吸环境，或许有一线生机。"但这到底有多少希望，他们也不清楚。

遗憾的是，希克力的父亲身体已经非常虚弱，无法忍受长途旅行去有森林的地方生活。看着父亲的病越来越重，希克力心急如焚。突然，他灵机一动："我为什么不自己种植一些树呢？等这些树长大了，也许父亲的病就真的好起来了。"

父亲听说儿子要为自己种树后，很是感动，苦笑着对希克力说："我们这里缺少水源，气候干燥，土壤贫瘠，让一棵树存活谈何容易？还是算了吧！"但希克力还是暗暗下定决心，一定要在自己家门前种出一片茂密的树林来，因为这是唯一让父亲的生命得以延续的方法。

从此，希克力攒着父亲给他的每一分零花钱，有时早餐都舍不得吃，周末他还到镇上卖报纸和做些小工。攒了一些钱后，希克力就乘车到200多英里外去买树苗。卖树苗的老板杰斐逊劝他不要做无用功，因为小镇自然条件恶劣，树木很难成活，以前也有人尝试过，但都失败了。可是当杰斐逊得知希克力买树苗是为了拯救父亲的生命时，他被

这种行为深深地感动了。此后,他卖给希克力的树苗常常只收半价,有时还会送给他一些容易成活的树苗,并教给他一些栽培的知识。

希克力在自家门前挖坑栽培,吃力地提着一桶桶水灌溉树苗。由于当地干旱少雨,土壤缺乏养分,大部分树苗种下后很快就枯死了,侥幸活下来的几株也显得营养不良,长得歪扭瘦小。镇上的很多人都劝希克力放弃这个"愚蠢"的想法,但他总是一笑了之。每天早晨,希克力起床后的第一件事,就是去看看树苗有没有枯死,长高了多少。

有一天深夜,突然下起了冰雹,当希克力手忙脚乱地搭起帐篷时,小树苗已被冰雹砸倒了一大半。虽然如此,可一年下来,他最初栽下的100多株树苗还是成活了43株。

此时的希克力已经高中毕业了,但为了照顾父亲,他主动放弃了上大学的机会。有人说希克力神经错乱,有人说他太迂腐,为了一个即将死去的人耽误自己的前途,更没有人相信这些跟人差不多高的植物,能够挽救一个连医生都治不好的病人。希克力从不把这些流言飞语放在心上,只是一如既往地种着树苗。

一年又一年过去了,希克力种的树苗越来越多,许多树苗已渐渐长高长粗。希克力经常搀扶着父亲,去散发着草木清香的树林中散步,老人的脸上也渐渐有了红润,咳嗽比以前少多了,体质也大为增强。

此时,再也没有人讥笑希克力是疯子了,因为所有居民都亲眼目睹了绿色树木的魔力,树木带来了新鲜的空气,引来了歌唱的小鸟,小镇变得越来越美丽了。

希克力种树拯救父亲生命的故事,在巴黎国际电视台第六频道播出后,不少媒体纷纷转播。许多人被希克力的孝顺、爱心、挑战自然的勇气,以及不屈不挠的精神感动得热泪盈眶;一些绝症患者还向希克力索要树叶,说那是象征着生命的绿色;小镇的人也纷纷投入到种树的行动之中。

2004 年,39 岁的希克力被巴黎《时尚之都》杂志评为法国最健康、最孝顺的男人。令希克力欣喜的不止这些,2005 年初,医学专家对希克力父亲再次诊治时发现:老人身上的肺部病状已经不可思议地消失了,他的肺部如同正常人一样。

医生感慨地说:"在这个世界上,爱是最神奇的力量,有时它比任何先进的医疗手段都有效!"是呀,只要心中有爱,无论在多么贫瘠的土地里,都能长出最粗壮的树木。

┌─ 人 生 悟 语 ─

这是一片爱的森林,更是一个爱的奇迹。故事再次向我们证明了:真挚无私的爱不仅能够让人们的心灵得到滋润,让被寒冷包裹的心房得到温暖,而且能够超越大自然的局限,拥有创造奇迹的力量。

(黄晶晶)

在我扭曲变形的脊椎里,每一个关节,每一节脊椎,都有他的投资,他的牵念,他的爱。

败者风度　郝明义

我父亲是山东人。上世纪 20 年代,他十来岁的时候,就外出谋生,1949 年之后,定居韩国。

早年他在上海商行里当学徒,所以在韩国做的也是贸易,韩战之后做得意气风发。也因此,多年后我走在路上,还是可以听到街坊邻居的韩国人指指点点地叫我"那个富翁的儿子"。

他们会指指点点,是因为感叹那个富翁在他这个患了小儿麻痹的儿子身上花了多少金钱。"你知道吗?你爸爸就算用黄金来打造你,也高过你的个子啦。"这种话，我一路听到大。他们更感叹，这个富翁后来就那样一下子垮掉了。

1957 年至 1958 年间，我两三岁的时候，一位远房亲戚为我遍寻名医而显了不少本事，我父亲因而赏识他，并经由他的引介认识了一些人，决定在釜山市中心最繁华的地段，投资兴建一家观光饭店。

饭店建到七楼或是八楼的时候，我父亲发现自己中了圈套。这是个什么样的圈套，他从没有说过。据说，就是投资出去的钱被席卷，几个该负责的人都失踪，饭店建不下去，他只能变卖所有的财产来善后。

那一年，他应该是 50 岁。

从此，我的父亲不再是富翁，也不再是侨领。唯一庆幸的是，保住了自己住的房子。

他写得一手好毛笔字，打得一手好算盘，所以，有段时间，在外地做一些账房之类驾轻就熟的工作。

妈妈去世后，他回釜山落脚。在釜山华侨协会里做一个类似收费员的工作，专门在釜山地区收取华侨商号每个月要缴给协会的会费。

会费的金额很少，他就这样每天搭着公交车兜来兜去，挨家挨户地去收那零头小钱。而晚上，不时会看到他聚精会神地计算白天的账目。最后，会听到他噼里啪啦地把算盘打个一通，然后说一声："嘿，一毛不差！"

就这样，在我成长的岁月里，他靠着每个月还不够他以前一顿应酬的薪水，加上一点儿分租的房租收入，大致维持了一个略带拮据的小康家庭。

这段时间，还有一个深刻的记忆就是：尽管这样一份工作，他却每天都讲究西装笔挺，衬衫雪白，领带亮丽。不论晴雨与冬夏。

高中时，我对他逐渐有了不满。

有一天，我听一位同学说他父亲如何在垮掉之后再重新致富的故事。这个故事勾起我一个疑惑：为什么我的父亲在 50 岁的年纪摔一跤之后，却就此一蹶不振？50 岁还是壮年嘛。这个疑惑生根之后，再看他每天为那区区一点点会费东奔西走，晚上还要打那个算盘，我就开始觉得有点儿无聊,进而怀疑他当初是以什么气魄去做的贸易。

为什么这个人再也拿不出本事重振雄风?为什么这个人仅仅为了把一笔笔零头小钱算得清楚,就心满意足?为了有人来求他写一幅字,就满面春风?

我也受不了他的一些叮咛。

他操心我将来在社会上怎么有个立足之地,不时提醒我要什么谨慎为人,小心从事等等。这些话听烦了之后,我有点儿气愤这个父亲对自己的儿子如此没有信心,也更鄙视他那只因自己的一时失足,就要把世事看得如此灰暗的心理。

我们因而大吵过两次,冷战过很长一段时间。

和父亲真正有交融,是多年以后的事。

我庆幸自己在种种无知、不孝的作为后,在他晚年又回到了他的身边。其实,他一直都在等待我,是我自己不肯回去而已。

真正开始了解他,又是他去世以后多年的事。

那一年我也40岁了。自己也遭到了工作生涯上一个重大挫折。起初,我也很沮丧。有一天,我在家里的祖先牌位前上了炷香。坐在那里,突然想起了我父亲。想起我曾经为他50岁遭到一个打击而没能东山再起,就鄙视了他那么长的时间。

我感觉到他好像笑呵呵地站在我面前,拍拍我的肩膀,说:"嘿,小子,没关系,来,给我看看你40岁碰到一个打击怎么应对吧。"

这个世界上会有"惭愧"这两个字,就是为了形容我当时的心情吧。

近年来,工作的心境和方法开始有了质变,对他也有了一层层更深的体会。

我体会到他为什么从不肯再谈当年是怎么中的圈套,怎么垮的。

我体会到他为什么有本领白手起家,挣来巨富之后,最后屈身为每家那一丁点儿的会费而奔波营生,甘之如饴。

我体会到他为什么从事这样一份工作,却每天都讲究西装笔挺,皮鞋雪亮,多年如一日。

一个工作者,不为自己的过失找任何借口,或解释。

一个工作者,为最低下的工作也付出自己最大的心力。

一个工作者,不论进退,永远华丽地昂首前行。

成败,只是机遇。

现在,我对他最终的思念,还是一个儿子对父亲的思念。

有一天,我搭出租车,遇上一位女儿也患了小儿麻痹的司机。他女儿在 1964 年患病,比我晚几年。

"开始我以为是感冒,就买了退烧药。后来看她站不起来,敲膝盖也没有反应,我想:'完了,是小儿麻痹。'"他说。

我很了解他的心情,可以帮他把话接下去:"她这一辈子以后怎么办啊。"可是,他讲的下一句话却是:"我想,这下子我们的经济状况要很惨了。"

他一路说着。

但是从他讲"我想,这下子我们的经济状况要很惨了"开始,我脑中想的一直都是我父亲。

我父亲在我病发的时候,想的一定不是他要花多少钱吧。

当然他很有钱,不在乎这些。但也就因为他太有钱,最后间接因为我的缘故,而把全部家当都赔了进去。

我第一次清楚地体会到:

在我扭曲变形的脊椎里,每一个关节,每一节脊椎,都有他的投资,他的牵念,他的爱。

我真是他黄金打造的儿子。

人 生 悟 语

　　沉默而厚重的情感诠释了父爱的含义,那就是无私、宽厚、博大;认真、一丝不苟的态度又展现了失败者的风度,那就是无论何时不为过失找借口,认真做好每件事。对于父母的爱,我们往往在当时无法理解,而在多年后才深有感触,感慨良深。

(黄晶晶)

我第一次有了害怕的感觉，我怕失去，怕得厉害，我在心中祈祷，让他活，如果可以，我宁愿用我的生命与他交换，只要他平安。

其实我也爱你　吴培利

遇到他那一年，我 19 岁，他 49 岁。我叫安小东，他叫金小林，我和他就是一对冤家。

那一年暑假，我放假回到家里，家里平白无故地多了一个男人，我觉得很别扭，进出都不方便，冷着脸不跟他说话，也不跟他在一张饭桌上吃饭。

但是，到了吃饭的时候，他还是会讨好地笑，喊我过去吃饭，我没好气地说，看到你，我就饱了，还吃得下吗？他的笑尴尬在脸上，两只手在衣襟上擦来擦去，好半天叹气说：小东你这丫头，我在你眼前消失还不行吗？说着，他真的去街上转悠半天才回家。

有一天去图书馆回来，找一本书找不到，才发现凌乱的卧室被他收拾得整整齐齐，我生气地对他喊，金小林，谁让你动我的东西？我一边说一边生气地把桌子上的东西扫到地上，把床上的被褥扯乱。他站在边上，像个孩子一样手足无措，好脾气地说：是我不好，是我不好，以后不敢乱动你的东西了。

我生气的时候，总会很严肃地喊他的名字：金小林。我的手指几乎指到他的鼻尖上，说：别嬉皮笑脸的，你这是什么态度。他忍不住笑。

他的笑容不经意间触怒了我，他的笑，那么像父亲，小的时候，父亲也是这么纵容我，对我笑，可是金小林不是我的父亲。我狂奔出家，他拉不住我,跟在我身后跑。

那一晚,我没有回家,跟着同学去了迪厅蹦迪,强劲的背景音乐,疯狂地摇摆甩头,令我暂时忘记了所有的不快。

走出迪厅时,天已经快亮了,晨风一吹,我清醒了很多,忽然看到不远处的树下,金小林坐在台阶上打盹儿,衣服上头发上结满晶晶亮的露珠。看样子他在这里已经等了一宿,我有些感动,一个人对另一个人的好,可以好到不计回报,除了父母,天底下还有这样的人吗?我只觉胸中酸涩难抑,眼睛里有湿湿的东西在涌动,我抬起头看天,硬生生地把眼里的泪忍了回去。

我们的声音惊醒了他,他睡眼蒙眬地抬起头来看我,他的眼神里有失望和心疼轻轻浅浅地掠过。我故意把头转过去,看着别处不理他,他一把抓住我的手腕,有些生气地说:囡囡,你闹够了没有?跟我回家。

我尖叫着说:你弄疼我了,你这个疯子,快放开。他抓住我的手腕不松手,有男同学上来就踢了他一脚,刚好踢到他的肋骨上,他弯着腰捂住胸部,慢慢地佝偻成一堆,腰弯得像一只虾米,但我还是镇定地招呼同学们说,咱们走吧!咱们走啊!走出很远,我回头看,他依旧弯着腰呆呆地站在迪厅的门前,孤零零地站在晨曦里,我忽然觉得有一丝柔软在心中渐渐荡漾开来。

后来我回到学校很久才知道,那一次,他被我的同学一脚踢断了两根肋骨,在医院里整整住了半年,我并没有去看他一眼,不是我心狠,是我不愿意和他纠缠在一起,是我本能地排斥他,如果一定要怪,就怪他自己在生活中扮演的角色不好。

转眼大学毕业,开始工作了,为了避免看到他,我不经常回家。后来我认识了安生,他有着病态的苍白和忧郁,但我疯狂地喜欢他,挣的钱几乎都给他花掉,并无怨言。

带安生回家,金小林还是盛情地款待了他,弄得很隆重。我的心中是温暖的,是感激的,但说出来的话仍充满敌意,一副并不领情的样子。

安生走后,他很正式地跟我谈了一次话,是19岁那年遇到他之后，第一次很正式的对话。他不同意我跟安生来往，他说：安生不是你想要的那种人，和他断了吧。时间久了你就会知道我说的没错。

我挑衅地看他，说，我知道你见不得我幸福，可是我偏要跟他在一起。

决定和安生结婚之前的那几日，他几乎天天跟着我。我说，你跟着我，也不会改变我的决定。他很自信地笑，说，如果你知道安生是什么人，你是一定会改变主意的。

他把一沓照片递到我的眼前，那全是安生的，我惊呆了。原来安生吸毒，怪不得他那么苍白忧郁，怪不得安生要花那么多的钱。

我捧着那些照片哭了，泪流满面地扑进他的怀里，他像哄孩子一样拍着我的背，说：宝贝，乖，不哭。

后来，我和他和解了。

那时候，他刚退休，没有我和他作对，所以他很空闲，有了大片的时间，养鱼、种花、上网，给我发 E-mail。他给每一条鱼都起了一个好听的名字，其中有一条非常漂亮的热带鱼，他给它起名字叫囡囡。害得我每次回家，听到他喊囡囡，就以为是在叫我。

有一天夜里，我正在家里看电视，忽然接到母亲打来的电话，母亲在电话里哭了，哆嗦着说不清楚前因后果，我急了，说，把电话给金小林。母亲这才说，金小林出了车祸，在医院里。

我的心顿时就开始"扑腾"起来，出了门，竟然忘记打车，一路狂奔到医院。到了医院并没有见到他，他已经被推进了急诊室，只等着我去签字。我想都没想就在家属签字那一栏写下"安小东"三个字。然后就是度日如年的等待。

我第一次有了害怕的感觉，我怕失去，怕得厉害，我在心中祈祷，让他活，如果可以，我宁愿用我的生命与他交换，只要他平安。

这一次意外其实并不严重，只有轻微的皮外伤，真是不幸中的万幸。

出院之后，我才发现一个很严重的问题，金小林已经不再是从前的样子，他的智商出了很严重的问题，看见人就笑，过马路时，要扯住我的胳膊，有时候会跟我 3 岁的女儿抢一个玩具。但他始终认得我是囡囡。

有一次他去买菜，竟然忘记回家的路。因为出去很久，我不放心跑

出去找,看到他被一群小孩子围攻,头发上、脸上粘满了白纸条,我跑过去赶走那些孩子,大声骂他,你真是个傻子。他看到我,依旧高兴地跑过来扯住我的手,摇晃着说,他们都来欺负我,你帮我揍他们。

我站在那儿一动不动,任由他牵着手摇晃,想起十年前,在迪厅门前的晨曦里,那个被踢断两根肋骨的男人,疼成那样,他都没有倒下。他对我的好,好到娇惯,而我对他呢?

想起那些往事,我的眼睛湿润难受,眼泪忍不住流下来。他伸出手来给我擦眼泪,问我,你怎么哭了? 我做错事了吗? 我摇了摇头,说:没有,你很乖。

是的,他是我的继父。十年前,他宠我,像宠宝贝一样,任我胡闹,妄为,任性;包容我,接纳我,爱我。十年后,我宠他,像宠宝贝一样,牵着他的手过马路,喂他吃东西,帮他抢我女儿的玩具;纵容他,怜惜他,爱他。

是上天让我做了他的宝贝女儿,是上天让他做了我亲爱的父亲,我要珍惜这段缘,我要把他给我所有的爱都还给他,让我们做一生一世的父女。

人生悟语

有时候,人们会碍于某些原因而不愿意表达感情,但一旦有一个表现的契机,就都会毫不吝啬地释放出来,因为这是真实存在的情感。表现感情的方式有很多种,默默地包容与坚守也许是最沉默的方式,但也唯有如此,这份无言的爱才具有更震撼人心的力量。

(黄晶晶)

母亲的额头布满了皱纹，但眼神温暖。等孩子喝完汤后她如同完成了什么使命一样躺在自己的床上。

生命之光 照日格图

德力格尔老人吃完家里最后一口粮已经好几天了。女儿有身孕，或许这两天就要分娩了。可家里已经没有任何吃的了。当苦难来临时，人是坚强的。等窗外的寒冷被春天代替的时候，一切都会好起来吧，但现在必须得给女儿喝一碗肉汤，老人这样想。

女儿敏基日玛起身为母亲熬了一锅砖茶。现在能给母亲充饥的只有这个了，前天她把最后的一把面撒在水里让母亲喝了。

德力格尔老人微微抬起臃肿的身子，用干裂的嘴唇沾了沾女儿熬的茶。敏基日玛把最后的一点儿煤渣扫干净，放进了炉子，所以到现在屋子都弥漫着呛人的烟味。炉子里的火苗在黑暗的屋子里放着微微的光。或许人的生命之光就如此吧，德力格尔老人的思绪开始蔓延：德力格尔也享受过富裕的日子。可所有一切都是在变化中延续的，家里成群的牛羊没有了，老伴失业了，不久又离开了人世。

什么样的生活我也都经历过了，但我可怜的女儿带着孩子怎么过呢？她又开始担心她的女儿。

门开了个小缝，邻居手里提着一点儿东西走了进来。

"老人家，您身体还好吗？"邻居关切地问。

"还好……"德力格尔老人说。

"我给你们带了一点儿肉，熬肉汤喝吧，补补身子。"邻居说。那肉

块可真小,如果是一条汉子,一口就能吞下它。

"还是你自己吃吧,我知道你们也已经好几天没吃过东西了。"

邻居什么也没说,把肉递给德力格尔老人便转身出了门。德力格尔老人的嗓子里像是卡了什么东西,眼泪却缓缓地流了下来。相互依靠的时候,人是最美的,她想。

"母亲,我用这块肉为您熬肉汤吧,喝了它您的病就好了。"敏基日玛说,她的喉咙嚅动了一下。

德力格尔老人拽着被罩抬起头,她想亲手为女儿熬一碗肉汤。

"您躺着,我来。"敏基日玛起身说。

头晕目眩,浑身疼痛难忍,但德力格尔老人用尽最后的一点儿力气站了起来。

"孩子,给添点儿火。"她说。家里实在没有可烧的了。敏基日玛把门楼里的纸箱撕开放进了炉子。

德力格尔老人用颤抖的手把肉放进沸腾的水里,加了些许作料。

肉汤熬好了必须让母亲好好喝,毕竟一连几天母亲都没有吃东西了,敏基日玛这样想。

"给,快趁热把这碗肉汤喝了。"母亲把熬好的汤端在女儿面前。

"妈,您自己……"敏基日玛嘟囔着。

"要趁热!"母亲的语气有催促的意思了。

敏基日玛不能再推辞了。她端起碗把肉汤喝了个干净。她的母亲则一直坐在她身边。母亲的额头布满了皱纹,但眼神温暖。等孩子喝完汤后,她如同完成了什么使命一样躺在自己的床上。

敏基日玛浑身轻松了许多,额头开始有些汗珠,同时她又感到腹内的孩子在蠕动……

那一夜的黑暗中,德力格尔老人去了另外一个世界。因为女儿那一碗肉汤,老人走得很安详。敏基日玛竟然都没有察觉母亲去了另一个世界。天边出现光亮时,婴儿的啼哭声给这穷困潦倒的家庭带来了生机与希望。

喝了最后一碗肉汤的敏基日玛安全地生下了孩子。而她的母亲,如

一只不归鸟,满载着喂饱雏鸟的喜悦飞到了世界的另一边。

　　房子里,生与死停在同一条地平线上时,新的一天开始了,太阳露出了笑脸。

人 生 悟 语

　　一个生命消失了,另一个生命又降临了。在这一去一来中,生命完成了一次最原始的轮回,维系它的是永不消失的爱。不能简单地评价爱是如何的伟大,因为这关乎生死,因为再多的话语也难以将这份爱完整地表达出来。但是,只要心中有爱,死亡又何尝不是一次重生呢?

(黄晶晶)

　　我还说着话,几位同学早已泪流满面。是的,女人孕育了生命,也能托起生命。

托起生命的女人
周为龙

　　高中同学聚会,听大家讲了三个关于女人的故事。

　　第一个开讲的是位女老师,大概故事在她心中已捂了很多年,她讲得很动情。她说,有天晚上,一场龙卷风突然降临在河西村,寡居多年的潘二妈和9岁的女儿躺在床上,听到外面的雷声、雨声和风声,吓得蜷缩在床上一动不动。这时一阵狂风把屋顶掀掉了,几面墙在抖动,潘二妈急忙将女儿从床上拖起,从自己身上经过,又迅速把她推下床,并将一床小棉被随手压在女儿身上。此时,一声巨响,晃动的墙倒塌了,砸在潘二妈的床上。待乡亲们前来救援时，潘二妈身上已血肉模糊，她被倒下的墙砸中后就没有再发出一点声音。这位女教师接着说，这个女孩今年中考作文就以《生命的接力》为题，叙述了母亲舍身救她的经过：是母亲用生命换回了我的生命，用她的生命托起了我的生命，这是一场生命的接力赛。我的这位女同学讲到此，眼里已噙满泪水。

另一位同学过去当医生，现在已经是乡镇一家医院的院长了。他讲的故事是这样的：几年前的一场洪水让一个村子成为一片汪洋，村里的人大多上堤坝抗洪了。下午 3 时，28 岁的准妈妈晓琳突然腹痛，她知道孩子快要出生了，但身边没有一个人。晓琳强忍着疼痛，拿了床棉被和孩子的小衣服走出家门。门前正好有一条船，房子的四周是白茫茫、一眼望不到边的水，没有河道，也看不到田埂。晓琳当机立断，自己划船朝着医院方向划去。肚子疼得更厉害了，她咬着牙往前划，不到一小时，她划了十几里水路，几乎赶上自行车的速度，终于赶到了县城。到了医院，晓琳已说不出话来，浑身全湿透了。坐在门诊上看急诊的就是这位同学，他说，晓琳刚进妇产科的门，她的儿子就出生了。后来，那个孩子取名为"水生"。

"一位 71 岁的老人，居住在一个镇办厂里，他原是这个厂的厂长。老人在那年夏天不幸突发了脑溢血，是 50 多岁的唐三姑和医生救回了老人的性命。"第三个故事是这样开头的。

老人突发脑溢血时不能搬动，只有就地抢救治疗。老人的儿子儿媳都在城里工作，老伴已去世，照顾老人是件困难的事。这位唐三姑与老人是远房亲戚，在一个厂里工作多年，她主动承担起这位老人的护理工作。唐三姑几年前家庭变故后带着一个女儿生活。为了照顾老人，唐三姑干脆把家搬到老人那里，老人瘫痪在床，吃喝拉撒全由她一人负责，每天要喂三顿饭。在老人清醒时她还陪伴他只言片语地说说话。唐三姑女儿长大了，读了师范大专，毕业时，唐三姑执意让女儿回小镇上来，就在镇中心小学任教，母女俩一起照顾老人。一晃 12 年过去了，老人除了患过一两次感冒，从没生过其他病，这么多年躺在床上，也从没有生过一次褥疮，身上衣服永远是干干净净的。今年夏天，老人病危，

儿子和媳妇赶来看望守候老人,老人只是微笑,毫不痛苦,喃喃地说,把房子给三姑母女俩。儿子直点头,唐三姑直摇头,她含着泪说,我不要房子,我不是为了房子。83岁的老人含笑去世了。这个故事是我讲的,那位老人就是我的父亲。

我还说着话,几位同学早已泪流满面。是的,女人孕育了生命,也能托起生命。

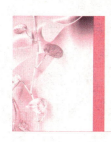

我们都知道他来自农村,可是在他的描述中,我们印象中的农村老太太渐渐变了模样,幻化成一个李双双似的美丽的农村妇女。

请为你的父母骄傲 梧 桐

长期以来,父母都为我而骄傲。小的时候,我的成绩好、长得还不错,父母带我出去,总能收获一大片赞扬和羡慕。每当听到别人用惊奇的语气说:"啊,老吴,这就是你儿子。小家伙长得真不错。读书怎么样?什么,年年都是三好学生?不简单不简单。"这时,父亲就会得意地摸着我的脑袋,佝偻的腰板也骄傲地挺直了,母亲脸上的每一条皱纹也都舒展开来。

后来,我上了大学,每个月打电话向父母要生活费都是理直气壮的,因为是我让他们一夜之间有了所谓的知名度。从我收到那张名牌大学录取通知书的那一刻起,父亲和母亲就不再是那个几千人大厂里默默无闻的一分子。提起他们的名字,听的人就会说:噢,知道,他们有个儿子在北京念大学。

再后来,我进了一家外资公司工作。虽然只是普通的办事员,但是不时从我嘴里蹦出的 MBA、GDP 更让父母看我的眼神里充满了敬畏。别人家的孩子下岗的下岗、失业的失业,自己的儿子挣的却是美金。唉,我的父亲母亲,想不骄傲都难啊!

我俨然成了一家之主。家里有什么事,父母亲第一个想到的就是打电话征求我的意见。即使觉得我的意见有不妥之处,也只是小声地发表自己的看法。待到我用鄙薄的语气说他们老眼光、没见过世面、井底之蛙时,他们就会连声说,听儿子的,听儿子的,他见过世面,比我们有主意呢。

我从来没觉得有什么不妥。我很少在同事面前说到自己的父母。他们那么平凡,甚至只是这个繁华都市里最卑微的底层劳动者。

直到有一天,办公室来了一位新同事。他频频说起自己的母亲,言语之间充满了骄傲。他说母亲很漂亮,母亲很能干,母亲还会唱好听的山歌……我们都知道他来自农村,可是在他的描述中,我们印象中的农村老太太渐渐变了模样,摇身一变成了一个李双双似的、美丽的农村妇女。

有一天,同事说请我们去他家吃饭,因为他母亲来了。等见到他母亲,我不禁在心里笑骂,这小子,真会吹牛。他的母亲,是一个又黑又瘦的老太太,像一粒风干了的枣子。见我们去了,讷讷地连招呼也不打就往厨房里躲。同事把母亲拉出来,挨个儿给她介绍,这是小李,这是王姐。他的母亲很局促地笑着,同事却一直亲热地搂着她,亲热地叫着妈,并且问我们,我妈是不是很漂亮?我妈炒的菜是不是很好吃?我们

味同嚼蜡,嗯嗯地应着。同事看出了我们的不以为然。在他母亲洗碗的时候,他对我们说,你们不知道,母亲年纪轻轻就守了寡,农村的日子对一个单身女人来说有多苦呀,可她不靠别人施舍,硬是凭着自己的一双手供我念完了大学。我没听她说过一声苦,喊过一声累,我为自己拥有这样的母亲而自豪。

我们不约而同地沉默了,或许都在那一瞬间想到了自己的父母,想到了自己对父母那些无理的埋怨——只因为父母不能为自己买房,不能拿钱给自己做生意,也没本事给自己找个好工作。我们理所当然地认为,自己是父母的骄傲,自己给父母长了脸面,可我们什么时候为自己拥有这样的父母而骄傲过?

那个晚上,我没有回自己的出租屋,而是回了父母的家。参加工作后,我嫌弃父母的房子又脏又乱,光线不好,自己租了房子在外面住。看到我回家,母亲兴奋地要给我做夜宵,父亲则去给我烧洗脚水。

我的眼睛湿润了。年轻浮躁、夸夸其谈的我每天唾沫横飞地指点江山,鄙薄自己年迈的父母,觉得他们理所当然地应该为有我这样"争气"的儿子而骄傲,从来就没有想过,他们是如何认真而努力地生活着。想起来,真正浅薄的是我。我是父母的骄傲,父母不也是我的骄傲吗?

人 生 悟 语

孩子是父母的骄傲,因为他身上寄托了父母的梦想和殷殷期盼;父母又是孩子的骄傲,因为他们认真生活的态度给初涉尘世的孩子做了榜样。虽然年龄和认识上的代沟不可能消失,但孩子与父母之间的爱并不因这些鸿沟的存在而减少,相反,它会具有更大的张力,日久见浓。

(黄晶晶)

当她拐进黑魆魆的厨房时，她锥心镂骨地意识到，她生命中需要一个随时能帮她安灯泡的人。

安灯泡的人 刘心武

　　夜里9点半，她走进厨房，打算给自己煮些冷藏馄饨当夜宵。从冰箱里取出馄饨，忽然，厨房天花板上的电灯泡坏了。她取来一个新灯泡，搬来一把餐椅，为了稳妥，再把一只小凳放在餐椅旁边，但厨房显得非常晦暗，她先踩小凳，再登上餐椅，小心翼翼地使劲伸臂，指尖才勉强够到那只坏了的灯泡。

　　她到灯光明亮的厅里，去给物业打电话，值班的人告诉她：电工都下班回家了，他记录下了她的要求，明天9点电工一上班，就会来帮助她。她说，其实很简单，只不过她个子矮够不着，希望值班的能来帮一下，举手之劳嘛，但对方强调是只管大事，倘若恰在他为这么件小事离开的时候有业主报告火情匪情……她没听完就挂断了电话。

　　她给同层隔壁的邻居小安和小香两口子打电话。他们对她十分友善。半年前老伴突发心梗歪倒在书桌上，她往老伴嘴里舌下塞硝酸甘油，怎么也塞不进去，而老伴似乎已经没了呼吸，急得她冲出家门，猛敲小安他们家的防盗门，大喊"救命"，小安和小香闻讯冲进她家，一个抓起电话打120，一个去把她老伴平放到地面，按胸，口对口呼吸……直到老伴的后事料理完毕，看她平静下来，他们才又恢复到见面打招呼、隔墙各自过的状态。尽管她很久没有再麻烦过小安和小香了，但这次打去电话求助来安厨房灯泡，觉得必无问题，谁知那边接电话很慢，

拿起电话竟传过来小安一声显得很粗糙的"喂",而且接着传来的是小香的叫骂声:"又是你的哪个心肝? 你怕不接误了你们的好事儿对不对? ……"她就本能地挂上电话,愣在那里。

人们各自的生活,多数是在一个共同的屋顶底下,叫做"家"的地方。而"家"的核心呢,是两口子。她想到了鹅毛笔,这自然是个绰号,当年是个很优雅很浪漫的绰号,鹅毛笔堪称她大学时同舍的闺中密友,经历过那么多年的云烟世事,他们现在仍保持着相当密切的联系。老伴去世一个月后,鹅毛笔来她家,环顾一番后说:"你哭不出来,别人不理解,我能不懂吗? 他这么干脆利落地去了,对你反而是个解脱。"其实她和老伴谁也没有外遇,也说不上有什么矛盾,60 岁以后,他们的生活里甚至连拌嘴的浪花也鲜有。对她来说,内心里是嫌老伴太无情趣,尤其是退休以后,生活的主要内容,就是坐在书案前,修订补充他那本四十几年前出版过的学术专著。20 年前到美国留学,后来在那边嫁人定居的女儿,半年前回国奔丧,把父亲那部一再修订补充却难以再版的书稿带去做了纪念,3 个月前来电话跟她坦率地说:"确实过时了,其意义只存在于私人纪念中。"夜深人静时,她也曾在失眠时苦苦思索:婚姻的意义究竟是什么? 丈夫者,对于妻子,意义何在?

胡思乱想了多久,她也不知道,只是觉得饿,想吃热馄饨,想起厨房没有光明,堵心。她给鹅毛笔打去电话,鹅毛笔一听是她就笑,说必是想起我鹅毛笔的长处,想利用一下,对不? 她也笑,说正是,我是墨水瓶的个子,够不着那灯泡,你鹅毛笔正好发挥特长,你浪漫一下,打个车过来, 咱俩一起吃消夜……电话里鹅毛笔的笑声伴着搓麻将的声响,那边问看没看过《色戒》? 能辜负好不容易凑齐的"三缺一"吗? 鹅毛笔建议她打车过去,那边的消夜是从 24 小时营业的名馆子叫的外卖,比冷藏馄饨强太多了……

她失落地朝厨房移动,路过没开灯的书房,忽然,她恍惚觉得他还在里面伏案,许多细琐的往事倏地丛聚心头,啊,他,老伴,如果在,他就是那安灯泡的人啊……他会默默地修理马桶,为她从橱柜最高处取放物品,给她把似乎永不能再启动的按摩器恢复功能……那次她大意

Wei ai zhong Yi pian sen lin

地闻铃开门，门外是两个可疑的陌生男子，老伴适时地站到了她的身后，那两个人显然是因为这家有男人便舍难取易，第二天全社区都知道了那桩血案——作案者就是那两个人，时间就在离开他家约半小时后，地点在旁边那栋楼，受害者是一位孤身妇女……

婚姻的意义一定还很深远，丈夫的价值一定还很多，但是，当她拐进黑魆魆(xū)的厨房时，她才突然锥心镂骨地意识到，她生命中是多么需要一个随时能帮她安灯泡的人……她跌坐在那把餐椅上，痛哭失声。

人 生 悟 语

世间有很多事物，当它存在时我们意识不到它的可贵，而一旦失去了，才恍然发现它的价值。婚姻中的感情是这样，其他感情也莫不是如此。让我们都珍惜现在吧，珍惜身边的人和事，珍惜萦绕周围的愁绪与平淡，正因为有了这些才构成了生活的本真与常态。

(黄晶晶)

我开创了自己的事业，一份帮助他人获得幸福的事业，而成功的秘诀就是一颗感恩的心。

感恩瓷盘 [美]凯瑟琳·维戈里托

20 年前，我十几岁时，母亲在睡梦中去世了。我搬进了一间狭小的公寓，每天打 3 份零工才够勉强度日，有时甚至还要卖掉首饰付房租。

一天晚上我疲倦地回到家，煮了面条在旧餐桌边坐下，拿起叉子——再累也得吃东西啊。突然我停住了，想起母亲一直要我在饭前说感恩的话。该感谢什么呢？我很健康，还有许多希望与梦想。于是我大声说道："感谢上苍赐予我健康和对美好明天的希望。"顿时，我心中涌起一股暖流，似乎那间小屋也不再寒酸了。没想到简单的一句话也可以有这么强大的力量。

于是，我打算每天都要感恩，留心搜寻可感激的人和事，把一切美好的回忆都记下来。我努力工作，追寻着梦想。我在一家电台的广告部找到了正式工作，同时还在报纸上开设了励志专栏。后来我又有了幸福的家：爱我的丈夫和两个女儿，事业也蒸蒸日上，当上了主管。

直到现在，全家人在饭前还是要说感恩的话。孩子们有时说得很好，可是要出口成章并不简单。怎么办？我盯着盘子：空白的边缘在食物的衬托下显得很扎眼。我突发奇想：为什么不把感恩的话印在盘子的边缘呢？

全家人对这个想法都很赞许，电视购物节目也对此很感兴趣，表示愿意代理销售。于是我辞去了工作，开始专心设计。我买了些瓷盘回来作样品，在电脑上浏览不同字体和颜色的效果。我打印出了草稿，全家人围在餐桌边选出最好的几款，我把它们剪下来贴到盘子上，修改到满意为止。

接着，我在网上查找制造盘子的公司。我希望产品耐用，能用微波加热，大小和形状适宜并适合家庭日用。最后我终于找到了一家公司。几个月的等待之后，成品送来了。当我打开包装箱时，心里一沉：颜色不对，字体也太小。制造商表示了歉意，承诺重新制造，但那要耗费时间。

我最终没赶上电视购物节目订的交货时间。一年的辛勤劳动都白费了。我心烦意乱地躲进了卧室，瘫倒在床上，曾经的那种失落感又来了。大女儿劳伦轻轻在我身边坐下，搂住了我。"妈妈，我相信你的想法很棒！一句真理可以改变一生。所以我们才要说感恩的话，这是您说的呀。"女儿的话使我的心中再次燃起希望。

制作出的第二批盘子非常完美。本地有一家餐厅，我向店主赠送了几套餐具。我在餐厅的角落里坐下，静静地观察着。一开始似乎没人注意到那些字句。这时服务员端着托盘走向另一张坐着一位父亲和两个男孩的桌子。他们拿起了叉子。突然父亲停下了，他往前靠了靠，仔细端详着盘子。男孩们也放下叉子，低下头来，阅读着盘子上的字句，开始说感恩的话。

一个月之后，我开始第一次在电视上销售"感恩瓷盘"，结果大获成功。从此，我设计的产品频频出现在电视上。我开创了自己的事业，一份帮助他人获得幸福的事业，而成功的秘诀就是我有一颗感恩的心。

人 生 悟 语

拥有一颗感恩的心，不仅能够获得幸福的生活，还能让他人也感受到快乐。让我们怀着一颗感恩的心来面对生活吧，感恩自己拥有一副健康的体魄，感恩自己拥有一个和睦的家庭，甚至感恩清晨透过天窗的那一缕阳光。所有平淡的生活，将会因为感恩的心而变得丰富美好起来。

(黄晶晶)

倘若有阴间，那么岂不就省了投胎转世的麻烦，直接又可以去做父母的儿子了吗？在我们这个阳世没尽到的孝，我就有机会在阴间弥补遗憾了。

父亲的遗物 梁晓声

站在椅子上打开吊柜寻找东西，蓦地看见角落里那一只手拎包。它是黑色的，皮革的，很旧。拉锁已经拉不严了，有的地方已经破了。虽然在吊柜里，竟也还是落了一层灰尘。

我呆呆地站在椅子上看着它，它就像一条走失了多日又终于嗅着熟悉的气味儿回到了家里的小狗，也看着主人……

那是父亲生前用的手拎包啊！

父亲病故十余年了，十余年中，我不止一次地打开过吊柜，也不止一次地看见过父亲的手拎包，但是却从没把它取下过。我怕陷在不可名状的亲情回忆里。

然而这一次我的手伸出又缩回，几经犹豫，最终还是把手拎包取了下来……

我并没打开它。

我认真仔细地把灰尘擦尽，转而腾出衣橱的一格，将它放入。我心情很内疚，不该让自己父亲的遗物落满了灰尘啊！

我不必打开它，因为我知道里面装着一把刮胡刀。父亲的络腮胡子很重，刮时发出哧啦哧啦的响声。父亲去世前，刮胡刀的刀刃已被磨得只有原先的一半那么宽了。因为父亲的胡子硬，每用一次，必磨一次。父亲的胡子又长得快，四十几年的岁月里，刀刃自然耗损明显。

手拎包里还有一个小小的牛皮套，其内是父亲的印章。父亲一辈子只刻过那么一枚印章。木质的，比我钢笔的笔身粗不到哪儿去。父亲一生离不开那印章，当工人时每月领工资要用，退休后每三个月寄来一次退休金，60余元，一年仅用数次……

包里还有一对玉石健身球，是我花 50 元为父亲买的。父亲听说是玉石的，虽然我强调我只花了 50 元，父亲还是觉得那一对健身球特别名贵。

他只偶尔转在手里，之后立刻归放盒中。其中一只被他孙子小时候要去玩，结果掉在阳台的水泥地上摔裂了一条缝……

父亲当时心疼得直跺脚，连说："哎呀，哎呀，你呀，你呀！真败家，这是玉石，你知道不知道哇！……"

再有，就是父亲身份证的影印件了。原件在办理死亡证明时被收缴注销了。我预先影印了，留作纪念。

除了以上东西，父亲这一位中国第一代建筑工人，再没留下什么遗物了。仅有的这几件遗物中，健身球还是他的儿子给他买的。

手拎包的拉锁，父亲生前曾打算换。但那要花3块多钱。节约了一辈子的父亲舍不得花。父亲曾试图自己换，结果发现皮革已有些糟了，咬不住线了，没换成。我曾给过父亲一只开会发的真皮手拎包。父亲却将那真皮的手拎包收起来，舍不得用。他生前竟没往那真皮的手拎包里装过任何东西……

他那只旧拎包夹层的拉锁是好的。既然仍是好的，父亲就格外在意地保养它，方法是经常为它打蜡。父亲还往拉锁上安了一个纽扣那么大的小锁。因为那夹层里放过对父亲来说极重要的东西——6000元整的存折。那是父亲一生的积攒。他常说是为了我的儿子积攒的……

父亲去世前一个月，我为父亲买了六七盒"蛋白注射液"，大约用了近3000元钱。我明知那绝不能治愈父亲的癌症，但仅为获得一点儿心理安慰罢了。父亲那一天状态很好，目光特别温柔地望着我笑了。

可母亲走到了父亲的病床边，满脸忧愁地说："你有多少钱啊？买这种药能报销吗？你想把你那点儿稿费都花光呀？你们一家三口以后不过了呀？……"

仰躺着已瘦得虚脱了的父亲低声说："如果我得的是治不好的病，就听你妈的话，别浪费钱了……"

沉默片刻，他又说："儿子，我不怕死。"

听了父亲的话，我心凄然。

我写作的房间里，挂着父亲的遗像，一位面容慈祥的美须老人。书架上摆着父亲与我们兄弟四人和我的一个妹妹青少年时期的合影，大家都穿着棉衣。

我也不怕死。只是觉得，还有些亲情责任未尽周全。我是根本不相信另一个世界之存在的。但有时也孩子气地想：倘若有阴间，那么岂不就省了投胎转世的麻烦，直接又可以去做父母的儿子了吗？在阳世没尽到的孝，我就有机会在阴间弥补遗憾了。

　　父爱含蓄而深沉,舐犊情深的爱怜不会轻易表露,而是默默地在远处望着孩子的背影。父亲不会轻易夸耀孩子的成绩,而在一颦一笑间把那份满足泄露无遗。父爱就像佛的禅,无法言说,没人能说清,只能用心去领悟,用爱去感知,用责任感去深深体会。

(王　蕴)

　　这时,他发现父亲已经紧紧地搂住了他,双臂在他的后背上下抚摸着,炽热的泪水滴到了他的面颊上。

圣诞节的早晨 [美]赛珍珠

　　清晨4点,他忽然醒来,就再无睡意了。过去,他父亲总是在这时唤醒他去帮着挤奶,他对自己迄今还保持着这个早醒的习惯也觉得有点儿奇怪。父亲已经去世30年了,可他现在仍然一到4点钟就醒。今天早晨——因为是圣诞节,他不想再接着睡了。

　　可今天的圣诞节对他又有什么魔力呢?他的童年时代和青春的时光早已逝去,就连他的孩子们也已长大成人、各奔东西了。

　　昨天,妻子对他说:"没必要去修剪圣诞树了,噢,也许用不着再花那时间了。"

　　"不,艾莉丝,"他带着肯定的语气说,"虽然只有咱们两个人,但是还要好好过个圣诞节。"

　　她有点儿勉强地说:"那咱们明天再修剪吧,我实在有点儿累了。"

他同意了，现在那棵树仍在门外放着。

他静静地躺在自己的房间里，妻子睡在隔壁的屋子。两屋之间的门关着，因为她常彻夜失眠，即使有时睡着了，也极易被极小的声响弄醒。因此，他俩几年前就决定分开睡了，可再也没有从前睡得那么香。毕竟，天长日久在一起的生活，使他们再也无法分开了。

他今晚为何毫无睡意？寂静的夜晚，繁星闪烁，满天星斗构成了另一个奇妙的世界。每当他在这时想起那件往事，特别是在圣诞节黎明之前想起它，星星就好像显得特别大，特别亮。

这些年来，他经常不由自主地回忆起过去的时光。那时他十几岁，住在父亲的农场里。他很爱他的父亲，可父亲却从没有意识到这种爱。直到有一天他无意中听到父亲对母亲说的话。

"玛丽，我讨厌总那么早就叫醒鲍勃，他身体长得那么快，需要睡眠。我真想把挤奶的事全包了。"

"可这不行啊，亚当，"他听到母亲的声音传来，"他已经不是孩子了，该学着干点事了。"

"这我知道，可我实在不忍心叫醒他。"

当他听到这些，从心底里明白了：父亲爱他。他过去从来没有想到过这些，因为以前他认为血缘关系大概就是这样，很自然。现在他明白了，于是早晨再也不想钻在被窝里耗时间，还要让父亲来叫。想到这儿，他揉着睡眼，磕磕绊绊地起了床，穿上衣服。

一晃几天过去了，圣诞节的前夜，他躺在床上翻来覆去，想着第二天要干的事。他家里不富裕，过圣诞节最令他们高兴的，就是吃火鸡和妈妈做的馅儿饼。他姐姐每次都要缝制一些圣诞礼物，而父母总给他买些他需要的东西，有时可能不光是一件温暖的夹克，还有另外的东西，比如说一本书什么的。而他呢，也总是把零用钱攒起来，给他们每个人都买份礼物。

他想，这个圣诞节他就 15 岁了，该送给爸爸一份更好的礼物，而不是像过去那样，总是到商店里给他买条普通的领带。他侧身躺在阁楼的床上，眼睛望着窗外，心里琢磨着这份礼物。

当他还很小的时候,有一次问父亲:"爸爸,马厩是什么?"

"就是牲口棚,"父亲回答说,"就像咱们家那个牲口棚一样。"

接着,父亲告诉他,耶稣就是在牲口棚里诞生的。还说牧师和圣人来到牲口棚,给人们带来了圣诞礼物。

他忽然闪过一个念头:对呀,我为什么不能在牲口棚里送给爸爸一件特殊的礼物呢?我可以早早起床,悄悄去奶牛棚里,一个人给牛添草加料,把奶挤了,并将牛棚打扫干净……这样,在爸爸进去挤奶的时候,就会发现所有的事都干完了。

他凝望着满天的星斗,静静地想着,不觉得意地笑了。他想,要干这事,就不能睡得太死。这一夜,他醒了好多次,每次都要擦根火柴,借着火光看他那只旧表,生怕误了时间。

半夜两点半他就起了床,悄悄下楼,轻轻拉开房门,以免发出声响,然后蹑手蹑脚地走了出去。屋外,一颗泛着微红的光的星星很大、很低,就像挂在屋顶上。牛棚里,一头头奶牛睡眼惺忪地望着他,显出惊奇的样子,好像在说:"你好早啊!"

这群牛对他还挺顺从。他给奶牛添了些干草,然后摆好奶桶和大奶罐。

过去,他从没有独自一个人挤过奶,现在觉得似乎在做一件不简单的事。他不慌不忙地干着,桶里散发出的醉人奶香,使他开心地笑了。奶牛也配合得很好,似乎它们也知道今天是圣诞节。

挤完奶,两只奶罐全已盛满,他盖上了盖子,接着打扫牛棚……诸事完毕后,便小心翼翼地关上了门。

当他回到房间里时,离 4 点只差 5 分钟了。他赶紧脱衣上床,钻进被窝,因为他已听到父亲起床的声音。他用被子蒙住头,生怕自己激动的喘息声被父亲听见。这时,房门开了。

"鲍勃,"父亲的声音,"虽然是圣诞节,我们也得起来干活啊,孩子。"

"好——吧——"他故意装成还没睡醒的样子。

"那我先去了,我得事先干一些事。"

065

门关上了。他仍躺在床上，忍不住笑出了声。想到等一会儿父亲就会明白一切时，他的心跳得都快蹦出来了。

这段时间过得好像特别长，也不知道过了多久，他终于听到了父亲的脚步声，接着，门开了。

"鲍勃！"

"嗯，爸爸——"

"你这小鬼，"父亲激动得话也被哽住了，"你这家伙骗了我，是不是？"

"这是给您的圣诞礼物，爸爸！"

这时，他发现父亲已经紧紧地搂住了他，双臂在他的后背上下抚摸着，炽热的泪水滴到了他的面颊上。天很黑，他们谁也看不清谁的脸，却都能感到彼此的心在跳动。

人 生 悟 语

父爱像茶一样甘甜、醇香，但只有慢慢品方能体味。父爱中蕴藏着一种光泽，像山河的气息一样，用沉默触动子女心跳的脉搏。父亲的职责无需言明，却汩汩流入你的心窝，沁入你的骨骼。用心体会那沉静的父爱，捕捉爱的光泽，你会为之流泪，为之高歌。　　　　（王 蕴）

那个**天使**流泪了

第三辑

爱我的人为我痴心不悔，我却为我爱的人甘心一生伤悲。爱情，或许是人世间最令人捉摸不定，却又最让人缠绵悱恻的一种情感吧！有些爱情，是岁月酿造的陈酒；有些爱情，是两颗心相互碰撞出的火花。爱我所爱，不求回报，无怨无悔，大概这就是爱情最高的境界吧！

我就想告诉健康而幸福地生活着的丈夫,好好爱惜你的妻子,多留一点时间给她,不要忽视她为你做的一切。

世界上
最爱我的那个人去了 佚 名

　　我永远都会记得那个晚上,我像平时一样在看体育新闻,妻子洗了澡出来对我说:"我的脚上怎么多了一颗黑痣?"

　　我是一个毫无医学常识的人,觉得女人都喜欢大惊小怪,就没有理会她。

　　我们的生活应该说是很和谐,很安逸的。从我在公司任了高职之后,她就当起了全职太太。我的工作三天两头要加班,还经常出差,有时候一走就是3个星期。出差在外,别人都会很担心家里老人身体如何,孩子功课怎么样。而我,总是悠闲笃定的,我知道,她会去照顾我父母,她会辅导儿子功课。事实上,羡慕她的人和羡慕我的人一样多。在别人眼里,她不用朝九晚五看老板脸色,而且我们早就买了车,住进了位于西区的三室两厅。我们虽然都不知道浪漫是怎么回事,但感情一直很好。

　　我太太以前是一个药剂师,有一点医学常识,她知道这种莫名其妙,不痛不痒,忽然长出来的黑痣很可能是有问题的预兆。她自己去看了医生,诊断下来竟是皮肤癌。这个结果把我们一下子就吓蒙了。那些日子,我陪她跑遍了沪上最有名的大医院,所有的诊断都是一样的,并且一位很有名的医生告诉我,她得的这种癌症的死亡率是90%!是皮肤癌中最最凶险的一种。

不久，就像医生预言的那样，她的腿上、胳膊上、背上也不断长出新的黑痣来，她的身体和精神也渐渐开始衰落。在我的印象中，我还会偶尔感冒发烧肚子疼，可我太太几乎没有生病的时候。可是现在，从来闲不住的她竟然躺到了医院的病床上。

没有了她的家变得冷冷清清的。厨房里没有了热气，卫生间的马桶、家具上都蒙了灰。以前那个明亮温暖、回来就感觉舒服的地方变成了一个我几乎不认识的地方。我对家里的许多东西居然是陌生的，用微波炉解冻、蒸饭，我搞了半天不知道应该用哪一档，冲一杯咖啡或者茶，煮一碗速食面、热一碗汤，弄出来的味道怎么就是同她弄的不一样。以前，她轻而易举就递给我的日用品，现在我翻遍了抽屉都没有找到。

从她住院，我就开始休公假、请事假，尽力多陪她。因为这时候我才明白，如果没有一个家，如果家里没有一个体贴的妻子，男人挣再多的钱，在外面再风光也是空的。

就在她病情趋向恶化的当口，一位熟人告诉我在广州有一个专门治疗这类皮肤癌的医院，有类似的病例在那儿被治愈过，但费用很高，一个疗程3个月，大约要30多万元，治愈率大概有30%。当我把这个消息告诉妻子的时候，被病痛折磨得近乎失神的她对我清清楚楚地说了三个字：我要活！真的，我以前从来没有觉得我们是多么恩爱的夫妻，可是，那一刻，我觉得我们是世界上最最相爱、最最适合做夫妻的男女，我们能够生活在一起有多么好。她要活，我要她。我们要一起老，一起等儿子长大，一起听儿子的儿子喊我们"爷爷、奶奶"。我下了决心陪她去广州。我去公司请事假的时候，还听到有同事在轻声说："如果是我，就省省了，30万哎，万一没治好，不是人财两空嘛。"

说这些话的人没有体会过亲人将要离去的悲哀，也不知道这一线生机带给我们的希望。当时我想，哪怕是60万、100万，把房子卖了，把车卖了，只要她能够活下来，我也在所不惜。

去广州之前，我到家附近的超市去买一些需要的日用品。中秋节的前夕，超市里到处都是兴高采烈的脸，人们说着笑着。我忽然觉得，我同那群快乐的人隔离了，所有的欢声笑语从妻子得病那刻起就已经同我没有关系了。我按照她开给我的单子买了许多日用品，当我提着袋子出门的时候觉得很重，这么多年来，家里一切吃的用的都由她安排得妥妥帖帖的，我从来不知道米多少钱一袋，油多少钱一桶，我从来不知道这些东西从超市运到家里其实也是很累的一件事情。我一度觉得家里的顶梁柱是我，当她骤然倒下的时候，我才意识到，她才是家里的主心骨。我们在广州度过了结婚以来最最亲密的日子，那3个月里，我们朝夕相处，寸步不离，常常一起笑一起哭，想不起来我们有多久没有这样倾心交谈了。开头的一个月治疗下来，她似乎觉得好一点了。偶尔，我还搀着她在花园里散散步，我们回忆在人民公园门口的第一次见面，在胜利电影院第一次看电影，那是一部叫《最后的情感》的意大利电影，她还记得是索菲亚·罗兰主演的。她告诉我，其实我约她看这部电影的时候，她已经与同学一起看过了，但她不忍心回绝我，所以陪我一起又看了一遍。这个情节我们似乎只在蜜月的时候回忆过，现在说起来，只觉得伤感。结婚这么多年来，我们从来没有在一起说过那么多的话。

　　3个月里，我眼看着她慢慢地憔悴，特殊治疗对她根本不起作用，她终于连一碗粥也喝不下了。到了后来，她跟我说："我想回家。"就这样，我们带着绝望的心情回到了家。

　　回家之后，她的身体越来越弱，并且癌症病人最害怕的疼痛症状开始显现出来。她整夜整夜地睡不着，整夜整夜地被疼痛折磨得辗转反侧，痛苦呻吟，止痛针也不起作用了。我恨不得去代她受苦，代她痛，我实在没有办法用个人的力量来承受这种痛苦了。

　　偶尔她觉得好一点儿的时候，就开始向我交代家事。我这才知道，家务事那么多那么繁琐，她一个人平时在家里有多么忙碌。她还告诉我说，我每次吃了觉得好吃的糟蹄是在哪家饭店买的，我平常穿的内衣是哪一个牌子，要到哪家超市去买。去世的前三天，她甚至教我怎么使用洗衣机，那台已经用了好几年的洗衣机当时是我同她一起去买

的，买来之后就一直是她在操作。临终前几天，她一直说同我结婚她很幸福，我们在广州的3个月，是她一生最幸福的日子。那3个月也会是我一生的珍藏。虽然，因为这3个月，我失去了提升的机会，损失了许多物质的东西，但同与妻子的相守比起来，所有的东西都成了身外之物。幸好有了那3个月，否则我一生都会良心不安的。

她去世的那天，很平静。我告诉儿子，妈妈是去了另一个地方等我们，将来我们还会在那里团聚的，那时候，妈妈还是妈妈，爸爸还是爸爸，他依旧是我们的孩子。

现在，我最怕看到那些快快乐乐的一家三口。每次路过人民公园，路过原来的胜利电影院，路过我们一起去过的超市商店，我都忍不住要哭。用洗衣机的时候，按微波炉的时候，我为儿子找换季衣服的时候，加班回家晚了，为自己泡方便面的时候，半夜里醒来，一个人睡在那张大床上的时候，我都想哭。她在的时候，我并没有感觉到有什么特别的幸福，只是感觉她就是我结婚多年感情还不错的妻子，是孩子的妈妈；她不在的时候，仿佛天塌了。

以前看到电视剧里的男人在爱人去世之后大哭，我觉得是煽情的表演，现在我跟着他一起流泪。那天在马路上看到一辆无偿献血的车，我又想到她了。记得有一次，单位里组织献血，正好轮到我，她听说后就一本正经地问我："可不可以让我代替你去？反正我不上班。可以在家里休息。"我还笑她："有病，让人家知道了不要笑死我。"我献完血回家，她为我做了菠菜猪肝汤和赤豆莲心粥。我想到，她常常对儿子说："家里爸爸赚钱最辛苦，所以爸爸最重要。"其实，她才是最重要的，没有了她，我们父子俩已经失去了世界上最重要的东西——快乐。

我为她在佘(shé)山买了一处墓穴。我用红笔涂上："爱妻"两个字的时候，心里特别难过。我不是一个善于表达感情的人，谈恋爱的时候，我也不曾对她说过"爱"这个词。

看到她有时候翻琼瑶小说，为电视剧里的爱情流泪，我还要笑她。现在，"爱"这个字，我却只能书写在她的墓碑上。我的爱妻，如果，你能重新活过来,我愿意千百遍地对你说这个"爱"字,这个所有女人都希望从自己爱人的嘴里无数次听到的字,为什么,我没有在你希望我说的时候,在你健康的时候对你多说几次啊?!

我就想告诫那些健康而幸福地生活着的丈夫,好好爱惜你的妻子,多留一点时间给她,不要忽视她为你做的一切。有许多东西,不要等到失去了才懂得它的美好。

妻子,是世界上最爱你的,最懂你的,最愿意为你付出一切的女人,此外任何一种男女之情都不能同夫妻之间的真情相比。

人 生 悟 语

有一种爱,沉静无声只在心底沉淀;有一种痛,铭心刻骨却无法弥补。是不是只有在这样追悔莫及的时候,我们才会发现真爱就守护在身边,如呼吸一般不可或缺,而我们竟然全无察觉。没有什么给予是理所当然的获得,在来得及的时候,多握一握爱人的那双手,即使我们已经对它熟悉得如我们自己的左右手一般。　　(毛淑芬)

发现只剩下我自己一个人时,内心里立即被极度的恐惧重压失衡,凄凉地呼喊着你,求你来救我!

有话对你说 韩小惠

不知道你在哪里,有话对你说。

昨夜的一场寒雨，把已经凋零得所剩无几的北方，又剥离去一层。抬眼望过去，苍白的天空中，什么也看不见，光听到一支肃杀的悲秋之曲，反复回旋冲撞着，令人绝望。把眼光收回来，期望大地，僵硬的大地裸露出来的，还是大片大片的苍白，连金黄色的落叶也不见几片。

天间地间虚空间，皆然一片白茫茫……

于是，感觉也不对了，好像这世界上的五彩缤纷——声响、色彩、图像，山、水、人，凡是代表着鲜活的、向上的、生命激情的花叶，突然间都从眼前消失了。

只剩下茕茕孑立的自己！

我立刻慌了神。虽然平时在茫茫人海中，在喧嚣中，时时刻刻都在祈求一个神示的所在，一心想进到那个没人的地方，独处。可是当真的发现只剩下我自己一个人时，内心里立即被极度的恐惧重压失衡，凄凉地呼喊着你，求你来救我！

二

不知道你是否听见了，有话对你说。

从那残酷的空白中，我突然体味到悲悯的情怀。

生命是多么的短促。生老病死，花开叶落，在冥冥之中，主宰着我们的神，一点也不肯网开一面。

那么，我们应该认真地、加倍珍惜地走完自己的生命历程。

可是，为什么，我们却又总不能如此呢？

有着那么多规矩、限制、禁锢、忌讳、阻碍、条条框框、流言飞语……像蛇一样地缠绕在我们的身上。就连哪怕心灵的一次微颤，也逃不脱它无时不在的刻毒的眼睛。于是，一颗心儿终日里沉甸甸的，就连对谁多一个微笑，多一点亲情，也似乎犯了罪似的检讨不已。有那么一天，不知是缺了哪根"筋"，我忽然说出了一番真话，自以为是天下为公的境界，可以起一点惩恶扬善的小小作用。不料，朋友们的电话"丁零零"的全来了：

"你怎么了？你！真话是只能够藏在心里，不可以随随便便说出来的。"

"你以为只有你最聪明，只有你看到这个世界的丑陋了吗？完全不是，别人比你早一千年，早就明察秋毫了。"

"怎么能够赞扬人呢？没被你赞扬的人，或者被你赞扬的人的对手们，会怎么想？"

"批评就更加不能够，哪怕是人人都厌之唾之声讨之的无赖，你看吧，当着他的面，人们还会去跟他握手，扯淡几句天气、身体一类的废话。"

"人啊，本来活着就不易，你干吗还要没事找事？要知道，一件珍贵的东西，得之弥艰，毁之殊易！"

我完全懵了。想了半天，才说出一句久藏在心里的话：

"我只是想让这个世界变得美好一些……"

谁知我的话还未说完，朋友们还未来得及再气急败坏地教训我，缠在身上的那条蛇忽然扭动着黑色的身躯，"啪啪啪"地笑开了。它这会儿大概心情正好，笑得上气不接下气，然后突然顿住，像哲学家似的教导我说：

"你、不、是、救、世、主。你、不、但、惩、恶、不、成，那、些、恶、棍、还、会、把、他、们、的、全、部、毒、汁、都、集、中、起、来、对、准、你。等、着、吧，你、好、好、等、着、吧，他、们、会、整、天、整、日、地、追、逐、你，搅、得、你、再、也、不、得、安、生。"

说到这里，它响亮地甩了一下尾巴，"啪啪啪"地又笑起来。后来又吐着红红的信子，加了恶狠狠的一句：

"他、们、至、少、会、追、逐、你、一、百、年！"

"哦，原来是这样。"我大叫一声，胸膛轰然裂开来。一股久蓄的沉重呼啸而去，顿时豁然开朗，无比轻松。我感到久已沉闷的怠倦的心一下子有了活力，浑身的血脉都汩汩地奔腾起来。

我转身扑到钢琴上，弹了一曲我心爱的《拜厄第66号钢琴曲》。我的彦弟曾经告诉我：他从这首曲子里，听出了一个倔强的、昂扬的、渴望为真理而冲锋的灵魂。

三

不知道你能否理解我，有话对你说。

钢琴的余音还在回荡，我却沮然垂下头，沉进人类的大悲哀里，心里堵得疼。

对别人，我一天比一天沉默。

我只想逃回自己的窝里，依在你温馨的慰藉里，歇息。

不是因为胆怯，也不是因为没有能力，而是因为极度的失望。

不知道你是否体味过那种心里有话，却无从对人倾诉的痛苦。这是精神的苦役。刚才我走在大街上，被夹在人流之中，竟突然间茫然失措。那些穿着漂漂亮亮的男人、女人们，各自向着他们的目标，急急忙忙地走着。而我，却突然不知道要走向哪里，要做什么。我甚至迷惑地失去了自己，被人群的惯性所裹挟，脚机械地挪，心却在空洞洞地流血……

我就去找我的朋友们。可是他们都出门了，有的去凭吊圆明园的废墟，有的去赏玩香山的红叶，还有的在石景山游乐场"翻江倒海"……

我就去找我的文友们。可是近在咫尺的在忙于吟诗作文写小说电影电视剧，天南海北的又是路也迢迢，心也迢迢……

我就去找我的老师。可是他已经顾不上我，面对着新一批学生，他的心已被拴在了他们身上……

我就去找我的亲人。可是高堂虽健在，两座肩膀的大山却已被岁月的流水冲得坑坑洼洼，我不忍再去依傍他们；兄弟姐妹们一个个都没精打采，各自挑着一副沉重的担子，无暇再顾及我；我可爱的小女儿呢，眼睛清澈无比，一颗率真的心在叽叽喳喳地唱，我又怎能忍心去折断她的翅膀……

我就去找我的书。可是书太智慧、太原则、太形而上学了，你听："希望是坚固的手杖，忍耐是旅衣，人凭着这两样东西，走过现世和坟墓，迈向永恒。"（罗高语）他说得完全正确，大智大慧，可是要命的是，我还没有修炼到那么高的境界,还顾及不上永恒……

最后,我又去朝拜宗教。九华山、峨嵋山、五台山、碧云寺、灵隐寺、普宁寺,我寻寻觅觅地都去了。仙山道远,路陡雾大,都没有阻遏住我的决心。可是释迦牟尼只是慈眉善目地望着我,不语。我又去天津,走进巍峨的天主大教堂。

教堂好高啊,凌云盖顶,直达天国,然而我却只看到了痛哭流涕的信徒们,没有见到上帝……

上穷碧落下黄泉呀!

我忍不住大声地哭泣起来,一边哀哀地继续我的蹀躞(dié xiè)。一路上,不断有好心的路人拦住我,问我怎么啦? 我再也顾不得什么规矩、限制、禁忌……呜咽着告诉他们:我在找你!

四

不知道你是否接纳我,有话对你说。

在经历了一连串如熬如煎的心路历程之后,我开始想到生,想到死,想到活着到底是为了什么?

太阳为什么是红的而不是黑的?

江河为什么要流动而不愿静止?

女人为什么一定要美如莹玉而男人为什么一定要成就功业?

……

这些最基本的念头,愚蠢地纠缠在我的脑子里,像四月的阴霾一样不肯散去。我被折磨得形同枯槁,奄奄一息,终于懂得了什么叫做抑郁而疾。

我觉得有些受不住了。胸口一阵阵发闷,喘不上气来。

我真想躺倒,不再思,不再想,不再哭,也不再急,只要宁静地睡入天国。

可是我还年轻如诗,黑发如瀑,明目达聪。这个世界的许多事物我还没有经历和体验,心中的激情还没有完全被湮灭,幻翼还在渴望着拍击。闭上眼睛固然是一片迷蒙,可是睁开双眼,周围尽还有阳光、月

色、春花、秋果……还有亲情、友情、爱情……

于是，我只有努力排解。

我登上泰山去看壮丽的红日，我跳进大海去做美丽的人鱼。我拼命地工作，想要忘却——忘却自己是谁，忘却世界是什么。最好换一个太阳，换一个自我，换一个轻松一点的世界。

可是，我却失败了。惨败。

于是，我终于明白了：靠我自己不行，真的不行，我还是必须找到你。靠在你大山一样的胸膛上，哪怕只歇息一刻。

你不知道，傍着你的心，我才有继续走下去的勇气。你是我信心的灯塔，因为有了你，生活才不再孤寂，孤寂才不再痛苦，痛苦才不再难耐。过去，人们都说我是一个温文尔雅的女孩，我以为，支离破碎的我早已永远地失却了这份温柔。

可是如今，我发现我的心还是热的，还在有力地跳动——为了你，我至少还能跳动一万年。

我大声地呼喊你，加快脚步追赶你。只要能够找到你，我不怕走过遍布毒蝎的沼泽，不怕趟过鳄鱼成群的河流，不怕穿过毒蛇缠绕的树林，不怕越过虎狼出没的山冈。宁愿历尽九九八十一难，宁愿如夸父道渴而死，也要找到你！

我也不明白是什么在支撑着我，只知道心里在一遍一遍地对你说：

愿把我的手给你，

愿把我的心给你，

愿把我的灵魂给你，

愿把我的生命给你。

愿把我的一切一切，

统统都给你……

五

不知道你到底在哪里呀，我急急忙忙地想要快些找到你，有话要对你说。

我托过风，让风吹遍茫茫天宇，找你。

我托过雨，让雨流向滔滔大地，找你。

可是，不知道你是故意铁着心，还是真的没听见，我怎么到处也找不到你？

也曾经有人朝我伸过手来，温存兮热情兮令我心窝发热；

也曾经有人朝我绽开微笑，真诚兮灿烂兮令我心旷神怡；

还有人把整个身心都来拥抱我；还有人把整个生命都来贴近我；还有人把整个胸怀都来包容我……

每一次我都欣喜得大笑大跳，以为终于找到了你。可是最后，却又夹着哀哭或伴着冷笑擦身而过。不，他们都不是你，尽管他们不乏智慧与才华，不乏哲理和警句，不乏异邦的故事和域外的风情，不乏人际的经验和处世的圆浑……这些对于生命总不成熟的我来说，都弥足珍贵。可是，我的一颗心太沉重了，他们都负载不起，我想找的，只是心心相印的你。

找你，找得真苦呀！就像歌中唱的：像生一样苦，像死一样苦，像梦一样苦，像醒一样苦……

不过，苦到极处，甜，能够降临吗？

我祈祷！

六

说了半天，还不知道你到底是谁？！

是海、天、神？是儒、释、道？是古希腊的宙斯？是西斯廷的圣母？是大智大慧者亚里士多德、黑格尔、伏尔泰？是大作家大诗人莎士比亚、歌德、托尔斯泰？

不，都不是。

你就是你——我心中实实在在的有话对你说的你。

求真,一个带着魔咒般力量的艰难命题,时刻引导着我们的内心去追索。对真的渴望让我们欲罢不能,现实的束缚又让我们无处逃脱;我们为之痛苦、为之欢欣、为之蹉跎、为之痴迷的生命真谛,又有哪一个灵魂能够完完全全地解读与分享呢? (毛淑芬)

很多朋友怀念他,是因为想起他便想起那个年代,想起那个年代自己的幼稚与单纯、真诚与梦想。

永远的五月 徐 晓

深秋,我终于为丈夫选定了一块墓地。陵园位于北京的西山,背面是满山黄栌,四周是苍松和翠柏。绛紫色和墨绿色把气氛点染得凝重而清远。同去的朋友都认为这地方不错,我说:"那就定了吧。"

我知道这不符合他的心愿。生前,他曾表示希望安葬在一棵树下。那应该是一棵国槐,朴素而安详,低垂着树冠,春天开着一串串形不卓味不香、不登大雅之堂的白色小花。如果我的居室是一座四合院,我一定会种上一棵国槐,把他安葬在树下,浇水、剪枝,一年年地看着它长得高大粗壮起来,直到我老,直到我死……

然而这样一个简单的愿望在如今已成为死者的奢华。那么,就把遗憾再一次留给自己吧。我在心里说:"郦英,对不起……"

人活在世上到底需要承受多少遗憾才算了结呢?活着,就一定会有明天,有下次,有弥补的机会和方式;死了,给活着的人留下的只有遗憾——切肤的遗憾。

然而，我必须跨越生与死、男人与女人、过去与现在的界限，重新翻阅他人生的全文，咀嚼它，品味它，不管那会使我怎样地痛苦和心酸，除了面对，我别无选择——这是一个男人能够留给一个女人的全部财富，这是一个父亲能够留给一个儿子的真正遗产。

和周郿英第一次见面是在北岛家。那是 1978 年冬天，他在西单墙上看到第一期《今天》，留下了自己的姓名和地址，还四处游说约来了许多他的朋友。那天，除了北岛，我谁也不认识，印象最深的是程玉和老周。我和程玉同在半步桥的北京看守所坐过牢，虽不是同案，但也算是难友，自然有一种同命相怜的缘分。老周使我印象深刻是因为他的胡子，两腮光光的，唯独下巴底下留着。开始我以为那是现代派的标新立异，后来才知道是因为他人太瘦，不好刮。有一次住院，护士们因此给他起外号叫"老山羊"。

以后，我们经常在 76 号《今天》编辑部见面，他几乎每天下了班都去。他话少，使人感到深不可测。

那时大家都穷，没有钱下饭馆。记得最清楚的是，有一次，我骑车去 76 号路过胡同口的一家小饭馆，饭馆里灯光昏暗，昏暗的灯光下，一个戴眼镜的瘦高个儿把粮票凑到眼前，用大拇指一张一张捻着数。我觉得眼熟，于是就刹了闸仔细看，原来是"老木头"，正用大家一两二两凑起来的粮票买烧饼。"老木头"是赵振开的外号，北岛是赵振开的笔名。老周去了常常买些切面，当时挂面是每斤二毛六，切面是每斤一毛五，省下一毛一再加一分钱，可以买 3 个一两一个的芝麻烧饼，买两个二两一个的大火烧。这笔账振开、芒克都不会算，但老周天生是个好当家，只要有葱花、香菜、香油，他做的热汤面总会让大家吃得笑逐颜开。男人们经常一起喝酒，经常有人喝醉，免不了出一些让人哭笑不得的洋相。他的酒量与北岛、芒克、黄锐、黑大春这伙人相比并不逊色，但他从不喝醉。和许多号称酒鬼、酒圣、酒仙的在一起，他从来没有醉过，总是像个老大哥扮演收拾残局的角色，然后把喝醉的人送回家，或是坐在马路边上听酒后真言酒后胡语，直到深夜。

我清楚地记得，那是一个星期天的下午。那些日子，每个星期天我们都到 76 号去印刷装订我们的杂志，条件虽然艰苦，但做自己喜欢的事大家都觉得很神圣。傍晚，我们再转移到赵南家去聚会。来人不管是否相互认识，都可以在那里朗读自己创作的小说、诗歌、剧本，有时候也读名著。在那里，我读到了叶甫图申科、帕斯的诗，知道了法国女作家玛格莉特·杜拉斯的名字，并因她的短篇小说《琴声如诉》而对她崇拜备至。

　　那个星期天的午后，淡淡的、懒懒的阳光，被 76 号凌乱、破败的院子分割得支离破碎。他站在午后的阳光下，细长的腿由于内八字脚而略微有点儿弯曲，脚下是一双旧得没有一点儿光泽的皮鞋，茶色裤子的裤角磨出了毛边，下巴的胡子长长的，一副不修边幅的样子。当时他在和谁说话，说什么我已不记得，但我记得他的姿势和表情。两臂抱在胸前，冷峻、若有所思——这是他的常态。在他死后这些漫长的日日夜夜中，我曾竭力回忆我们相识以来共同度过的日子，有许多细枝末节都淡忘了，唯有他的形象、姿势、动作、表情会从记忆中凸现出来，挥之不去。有时候不经意时，他会突然向我走来——推着那辆叮当乱响的破车，慢悠悠地向我走来；挎着那个破旧的黄书包，一肩高一肩低地向我走来；穿着那件草绿派克式大衣，步履沉重地向我走来……冷峻而若有所思。我能感觉到他的目光，他的呼吸，甚至他的气味，那种感觉是无法形容的。每当这时，我会反省以往把"绝望"这个词使用得太轻率……

　　就是那个星期天，他站在午后的阳光下。就在午后的那一瞬间，我产生了一个奇怪的念头：如果我愿意，他一定会爱上我，我一定能让他爱上我！

　　这个念头使我得意，更使我吃惊，因为当时我正另有所爱，他也正被大家说服着，成全另外一个女孩儿的恋情，更何况大家私下里还在议论关于他曾经因为恋爱而自杀的传奇故事。几年以后我们才真正恋爱，又过了几年我们才结婚生子，经历了爱的幸福和与之俱来的恐惧，经历了生的期待和与此相伴的死的绝望，而这一切都始于那个周日的午后，始于偶然回首的一瞬间他那冷峻而若有所思的样子对一个女孩儿的触动。

一个人的吸引力是很微妙的。一次，我和画家栗宪庭从外地出差返京，他去火车站接我，握手寒暄之后很快便分手了。后来我和栗宪庭成了朋友，他对我说："你的男朋友真棒，是个了不起的男人。"我当时吃惊地说："你们只有一面之交呵。"以后的十几年，他们几乎没有交往。后来听说他去世，栗宪庭说："老周可是个好人，葬礼我一定得参加。"我想，这只是一种印象，一个艺术家夸大了的直觉。但是，一个男人，他之所以引人注目必有原因，肯定不是衣着，不是相貌。一个三十多岁的男人，他的分量，他的独特，肯定别有原因。

一年多以后，《今天》被迫停刊，但我们的交往更加频繁。那时我重病在家，又刚刚经历了一次感情挫折，他常去看我，帮我挂号陪我看病。有一段时间我住在清华大学，他怕我孤单，下班以后就赶到西郊再坐末班车回城。一次，他打来电话让我别买饭，他来了我才知道，那天是腊八。让我吃惊的是，他居然给我送来了腊八粥和包子，赶 20 里路用饭盒带粥，这样的事恐怕只有他才做得出来。

他住在单位，虽然家离得很近，但为了自在，宁肯住在库房，晚上把一块木板搭在写字台上就是他的床。库房原是一座大庙，阴冷而潮湿，常有各种小动物出没。他津津乐道地给我讲过一只每晚必到、把两只前爪搭在门槛上陪他看书、听音乐的黄鼠狼，并开玩笑地说："它能和我交流，早晚会成精变仙。"

他的单位在市中心，朋友们路过时去坐一会儿便不想再走，于是办公室成了会客厅，下班以后常有规模不等的聚会。不管是谁来，都是面条一碗，有时外加 8 分钱一个的大火烧。即使喝酒，也只有二锅头、花生米，拌白菜心、水萝卜就算是奢侈之物了。鄂复明、王捷、万之、田晓青是那时候的常客。他们有时候海阔天空，国事家事天下事无所不谈；有时候话又很少，可贵在于"一切尽在不言中"的默契，总之彼此都觉得很满足。田晓青这样描述当年的感受："不管什么时候，也不管隔多长时间，只要见到他，喝一杯酒聊几句就觉得心里踏实，觉得世界没变。"苇岸在一篇写黑大春的散文中称他为"诗人的摇篮"。我不喜欢这种形容,这是夸大了的赞誉之词,虽然出于好意,却不符合事实。但我相信一个充满了幻想与躁动的18岁男孩儿的心灵,在那种娓娓的彻夜交谈中,会变得平和而安静。

这种神交成为他的生活方式乃至生存方式。男人与男人之间这种既了解并珍爱各自的优点,又了解并包容各自的弱点的友谊,成为他生活的支点、人生的事业,一直持续到生命的终结。我想,很多朋友怀念他,是因为想起他便想起那个年代,想起那个年代自己的幼稚与单纯、真诚与梦想。现在我们上哪里去寻找当年的圆明园、丁家滩、十渡,又怎样才能促成当年那种背着啤酒,带着干面包,到野外玩童年时的游戏的郊游呢?

这些人中大多原本就是我的朋友,但说实在话,我时常会产生深深的自卑,和他们相比我似乎永远走不进他的内心深处。我羡慕他与万之、田晓青之间那种不用把话说透就能相互理解的默契;我嫉妒他与鄂复明、王捷那种君子之交淡如水的境界;我渴求他对待大春、桂桂那种兄长似的呵护。可我俩之间却不自觉地把宽容藏起来,把完美强加给对方,从一开始就总是相互折磨。我们都很痛苦但又执迷不悟,尤其我更是执著。不但他的散淡、他的超脱、他的深沉使我着迷,就连他的怪癖、他的病体我也全盘接受。很多人对于我在结婚之前就清楚他的病情表示不可思议,认为一定是他隐瞒了自己的病情。这不是事实,事实是结婚之前我不但知道,而且已经承担了护理他的义务。直到今天,我从未认为他的身体是我们之间的障碍。不,障碍不在于身体。婚后他年年住院直至1991年一病不起,我从没为此而后悔过自己的选择。一个男人和一个女人,能走到一起结婚生子,肯定有必然的理由,不管那理由在别人看来是多么微不足道不值一提,但是对于他和她肯定是第一的、唯一的理由。

我仿佛还站在台阶上等待车子的驶近,等待一个人回来。这样长的等待!12年了!甚至在梦里我也听不见她那清脆的笑声。

再忆萧珊 巴 金

昨夜梦见萧珊,她拉住我的手,说:"你怎么成了这个样子?"我安慰她:"我不要紧。"她哭起来。我心里难过,就醒了。

病房里有淡淡的灯光,每夜临睡前陪伴我的儿子或者女婿总是把一盏开着的台灯放在我的床脚。夜并不静,附近通宵施工,似乎在搅拌混凝土。此外我还听见知了的叫声。在数九的冬天哪里来的蝉叫?原来是我的耳鸣。

这一夜我儿子值班,他静静地睡在靠墙放的帆布床上。过了好一阵子,他翻了一个身。

我醒着,我在追寻萧珊的哭声。耳朵倒叫得更响了。……我终于轻轻地唤出了萧珊的名字:"蕴珍。"我闭上眼睛,房间马上变换了。

在我们家中,楼下寝室里,她睡在我旁边的另一张床上,小声嘱咐

我："你有什么委屈,不要瞒我,千万不能吞在肚里啊!"……

在中山医院的病房里,我站在床前,她含泪地望着我说:"我不愿离开你。没有我,谁来照顾你啊?!"……

在中山医院的太平间,担架上放着一个带人形的白布包,我弯下身子连接拍着,无声地哭唤:"蕴珍,我在这里,我在这里……"

我用铺盖蒙住脸。我真想大叫两声。我快要给憋死了。"我到哪里去找她?!"我连声追问自己。于是我又回到了华东医院的病房。耳边仍是早已习惯的耳鸣。

她离开我12年了。12年,多么长的日日夜夜!每次我回到家门口,眼前就出现一张笑脸,一个亲切的声音向我迎来,可是走进院子,却只见一些高高矮矮的没有花的绿树。上了台阶,我环顾四周,她最后一次离家的情景还历历在目:她穿得整整齐齐,有些急躁,有点伤感,又似乎充满希望,走到门口还回头张望。……仿佛车子才开走不久,大门刚刚关上。不,她不是从这两扇绿色大铁门出去的。以前门铃也没有这样悦耳的声音。12年前更不会有开门进来的挎书包的小姑娘。……为什么偏偏她的面影不能在这里再现?为什么不让她看见活泼可爱的小端端?

我仿佛还站在台阶上等待车子的驶近,等待一个人回来。这样长的等待!12年了!甚至在梦里我也听不见她那清脆的笑声。我记得的只是孩子们捧着她的骨灰盒回家的情景。这骨灰盒起初放在楼下我寝室内床前的五斗橱上。后来,"文革"收场,封闭了10年的楼上她的睡房启封,我又同骨灰盒一起搬上二楼,她仍然伴着我度过无数的长夜。我摆脱不了那些做不完的梦。总是那一双泪汪汪的眼睛!总是那一副前额皱成"川"字的愁颜!总是那无限关心的叮咛劝告!好像我有满腹的委屈瞒住她,好像我摔倒在泥淖中不能自拔,好像我又给打翻在地让人踏上一脚。……每夜,每夜,我都听见床前骨灰盒里她的小声呼唤,她的低声哭泣。

怎么我今天还做这样的梦?怎么我现在还甩不掉那种种精神的枷锁……悲伤没有用。我必须结束那一切梦境。我应当振作起来,即使是最后的一次。骨灰盒还放在我的家中，亲爱的面容还印在我的心上，她不会离开我，也从未离开我。做了10年的"牛鬼"，我并不感到孤单。我还有勇气迈步走向我的最终目标——死亡，我的遗物将献给国家，我的骨灰将同她的骨灰搅拌在一起，洒在园中，给花树做肥料。

……闹钟响了。听见铃声，我疲倦地睁大眼睛，应当起床了。床头小柜上的闹钟是我从家里带来的。我按照冬季的作息时间：6点半起身。儿子帮我穿好衣服，扶我下床。他不知道前一夜我做了些什么梦，醒了多少次。

人 生 悟 语

　　有什么能隔绝我们对真爱的感怀呢？生命可以陨落，眷恋和思念仍然绽放在心底。"十年生死两茫茫"，相伴的时刻再久，与分离相比，都只是充满遗憾的太短暂的一瞬。伴侣永失的痛楚，只能由生者来默默承受。那些碰触了心底秘密的梦，哪里才是它们停留的终点呢？

（毛淑芬）

伊丽莎白·巴莱特曾在诗中写道："我如有其命，完全是他的爱一手救活。"

勃朗宁的爱情 吕 麦

"我如有其命，完全是他的爱一手救活。"

伊丽莎白·巴莱特15岁时，不幸骑马摔伤了脊椎骨，只能困守在楼上的静室里,在一只沙发上寂度岁月,莎士比亚与古希腊的诗人是她唯一的慰藉。

"见过她画像的,都不能忘记她那悲怆的一双眼睛"。

然而,1844年,39岁的伊丽莎白·巴莱特,结识了小她6岁的诗人罗伯特·勃朗宁,生命从此打开了新的一章。

勃朗宁大器晚成,当同期的一些诗人熠熠生辉的时候,认识他的天才的,只有少数的几个人,伊丽莎白·巴莱特即是其中之一。一次,勃朗宁读到巴莱特的诗,发现她引用了自己的诗句,感到莫大的欢愉。于是,他迫不及待地给这位同行写信,仿佛俞伯牙遇到钟子期:"亲爱的巴莱特小姐,你那些诗篇真叫我喜爱极了。"女诗人很快回信说:"亲爱的勃朗宁先生:我从心坎深处感谢你。"由此,"一叶薰香"的恋情拉开帷幕。

他们不断地互通信札,"彼此贡献早晚的灵感,彼此许诺忠实的批评"。从文学到人生,从爱好到性情。最初5个月密切的通信,使伊丽莎白·巴莱特灰暗的生活豁然开朗,拥有了灿烂的光明。每一天她最开心的时刻,就是黄昏降临,听到邮差的那一声叩门。

后经勃朗宁的几次请求,她终于准许他去见她。他终于见着了她:可怜瘦小的病模样,蜷伏在沙发上,客人来临都不能起身迎送!他的心里涌起无限的悲怆……

翌日,巴莱特接到勃朗宁的一封求爱信。在迟暮的岁月里赶上了早年的爱情,这让她既欢欣又自卑。经过一宵踌躇,她"忍痛"警告他:再要如此,便不再见他。勃朗宁慌忙写信去谢罪,解释前信只是感激话说过了头,请求退还原函(信退回时,勃朗宁红着脸将其销毁。他们的通信中单缺这一封,使后来的勃朗宁夫人感到非常懊丧)。

"风波"过后,勃朗宁没有放弃。他住在伦敦近郊,乡间空气的清芬,红的玫瑰、紫的铃兰……不断通过邮差传递到巴莱特的闺房。巴莱特压抑在心底的爱,随着初秋的阳光一天天成熟。如果一天接不到他的信和鲜花,她就不能定心。她的心已为他跳动着了。但她还不能完全放开顾虑:他,一个健康的、伟大的人。而我,一个颓废的病人。这公平

吗? 可爱是这样炽烈,幸福得让她眩晕。终于,她不能再固执、不能再坚持。

爱,真是一个奇迹。相爱的第二个春天,在沙发上蜷伏了25年的伊丽莎白·巴莱特,奇迹般地恢复了健康。她步履轻盈、愉快地走出病室和囚笼,在阳光下,在青草与花香间,在小鸟的歌声中,呼吸着清新的空气。也就在那一段时期里,她写下献给她情人的《葡萄牙人十四行诗集》,才华达到了顶点。

可她的爱情,却遭到"无可通融的父亲"的反对。1846年9月12日,女诗人由她忠心的女仆陪着,来到附近一个教堂,和她的情人悄悄地结了婚。尽管没有得到父母的祝福,她却并不遗憾,且欢欣地说:"因为我太幸福了,用不到呀!"一个星期后,她带着女仆、爱犬,还有这一年又八个月积聚起来的一封封情书,离开了家,栖居在有名的Casa Euidi岛上,过起了幸福生活。

这无比的幸福一直延续了15年。15年中,他们如影随形,在罗马、巴黎、伦敦游玩。巴莱特竟能登山涉水。她给妹妹写信道:"我叮嘱勃朗宁千万不能逢人就夸他妻子跟他一起到这儿去过了,到那儿玩过了,好像有两条腿的老婆是天下最稀奇的宝贝了。"

1861年春天的一个傍晚,勃朗宁夫人和勃朗宁说着话,温存地表示她的爱情。半夜时分,她觉得倦,便偎依在爱人的手背上小憩。勃朗宁问她觉得怎么样,她轻轻吐出一个无价的词:"Beautiful。"几分钟后,她的头垂下来,在爱人的怀抱中瞑目——"微笑的、快活的,容貌似少女一般"。

伊丽莎白·巴莱特曾在诗中写道:"我如有其命,完全是他的爱一手救活。"

"美!"徐志摩叹道,"他们的爱使我们艳羡,也使我们崇仰。"

我们身处弥漫着功利欲望的社会中，情感的悖论常常可见：多的是经济划算的婚姻，难的是单纯真挚的爱情。勃朗宁夫妇的爱情，跨越了身份、疾病、金钱、名利等所有的阻隔，他们的真爱战胜了病魔、创造了奇迹。不要让我们在习惯中变得漠然，拾起真爱的种子，细心呵护，定能收获幸福的人生。

(毛淑芬)

他们合葬在一起，也许只有这时，他们天天见面，才不再争吵。

为我留下那首华尔兹 张恩超

一个美国南方的、被宠坏的女孩，她的疯狂与自私毁灭了她的丈夫——天才的作家菲茨杰拉德，这是很长时间人们对泽尔达的恶劣评价。

谁知道呢，如果没有泽尔达，会不会有一个叫菲茨杰拉德的作家及伟大的《了不起的盖茨比》？

泽尔达从小家庭富裕，父亲是位法官，对于小泽尔达一味纵容。6岁那年，泽尔达爬上了自家的屋顶，打电话给消防局，说发生了火灾，地点就是她的家。看着下面乱成一团的消防车、邻居和警察，泽尔达觉得这个游戏太有意思了。

直到18岁，泽尔达依然对恶作剧兴致盎然。18岁的泽尔达，金发、白衣，这个野性少女，倾倒了附近军营里的飞行员们。她指使他们，在她家的屋顶上空，一次次地做特技空中飞行。轰鸣声搅得邻居们忍无可忍，愤怒地向军营首长们告状。

少尉菲茨杰拉德就在这一年认识了泽尔达。在乡村俱乐部的舞会上，他丢开自己的首长，走到被军官和大学生簇拥的泽尔达面前——他们以能和她交谈或者跳一曲舞为荣——羞涩地做了自我介绍。"就像把鼻子压在镜子上凝视自己的眼睛一样"，在一曲华尔兹之后，泽尔达寻找到了自己的"同路人"，他们坠入了情网。

少尉菲茨杰拉德勇敢地向泽尔达求婚。泽尔达回答得很干脆，娶我？简单，你要出人头地、腰缠万贯，没钱没名免谈。

菲茨杰拉德出生于破落的中产家庭。要想得到高贵、神秘、野性的泽尔达，他只有一条路：写出一部畅销的小说，就此改变人生。于是，他退了伍，将全部赌注都押在了自己的小说上。终于在 1920 年，他发表了第一部长篇小说《天堂的这一边》。《天堂的这一边》的出版让不到 24 岁的菲茨杰拉德一夜之间成为美国文坛一颗耀眼的新星。

这次泽尔达接受了他，一个星期后他与 20 岁的泽尔达在纽约结了婚。

在繁华的 20 世纪 20 年代，菲茨杰拉德和泽尔达是最引人注目的一对情侣，每年花费 3 万美元，折合到现在，得以几百万计。他们的足迹遍布欧洲，放浪形骸，挥金如土。他们经常在众目睽睽之下跳进广场的喷泉中，或者趴在出租车的顶篷上，他们在酒店大吵大闹被警察驱逐，他们在半夜的城市街道上极速飙车。当这一切都不足以满足寻求刺激的心灵时，泽尔达耽于吸毒，菲茨杰拉德则沉醉于酗酒。

他们需要菲茨杰拉德不停地写作来支撑庞大的支出。另一方面，泽尔达的情敌正是菲茨杰拉德的文学梦想。菲茨杰拉德醉心写作的时候，泽尔达就固执地将他拉到一个酒会上，将他灌得人事不省，然后露出得意的笑容。海明威曾用"兀鹰不准分食"来形容泽尔达这种疯狂的爱。海明威坚信菲茨杰拉德在 1925 出版了《了不起的盖茨比》后不会再有伟大的作品的根源是：泽尔达的疯狂毁掉了他。

也有评论家认为，在菲茨杰拉德的大部分小说的女主人公身上都

可以找到泽尔达的影子，菲茨杰拉德在小说中也大量地使用了他们日常的通信与生活素材。如果没有泽尔达，菲茨杰拉德就不会是菲茨杰拉德。

他们互相折磨，吵闹不止，像一对冤家，在伤心和痛苦之后又言归于好，形影不离。

1934 年，泽尔达患了严重的精神病，他们分居了，金童玉女的时代结束了，但婚姻仍在延续。他们用信件交流，菲茨杰拉德亲切地称泽尔达为"我的病人"。

6 年后，菲茨杰拉德死于酗酒引起的心脏病，景象颇为凄惨。又过了 8 年，在一场大火中，泽尔达在精神病院的顶楼被烧死，昔日美丽的容颜只剩下漆黑的一团。

他们合葬在一起，也许只有这时，他们天天见面，才不再争吵。在他们的墓碑上，刻着《了不起的盖茨比》里的最后一句话："我们继续奋力向前，逆水行舟，被不断地向后推，直至回到往昔岁月。"

人 生 悟 语

　　有一种爱，不是云淡风轻四月天的轻盈，是飞蛾扑火般的执著与惨烈。只因渴望更加深入地融进彼此的生命，才会带给双方如此灼烫的烙印。是谁，让我们这一生打上爱的光荣印记？是谁，让我们的灵魂升华到更高的阶层？爱到刻骨才不愿太清醒。

（毛淑芬）

他终于明白,从前那个深深地爱着他的女人,按着胸口所说的那种痛楚,到底有多痛,到底有多痛。

你知不知道痛楚的滋味 (中国香港)张小娴

有一个男人,从来不知道痛楚的感觉,直至他爱上一个女人。

从前的他,常常被女孩子包围着,向他大献殷勤,他从来不需要追求女孩子。他最担心的,不是别人不爱他,而是别人太爱他。

有一个女孩子,深深地爱着他,为他放弃了自己的事业。同居3年,她发觉他从未爱过她,他只是不讨厌她而已。

分手那一天,她含泪按着自己的胸口问他:

"你知道我这里有多痛吗?"

他觉得内疚,可是他却不知道她有多痛。

直至有一天,他爱上一个女人,那个女人却不能爱他,他才明白心痛的滋味。

长夜漫漫,思念一个人,原来是那么的痛。

每当她在他面前出现,他却不可以碰她。他的喜怒哀乐仿佛全由她一手控制。得不到一个人,原来是那么的痛。

她流一滴眼泪,他就愿意为她赴汤蹈火。可是,他知道,怀抱她的,是另外一个男人。他在夜里独自饮泣。原来,爱一个人,是有痛楚的。

他终于明白,从前那个深深地爱着他的女人,按着胸口所说的那种痛楚,到底有多痛,到底有多痛。

是哪个哲人说过的，真正的爱让自己卑微到尘埃里，因为珍爱着那个人，觉得他的每一点都难能可贵，所以战战兢兢地放低了自己的位置，尝尽了从未有过的战栗和委屈。原来，只有真正爱上了谁，才能让心感觉到痛的滋味；或许，我们只是上辈子欠了爱的人太多，只能在这一世用自己来赔偿回去。　　（毛淑芬）

这积聚了整整 50 年，绝望而又幸福的泪水，落在约克的眼睛里、嘴唇上、手掌中，仿佛永远都不会停歇……

那个天使流泪了 北 方

那是玛丽娅一辈子都无法忘记的时刻：19 岁那年，她最好的朋友在车祸中丧生，在朋友的葬礼上，玛丽娅声音哽咽、嘴唇颤抖、心情比任何人都要悲伤，她明明感觉泪水在眼底汹涌，可脸上却没有一滴泪水。

随后在医院的检查让玛丽娅绝望不已，她患上了一种极为罕见的病：泪腺枯竭症。目前世界上还没有根治这种疾病的药方。也就是说，玛丽娅要永远失去哭泣的能力。没有人愿意流泪，但当你遭遇不幸，或者拥有着人人都艳羡的幸福时，难道你不觉得泪水是最合适的表达方式吗？何况玛丽娅是一个多愁善感的姑娘，一只小鸟的死亡都会让她伤心哭泣，男友一个温暖的拥抱也会让她幸福得泪水涟涟，更重要的是,玛丽娅学的是电影文学,如果阅读感人的剧本、观看凄美的影片都欲哭无泪,那人生不就是一出悲哀可笑的闹剧吗?医生的诊断出来后,相恋3年的男友弃玛丽娅而去,接下来的日子里,玛丽娅将自己完全封闭起来。

8个月后,玛丽娅的高中同学约克从国外回来了。约克是个幽默快乐的男孩,玛丽娅回忆起他时总能想到许多开心幸福的片段。玛丽娅不知道,约克早在高一那年就爱上了多愁善感的她了。当约克得知玛丽娅的病情,以及她的男友因此离开她时,他决定去看望玛丽娅。他希望这个因为不能哭泣而拒绝微笑的姑娘,能像当初那样挥起双手开心大笑。

为了让玛丽娅开心,那天约克故意套了一只大红色的塑料鼻子、穿了一件他11岁时穿的小兜肚,将肚脐眼露在外面,当约克像小孩一样蹦跳着出现在玛丽娅的面前时,她的眼睛里突然绽放出了一丝惊喜的光芒,这一丝光芒,将约克埋藏在心底多年的情愫再次点燃了,他决定要让这个女孩永远微笑下去。

从那以后,约克经常去看望玛丽娅,每一次他都费尽心思给玛丽娅带去"礼物":让人捧腹大笑的装束打扮、让人开怀大笑的笑话、还有无比滑稽的舞蹈表演。约克频繁的到来渐渐让玛丽娅从悲伤中解脱出来。终于有一天,她对约克说:"其实不能哭泣也是一种幸福,因为只拥有欢乐和开心。"

几天后,玛丽娅在门前发现了一大束鲜艳的玫瑰,玫瑰里面有一张粉红色卡片:"昨天晚上上帝在梦中跟我说:'傻小子约克啊,玛丽娅就是我赐给你的天使。快把她娶回家吧,一定要让她永远笑颜如花。'嫁给我吧,约克虽是凡人,但他有着一辈子不让天使流泪的信心。"玛丽娅哑然失声,她嘴唇颤抖,感觉眼泪在眼眶汹涌,可等到她激动地跑到镜子前,发现自己幸福的"哭泣"却没有一滴眼泪时,她突然又变得沮丧起来,就在这时,约克从背后走过来拥住她:"亲爱的天使,我对上帝发过誓一辈子也不让你哭。"

就在这年圣诞节,约克和玛丽娅举行了盛大的婚礼。当时比利时乡下有一种奇怪的风俗:新娘出嫁前夕,必须和家人抱头痛哭,哭的时间越长说明她越有孝心。考虑到玛丽娅的特殊病情,约克为家人订制了迪斯尼的可爱服装,古板的父亲和多愁善感的母亲穿上动画片里的衣服,所有人见到他们时都开怀大笑,他们忘记了新娘要流泪的规矩,一致认为始终微笑着的玛丽娅是比利时最美丽动人的新娘。

婚后,约克放弃了钢琴表演的工作,开办了一家私人幼儿园,这是他送给妻子的一份特殊礼物。因为世上有许多人、许多地方会让人伤心哭泣,但天真无邪的孩子永远只会让人开心微笑。玛丽娅改行做了幼儿教师,当结束一天繁忙却开心的工作回到家时,玛丽娅就轻轻依偎在约克怀里,肩膀抖动、声音哆嗦地说:"请相信我,从此以后我不会再哭泣。"

玛丽娅果然说到做到,当34岁那年,母亲因病去世时,玛丽娅一个人面容平静、从容有序地料理了母亲的后事,尽管自始至终都没有流一滴眼泪,但所有人都看得见这个孝顺善良的女儿心底悲伤的泪水;36岁那年,玛丽娅有了一对漂亮的双胞胎女儿,当护士将一对小天使放进她的臂弯,玛丽娅眼神恬淡,笑容圣洁,但所有人都看得见那一刻她的眼眶深处蕴藏着多么幸福的眼泪;当她48岁那年,约克在比利时最大的歌剧院——德拉莫内歌剧院的钢琴演奏会上,特意为玛丽娅演奏了一首钢琴曲《我的天使玛丽娅》,许多观众都感动得流泪时,穿着25年前的美丽嫁衣、眉毛轻扬、嘴角微微绽放的玛丽娅看着台上深情的爱人不曾流泪,但那又有什么呢?因为这世界上有一个人知道她的心就够了。

玛丽娅70岁那年的冬天,约克被多发性骨髓瘤夺去了生命,当她被孩子们搀扶着走到约克身边,伏下身去最后一次亲吻丈夫的那一刹那,玛丽娅突然泪如雨下,像长久以来被禁锢的大海突然决堤,泪水从她眼睛里汹涌地奔流出来,这积聚了整整50年,绝望而又幸福的泪水,落在约克的眼睛里、嘴唇上、手掌中,仿佛永远都不会停歇……

人 生 悟 语

　　上帝收回了玛丽娅流泪的能力，又赐给了她永远做微笑天使的命运。罕见的疾病是人生的不幸，但这种不幸却让我们有机会体验人生中更珍贵的东西。失去与获得，转变就在心态的一念之间，拥有了真爱，我们就可以做自己的天使。

（毛淑芬）

　　她60岁时才等到他的信。尽管对从前的情谊依然怀念，对彼此多年的不谅解感到惭愧，但岁月不会回头。

天 堂 鸟 刘 媛

　　去年秋天的一个清晨，我边盼望授课老师别再说带有口音的法语，边祈祷大西洋的积雨云不要心血来潮。风从敞开的窗口扑进，每天带着不同的芬芳。巴黎的公车恪守时间，因此按固定时间出行的人总能搭上同一班。今天靠前坐的还是学生们，中间坐着衣装整洁的小白领，车厢最后一排依然能看到她。她70多岁，灰蓝的眼睛矍铄而睿智，眼角唇边静伏着细碎的皱纹，微卷短头梳理得井井有条。她会根据不同的天气和服饰搭配不同的雨伞，而且每天早晨躺在她臂腕里的棍子面包都是店里6点钟左右出炉的新品，还有隔两天便出现在车厢里的天堂鸟也属于她。她常会对熟人颔首微笑，那神情让我想起故乡黄昏里袅袅的炊烟。今天，当细碎的皱纹从她脸上慢慢舒展，我忍不住走过去问好。

车窗外,古建筑披着忽明忽暗的光线,仿佛一幅中世纪油画。"这些街道几百年都没变。"她在我身边开口,"即使有房子塌了,隔壁也会把它的门牌号数保留下来。所以,无论走到哪里,只要还有心寻找,地址就不会无效。"听到这里我不禁想起故乡日新月异的变迁和再也无从寻找的朋友和恋人。此时,有清凉的雨点扫进车厢,接着便是如注倾盆。"我家就在下一站正对的公寓里,伞你拿去用。"她将一把蓝色的雨伞给了我。到站后,我看着她在站牌后的屋檐挥手。

第二天,我特意去还伞。下车后,踩过昨天的水洼来到旧公寓门口。按过门铃便转开门锁。她的房间,洁净简单。宽大的书桌看得出主人有书写的习惯,错落摆放的相框中有泛黄的儿童照、清丽的少女身影和风韵天成的中年留念,其中一张年轻男人的侧面照格外显眼。"那是我的恋人。"回头时发现她正用温柔的目光注视着照片。"他已经去世了。"接下来,我身不由己地听完了她的讲述。

从前她住在这座楼的隔壁,那栋房子倒塌了,所以她买了这里的一套房子,因为两处的门牌会合并在一起,不会发生信笺无法投递的问题。40 年前,她与照片中的人感情深厚。他在花店工作,隔两天就送她一朵天堂鸟。她则在面包房里做售货员,常把最新鲜的棍子面包留给他。后来,为口角他们失散。他到英国找到了新生活,她则一直在期待着从英国那边飞来的信笺因此没有搬家。

她 60 岁时才等到他的信。尽管对从前的情谊依然怀念,对彼此多年的不谅解感到惭愧,但岁月不会回头。去年,他在英国去世,他们没来得及见面。"有的时候抱憾终生的只是一点儿固执。"她最后说。

此后不久,我因为搬家换了公交路线,大概有半年再没见过她。最近故地重游,特意去看望她。按过门铃之后,一个陌生人说,那位太太已去世两个月。

回家的路上,花店里天堂鸟开得正艳。

在他们相遇的那个垃圾桶旁边，人们发现了男人的尸体，男人的脸上的笑容已经僵住了，怀里抱着一个发了霉的面包和一瓶没有打开的矿泉水……

两个傻子的爱情 佚名

从前有这样一个爱情故事,故事的主角是两个傻瓜。男的傻得只知道说疯话,女的傻得只知道用那双无神的眼睛看着男的傻笑。

两个人本来不认识,他们四处流浪。男的从南往北走,女的从北往南走……

男的以前并不傻,而是因为在工地上干建筑的时候被砖砸中了头,从那以后就傻了;女的以前也不傻,考大学的时候她考了全市第一名,然而她的名字却被一个有钱人给顶替了,从那以后女的就不再说话,也傻了。

两个人在一个黄昏相遇,他们共同发现了垃圾桶里的那块发了霉的面包,一同伸手去抓那个面包。两个人的头碰到了一起,男的冲女的狠狠地瞪了一眼,女的冲男的傻笑。最后还是男的胜利了,他抢到了面包,张开那黑紫色的嘴狠狠地咬了一口;女的没有动,只是傻傻地看着

男的。男的停止了啃面包，开始看着女的，傻傻地盯着，两个傻子就这样看着，男的没有表情，女的傻笑。

男的把面包给了女的——男的竟然把面包给了女的！女的抱着那剩下的半块干面包啃了起来。

男的转身走了，没有回头，当他回到自己睡觉的那个废厂房的时候，转身看到了女的，女的一直跟着他。两个傻子便住在一起了。晚上睡觉的时候，男的感觉身上很温暖，从来没有过的，女的一直搂着男的，女的睡觉的时候很死，睡觉的样子真的不像个傻子。

日子就这样一天天过去了。那天晚上男的不知道是在哪儿捡了一个戒指，生了绿锈的戒指，他给女的戴上了，女的那晚笑得更是厉害，后来笑出了泪。女的哭了，搂着男的哭了。男的好像无动于衷。

后来女的病了，很严重，早晨她没有起来陪男的一起去捡吃的，没有冲男的笑，男的自己出去了。中午，男的竟然例外地回来了，手里拿着一瓶新的矿泉水和一个新的面包。他回来看女的。男的脸上挂了伤，手指头也青了，鼻子下面还有两道血痕。他是在抢面包和矿泉水的时候被小摊的老板打的。女的闭着眼睛，还是没有像往常一样冲男的傻笑。男的把面包送到女的嘴边，女的没有吃。

女的快不行了，身上发着高烧，已经昏迷了。男的脸上第一次有了表情，慌乱的表情。男的跑了出去，看见一个穿绿警服的人就哭了起来，嘴里喊着：救救我的女人，救救她。绿军装一脚踹开了男的，骂道：滚一边去，疯子，我他妈真倒霉，出门这么不顺呢！男的仰面倒在了地上，绿警服狠狠地朝男的小肚子踹了几脚，男的撒了手。绿警服朝男的吐了口吐沫走了。男的好久才从地上爬起来，脸上的泪已经干了。

男的把女的背到了街上，街上人很多，但没人注意他们。男的把女的放在路边上，无助地看着行人。女的呼吸已经很微弱了，男的从路边捡了一个破玻璃片，破玻璃片有着锋利的尖，露着寒光，男的抬起女的那瘦弱的、脏兮兮的手臂，朝她的手腕狠狠地割了下去。血喷了男的一脸，男的大笑，狂喊："哈哈，我杀人了，你们看我杀人了……"

救护车终于来了，女的被抬走了，围观的人们唾弃着男的，骂着男

的,然后都散去了。女的最终还是死了,失血过多,她在医院还没待上一个小时就被抬进了停尸间。女人走的时候脸上的表情是笑着的,手指上还戴着那长满铜锈的戒指。男的等了好长好长时间,女的再也没有回来,没有回来冲他傻笑。男的哭了,整个夜晚都被他的哭声掩盖了,然而谁也没有注意到这哭声。

还是在他们相遇的那个垃圾桶旁边,人们发现了男人的尸体,男人的脸上的笑容已经僵住了,怀里抱着一个发了霉的面包和一瓶没有打开的矿泉水……

❧ 人 生 悟 语 ❧

　　如果人的大脑中有一部分失去了原有的功能,人就可能变傻。但,在脑袋中最坚硬的部分却是维系着爱与善良的神经。那些如地震坍塌的废墟中仍生长的树一样的东西不会辜负自己的成长。即使其他功能丧失,爱的神经仍会坚持工作。

(毛淑芬)

向生活索取一个梦想

第四辑

他们曾经来过，他们已经走了。他们是典范和精英，他们是人类的先驱和使者。在现实生活中，或许我们极少有人能做到像他们一样的不同凡响，但正是这一个个令人难忘的名字，像一只只路标，指引着社会和文明的方向，引导着人类进步的行程。

不要担心未来，因为这个世界上，有一个英雄，他教会我们永远不要放弃梦想。

向生活索取一个梦想 吕 麦

1976年，18岁的加拿大青年特里·福克斯，因为非常严重的骨肉瘤癌，接受了右腿截肢手术。一开始，他大哭大叫，向医生乱发脾气。可当他得知，一个只有10岁大的男孩，和他有着同样的不幸，却乐观坚强地用一条腿走路、骑车时，他深深地被震撼了。他觉得自己不该痛苦消沉，而该为和他同样不幸的人做点什么。

一年半的化疗之后，他告诉癌症协会：他要跑步穿越加拿大，让2400万加拿大公民，每人捐献一块钱，作为癌症研究基金。癌症协会抱着半信半疑的态度，将他"疯狂的、不能实现的梦想"命名为"希望马拉松"。但就在特里·福克斯准备踏上希望之旅时，他感觉到眼花、眩晕，看东西时总会出现重影。此时，他完全有理由取消计划，但他却隐瞒了一切。

1980年4月12日，特里·福克斯的"希望马拉松"开始了。每天凌晨四点半，路上静悄悄的，周围还是一片漆黑，他就从睡袋里爬出来，开始新一天的马拉松。他一天要跑42公里，相当于一个标准的国际马拉松赛程。他的残腿被假肢磨破出血，疼痛难忍，头晕和视觉重影不断在折磨着他。可他还是坚决不允许自己有任何懈怠。

特里·福克斯跑了近一个月，许多人仍对他抱着怀疑的态度。在一段1600公里的繁华公路上，他只募集到少得可怜的35加元。在加拿大著名的魁北克，他的义跑活动几乎没有留下任何印象。但特里·福克斯却有一个坚定的信念："不管别人怎么想，不管发生什么事，我都会跑下去。"就这样，他在怀疑、冷寂中连续跑了101天。当到达一个叫梅克里的小城时，由于过度疲劳，引发了诸多并发症，不得不听从当地医生的劝告，休息了一天。次日凌晨四点半，他又继续上路了。终于，特里·福克斯的坚韧、顽强，感动了小城的媒体记者，他为特里·福克斯做了一次直播专访。这使特里·福克斯一下子成了新闻人物。

人们翘首以待，欢迎他的到来：在多伦多市政大厅，成千上万的人欢呼着，迎接特里·福克斯；正在烫头发的女人，来不及摘掉发卷；实验室的工作人员，停下手里的工作冲到大街上，都想见一见这个顽强、勇敢、坚定的年轻人。为此，在炎炎烈日下跑了好几个小时的特里·福克斯，常常在癌症协会安排下，不得不牺牲掉午餐、晚餐以及休息的时间，接受采访或发表演讲。一些活动，甚至让他折返、绕远，跑到更远的城市。不过，令他感到欣慰的是，他的辛苦付出，都没有白费。每条大街小巷、每个角落，都有人为他欢呼鼓劲，慷慨解囊。曾经感动他、改变他的那个小男孩，特意从家乡乘飞机来看望他、陪伴他。他们成了彼此的朋友、英雄、偶像。然而，这却是他们最后的相聚。

特里·福克斯的马拉松之旅，在进行到第143天时，他感到胸部疼痛难忍，时不时窒息咳嗽，呼吸困难，就连一只苍蝇在脸上爬来爬去，他也虚弱的无力将它轰走。1980年9月1日，特里·福克斯不得不带着遗憾，提前结束了"希望马拉松"。他被送到皇家哥伦比亚医院，接受了第二次化疗。他的癌细胞已扩散到肺部，整整10个月，特里·福克斯时而清醒，时而昏迷。但他仍然关注着当时紧急组织的全国电视募捐活动。捐款很快就超过了2400万加元，实现了他"让每个加拿大人捐献一块钱的"梦想。同时，他也成为加拿大历史上最年轻的"加拿大勋章"获得者。但特里·福克斯淡然地说："我不在乎自己是不是英雄。是梦想一直在支撑着我。我只要活一天，就会拼劲尽全力，向生活索取它。"

特里·福克斯燃烧了自己的青春和生命，为千千万万的癌症患者，点燃了新生的希望。可他本人却坚决拒绝挪用一分钱。他明确表示："这是为癌症研究募集的基金，不允许任何人、包括我自己玷污这笔募捐。"1981

年的夏天,特里·福克斯带着全加拿大同胞的敬仰和祝福,去了天堂。

今天,"特里·福克斯基金会"是这个梦想的守护者。他们每年都会组织"特里·福克斯希望马拉松"慈善义跑。这是迄今为止,世界上最大的为癌症研究募集资金的公益活动。

世界著名歌手罗德·斯图尔特,为特里·福克斯创作了一首歌曲《永远不要放弃梦想》——不要担心未来,因为这个世界上,有一个英雄,他教会我们永远不要放弃梦想。他执著地向生活索取了一个梦想,一个像祖国一样宽广而伟大的梦想……

人生悟语

和平年代更容易产生庸弱的灵魂,因为不需要直面战火的侵入与家园的焚毁。安于现时的处境,我们会更容易丢弃梦想,变得现实。不过,总有一些人,在面对残缺的命运时顽强地拼搏,纵然是力量悬殊的挣扎,只能赢得悲剧的结尾,但他们的行动照亮了远空的星星——永恒的梦想!有这样的人用生命把梦想托起,我们的世界才会充满希望。

(毛淑芬)

为了真理,敢爱、敢恨、敢说、敢做、敢追求……
如果先生活着,他绝不会放下他的"金不换"。

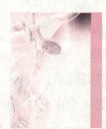

怀念鲁迅先生 巴 金

四十五年了,一个声音始终留在我的耳边:"忘记我。"声音那样温和,那样恳切,那样熟习,但它常常又是那样严厉。我不知对自己说了多少次:"我绝不忘记先生。"可是四十五年中间我究竟记住了一些什么事情?

四十五年前一个秋天的夜晚和一个秋天的清晨,在万国殡仪馆的灵堂里我静静地站在先生灵柩前,透过半截玻璃棺盖,望着先生的慈祥的面颜,紧闭的双眼,浓黑的唇髭,先生好像在安睡。四周都是用鲜花扎的花圈和花篮,没有一点干扰,先生睡在香花丛中。两次我都注视了四五分钟,我的眼睛模糊了,我仿佛看见先生在微笑。我想,要是先生睁开眼睛坐起来又怎么样呢?我多么希望先生活起来啊!

四十五年前的事情仿佛就发生在昨天。不管我忘记还是不忘记,我总觉得先生一直睁着眼睛在望我。

我还记得在乌云盖天的日子,在人兽不分的日子,有人把鲁迅先生奉为神明,有人把他的片语只字当成符咒;他的著作被人断章取义、用来打人,他的名字给新出现的"战友"、"知己"们作为装饰品。在香火烧得很旺、咒语念得很响的时候,我早已被打成"反动权威"做了先生的"死敌",连纪念先生的权利也给剥夺了。在作协分会的草地上有一座先生的塑像。我经常在园子里劳动,拔野草,通阴沟。一个窄小的"煤气间"充当我们的"牛棚",六七名作家挤在一起写"交代"。我有时写不出什么,就放下笔空想。我没有权利拜神,可是我会想到我所接触过的鲁迅先生。在那个秋天的下午我向他告了别。我同七八千群众伴送他到墓地。在暮色苍茫中我看见覆盖着"民族魂"旗子的棺木下沉到墓穴里。在"牛棚"的一个角落,我又看见了他,他并没有改变,还是那样一个和蔼可亲的小老头子,一个没有派头、没有架子、没有官气的普通人。

我想的还是从前的事情,一些很小、很小的事情。

我当时不过是一个青年作家。我第一次编辑了一套《文学丛刊》,见到先生向他约稿,他一口答应,过两天就叫人带来口信,让我把他正在写作的短篇集《故事新编》收进去。《丛刊》第一集编成,出版社刊登广告介绍内容,最后附带一句:全书在春节前出齐。先生很快地把稿子送来了,他对人说:他们要赶时间,我不能耽误他们(大意)。其实那只是草写广告的人的一句空话，连我也不曾注意到。这说明先生对任何工作都很认真负责。我不能不想到自己工作的草率和粗心，我下决心要向先生学习，这才发现不论是看一份校样，包封一本书刊，校阅一部文稿，编印一本画册，事无大小，不管是自己的事或者别人的事，先生一律认真对待，真正做到一丝不苟。他印书送人，自己设计封面，自己包封投邮，每一个过程都有他的心血。我暗中向他学习，越学越是觉得难学。我通过几位朋友，更加了解先生的一些情况，了解越多我对先生的敬爱越深。我的思想、我的态度也在逐渐变化。我感觉到所谓潜移默化的力量了。

我开始写作的时候，拿起笔并不感到它有多重，我写只是为了倾吐个人的爱憎。可是当走上这个工作岗位时，我才逐渐明白：用笔作战不是简单的事情。鲁迅先生给我树立了一个榜样。我仰慕高尔基的英雄"勇士丹柯"，他掏出燃烧的心，给人们带路，我把这幅图画作为写作的最高境界，这也是从先生那里得到启发的。我勉励自己讲真话，卢骚是我的第一个老师，但是几十年中间用自己的燃烧的心给我照亮道路的还是鲁迅先生。我看得很清楚：在他，写作和生活是一致的，作家和人是一致的，人品和文品是分不开的。他写的全是讲真话的书。他一生探索真理，追求进步。他勇于解剖社会，更勇于解剖自己；他不怕承认错误，更不怕改正错误。他的每篇文章都经得住时间的考验，他的确是把心交给读者的。我第一次看见他，并不感觉到拘束，他的眼光，他的微笑都叫我放心。人们说他的笔像刀一样锋利，但是他对年轻人却怀着无限的好心。一位朋友在先生指导下编辑一份刊物，有一个时期遇到了困难，先生对他说："看见你日渐消瘦，我很难过。"先生介绍青年作者的稿件，拿出自己的稿费印刷年轻作家的作品。先生长期生活在年轻人中间，同年轻人一起工作，一起战斗，分清是非，分清敌友。先生爱护青年，但是从不迁就青年。先生始终爱憎分明，当接触到原则性的问题时，他绝不妥协。有些人同他接近，后来又离开了他；一些"朋友"或"学生"，变成了他的仇敌。但是他始终不停脚步地向着真理前进。

"忘记我！"这个熟习的声音又在我的耳边响起来，它有时温和有时严厉。我又想起四十五年前的那个夜晚和那个清晨,还有自己说了多少遍的表示决心的一句话。说是"绝不忘记",事实上我早已忘得干干净净了。但在静寂的灵堂上对着先生的遗体表示的决心却是抹不掉的。我有时感觉到声音温和,仿佛自己受到了鼓励,有时又感觉到声音严厉,那就是我在借用先生的解剖刀来解剖自己的灵魂了。

二十五年前在上海迁葬先生的时候,我做过一个秋夜的梦,梦境至今十分鲜明。我看见先生的燃烧的心,我听见火热的语言:为了真理,敢爱,敢恨,敢说,敢做,敢追求……但是当先生的言论被利用、形象被歪曲、纪念被垄断的时候,我有没有站出来讲过一句话? 当姚文元挥舞棍子的时候,我给关在"牛棚"里除了唯唯诺诺之外,敢于做过什么事情?

十年浩劫中我给"造反派"当成"牛",自己也以"牛"自居。在"牛棚"里写"检查"写"交代"混日子已经成为习惯,心安理得。只有近两年来咬紧牙关解剖自己的时候,我才想起先生也曾将自己比作"牛"。但先生"吃的是草,挤出来的是奶和血"。这是多么优美的心灵,多么广大的胸怀! 我呢,十年中间我不过是一条含着眼泪等人宰割的"牛"。但即使是任人宰割的牛吧,只要能挣断绳索,它也会突然跑起来的。

"忘记我!"经过四十五年的风风雨雨,我又回到了万国殡仪馆的灵堂。虽然胶州路上殡仪馆已经不存在,但玻璃棺盖下面慈祥的面颜还很鲜明地现在我的眼前,印在我的心上。正因为我又记起先生,我才有勇气活下去。正因为我过去忘记了先生,我才遭遇了那些年的种种的不幸。我会牢牢记住这个教训。

若干年来我听见人们在议论:假如鲁迅先生还活着……当然我们都希望先生活起来。每个人都希望先生成为他心目中的那样。但是先生始终是先生。

为了真理,敢爱,敢恨,敢说,敢做,敢追求……

如果先生活着,他绝不会放下他的"金不换"。他是一位作家,一位人民所爱戴的伟大的作家。

　　每当这样一个杰出人物去世,我们便仿佛听到翅膀拍击的巨大响声;既有东西逝去,就有别的东西继续存在。

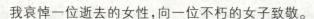

悼念乔治·桑 [法]雨　果

　　我哀悼一位逝去的女性,向一位不朽的女子致敬。

　　我以往热爱他,赞赏她,尊敬她;今天,在死亡的宁静肃穆中,我瞻仰她。

　　我称赞她,因为她的创造是伟大的,而且我感谢她,因为她的创造是美好的。我记忆犹新,有一天,我曾经给她写信说:"我感谢您心灵如此伟大。"

　　难道我们失去她了吗?

　　没有。

　　高大的形象不见了,但是并没有销声匿迹。远非如此,几乎可以说,这些形象发展了。它们变成了无形,却在另一种形式下变得清晰可见。这是崇高的变形。

人形有隐蔽作用，它遮住了真正神圣的面孔，这面孔就是思想。乔治·桑是一种思想；这思想如今离开了肉体，获得了自由；她辞世了，而思想却活着。

乔治·桑在我们的时代享有独一无二的位置。其他伟人都是男人，她却是伟大的女性。

本世纪（本文写于19世纪）以完成法国革命和开始人类革命为其法则；在这个世纪里，由于性别的平等属于人类平等的范围内，因此一个伟大的女性是必不可少的。妇女必须证明，她可以拥有我们男性的所有禀赋，而又不失去女性天使般的品质；强大有力而又始终温柔可爱。

乔治·桑就是这种证明。

既然有那么多的人给法国蒙上耻辱，就必须有人给它带来荣耀。乔治·桑将是本世纪和法国最值得骄傲的人物之一。这个誉满全球的女性完美无缺。她像巴尔斯一样有一颗伟大的心灵，像巴尔扎克一样有伟大的头脑，像拉马丁一样有崇高的心胸。她身上有诗才，在加里波第创造了奇迹的时代，她写出了杰作。

用不着一一列举这些杰作。何必把大家记得的事再鹦鹉学舌一遍呢？标志这些杰作力量所在之特点的，是善良。乔治·桑是善良的。因此，她受到憎恨。受人赞美有个替身，就是遭人嫉恨，热情有一个反面，就是侮辱。嫉恨和侮辱既是表明赞成，又想表明反对。后人会将嘲骂看作得到荣耀的喧闹声。凡是戴上桂冠的人都要受到抨击。

像乔治·桑那样的人都是为公众谋福利的。他们逝去了，他们一旦逝去，在他们本来那显得空荡荡的位置上，便可以看到新的进步。

每当这样一个杰出人物去世，我们便仿佛听到翅膀拍击的巨大响声；既有东西逝去，就有别的东西继续存在。

大地像天空一样，也有隐没的时候；但是人间像天上一样，会重新显现，跟随在消失之后；一个男人或者一个女人，就像火炬一样以这种形式熄灭了，却以思想的形式重新放光。于是人们看到，原来以为熄灭

的东西是无法熄灭的。这支火炬越发光芒四射。从此以后,它属于文明的一部分;它进入了人类广大的光明之中;它增加了光明;因为把假光熄灭了的神秘的气息,给真正的光提供了燃料。

劳动者离开了,可是他的劳动成果留了下来。

埃德加·基内去世了,但是从他的坟墓里冒出了至高无上的哲学,而他又从坟墓的上方给人们提出劝告。米什莱谢世了,但是在他身后耸立着一部历史,勾画出未来的历程。乔治·桑长辞了,但是她给我们留下妇女展露女性天才的权利。变化就是这样完成的。让我们哭悼死者吧,但是要看到接踵而至的现象,留存下来的是确定无疑的事实,由于有了这些令人自豪的思想先驱,一切真理和一切正义都迎我们而来,而这正是我们所听到的翅膀拍击的声音。

请接受我们逝去的名人在离开我们的时候,给予我们的东西吧。让我们面向未来平静而充满沉思,向伟人的离去给我们预示的光辉前景的到来致敬吧。

人 生 悟 语

　　乔治·桑是一个异数,她以一个杰出女性的身份,完美地闪耀在男性伟人包围的天空中,以卓然的姿势,书写了一个世纪和一个国家的荣耀。这是一个值得人们永远尊敬和纪念的女性,她的离世,带给生者遗憾和哀伤;但是她的思想,却如火炬般在人间留存并传递,继续着一个伟大女性的传奇。

(毛淑芬)

为自由选择奠基 许 宏

这是美国史上最没有悬念的大选，却为后来200年不衰的选举生活奠定了不可或缺的基石。

67岁的华盛顿在1799年12月14日那个大雪之夜从弗农山庄的二楼卧室离开这个世界时，距离他在纽约宣誓就任美国第一任总统刚过10年。从那之后，每一代试图给华盛顿撰写传记的人都面临同一个问题需要向读者解答。在众多为美国的建立作出贡献的那些"国父"中，为什么是华盛顿成为他们中的第一人？

最早对此给出解释的可能是约翰·亚当斯——华盛顿的副总统，后来当选美国第二任总统。他曾经开玩笑地说，华盛顿总是被选为首领，是因为他总是屋里个子最高的人。

但比较6英尺2.5英寸(1米89)的托马斯·杰斐逊，华盛顿的身高不占什么优势。在这几位最为后人所知的"国父"中，华盛顿是唯一没有接受过高等教育的，托马斯·杰斐逊就读的是美国第二古老的大学——威廉－玛丽学院，亚当斯是哈佛，亚历山大·汉密尔顿是纽约的国王学院(现哥伦比亚大学)，詹姆斯·麦迪逊是新泽西学院(现普林斯顿大学)。

托马斯·杰斐逊是1776年独立宣言的主要起草人，詹姆斯·麦迪逊是1787年美国宪法的主要撰写者，他和亚历山大·汉密尔顿也是

《联邦党人文集》的主要作者，华盛顿在这些事上都不是主角。尽管如此，华盛顿在 1789 年的当选却似乎是众望所归的事情。

"在我看来，本杰明·富兰克林比华盛顿更英明；亚历山大·汉密尔顿比他更才华横溢；约翰·亚当斯的书读得比他更好；托马斯·杰斐逊的思想比他更精深；詹姆斯·麦迪逊比他更富政治洞察力。但所有这些杰出的人物却不约而同地承认，华盛顿无疑在他们之上。"普利策奖得主约瑟夫·艾利斯在一本题为《阁下》的书中写道，这部 2004 年出版的著述是近年来最为畅销的华盛顿传记。

是什么造就了华盛顿在他同事们心中如此的高度？ 这一切也许都来自于他在权力面前的"退却"而非"进取"。

当与英军的战争终于在 1781 年秋天结束后，他不仅阻止了部分军人集团对于国会的武力威胁，而且很快放下武器辞去总司令的职务，回到他最喜爱的弗农山庄经营那里的农场。在此之前，许多军官曾经私下里表达这样的抱怨：国会在战争中不稳定的作为暴露了一切共和国的弱点，灾难会不可避免地降临在战后的美国，除非华盛顿宣布自己为国王。一位名叫刘易斯·尼可拉的军官还建议可以考虑不叫国王这样可能引起反感的头衔。华盛顿对于这名军官给予严厉斥责——"这是对我的国家可能造成的最大伤害。"

的确，华盛顿越是这样在权力面前的"退却"，就越是赢得权力场上同事们甚至敌人的尊敬，就越能将不同立场的人凝聚起来。这正是一个崇尚自治而刚刚结合起来的新国家最为需要的领袖。

"他深知自己不能超越人性之上。"约瑟夫·艾利斯在《阁下》的末尾写道，"他不像他之前的裘里斯·恺撒和奥利弗·克伦威尔，也不像他之后的拿破仑、列宁，他明白更大的荣耀取决于后人的评判。如果你想在未来的记忆中永生，你就得表现出将最终的评判交给他们的绝对信心。他做到了。"

只有这酸甜苦辣的人生,这天堂地狱的世界,才能造就出一个个伟大的艺术家,这就是炼狱,这就是苦海!

谁 入 地 狱 韩美林

赵州禅师说过一句话:"但愿所有人升天,唯希望你沉入苦海。"这句话其实是对我而言。

在一个炎热的夏天,那场文革开始不久,与"三家村"有牵连的我掉进了20多年的苦海。有一次我双手被铐,从淮南押往合肥批斗,完后在被押回淮南的路上经水家湖转车。这是一个肮脏和混乱无比的小站。在这儿等车的两个多小时里,我被来往的行人连踢带打看了个够。押送我的人饿得下车就找饭店,我虚弱的身体跟着跑得筋疲力尽,好歹在一个包子铺前停了下来。他们将手铐解下一只,把我锁在一辆自行车车架上。其实我哪里还跑得动呢!我已经两天没吃饭,口袋里只有两分钱,还不够买半个包子。押我的人为了与我划清界限,当然不会给我买。我蹲在地上,等着他们两人吃完后上路。这时,我旁边的一个

农村妇女端着几个包子喂孩子,贪嘴的苍蝇围着她们嗡嗡叫,那孩子只吃馅儿不吃皮,5个包子皮儿都滚在地上。尽管这时行人围了一大圈儿,像是动物园来了新动物一样看我,还有那些与我不沾边的陌生行人,不时地踹我几脚,在打人都红了眼的那个年代,这并不奇怪。但我满脑子里是难以忍受的饥饿,我坚信这时"自然需要"超过了"社会需要",我亦顾不上什么叫羞耻,抓起爬满了苍蝇的5个包子皮儿连土带沙狼吞虎咽地塞进了我饥不择食的口中……后来,我被送进了监狱。

20多年后的今天,这5个包子皮儿在我身上产生了多大能量? 它成就了我多少事业?壮了我多少胆? 它让我成了一条直立天地的好汉,它练就了我一身铮铮铁骨,它让我悟出了人生最最深邃的活着的真理,它让我得到了满分的社会大学的文凭……我虽然沉入了这无边的人生苦海,但我却摸到了做人的真谛。

只有这酸甜苦辣的人生,这天堂地狱的世界,才能造就出一个个伟大的艺术家,这就是炼狱,这就是苦海!

艺术家不仅需要阳光雨露,他更需要的是粪肥沃土。

6年前中国美术家协会成立了韩美林工作室,这个工作室为社会作出了很大贡献,但是我们这些人却都是平庸之辈,没有一个上过大学的,他们一进工作室我就发给他们一盘第九交响乐的磁带。我说:"要指挥就要去指挥第九交响乐,不要到耍猴的那里敲锣去,同样都是指挥,目标要定得大一些。"我们墙上贴着两条联语:"英雄笑忍寒天上牙打下牙;好汉不怕茹饥前心贴后心。"横联是:"上下贴心"。寒冬腊月,我们工作室的同事们在高空架上做雕塑,吃着馒头、喝着汽水、唱着"红高粱"插曲,分不出是男、是女、是老、是少,也分不出是泥、是汗、是血、是石膏……这就是炼狱,这就是苦海!

我对学生们讲:"你们可知道什么是一条汉子吗? 一个多么高多么大的男子汉,就要有多么高多么大的支撑架。但这个支撑架全部是由苦难、羞辱、辛酸、失落、空虚与孤独组合来的。那无数的唾骂、防不胜防的卑鄙的陷害、自己无休止的勤奋 (不勤奋的话,这条汉子两天就垮)、没完没了的接待……你得踢着石头打着狗,你得忍无可忍得再忍忍,难舍难分得再舍舍,我有女儿见不到,我有家庭聚不成,七情六欲被夺了个精光,十全十美被中伤得缺胳膊少腿。"

你知道当一条男子汉应当是个什么形象吗? 就像是那只压在床下垫着床腿儿、铮铮有神而不死的癞蛤蟆。这里,是十八层地狱,是锻炼汉子的最高学府。我就是从那里来的!

这个世界非常美好,但请记住,所有的幸运不会都来到一个人头上。

在人生和艺术的道路上,我愿意为了艺术被打入十八层地狱。

人 生 悟 语

　　在那场让整个民族陷入癫狂的浩劫中, 与普通的百姓相比,艺术家们承受了双重的苦难:身体的饥饿和伤痛,精神的压抑与摧折。当他们饱含热泪回首过往,才发现苦难不但留下伤痕,还如炼狱般催生出艺术的花朵。人生的真谛大约也尽在于此!

(毛淑芬)

　　无论身处怎样的绝境,勇敢的心,永不输给貌似强大的灾难。

盘旋于绝境之上
的不屈精神 查一路

柯林斯这个名字,给予我的是深深的震撼。夜阑人静,思绪却久久难平。我是从《美国普利策新闻奖名篇》中读到这个人和他的故事的。

时光回到1925年1月,一名叫柯林斯的洞穴探险者在探险时遭

遇不幸，这位美国阿肯色州山地青年的遭遇，引起了全体美国人的关注。1月29日，当他在父亲的农场为寻找一个能够吸引游客的洞穴时，不幸陷入困境，不能自救。

在那个名叫"沙洞"的大洞穴中，柯林斯被一块巨石卡住了左腿，动弹不得。人们想办法施以援手，还是不能把柯林斯从困境中解救出来。在人们难以想象的疼痛和折磨中，柯林斯整整坚持了19天。他勇敢的心和顽强的意志，在同情者的心里，打下了无法泯灭的烙印。

19天的时间，一分一秒对柯林斯来说都是煎熬。在没有一线光亮的洞穴里，无边的黑暗浸满人的意识，柯林斯的腿上覆压着巨石，仅可容身的小穴如同绳索捆绑着他，他全身无法动弹，能动弹的只有他的思维。孤独、绝望、疼痛、无助，很容易将一个人的精神击垮。

正当美国人想尽一切办法，营救这位不幸的落难者时，一名叫米勒的记者五次深入洞穴，并以细腻的笔触写出了自己亲眼目睹的一切，为人们记录下了这位落难者在生死面前如何保持着做人的尊严及其内心痛苦与顽强的挣扎。

地面上每一寸地方都是水，每前行一步，都不得不像蛇一样地蠕动。当记者米勒试图挤进柯林斯受困的小洞时，"疼——太疼了！"柯林斯恳求米勒放弃这样的努力，柯林斯躺着，向左侧斜着，以致他的左脸颊触到了地面，两只胳膊牢牢地卡在他身边石头的缝隙里，像一位钉在十字架上的受难者，这样的姿势，他不得不保持19天。

他的脸上盖着一块油布，记者米勒试图把它揭开。"放回去，"他说，"放回去——水！"米勒才注意到，水一滴滴地从顶部的岩面上滴下来，每一滴都打在柯林斯的脸上，最初的几个小时，柯林斯并不介意，可是，随后持续不断的水滴几乎让他疯狂起来。后来他的弟弟给他带来一块油布来遮挡这些水滴。此情此景，让人想起旧时的水牢，再坚强的人，也会不寒而栗。而柯林斯，坚持了19天。

面对一次次营救活动的失败，柯林斯始终顽强地坚持着，他面对着米勒——这位身高只有1.57米、体重仅54公斤的好心记者，真诚并非调侃地开起了玩笑："喂，伙计，你最好出去暖和暖和。不要回来了，

你这么瘦小,我相信你是不能把我弄出去的。"此刻,最需要帮助的人,依然乐观,一如既往地关心他人,关心眼前来帮助他的瘦小记者。

柯林斯没有任何额外要求,但他郑重地要求在他的头顶放置一盏灯。灯光如豆,可是,微弱的光,在这位地下探险者的心里,成为永存希望的火种,成为挑战黑暗环境和冷酷陷阱的象征。无论身处怎样的绝境,勇敢的心,永不输给貌似强大的灾难。19天后,柯林斯离去,这盏灯仍然亮着⋯⋯

柯林斯离去了,美国一位叫詹金斯的传教士为柯林斯作了一首缅怀的歌——《弗洛伊德·柯林斯之死》,歌词唱道:"我们都知道的一个家伙/有着白皙英俊的脸庞/真诚而勇敢的心肠/他的身躯正在沉睡/沉睡在那个荒凉的沙洞里。"听歌者无不落泪。

置身绝地,是对精神强度与韧性最好的考验,在困厄面前,如何保持人的尊严?这对每个人来说,都是个问题。当我们面对世界的劫难感到忧伤时,柯林斯的不屈灵魂来到我们身边,在生命的琴弦上弹奏他隐忍的悲歌,安慰那些哭泣的人们。

人 生 悟 语

柯林斯在绝境中经受了长达19天的煎熬,他的生命之花渐渐熄灭在光明的另一端,难以想象,是怎样强韧与乐观的心境,才让他保持着尊严支撑在死亡的边沿。他的隐忍和安静,他的真诚和勇敢,都永远沉睡在了荒凉的洞穴中;他的灵魂,却依然能够温暖遭遇过挫折的人们,温暖这个忙碌纷杂的现代社会。　　(毛淑芬)

索莫莉玛并未就此被打倒，她依然在东南亚的各个阴暗角落里四处营救苦难的姐妹们，并随时面临着死亡的威胁。

索莫莉玛在行动 詹 蒙

1987 年夏，当来自法国人道救援组织的皮埃尔先生偶然路过柬埔寨首都金边城郊的一个妓院门口时，他看到了一双仇恨的眸子。皮埃尔走近那位衣不蔽体的少女，她正躺在一张破旧的床板上奄奄一息。皮埃尔看得出少女是个雏妓，很明显，她还"活着"的理由是准备把她拖走扔掉的货车还没有到。皮埃尔把这个可怜的女孩带到他工作的地方，那是一个专门帮助受困女性的民间组织。

女孩的体力在一天天地恢复，皮埃尔想跟她谈话，但她总是用沉默的仇视回答他。有一天，这个名叫索莫莉玛的姑娘终于开口了，问他准备什么时候把她卖掉。听到这些，皮埃尔心痛地说道："从走进这所房子开始，你就自由了。你要做的就是学一些生存本领，然后自食其力。"索莫莉玛听了半信半疑，她冷冷地问道："你准备什么时候跟我睡觉？"皮埃尔的回答是无奈地摇头。

出乎索莫莉玛的预料，这个英俊的法国人除了每天忙着帮助和教育同她一样悲惨的姐妹，晚上还要伏案工作到很晚，一有空闲，他就努力自学高棉语，而且没有跟任何一个女人睡觉。一个月后，索莫莉玛开始默默地跟在皮埃尔身后，帮他做些事情。一天半夜，皮埃尔起身巡视病房的时候，意外地发现了在病床边守护着病人的索莫莉玛。感动之余，他笑着对她说了声"谢谢你"，索莫莉玛听到这句话时，惊呆了。那

天上午，索莫莉玛走进了皮埃尔的办公室，热切地向他要求："我要读书，我要学写字！"

这之后，索莫莉玛成了皮埃尔的助手。一晃4年过去了，索莫莉玛的法语和英语有了惊人的进步，她甚至可以写日记了。索莫莉玛的世界完全变了。更幸运的是，她和皮埃尔相爱了。

1992年春，皮埃尔和索莫莉玛在金边举办了简单的婚礼。第二年，他们的长女梅丽莎出生了。4年内，他们的第二、第三个孩子相继出生。

1996年秋，受困妇女救助会在金边成立了，他们全部经费只有4500美金，救助会成员只有8个人，皮埃尔坚持让索莫莉玛做总负责人。索莫莉玛没有让丈夫失望，她经常秘密走访柬埔寨甚至越南和老挝等国的妓院，同被拐卖的妇女们密谈，耐心地说服她们并秘密策划营救方案。她还多次从妓院的老鸨那里"买下"身患艾滋病和各种性病的妇女，把她们送回协会内部治疗。很快，欧盟和世界许多人道组织开始关注这个由一位"不怕死"的女性所领导的柬埔寨人道组织。大量的国际捐款开始涌入受困妇女救助会，协会很快壮大起来。2001年秋，索莫莉玛被英国授予了"爱德华王子勋章"，她被国内赞誉为"民族英雄"。

从国外领奖回家之后，索莫莉玛的家遭到了当地恶势力的破坏性袭击。一天，一个燃着的汽油火球突然冲了进来，砸到了正在用餐的小儿子身上，使他的左半身严重烧伤。3个月后儿子出院，但是左半身却留下了永久的疤痕。

2003年，索莫莉玛开辟了受困妇女救助会网站，每天要阅读上百条来自不同地区的受困妇女的求助电子邮件，并亲自回复。遇到紧急求助情况，她会尽快奔赴现场。2004年夏，索莫莉玛在一次营救越南80名受困妇女的过程中，与当地黑社会发生对峙，有一大半妇女又被"抢"了回去，多个协会成员受伤，索莫莉玛自己也惨遭毒打，左耳几乎失聪。

2006年6月，索莫莉玛的自传《纯真之路》在法国出版并获奖。同月，她接受了担任冬奥会旗手的荣誉。这位历经苦难的女人终于走到了命运的巅峰。可是,索莫莉玛在赶往法国领奖的途中,又一件不幸的事情发生了。

2006 年 7 月 25 日,长女梅丽莎在放学回家的路上遭到黑社会组织劫持,陪同人员被打伤,14 岁的梅丽莎惨遭 5 名歹徒轮奸,并被带有艾滋病毒的针头注射了毒品。但索莫莉玛并未就此被打倒,她依然在东南亚的各个阴暗角落里四处营救苦难的姐妹们,并随时面临着死亡的威胁。"关键是要拥有一颗善良的心,这是我丈夫教给我的,也是我信仰的真理。"

人生悟语

　　索莫莉玛只是一个柔弱的女子,和罪恶抗争的全部力量只是善良和信仰,获得了肯定和荣耀之后,她和家人还要继续受到伤害,继续在伤害中坚持营救更多受苦的女性。从卑微而至伟大,索莫莉玛带着不屈的血和泪,改写着自己和所有在苦难中挣扎的女性的命运,而这一过程从未终止……

(毛淑芬)

那些海盗个个都是杀人不眨眼的恶魔,韩国身强力壮的男记者成千上万,别人都不去冒险,你一个身单力薄的女记者干吗要往火海里跳?

一个女记者
与 25 条生命 张东升

2006 年 4 月 4 日,正在印度洋上作业的韩国"东源 628 号"渔船,突然遭到武装海盗的劫持。船上包括 8 名韩国籍、5 名越南籍、9 名印度尼西亚籍和 3 名中国籍的共计 25 名劳务人员。面对荷枪实弹的海盗,全体船员只得任人宰割,被绑架到索马里海域离海盗基地3海里的海面上。而此时,韩国NBC电视台37岁的女记者金英美也得到了这条令人震惊的消息,她一直在搜寻韩国和世界各大媒体对于"东源628号"上被绑架人质的报道。然而,一天,两天,一个月,两个月……各大媒体上竟然没有一条关于劫持渔船的消息。一个新闻记者的使命感,使金英美再也坐不住了——她决定只身前往索马里,想方设法登上海盗船,把被绑架人员的真实命运披露出来。

金英美把这一想法告诉了家人,丈夫惊讶地说:"那些海盗个个都是杀人不眨眼的恶魔,韩国身强力壮的男记者成千上万,别人都不去冒险,你一个身单力薄的女记者干吗要往火海里跳?"面对家人的担心和阻拦,金英美耐心地开导:"韩国的渔船被海盗劫持,25名人质生死未卜,而我国的媒体竟然没有任何报道!这是我们整个新闻界的耻辱。作为一名记者,揭露事实真相是我的天职啊!"2006年7月3日,金英美踏上了前往索马里的危险旅程。在飞机上,金英美含着眼泪给家人写下遗书:如果我此次行程失去了生命,请不要悲伤,我是为自己的职责而死的。

在经历了一周时间的奔波和接洽后,金英美终于来到了索马里海盗劫持渔船的海域。远远地望着停泊在那里整整三个月没有一丝消息的"东源628号"渔船,她突然控制不住自己的情绪掉下了眼泪。韩国女记者只身冒死采访海盗,令索马里地方政府的官员肃然起敬。为了保护这个女记者的生命,他们费尽心机,雇了15个男保镖和一名当地男记者陪同金英美去与海盗首领商谈采访事宜。

然而,凶狠的海盗首领却拒绝接受采访。金英美对海盗说:"我听说你们在船上对被绑船员实行了非人的待遇,违反了国际组织对于人质的公约……"海盗一听,连忙称绝无此事,所有人质目前都很安全。见海盗口气有了变化,金英美乘势而上,说道:"既然你们保证没有虐待人质。那为何不敢让我上船亲眼看一下?难道你们荷枪实弹的一群大男人,还怕我一个手无寸铁的弱女子吗?"金英美的一席话让海盗们哑口无言,只好在确认金英美没有武器的情况下,让她一人上了船。为

了详细采访到所有人质被绑架后的真实情况，金英美在海盗的枪口监视下，在船上住了三天两夜。在那几个夜晚，这位历经伊拉克和阿富汗战争的女记者却生出了从未有过的恐惧——海盗不是正规军作战，一些国际公约限制不了他们，他们可能在一怒之下，随时干出伤害她的事情。然而，面对一个强硬的女记者，海盗们还是怕伤害她引起国际公愤，没敢有一点越轨的举动。

回国后，金英美不顾连日的惊恐和疲劳，连夜制作节目。第二天，她冒死采访来的被绑架人质的新闻，在韩国 NBC 电视台播出，韩国民众纷纷要求政府立即拿出良策，确保人质尽快获救。在社会舆论和国际组织的巨大压力下，韩国政府紧急派员和海盗协商，最终以 80 万美元的金额和海盗成交，救出了全部人质。一个女记者忠于天职而不顾生命的举动，最终挽救了 25 条生命。

人 生 悟 语

人生的价值取决于自我的定位，有一颗高远的心，即使在平凡的岗位上也能收获不凡的果子。很多人一生庸庸碌碌，一直失望和遗憾，错过了阳光的明媚，也错过了星光的璀璨，这样的人生，衣食丰足一世也依然是失败。心的位置决定了我们人生的高度，踏踏实实地从眼前的这份平凡工作做起，就一定能收获另一种生命旅程。

(毛淑芬)

凝望

一棵开花的树

陶渊明的菊，林和靖的梅，郑板桥的竹，已经不再是单纯普通的一株植物，而是成为一种精神上的渴望和象征。它们代表着一种为人的境界，代表着一种胸怀和骨气。此时的植物已经脱离开了孕育它的泥土，长成了一幅精神和人格的画像。

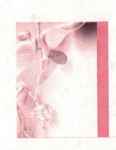

我在书本垒砌的阶梯上爬行，一棵棵开花的树站立成我精神的守望者。

凝望一棵开花的树 王长敏

　　我在杂乱的、破旧的村庄寂寞地走过漫长的雨季，将我年少时的眼光从晦暗的日子里打捞出来的是一棵棵开花的树，它们一串串卓然不俗的花擦明了我的眼睛，也洗净了我的灵魂。

　　整个春天我仰望着天空，看一棵棵沉默不语的树正吐露芳香，我常在树下站定，想探访一棵会开花的树的秘密，我惊奇一棵会开花的树：洋槐树的树皮，被四季的风雨雕刻成皱巴巴的脸，在这随处丛生、其貌不扬的树上，当一串串白白的、黄黄的、亮闪闪的花儿挂满枝头的时候，一个杂乱无章的村庄因此而变得诗意葱茏。盛满香料的杯子，清清的花香在春风里一次次掠过纯净、宽广的天空，让一个没有风景的村庄香飘四方。我蓦然发现一棵棵开花的树才是村庄的灵魂。一棵开花的树是多么遵守季节的秩序，每一个春天的到来，就把洁白的灵魂挂在树梢上，它们之所以选择了那样的高度，是为逃避一双双肮脏的手掌，或低俗和恶劣的攻击？和一个村庄一样卑微的洋槐树、苦楝树、椿树、石榴树、梨树，它们和乡村的房屋、农舍、田野的庄稼一样保持着永久的沉默。但它们用芳醇的花香，或苦味的花香，向尘世表达出很智慧、很超脱的喜悦，我在整个春天被浓郁的香气迷住了。我看见了生活里的大美和大雅。

　　我在书本垒砌的阶梯上爬行，一棵棵开花的树站立成我精神的守望者。我是五月出生的,和石榴花同期,我自信在我的生命里流淌着有志者事竟成的力量。也许被那时的贫穷、闭塞、落后、愚昧的乡村生活所苦,或被满地烂泥堆积的土路、破旧不堪的屋舍等杂乱无章的凄凉风景所伤,我逃跑般离开了村庄,一去再也没有回头,仿佛心有余悸对那个村庄再作回忆,我向往富足、自由、浪漫的城市生活。我在一本本书里寻找出路,在一门门学问中学以致用,我掌握着先进实用的技术,我从一个单位调换到另一个单位。我认识许多该认识的人和不该认识的人,我看见了不该看见的东西,我认识了被物质欲望燃烧得忘却灵魂存在的男人和女人,看清了争名夺利者的丑陋灵魂,我被虚情假意的友情、爱情蒙骗着。

在夜深人静的时候,我看见了自己多么孤独的灵魂,心头涌动着无限抑郁的烦闷。我想关掉手机,关上防盗门,离开人群,过一段静心的生活,但是在红尘滚滚里这是不可能的,许多莫名其妙的流言将会把人淹死。

远离了故土,远离了蓊蓊郁郁的开花的树,一个极度困惑、极度迷茫的时间段,我在一个不经意的日子里听到了古筝,在一曲曲琴韵里寻找到了一片片苍苍的森林,梨花或洋槐花灼灼的白光正在阳光里复制我少年的梦。沉默不语的树啊,我蓦然发现万叶吟风的夏夜,一棵开花的树的语言就是古筝琴韵,我从小未曾见过的古筝,我一接触它竟无师自通地和它沟通了,像一见钟情的恋人。仿佛与树相伴的日子我就听懂这种音乐所表达的深沉的感情。在每一个酒醉的夜深人静的时刻,一曲曲古筝伴随我,洗涤了我心灵上的尘土。我自认为我是认真地、小心地一路走来的,我已拥有许多知识和学问,其实我纯洁的灵魂正不知不觉被物欲抽走了。

当我开始把目光从城市的名利枷锁里收回,投入大自然的一棵自由开花的树时,一个开花的树的精神正注入我的思想,我目光里有了阳光和绿色可以停留,有了自由呼吸的纯净空气,我脱离了低俗的生活,我的目光和灵魂渐渐变得宽广而清澈。

他们就如同乡间的那些草,每棵草都有自己的花期。哪怕是最不起眼的牛耳朵,也会把黄的花藏在叶间,开得细小而执著。

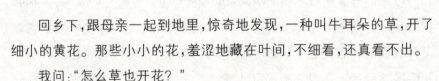

每一棵草都会开花 丁立梅

回乡下,跟母亲一起到地里,惊奇地发现,一种叫牛耳朵的草,开了细小的黄花。那些小小的花,羞涩地藏在叶间,不细看,还真看不出。

我问:"怎么草也开花?"

母亲笑着扫过一眼,淡淡地说:"每一棵草,都会开花的。"

我愣住,细想,还真是这样。蒲公英开花是众所周知的,开成白白的绒球球,轻轻一吹,满天飞花。狗尾巴草开的花,就像一条狗尾巴,若成片,是再美不过的风景。蒿子开花,是大团大团的……就没见过不开花的草。

曾教过一个学生,很不出众的一个孩子,皮肤黑黑的,还有些耳聋。因听声音困难,他总是竭力张着他的耳朵,微向前伸了头,做出努力倾听的样子。这样的孩子,成绩自然好不了,所有的学科竞赛,他都是被忽略的一个。甚至,学期大考时,他的分数,也不被计入班级总分。所有人都把他当残疾，可有，可无。

他的父亲，一个皮肤同样黝黑的中年人，常到学校来看他，站在教室外。他回头看看窗外的父亲，也不出去，只送出一个笑容。那笑容灿烂得像盛开的野菊花，有大把阳光藏在里头。我很好奇他绽放出那样的笑，问他，为什么不出去跟父亲说话？他回我，爸爸知道我很努力的。我轻轻叹一口气，在心里。有些感动，又有些感伤。并不认为他的努力可以改变什么。

学期要结束的时候，学校组织学生手工竞赛，是要到省里比赛的，这关系到学校的声誉。平素的劳技课，都被充公上了语文、数学，学生们的手工水平，实在有限，收上去的作品，很令人失望。这时，却爆出冷门，有孩子送去手工泥娃娃一组，十个。每个泥娃娃，都各具情态，或嬉笑或遐想，活泼、纯真、美好，让人惊叹。作品报到省里，顺利夺得特等奖。全省的特等奖，只设了一名，其轰动效应，可想而知。

学校开大会表彰这个做出泥娃娃的孩子。热烈的掌声中，走上台的，竟是黑黑的他——那个耳聋的孩子。或许是第一次站到这样的台上，他神情很是局促不安，只是低了头，羞涩地笑。让他谈获奖体会，他嗫嚅（niè rú）半天，说："我想，只要我努力，我总会作成一件事的。"

刹那间，台下一片寂静。

从此，面对学生，我再不敢轻易看轻他们中任何一个。他们就如同乡间的那些草，每棵草都有自己的花期。哪怕是最不起眼的牛耳朵，也会把黄的花藏在叶间，开得细小而执著。

人 生 悟 语

没有哪颗星星不发光，没有哪条河流不歌唱，就像一句英文谚语中说的那样：Every dog has his day.专注地做自己，再卑微也会让卑微的灵魂闪烁灿烂的阳光，再贫瘠也能让贫瘠的土壤洒满幸福的丰收的吟唱。开花，是个自然的过程，是心灵深处永不满足的歌声。

（王 蕴）

有魂魄，人有魂魄，村落亦有魂魄，悠悠往事召唤着魂兮归来……

六 棵 树 贾平凹

回了一趟老家，发现村子里又少了几种树。我们村在商丹川道是有名的树园子，大约有四十多种树。自从炸药轰开了这个小盆地西边的牛背梁和东边的烽火台，一条一级公路穿过，再接着一条铁路穿过，又接着修起了一条高速公路，我们村子的地盘就不断地被占用。拆了的老院子还可以重盖，而毁去的树，尤其是那些唯一树种的，便再也没有了，这如同当年我离开村子时那些上辈人使用的那些农具，三十多年里就都消绝了。在巷道口我碰到了一群孩子，我不知道这都是谁家的子孙，问：知道你爷的名字吗？一半回答是知道的，一半回答不知道，再问：知道你姥爷的名字吗？几乎都回答不上来。咳，乡下人最讲究的是传承香火，可孩子们却连爷或姥爷的名字都不知道了。他们已不晓得村子里的四十多种树只剩下了二十多种。再也见不上枸（xún）树、槲（hú）树、棠棣、栎、桧、柞和银杏木、白皮松，更没见过纺线车、鞋耙子、捞兜、牛笼嘴、曳绳、檐簸子。记得小时候我问过父亲，老虎是什么，熊是什么，黄羊和狐狸是什么，父亲就说不上来，一脸的尴尬和茫然。我害怕以后的孩子会不会只知道村里的动物只是老鼠苍蝇和蚊子，村里的树木只是杨树柳树和榆树？所以，就有了想记录那些在三十年间消绝的花草树木、飞禽走兽、农耕用具的欲望。

现在，我先要记的是六棵树。

皂角树。我们村子分涧上涧下,这棵皂角树就长在涧沿上。树不是很大,似乎老长不大,斜着往涧外,那细碎的叶子时常就落在涧根的泉里。这眼泉用石板箍成三个池子,最高处的池子是饮水,稍低的池子淘米洗菜,下边的池子洗衣服。我小时候喜欢在泉水里玩,娘在那里洗衣服,倒上些草木灰,揉搓一阵子了,抡着棒槌啪啪地捶打。我先是趴在饮水池边看池底的小虾游来游去,然后仰头看皂角树上的皂角。秋天的皂角还是绿的,若摘下来最容易捣烂了祛衣服上的垢甲,我就恨我的胳膊短,拿了石子往上掷,企图能打中一个下来,但打不中,皂角树下卧着的狗就一阵咬,秃子便端个碗蹴在门口了。

皂角树是属于秃子家的,秃子把皂角树看得很紧。那年月,村人很少有用肥皂的,皂角可以卖钱,五分钱一斤。秃子先是在树根堆了一捆野枣棘,不让人爬上去。但野枣棘很快被谁放火烧了,秃子又在树身上抹屎,臭味在泉边都能闻见,村人一片骂声,秃子才把屎擦了。他在夹皂角的时候,好多人远远站着看,盼望他立脚不稳,从涧上摔下去。他家的狗就是从涧上摔下去过,摔成了跛子,而且从此成了亮鞭。亮鞭非常难看,后腿间吊着那个东西。大家都说秃子也是个亮鞭,所以他已经三十四五了,就是没人给他提亲。

秃子四十一岁上,去深山换包谷,我们那儿产米,二三月就拿了米去深山换包谷,一斤米能换二斤包谷,秃子就认识了那里一个寡妇。寡妇有一个娃,寡妇带着娃就来到了他家。那寡妇后来给人说:他哄了我,说顿顿吃米饭哩,一年到头却喝米角粥!

但秃子从此头上一年四季都戴个帽子,村里传出,那寡妇晚上睡觉都不允他卸下帽子。邻居还听到了,寡妇在高潮时就喊:卫东,卫东!村人问过寡妇的儿子:卫东是谁? 儿子说是他爹,他爹打猎时火枪炸了,把他爹炸死了。大家就嘲笑秃子,夜夜替卫东干活哩。秃子说:替谁干都行,只要我在干着。

村人先是都不承认寡妇是秃子的媳妇,可那女人大方,摘皂角时看见谁就给谁几个皂角,常常有人在泉里洗衣服,她不言语,站在涧上就扔下两个皂角。秃子为此和女人吵,但女人有了威信,大家叫她的时候，开始说：喂，秃子的媳妇！

秃子的媳妇却害病死了，害的什么病谁也不知道，而秃子常常要到坟上去哭。有一年夏天我回去，晚上一伙人拿了席在麦场上睡，已经是半夜了，听见村后的坡根有哭声，我说：谁哭哩？大家说：秃子又想媳妇了。

又过了两年，我再一次回去，发觉皂角树没了，问村人，村人说：砍了。二婶告诉我，秃子死了媳妇后，和媳妇的那个儿子合不来，儿子出外再没有音讯，秃子一下子衰老了，五十多岁的人看上去有七十岁，他不戴帽子了，头上的疤红得像烧过的柿子，一天夜里就吊死在皂角树上，皂角落得泉边到处都是。这皂角树在涧上，村人来打水或洗衣服就容易想起秃子吊死的样子，便把皂角树砍了。

药树。药树在法性寺后的土崖上，寺殿的大梁上写着清康熙初年重建，药树最少在这里长了三百年。我记事起，法性寺里就没有和尚，是村小学校，上课铃声是敲那口铁铸的钟，每每钟声悠长，我就感觉是从药树上发出来的。药树特别粗，从土崖上斜着往空中长，树皮一片一片像鳞甲，村人称作龙树。那时候我们那儿还没有发现煤，柴火紧张，大一点的孩子常常爬上树去扳(bān)干枯了的枝条，我爬不上去，但夜里一起风，第二天早晨我就往树下跑，希望树上的那个鸟巢能掉下来。鸟巢是可以做几顿饭的。

药树几乎是我们村的象征，人要问：你是哪儿的？我们说：棣花的。问：棣花哪个村？我们说：药树底下的。

我在寺里读了六年书，每天早晨上操听完校长训话，我抬头就看到药树。记得一次校长训话突然就提到了药树，说早年陕南游击队在这一带活动，有个共产党员受伤后在寺里养伤住了三年，新中国成立后当了三年专员，因为寺里风水好，有这棵龙树。校长鼓励我们好好学习，将来也成龙变凤。母亲对我希望很大，大年初一早上总是让我去药树下烧香磕头，她说：你要给我考大学！

但是，我连初中还没有读完，文化革命就开始了，辍学务农，那时我十四岁。

我回到村里，法性寺小学也没了师生，驻扎了当地很大的一个造反派的指挥部。我们从此没有安宁过，经常是县城过来的另一个造反派的人来攻打，双方就在盆地东边的烽火台上打了几仗，好像是这个造反派的人赢了，结果势力越来越大。忽然有一天，一声爆炸，以为又武斗了，母亲赶紧关了院门，不让我们出去，巷道里有人喊：不是武斗，是炸药树了！等村人赶到寺后的土崖上，药树果然根部被炸药炸开，树干倒下去压塌了学校的后院墙。原来造反派每日有上百人在那里起灶做饭，没有了柴火，就炸了药树。

村里人都傻了眼，但村里人没办法。到了晚上，传出消息，说造反派砍了药树的枝条，而药树身太粗砍不动也锯不开，正在树上掏洞再用炸药炸，队长就和几位老者去寺里和指挥部的人交涉，希望不要炸树身，结果每家出一百斤柴火把树身保全下来。

树身太大，无法运出寺，就用土掩埋在土崖下，但树的断茬口不停地往出流水，流暗红色的水，把掩埋的土都浸湿了，二爷说那是血水。

村人背地里都在起毒咒：炸药树要报应的！果不其然，三个月后，烽火台又武斗了一场，这个造反派的人死了三个，两个就是在药树下点炸药包的人，而"文革"结束后，清理阶级队伍，两个造反派的武斗总指挥都被枪毙了。

我离开村子的那年，村人把药树挖出来，解成了板，这些板做了桥板就架设在村前的丹江上。

楸树。高达二十米，叶子呈三角形，叶边有锯齿，花冠白色。楸树的木质并不坚实，有点像杨树。这棵树在刘新来家的屋后，但树却属于李书富家。刘新来家和李书富家是隔壁，但李书富家地势高，刘新来家地势低，屋后的阴沟里老是湿津津的，很少有人去过。楸树占的地方狭窄，就顺着涧根往高里长，枝叶高过了涧畔。刘家人丁不旺，几辈单传，到了刘新来手里，他在外地工作，老婆和儿子在家，儿子就患了心脏病，一年四季嘴唇发青。阴阳先生说楸树吸了刘家精气，刘新来要求李书富能把楸树伐了，李书富不同意，刘新来说给你二百元钱把树伐了，李书富还是不同意。

刘新来的老婆带了儿子去了刘新来的单位,一去三年没有回来。那时候我和弟弟提了笼子拾柴火, 就钻进刘家屋后砍涧壁上的荆棘,也砍过楸树根。楸树根像蛇一样爬在涧壁上,砍一截下来,根就冒白水,很快颜色发黑,稠得像胶。我们隔院门缝往里看,院子里蒿草没了台阶,堂屋的门框上结个大蜘蛛网,如同挂了个筛子。

李书富在秋后打核桃的时候从树上掉下来,把脊梁跌断了,卧床了三年,临死前给老伴说:用楸树解板给我做棺材。他儿子在西安打工,探病回来就伐倒了楸树,伐楸树费老了劲,是一截一截锯断用绳吊着抬出来,解成了板。李书富一死,儿子却没有用楸树板给他爹做棺材,只是将家里一个老式板柜锯了腿,将爹装进去埋了。埋了爹,儿子又进城打工了,李书富的老伴还留在家里,对人说:儿子在城里找了个对象,这些木板留着做结婚家具呀。我也要进城呀,但我必须给他爹过了百天,百天里这些木板也就干了。

百天过后,李书富的儿子果然回来接走了老娘,也拉走了楸木板,也在这一天,刘新来家的堂屋倒坍了。

香椿。村里原来有许多椿树,我家茅坑边就有一棵,但都是臭椿,香椿只有一棵。这一棵长在莲菜池边的独院里,院里住着泥水匠,泥水匠常年在外揽活,他老婆年龄小得多,嫩面俊俏。每年春天,大家从墙外经过,就拿眼盯着看香椿的叶子。

男人们都说香椿好,前院的三婶就骂:不是香椿好,是人家的老婆好! 于是她大肆攻击那老婆,说人家走路水上漂是因为泥水匠挣了钱给买了一双白胶底鞋,说人家奶大是衣服里塞了棉花,而且不会生男娃,不会生男娃算什么好女人?

三婶有一个嗜好,爱吃芫荽(yán suī,即香菜),她在地里种了案板大片的芫荽,每一顿饭,她掐几片芫荽叶子切碎了搅在饭碗里。我们总闻不惯芫荽的怪气味,还是说香椿好,香椿炒鸡蛋是世上最好的吃食。

社教的时候,村里重新划阶级成分,泥水匠原来的成分是中农,但村人说泥水匠的爹在新中国成立前卖掉了十亩地,他是逮住要解放的风声才卖的地,他应该是漏划的地主,结果泥水匠家就定为地主成分。

是地主成分就得抄家，抄家的那天村人几乎都去搬东西，五根子板柜抬到村饲养室给牛装了饲料，八仙桌成了生产队办公室的会议桌。那些盆盆罐罐都被砸了，院子里的花草被踏了。三婶用镰割断了爬满院墙的紫藤蔓，又去割那棵香椿，割不动，拿斧头砍，就把香椿树砍倒了。

从此村里只有臭椿，臭椿老生一种椿虫，逮住了，手上留一股臭味，像狐臭一样难闻。

苦楝（liàn）树。苦楝树能长得非常高大，但枝叶稀疏，秋天里就结一种果，指头蛋儿大，一兜一兜地在风里摇曳，一直到腊月天还不脱落。

先前村里有过三棵苦楝树。一棵在村口的戏楼旁，戏楼倒坍的时候这树莫名其妙也死了。另一棵在涧上的一块场地上，村长的儿子要盖新院子，村长通融了乡政府，这场地就批给了村长的儿子做庄宅地。而且场地要盖新院子，就得伐了苦楝树，这棵苦楝树产权属于集体，又以最便宜的价处理给了村长的儿子。这事村人意见很大，但也只能背后说说而已，人家用这棵苦楝树做了椽子，新房上梁的时候大家又都去帮忙，拿了礼，燃放鞭炮。

最后的一棵苦楝树在村西头，树下是大青石碾盘。碾盘和石磨称作青龙白虎，村西头地势高，对着南头山岭的一个沟口，碾盘安在那儿是老祖先按风水设计的。碾盘旁边是雷家的院子，住着一个孤寡老人。我写完《怀念狼》那本书后回去过一次，见到那老汉，他给我讲了他爷爷的事。他小时候和他娘睡在上屋，上屋的窗外就是苦楝树和碾盘，夏天里他爷爷就睡在碾盘上，那时狼多，常到村里来吃鸡叼猪，有一夜他听见爷爷在碾盘上说话，掀窗看时，一只狼就卧在碾盘下，狼尾巴很长，直身坐着，用前爪不断地逗弄着他爷爷，他爷爷说：你走，你走，我一身干骨头。狼后来起身就走了。我觉得这个细节很好，遗憾《怀念狼》没用上。

这棵苦楝树是最大的一棵苦楝树，因为在碾盘旁可以遮风挡雨，谁也没想过砍伐它。小时候我们在碾盘上玩抓石子，苦楝蛋儿就时不时掉下来，嘣，一颗掉下来，在碾盘上跳几跳，嘣，又掉下来一颗。述君和

133

我们玩时，一输，就用脚踹苦楝树，他力气大，苦楝蛋儿便下冰雹一样落下来。

苦楝蛋儿很苦，是一味药，邻村的郎中每年要来捡几次。后来苦楝树被人用斧头砍了一次，留下个疤，谁也不知道是谁砍的，不久姓王那家的小女儿突然死了，村里传言那小女儿还不到结婚年龄却怀了孕，她听别人说喝苦楝蛋儿熬出的水可以堕胎，结果把命丢了，于是大家就怀疑是姓王的来砍了树。

一级公路经过我们村北边，高速公路经过的是村前的水田，但高速公路要修一条连接一级公路的辅道，正好经过村西头，孤寡老人的院子就拆了，碾盘早废弃了多年，当然苦楝树也就伐了。老院子给补贴了二万元，碾盘一分钱也没赔，苦楝树赔了三千元，村人家家有份，每户分到一百元。

这次回去，我见到了那个郎中，他已经是老郎中了，再来捡苦楝蛋儿时没有了苦楝树，他给我扬扬手，苦笑着，却一句话都没有说。

痒痒树。这棵痒痒树是我们村独有的一棵痒痒树，也可以说是我们那儿方圆十里内独有的树。树在永娃家的院子里，是他爷爷年轻时去山阳县，从那儿带回来移栽的。树几十年长得有茶缸粗，树梢平过屋檐。树身上也是脱皮，像药树一样，但颜色始终灰白。因为这棵树和别的树不一样，村人凡是到永娃家来，都要用手搔一搔树根，看树梢颤颤巍巍地晃动。

树和人在一起时间长了，不是树影响了人，就是人影响了树。五魁家的院墙塌了一面，他没钱买砖补修，就栽了一排铁匠蛋树，这种树浑身长刺，但一般长刺却是软刺，他性情暴戾，铁匠蛋树长的刺就非常硬，人不能钻进去，猫儿狗儿也钻不进去。痒痒树长在永娃家的院子里，永娃的脾气也变了，竟然见人害羞，而且胆小。当一级公路改造时，原本老路从村后坡根经过，改造后却要向南移，占几十亩耕地，村人就去施工地闹事，永娃也参加了，但那次闹事被公安局来人强行压服，事后又要追究闹事人责任，别人还都没什么，永娃就吓得生病了，病后从此身上生了牛皮癣。他再没穿过短裤短袖，据说每天晚上让老婆用筷

子给他刮身子，刮下屑皮就一大把。村人都说这病是痒痒树栽在院子里的缘故，他也成了痒痒树。他的儿子要砍痒痒树，他不同意，说，既然我是人肉痒痒树，你把树一砍，我不也就死了。他儿子也就不敢砍了。

前三年的春上，西安城里来了人，在村里寻着买树，听说了永娃家院子里有痒痒树，就来看了要买。永娃还是不舍得，那伙人就买了村里十二棵紫槐树，三棵桂花树。永娃的儿子后来打听了这是西安一个买树公司，他们专门在乡下买树，然后再卖给城里的房地产开发商，移栽到一些豪华别墅区里，从中谋利。永娃的儿子就寻着那伙人，同意卖痒痒树，说好价钱是一千元，几经讨价还价，最后以五百元成交，但条件是必须由永娃的儿子来挖，方圆带一米的土挖出。永娃的儿子那天将永娃哄说去了他舅家，然后挖树卖了，等永娃回来，院子里一个大深坑，没树了，永娃气得昏了过去。

永娃是那年腊八节去世的。

去年，永娃的儿媳妇患了胆结石来西安做手术，那儿子来看我，我问那棵痒痒树卖给了哪家公司，他说是神绿公司，树又卖给一个尚德别墅区，他爹去世前非要叫他去看看那棵树，他去看了，但树没栽活。

人生悟语

树是乡村里村村落落的魂。有了树就有了故事，人间的悲欢离合由那默默无闻的自然之子记取着，反刍着，诉说着……走入沧桑岁月的尽头，记忆中的每个细节都会因了那一株株的翠绿、金黄、火红而闪烁，耀眼，清晰起来。树有魂魄，人有魂魄，村落亦有魂魄，悠悠往事召唤着魂分归来……

（王　蕴）

我仍然没有树：树让我迷惑，我的树到底在哪里？

三 棵 树 苏 童

很多年以前我喜欢在京沪铁路的路基下游荡，一列列火车准时在我的视线里出现。午后一点钟左右，从上海开往三棵树的列车来了，我看着车窗下方的那块白色的旅程标志牌：上海——三棵树，开始想象三棵树的景色：是北方的一个小火车站，还是就是树了，三棵树，是挺立在原野上的三棵树，很高很挺拔。我想象过树的绿色冠盖和褐色树干，却没有确定树的名字，所以我不知道三棵树是什么树。

树令我怅惘。我一生都在重复这种令人怅惘的生活方式：与树擦肩而过。我没有树。我从小到大在一条狭窄局促的街道上走来走去，从来没有爬树掏鸟蛋的经历。

我种过树。我曾经移栽了一棵苦楝的树苗，是从附近的工厂里挖来的，我把它种在一只花盆里——不是我的错误，我知道树与花草不同，花入土，树入地，可我无法把树苗栽到地上——是我家地面的错误。天井、居室、后门石埠，不是水溪就是石板，它们欢迎我的鞋子、我的箱子、我的椅子，却拒绝接受一棵如此幼小的苦楝树苗。我只能把小树种在花盆里。我把它安置在临河的石埠上。从春天到夏天，它没有动窝，但却长出了一片片新的叶子。我知道它有多少叶子。后来冬天来了，河边风大，它在风中颤动，就像一个哭泣的孩子，我以为它在向我请求着阳光和温暖，我把花盆移到了窗台上，那是我家在冬天唯一的阳光灿烂的地方。就像一次误杀亲子的戏剧性安排，紧接着我和我的树苗遭遇了一夜狂风。狂风大作的时候我在温暖的室内，却不会想到风是如何污辱我的树苗的——它把我的树从窗台上抱起来，砸在河边石埠上，然后又把树苗从花盆里拖出来，推向河水里，将一只破碎的花盆和一抔泥土留在岸上，留给我。

这是我对树的记忆之一。一个冬天的早晨，我站在河边向河水深处张望，依稀看见我的树在水中挣扎，挣扎了一会儿，我的树开始下沉，我依稀看见它在河底寻找泥土，摇曳着，颤动着，最后它安静了。我悲伤地意识到我的树到家了，我的树没有了。我的树一直找不到土地，风就冷酷地把我的树带到了水中，或许是我的树与众不同，它只能在河中生长。

我没有树。没有树是我的隐痛和缺憾。我的树在哪里？树不肯告诉我，我只能等待岁月来告诉我。

1988年对于我来说是一个值得纪念的年份，那年秋天我得到了自己的居所，是一栋年久失修的楼房的阁楼部分，我拿着钥匙去看房子的时候一眼就看见了楼前的两棵树，你猜是什么树？两棵果树，一棵是石榴，一棵是枇杷！秋天午后的阳光照耀着两棵树，照耀着我一生得到的最重要的礼物，伴随我多年的不安和惆怅烟消云散，这个秋天的午后，一切都有了答案，我也有了树，我一下子有了两棵树，奇妙的是，那是两棵果树！

我是个幸运的人。两棵树弥合了我整个世界的裂痕。尤其是那棵石榴，春夏之季的早晨，我打开窗子，石榴的树叶和火红的花朵扑面而来。树把鸟也带来了，鸟在我的窗台上留下了灰白色的粪便。树上的果子把过路的孩子引来了，孩子们爬到树上摘果子，树叶便沙沙地响起来。

整整7年，我在一座旧楼的阁楼上与树同眠，我与两棵树的相互注视渐渐变成单方面的凝视，是两棵树对我凝视。我有了树，便悄悄地忽略了树。树的胸怀永远是宽容和悲悯的。树不做任何背叛的决定，在长达7年的凝视下两棵树摸清了我的所有底细，包括我的隐私，但树不说，别人便不知道。树只是凝视着我。7年的时光做一次补偿是足够

的了。窗外的两棵树后来有点疲惫了,我没有看出来,一场雨轻易地把满树石榴花打落在地,我出门回家踩在石榴的花瓣上,对石榴的离情别意毫无察觉。我不知道,我的两棵树将结束它们的这次使命,7年过后,两棵树仍将离我而去。

城市建设的蓝图埋葬了许多人过去的居所,也埋葬了许多人的树。1995年的夏天,推土机将一个名叫上乘阉的地方夷为平地,我的阁楼,我的石榴树和我的枇杷树消失在残垣瓦砾之中,7年一梦,那棵石榴,那棵枇杷,它们原来并不是我的树。

现在我的窗前没有树。我仍然没有树:树让我迷惑,我的树到底在哪里? 我有过一棵石榴,一棵枇杷,我一直觉得我应该有3棵树,就像多年以前我心目中最遥远的火车站的名字,是三棵树,那还有一棵在哪里呢? 我问我自己,然后我听见了回应,回应来自童年旧居旁的河水,我听见多年以前被狂风带走的苦楝树苗向我挥手示意说,我在这里,我在水里!

人 生 悟 语

　　树,让人沉迷,故去的往事就在树的叶脉和根系里延伸。没有什么能比树的生命那么健旺而润泽,没有什么比树的消殒更给人以伤感的痛惜……就像一场生命之约,只为了美丽生存在世界的树,矗立在渐行渐远的季节,离开的是华盖,留下的是期待……　　(王 蕴)

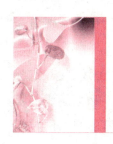

你在无言的遗憾中感悟到，富贵与高贵只是一字之差。同人一样，花儿也是有灵性，有品位之高低的。

牡丹的拒绝 张抗抗

它被世人所期待、所仰慕、所赞誉，是由于它的美。

它美得秀韵多姿，美得雍容华贵，美得绚丽娇艳，美得惊世骇俗。它的美是早已被世人所确定、所公认了的。它的美不惧怕争议和挑战。

有多少人没有欣赏过牡丹呢？

却偏偏要坐上汽车火车飞机轮船，千里万里跋山涉水，天南海北不约而同，揣着焦渴与翘盼的心，滔滔黄河般地涌进洛阳城。

欧阳修曾有诗云：洛阳地脉花最重，牡丹尤为天下奇。

传说中的牡丹，是被武则天一怒之下逐出京城，贬去洛阳的。却不料洛阳的水土最适合牡丹的生长。于是洛阳人种牡丹蔚然成风，渐盛于唐，极盛于宋。每年阳历四月中旬春色融融的日子，街巷园林千株万株牡丹竞放，花团锦簇香云缭绕——好一座五彩缤纷的牡丹城。

所以看牡丹是一定要到洛阳去看的。没有看过洛阳的牡丹就不算看过牡丹。况且洛阳牡丹还有那么点来历，它因被贬而增值而名声大噪，是否因此勾起人的好奇也未可知。

这一年已是洛阳的第九届牡丹花会。这一年的春却来得迟迟。

连日浓云阴雨，四月的洛阳城冷风飕飕。

街上挤满了从很远很远的地方赶来的看花人。看花人踩着年年应准的花期。

明明是梧桐发叶,柳枝滴翠,桃花梨花姹紫嫣红,海棠更已落英缤纷——可洛阳人说春尚不曾到来;看花人说,牡丹城好安静。

一个又冷又静的洛阳,让你觉得有什么地方不对劲。你悄悄闭上眼睛不忍寻觅。你深呼吸掩藏好了最后的侥幸,姗姗步入王城公园。你相信牡丹生性喜欢热闹,你知道牡丹不像幽兰习惯寂寞,你甚至怀着自私的企图,愿牡丹接受这提前的参拜和瞻仰。

然而,枝繁叶茂的满园绿色,却仅有零零落落的几处浅红、几点粉白。一丛丛半人高的牡丹枝株之上,昂然挺起千头万头硕大饱满的牡丹花苞,个个形同仙桃,却是朱唇紧闭,皓齿轻咬,薄薄的花瓣层层相裹,透出一副傲慢的冷色,绝无开花的意思。偌大的一个牡丹王国,竟然是一片黯淡萧瑟的灰绿……

一丝苍白的阳光伸出手竭力抚弄着它,它却木然呆立,无动于衷。

惊愕伴随着失望和疑虑——你不知道牡丹为什么要拒绝,拒绝本该属于它的荣誉和赞颂?

于是看花人说这个洛阳牡丹真是徒有虚名;于是洛阳人摇头说其实洛阳牡丹从未如今年这样失约,这个春实在太冷,寒流接着寒流怎么能怪牡丹? 当年武则天皇帝令百花连夜速发以待她明朝游玩上苑,百花慑于皇威纷纷开放,唯独牡丹不从,宁可发配洛阳。如今怎么就能让牡丹轻易改了性子?

于是你面对绿色的牡丹园,只能竭尽你想象的空间。想象它在阳光与温暖中火热的激情;想象它在春晖里的辉煌与灿烂——牡丹开花时犹如解冻的大江,一夜间千朵万朵纵情怒放,排山倒海惊天动地。那般恣意那般宏伟,那般壮丽那般浩荡。它积蓄了整整一年的精气,都在这短短几天中轰轰烈烈地迸发出来。它不开则已,一开则倾其所有挥洒净尽,终要开得一个倾国倾城,国色天香。

你也许在梦中曾亲吻过那些赤橙黄绿青蓝紫的花瓣,而此刻你须在想象中创造姚黄魏紫豆绿墨撒金白雪塔铜雀春锦帐芙蓉烟绒紫首案红火炼金丹……想象花开时节洛阳城上空被牡丹映照的五彩祥云;想象微风夜露中颤动的牡丹花香;想象被花气濡染的树和房屋;想象

第五辑 凝望一棵开花的树

洛阳城延续了一千多年的"花开花落二十日，满城人人皆若狂"之盛况。想象给予你失望的纪念，给予你来年的安慰与希望。牡丹为自己营造了神秘与完美——恰恰在没有牡丹的日子里，你探访了窥视了牡丹的个性。

其实你在很久以前并不喜欢牡丹。因为它总被人作为富贵膜拜。后来你目睹了一次牡丹的落花，你相信所有的人都会为之感动：一阵清风徐来，娇艳鲜嫩的盛期牡丹忽然整朵整朵地坠落，铺散一地绚丽的花瓣。那花瓣落地时依然鲜艳夺目，如同一只奉上祭坛的大鸟脱落的羽毛，低吟着壮烈的悲歌离去。牡丹没有花谢花败之时，要么烁于枝头，要么归于泥土，它跨越委顿和衰老，由青春而死亡，由美丽而消遁。它虽美却不吝惜生命，即使告别也要留给人最后一次惊心动魄的体味。

所以在这阴冷的四月里，奇迹不会发生。任凭游人扫兴和诅咒，牡丹依然安之若素。它不苟且不俯就不妥协不媚俗，它遵循自己的花期自己的规律，它有权利为自己选择每年一度的盛大节日。它为什么不拒绝寒冷?!

天南海北的看花人，依然络绎不绝地涌入洛阳城。人们不会因牡丹的拒绝而拒绝它的美。如果它再被贬谪十次，也许它就会繁衍出十个洛阳牡丹城。

于是你在无言的遗憾中感悟到，富贵与高贵只是一字之差。同人一样，花儿也是有灵性，有品位之高低的。品位这东西为气为魂为筋骨为神韵只可意会。你叹服牡丹卓尔不群之姿，方知"品位"是多么容易被世人忽略或漠视的美。

人 生 悟 语

花之傲骨自古已然，不独荷花，更有牡丹。不为世人的褒贬动容，不为世界的变迁消融……全部生命只为那青春之歌一般的美丽绽放，等待着属于自己的一片阳光和土壤，到那时自当勃勃地撑开华盖，摇曳出千般秀丽和万般风情。

(王 蕴)

它没有牡丹那种富贵的俗气；也没有幽兰那种王者的天香，它只是默默地开着，开着，隐逸地显露着它的美丽与孤单。

红 玫 瑰 (中国台湾)李 敖

那一年夏天到来的时候，玫园的花全开放了。玫园的主人知道我对玫瑰有一种微妙的敏感，特地写信来，请我到他家里去看花。

3 天以后的一个黄昏，我坐在玫园主人的客厅里，从窗口向外望着，望着那一棵棵盛开的玫瑰，默然不语。直到主人提醒我手中的清茶快要冷了的时候，我才转过头来，向主人做了一个很苦涩的笑容。

主人站起身来，拍掉衣上的烟灰，走到窗前，一面得意地点着头，一面自言自语：

"37 朵，16 棵。"

然后转向我，用一种调侃的声调说：

"其中有一棵仍是你的，还能把它认出来吗？"

躺在沙发里，我迟缓地点点头，深吸了一口烟，又把它慢慢吐出来，迷茫的烟雾牵我走进迷茫的领域，那领域不是旧梦，而是旧梦笼罩起来的愁城。

就是长在墙角旁边的那棵玫瑰，如今又结了一朵花。

仍是孤零零的一朵，殷红的颜色反而映出它绚烂的容颜，它没有牡丹那种富贵的俗气；也没有幽兰那种王者的天香，它只是默默地开着，开着，隐逸地显露着它的美丽与孤单。

我还记得初次在花圃里看到它的情景。那是一个浓雾弥漫的清晨，子夜的寒露刚为它洗过柔细的枝条，嫩叶上的水珠对它似乎是一种沉

重的负担，娇小的蓓蕾紧紧蜷缩在一起，像是怯于开放，也怯于走向窈窕和成熟。在奇卉争艳的花丛中，我选择了这棵还未长成的小生物，小心翼翼地把它捧回来，用一点水、一点肥料和一点摩门教徒的神秘祝福，种它在我窗前的草地里。五月的湿风吹上这南国的海岛，也吹开了这朵玫瑰的花瓣与生机，它畏缩地张开了它的身体，仿佛对陌生的人间做着不安的试探。

大概我认识她，也就在这个时候。

平心说来，她实在是个可爱的小女人，她的拉丁文名字与玫瑰同一拼法，这并不是什么巧合，按照庄周梦蝶的玄理，谁敢说她不是玫瑰的化身？她给人的第一印象是一种罕有的轻盈与新鲜，从她晶莹闪烁的眼光中和那带着狡狯恶意的笑容里，我看不到她的魂灵深处，也不想看到她的魂灵深处，她身体上的有形部分已经使我心满意足，使我不再酝酿更进一步的梦幻。

但是梦幻压迫我，它逼我飘到六合以外的幻境，在那里，走来了她的幽灵，于是我们生活在一起，我们同看日出、看月华、看眨眼的繁星、看苍茫的云海；我们同听鸟语、听虫鸣、听晚风的呼啸、听阿瑞尔（Ariel）的歌声，我们在生死线外如醉如醒；在万花丛里长眠不醒，大千世界里再也没有别人，只有她和我；在她我眼中再也没有别人，只有玫瑰花。当里程碑像荒冢一般的林立，死亡的驿站终于出现在我们的面前，远远的尘土扬起，跑来了"启示录"中的灰色马，带我们驰向那广漠的无何有之乡，宇宙从此消失了我们的足迹，消失了她的美丽和她那如海一般的目光……

可是，梦幻毕竟是飞雾与轻烟，它把你从理想中带出来，又把你向现实里推进去。现实展示给我的是：需求与获得是一种数学上的反比，我并未要求她给我很多，但是她却给我更少。在短短的五月里，我和她之间本来没有什么接近，可是五月最后一天消逝的时候，我感到我们的相隔却更疏远了。恰似那水上的两片浮萍，聚会了，又飘开了，那可说是一个开始。也可说是一个结束。

当红玫瑰盛开的时候，同时也播下了枯萎的信息，诗人从一朵花里看到一个天国，而我呢？却从一朵花里看到我梦境的昏暗与逗回。过早的凋零使我想起托姆普孙（Francis Thompson）的感慨，从旧札记里，我翻出早年改译的四行诗句：

> 最美的东西有着最快的结局，
> 它们即使凋谢，余香仍令人陶醉，
> 但是玫瑰的芬芳却是痛苦的，
> 对他来说，他却喜欢玫瑰。

不错，我最喜欢玫瑰，可是我却不愿再看到它，它引起我太多的联想，而这些联想对一个有着犬儒色彩的文人，却显然是多余的。

在玫园主人热心经营他的园地时，他收到我这棵早凋了的小花，我虽一再说这是我送给他的礼品，他却笑着坚持要把它当作一棵"寄生物"。费了半小时的光阴，我们合力把它种在玫园的墙角下，主人拍掉手上的泥巴，一边用手擦着汗，一边宣布他的预言："佛经上说'有情来下种，因地果还生'，我们或许能在这棵小花身上看到几分哲理。明年，也许明年，它仍旧会开的。"

烟雾已渐渐消失，我从往事的山路上转了回来，主人走到桌旁，替我接上一支烟，然后指着窗外说："看看你的'寄生物'吧！去年我就说它要开的，果然今年又开了。还是一朵，还是和你一样的孤单！"

望着窗前低垂的暮色，我站起身来，迟疑了很久，最后说："不错，开是开了，可是除了历史的意义，它还有什么别的意义呢？它已经不再是去年那一朵，去年那一朵红玫瑰谢得太早了！"

人生悟语

当沉重的双脚在寻梦的季节里蹒跚着，当孤独的身影在季节深处忧郁着，当一切花开的信息在千辛万苦的寻觅中弥漫着，谁能拒绝那朵盛开了生命的玫瑰的一吻？那是来自灵魂的安静，那是属于历史的安详……玫瑰的沉默暗示着走向成熟的代价。

（王 蕴）

那疼隐隐地从他脚下的那堆根须里传过来，从路上来往不息的车流人群里穿过来，疼得她直想落泪。

倔强仙人掌 白小云

女人看见路边蹲着一个挑担老头儿，他身下的筐里满满一筐仙人掌，嫁接出各种形状，高高的底座像一座独立秀挺的山峰，山峰顶部是形状不同的红、黄、绿各色仙人球。

女人拿起仙人掌左右挑选了很久，价格不贵，与花鸟市场上的相比便宜许多，挑定了自己喜欢的两个，准备双数一起买。

老头儿满脸胡楂儿，一个劲说这植物的种种优点，如何好看好养还净化空气，末了搓着厚皮疙瘩的手说，两个就算你小批发，又便宜了一块钱。

你这是真嫁接上去的，还是用牙签插上去的？这样的价钱，女人总觉不安，终于指着山峰顶部的红黄绿颜色的仙人球提出疑问。脸上是浓重的怀疑，蛮好的花买回家后发现是新种没有根的，这种事情不是发生了一次。

老头儿却生气了，脸腾地红上来，结结巴巴地说，怎么可能是插上去的？怎么可能是插上去的？都是我一棵一棵栽起来的。

是吗？她冷眼旁观，反问道。这样的表白她也见多了，倘若是货真价实的东西，何必这么着急，她心里又想。

眼看就要成功的交易，因为这一问停了下来，他着急得差点儿手舞足蹈，而他越是叽里咕噜地急着解释，她越觉得他不诚实。

忽然，老头儿停了下来，从筐里拿起一棵茁壮的仙人掌，没等女人反应过来，使劲一拉，把它的顶部从底峰上扯了下来，然后一手一个举到女人眼前，有牙签吗？他用力问她。

没有牙签，扁扁的巴掌形的黄绿色软刺仙人球从它的底峰上掉了下来，而它的底峰上生生裂开一道绿色肉质沟壑，那首尾两截早已浑然一体地生长。

证明了真假，女人付钱，老头儿一脸自尊，挺着胸膛收钱，3块钱一个，5块钱两个，老头儿从布衫口袋里摸出装钱的塑料袋，该找多少还找多少，也不计较身首异处的那一个。

老头儿站起来把东西包扎好，送进女人的车筐里，生意小，服务周到。站起身时，顺手捡起地上已成两截的东西，一起送进了女人的车筐里。

不要扔了，两截一起种在泥土里，两截都能活，老头说。

女人还在心疼，他倒笑了起来，露出锈蚀的牙齿，用东倒西歪的普通话安慰她说，放心好了，这植物最耐折腾，刚才那点儿事算不了什么，只要有点儿泥，就能长出根的。

两截还能活，这不假，但女人看着老头儿还是觉得心里生疼，仿佛受了伤的不是那棵仙人掌，而是别的什么，那别的什么就像一只小手，躲在她的胸膛里，一下一下地揪她的心。

那疼隐隐地从他脚下的那堆根须里传过来，从他东倒西歪的普通话中传过来，从他那已经装在布衫口袋里的塑料钱袋里穿过来，从路上来往不息的车流人群里穿过来，疼得她直想落泪。

人生悟语

倔强的仙人掌，很像那位栽培它们的主人，在怀疑诘问的沙漠里，千方百计也要保持住自己高贵的尊严。不是吗，正是因为有了可贵的尊严，人们才能挺直腰杆儿，像仙人掌一样，在物欲横流的社会中坚强地存活，生长。

（王　蕴）

花鸟昆虫创造的奇境

万物皆有灵性。虽然从进化论的角度上看，花鸟昆虫，飞禽走兽，不及人类高级,但它们也同样拥有属于自己的情感。这种情感,简单而直接，但却最能令人动容,令人感叹,甚至令人汗颜。欣赏这一处处奇境，或许能让人类的精神变得更加洁净。

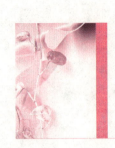

那种"龙马精神",就在巩乃斯的马身上——此马非凡马,房星是本星;向前敲瘦骨,犹自带铜声。

巩乃斯的马 周 涛

没话找话就招人讨厌,话说得没意思就让人觉得无聊,还不如听吵架提神。吵架骂仗是需要激情的。我发现,写文章的时候就像一匹套在轭具和辕木中的马,想到那片水草茂盛的地方去,却不能摆脱道路,更摆脱不了车夫的驾驭,所以走来走去,永远在这条枯燥的路面上。我向往草地,但每次走到的,却总是马厩。

我一直对不爱马的人怀有一点偏见,认为那是由于生气不足和对美的感觉迟钝所造成的,而且这种缺陷很难弥补。有时候读传记,看到有些了不起的人物以牛或骆驼自喻,就有点替他们惋惜,他们一定是没见过真正的马。

在我眼里,牛总是有点落后的象征意思,一副安贫知命的样子,这大概是由于过分提倡"老黄牛"精神所引起的生理反感。骆驼却是沙漠的怪胎,为了适应严酷的环境,把自己改造得那么丑陋畸形。至于毛驴,顶多是个黑色幽默派的小丑,难当大用。它们的特性和模样,都清清楚楚地写着人类对动物的征服,生命对强者的屈服,所以我不喜欢。它们不是作为人类朋友的形象出现的,而是俘虏,是仆役。有时候,看到小孩子鞭打牛,高大的骆驼在妇人面前下跪,发情的毛驴被缚在车套里龇(chèn)牙大鸣,我心里便产生一种悲哀和怜悯。

那卧在盐车之下哀哀嘶鸣的骏马和诗人臧克家笔下的"老马",不

也是可悲的吗？但是不同。那可悲里含有一种不公，这一层含义在别的畜生中是没有的。在南方，我也见到过矮小的马，样子有些滑稽，但那不是它的过错。既然橘树有自己的土壤，马当然有它的故乡了。自古好马生塞北。在伊犁，在巩乃斯大草原，马作为茫茫天地之间的一种尤物，便呈现了它的全部魅力。

那是 1970 年，我在一个农场接受"再教育"，第一次触摸到了冷酷、丑恶、冰凉的生活实体。不正常的政治气息像潮闷险恶的黑云一样压在头顶上，使人压抑到不能忍受的地步。强度的体力劳动并不能打击我对生活的热爱，精神上的压抑却有可能摧毁我的信念。

终于有一天夜晚，我和一个外号叫"蓝毛"的长着古希腊人脸型的上士一起爬起来，偷偷摸进马棚，解下两匹喉咙里滚动着咴咴低鸣的骏马，在冬夜旷野的雪地上奔驰开了。

天低云暗，雪地一片模糊，但是马不会跑进巩乃斯河里去。雪原右侧是巩乃斯河，形成了沿河的一道陡直的不规则的土壁。光背的马儿驮着我们在土壁顶上的雪原轻快地小跑，喷着鼻息，四蹄发出嚓嚓的有节奏的声音，最后大颠着狂奔起来。随着马的奔驰、起伏、跳跃和喘息，我们的心情变得开朗、舒展。压抑消失，豪兴顿起，在空旷的雪野上打着呼哨乱喊，在颠簸的马背上感受自由的亲切和驾驭自己命运的能力，是何等的痛快舒畅啊！我们高兴得大笑，笑得从马背上栽下来，躺在深雪里还是止不住地狂笑，直到笑得眼睛里流出了泪水……

那两匹可爱的光背马，这时已在近处缓缓停住，低垂着脖颈，一副歉疚的想说"对不起"的神态。它们温柔的眼睛里仿佛充满了怜悯和抱怨，还有一点诧异，弄不懂我们这两个人究竟是怎么了。我拍拍马的脖颈，抚摸一会儿它的鼻梁和嘴唇，它会意了，抖抖鬃毛像抖掉疑虑，跟着我们慢慢走回去。一路上，我们谈着马，闻着身后热烘烘的马汗味和四围里新鲜刺鼻的气息，觉得好像不是走在冬夜的雪原上。

马能给人以勇气，给人以幻想，这也不是笨拙的动物所能有的。在巩乃斯后来的那些日子里，观察马渐渐成了我的一种艺术享受。

我喜欢看一群马，那是一个马的家族在夏牧场上游移，散乱而有秩序,首领就是那里面一眼就看得出的种公马。它是马群的灵魂,作为这群马的首领当之无愧,因为它的确是无与伦比的强壮和美丽。匀称高大,毛色闪闪发光,最明显的特征是颈上披散着垂地的长鬃,有的浓黑,流泻着力与威严;有的金红,燃烧着火焰般的光彩。它管理着保护着这群牝(pìn)马和顽皮的长腿短身子马驹儿,眼光里保持着父爱的尊严。

在马的这种社会结构中,首领的地位是由强者在竞争中确立的。任何一匹马都可以争夺,通过追逐、撕咬、拼斗,使最强的马成为公认的首领。为了保证这群马的品种不至于退化,就不能搞"指定",不能看谁和种公马的关系好,也不能凭血缘关系接班。

生存竞争的规律使一切生物把生存下去作为第一意识,而人却有时候会忘记,造成许多误会。

唉,天似穹庐,笼盖四野。在巩乃斯草原度过的那些日子里,我与世界隔绝,生活单调;人与人互相警惕,唯恐失一言而遭来灭顶之祸,心灵寂寞。只有一个乐趣,看马。好在巩乃斯草原马多,不像书可以被焚,画可以被禁,知识可以被践踏,马总不至于被驱逐出境吧?这样,我就从马的世界里找到了奔驰的诗韵。油画般的辽阔草原、夕阳落照中兀立于荒原的群雕、大规模转场时铺散在山坡上的好文章、熊熊篝火边的通宵马经、毡房里悠长喑哑的长歌在烈马苍凉的嘶鸣中展开、醉酒的青年哈萨克在群犬的追逐中纵马狂奔,东倒西歪的俯身鞭打猛犬,这一切,使我蓦然感受到生活不朽的壮美和那时潜藏在我们心里的共同忧郁……

哦,巩乃斯的马,给了我一个多么完整的世界!凡是那时被取消的,你都重新又给予了我!弄得我直到今天听到马蹄踏过大地的有力声响时,还会在屋子里坐卧不宁,总想出去看看,是一匹什么样儿的马走过去了。而且我还听不得马嘶,一听到那铜号般高亢、鹰啼般苍凉的声音,我就热血陡涌、热泪盈眶,大有战士出征走上古战场,"风萧萧兮易水寒"的悲壮之慨。

有一次我碰上巩乃斯草原夏日迅疾猛烈的暴雨,那雨来势之快,可以使悠然在晴空盘旋的孤鹰来不及躲避而被击落,雨脚之猛,竟能把

牧草覆盖的原野瞬间打得烟尘滚滚。就在那场暴雨的豪打下，我见到了最壮阔的马群奔跑的场面。仿佛分散在所有山谷里的马都被赶到这儿来了，好家伙，被暴雨的长鞭抽打着，被低沉的怒雷恐吓着，被刺进大地倏忽消逝的闪电激奋着，马，这不肯安分的牲灵从无数谷口、山坡涌出来，山洪奔泻似的在这原野上汇集了，小群汇成大群，大群在运动中扩展，成为一片喧叫、纷乱、快速移动的集团冲锋！争先恐后，前呼后应，披头散发，淋漓尽致！有的疯狂地向前奔驰，像一队尖兵，要去踏住那闪电；有的来回奔跑，俨然像临危不惧、收拾残局的大将；小马跟着母马认真而紧张地跑，不再顽皮、撒欢，一下子变得老练了许多；牧人在不可收拾的潮水中被携裹，大喊大叫，却毫无声响，喊声像一块小石片跌进奔腾喧嚣的大河。

雄浑的马蹄声在大地奏出鼓点，悲怆苍劲的嘶鸣、叫喊在拥挤的空间碰撞、飞溅，划出一条条不规则的曲线，扭住、缠住漫天雨网，和雷声雨声交织成惊心动魄的大舞台。而这一切，得在飞速移动中展现，几分钟后，马群消失，暴雨停歇，你再看不见了。

我久久地站在那里，发愣、发痴、发呆。我见到了，见过了，这世间罕见的奇景，这无可替代的伟大的马群，这古战场的再现，这交响乐伴奏下的复活的雕塑群和油画长卷！我把这几分钟间见到的记在脑子里，相信它所给予我的将使我终身受用不尽……

马就是这样，它奔放有力却不让人畏惧，毫无凶暴之相；它优美柔顺却不任人随意欺凌，并不懦弱，我说它是进取精神的象征，是崇高感情的化身，是力与美的巧妙结合恐怕也并不过分。屠格涅夫有一次在他的庄园里说托尔斯泰"大概您在什么时候当过马"，因为托尔斯泰不仅爱马、写马、并且坚信"这匹马能思考并且是有感情的"。它们常和历史上的那些伟大的人物、民族的英雄一起被铸成铜像屹立在最醒目的地方。

过去我认为，只有《静静的顿河》才是马的史诗，离开巩乃斯之后，我不这么看了。巩乃斯的马，这些古人称之为骐骥、称之为汗血马的英气勃勃的后裔们，日出而撒欢，日入而哀鸣，它们好像永远是这样散漫而又有所期待，这样原始而又有感知，这样不假雕饰而又优美，这样我

行我素而又不会被世界所淘汰。成吉思汗的铁骑作为一个兵种已经消失，六根棍马车作为一种代步工具已被淘汰，但是马却不会被什么新玩意儿取代，它有它的价值。

牛从鞔车变为食用，仍然是实用物；毛驴和骆驼将会成为动物园里的展览品，因为它们只会越来越稀少；而马，当车辆只是在实用意义上取代了它，解放了它们时，它从实用物进化为一种艺术品的时候恰恰开始了。

值得自豪的是我们中国有好马。从秦始皇的兵马俑、铜车马到唐太宗的六骏，从马踏飞燕的奇妙构想到大宛汗血马的美妙传说，从关云长的赤兔马到朱德总司令的长征坐骑……纵览马的历史，还会发现它和我们民族的历史紧密相连着。这也难怪，骏马与武士与英雄本有着难以割舍的亲缘关系呢，彼此作用的相互发挥、彼此气质的相互补益，曾创造出多少叱咤风云的壮美形象？纵使有一天马终于脱离了征战这一辉煌事业，人们也随时会从军人的身上发现马的神韵和遗风。我们有多少关于马的故事呵，我们是十分爱马的民族呢。至今，如同我们的一切美好的传统都像黄河之水似的遗传下来那样，我们的历代名马的筋骨、血脉、气韵、精神也都遗传下来了。那种"龙马精神"，就在巩乃斯的良种马身上——

此马非凡马，房星是本星；向前敲瘦骨，犹自带铜声。

我想，即便我一直固执地对不爱马的人怀一点偏见，恐怕也是可以得到谅解了吧！

人 生 悟 语

人类文明史上，马一直占有重要的地位，它和人类分担着生活的劳苦，同享着战斗的光荣。但它始终没有失去对自由驰骋的热爱，坚持着独立进取的精神。正是这种巨大的精神魅力，才使得千百年来无数英雄在名马宝驹面前竞折腰。

（郭月霞）

第六辑
花鸟昆虫创造的奇境

我每次乘车穿过藏北无人区时总会不由自主地要想起这个故事的主人公——那只将母爱浓缩于深深一跪的藏羚羊。

藏羚羊跪拜 王宗仁

这是听来的一个西藏故事。发生故事的年代距今有好些年了。可是，我每次乘车穿过藏北无人区时总会不由自主地要想起这个故事的主人公——那只将母爱浓缩于深深一跪的藏羚羊。

那时候，枪杀、乱逮野生动物是不受法律惩罚的。就是在今天，可可西里的枪声仍然带着罪恶的余音低回在自然保护区巡视卫士们的脚印难以到达的角落。当年举目可见的藏羚羊、野马、野驴、雪鸡、黄羊等，眼下已经成为凤毛麟角了。

当时，经常跑藏北的人总能看见一个肩披长发，留着浓密大胡子，脚蹬长筒藏靴的老猎人在青藏公路附近活动。那支磨蹭得油光闪亮的杈子枪斜挂在他身上，身后的两头藏牦牛驮着沉甸甸的各种猎物。他无名无姓，云游四方，朝别藏北雪，夜宿江河源，饿时大火煮黄羊肉，渴时一碗冰雪水。猎获的那些皮张自然会卖来一笔钱，他除了自己消费一部分外，更多地用来救济路遇的朝圣者。那些磕长头去拉萨朝觐的藏家人心甘情愿地走一条布满艰难和险情的漫漫长路。每次老猎人在救济他们时总是含泪祝愿：上苍保佑，平安无事。

杀生和慈善在老猎人身上共存。促使他放下手中的杈子枪是在发生了这样一件事以后——应该说那天是他很有福气的日子。大清早，他从帐篷里出来，伸伸懒腰，正准备要喝一铜碗酥油茶时，突然瞅见两

步之遥对面的草坡上站立着一只肥肥壮壮的藏羚羊。他眼睛一亮，送上门来的美事！沉睡了一夜的他浑身立即涌上来一股清爽的劲头，丝毫没有犹豫，就转身回到帐篷拿来了权子枪。他举枪瞄了起来，奇怪的是，那只肥壮的藏羚羊并没有逃走，只是用企求的眼神望着他，然后冲着他前行两步，两条前腿扑通一声跪了下来。与此同时只见两行长泪就从它眼里流了出来。老猎人的心头一软，扣扳机的手不由得松了一下。藏区流行着一句老幼皆知的俗语："天上飞的鸟，地上跑的鼠，都是通人性的。"此时藏羚羊给他下跪自然是求他饶命了。他是个猎手，不被藏羚羊的怜悯打动是情理之中的事。他双眼一闭，扳机在手指下一动，枪声响起，那只藏羚羊便栽倒在地。它倒地后仍是跪卧的姿势，眼里的两行泪迹也清晰地留着。

那天，老猎人没有像往日那样当即将猎获的藏羚羊开宰、扒皮。他的眼前老是浮现着给他跪拜的那只藏羚羊。他有些蹊跷，藏羚羊为什么要下跪？这是他几十年狩猎生涯中唯一一次见到的情景。夜里躺在地铺上他也久久难以入眠，双手一直颤抖着……次日，老猎人怀着忐忑不安的心情对那只藏羚羊开膛扒皮，他的手仍在颤抖。腹腔在刀刃下打开了，他吃惊得叫出了声，手中的屠刀咣当一声掉在地上……原来在藏羚羊的子宫里，静静卧着一只小藏羚羊，它已经成型，自然是死了。这时候，老猎人才明白为什么那只藏羚羊的身体肥肥壮壮，也才明白它为什么要弯下笨重的身子为自己下跪：它是在求猎人留下自己孩子的一条命呀！

老猎人的开膛破腹半途而停。

当天，他没有出猎，在山坡上挖了个坑，将那只藏羚羊连同它那没有出世的孩子掩埋了。同时埋掉的还有他的权子枪……从此，这个老猎人在藏北草原上消失。没人知道他的下落。

单看这个题目，给人最初的印象似乎应该是，动物可以"人格化"的。藏羚羊带着一种虔诚的心情，在它的身上是要体现一种庄严与神圣的东西吧？但一看文章才知道这个动物并没有"人格化"，原来是这只动物对人的下跪。而这个"跪拜"啊，看出这"人"类竟是多么的高傲！

说起人性,好像总带着人文关怀,似乎它就是与野蛮、专制、愚昧这些词是格格不入的。所谓人性,就是依乎人之本性,从人出发,从人的最纯真朴实的自然生命情感出发。在西方追求个性解放的时代背景里,人性又体现了与宗教——尤其是世俗宗教一样的神圣地位,它是与残忍、野蛮相对的一个词,有着人道主义情怀的光照。然而人性这个词又似乎是"与时俱进"的,现在又与慈善、环保,人与自然、人类、母性,生命,等等神圣相关。

于是说到人性,特别环保意识里,又似乎洋溢着一种对自然的"人道关怀"。的确,在自然的面前,我们依旧高调啊。

❀ 人 生 悟 语 ❀

当那只藏羚羊在猎人的枪口前缓缓跪下时,她实际上已经高高地站在了"人"类之上。当我们为了动物的人性而叹息时,是否也应该想想自己身上的人性是不是已经蒙上了一层晦暗的颜色?应该永远不要让任何自然的造物在人类面前"下跪"啊。 (郭月霞)

天鹅既有天生的美质,又有自由的美德:它不在我们所能强制或幽禁的那些奴隶之列。

天   鹅 [法]布 封

在任何社会里,不管是禽兽的或人类的社会,从前都是暴力造成霸主,现在却是仁德造成贤君。地上的狮、虎,空中的鹰、鹫,都只以善战称雄，以逞强行凶统治群众；而天鹅就不是这样，它在水上为王，是凭着一切足以缔造太平世界的美德，如高尚、尊严、仁厚等等。它有威势，有力量，有勇气，但又有不滥用权威的意志、非自卫不用武力的决心；它能战斗，能取胜，却从不攻击别人。作为水禽界里爱好和平的君王，它敢于与空中的霸主对抗，它等待着鹰来袭击，不招惹它，却也不惧怕它。它的强劲的翅膀就是它的盾牌，它以羽毛的坚韧、翅膀的频繁扑击对付着鹰的嘴爪，打退鹰的进攻。它奋力的结果常常是获得胜利。而且，它也只有这一个骄傲的敌人，其他善战的禽类没一个不尊敬它。它与整个的自然界都是和平共处的：在那些种类繁多的水禽中，它与其说是以君主的身份监临着，毋宁说是以朋友的身份看待着，而那些水禽仿佛个个都俯首帖耳地归顺它。它只是一个太平共和国的领袖，是一个太平共和国的首席居民，它赋予别人多少，也就只向别人要求多少，它所希冀的只是宁静与自由。对这样的一个元首，全国公民自然是无可畏惧的了。

天鹅的面目优雅，形状妍美，与它那种温和的天性正好相称。它叫谁看了都顺眼。凡是它所到之处，它都成了这地方的点缀品，使这地方美化，人人喜爱它，人人欢迎它，人人欣赏它。任何禽类都不配这样地受人钟爱：原来大自然对于任何禽类都没有赋予这么多的高贵而柔和的优美，使我们意识到它创造物类竟能达到这样妍丽的程度。那俊秀的身段、圆润的形貌、优美的线条、皎洁的白色、婉转的、传神的动作，忽而兴致勃发、忽而悠然忘形的姿态……总之，天鹅身上的一切都散布着我们欣赏优雅与妍美时所感到的那种舒畅，那种陶醉，一切都使人觉得它不同凡俗，一切都描绘出它是爱情之鸟。在古希腊传说里，美女海伦是勒达和一只天鹅孕育的，那只天鹅是宙斯的幻形，一切都证明这个富有才情与风趣的神话是很有根据的。

我们看见它那种雍容自在的样子，看见它在水上活动得那么轻便，那么自由，就不能不承认它不但是羽族里第一名善航者，并且是大自然提供给我们的航行术的最美的模型。可不是么，它的颈子高高的，胸脯挺挺的、圆圆的，就仿佛是破浪前进的船头；它的宽广的腹部就像船

底;它的身子为了便于疾驰,向前倾着,愈向前就愈挺起,最后翘得高高的就像船舱;尾巴是地道的舵;脚就是宽阔的桨;它的一对大翅膀在风前半张着,微微地鼓起来,这就是帆,它们推着这艘活的船舶,连船带驾驶者一起推着跑。

天鹅知道自己高贵,所以很自豪;知道自己美丽,所以很自好。它仿佛故意摆出它的全部优点:它那样儿就像是要博得人家赞美,引起人家注目。而事实上它也真是令人百看不厌的,不管是我们从远处看它成群地在浩瀚的烟波中,和有翅的船队一般,自由自在地游着;或者是它应着召唤的信号,独自离开船队,游近岸旁,以种种柔和、婉转、妍媚的动作,显出它的美色,施出它的娇态,供人们仔细欣赏。

天鹅既有天生的美质,又有自由的美德:它不在我们所能强制或幽禁的那些奴隶之列。它无拘无束地生活在我们的池沼里,如果它不能享受到足够的独立,使它有奴役俘囚之感,它就不会逗留在那里,不会在那里安顿下去。它要任意地在水上遍处遨游,或到岸旁着陆,或离岸游到水中央,或者沿着水边,来到岸脚下栖息,藏到灯芯草丛中,钻到最偏僻的港湾里,然后又离开它的幽居,回到有人的地方,享受着与人相处的乐趣——它似乎是很喜欢接近人的,只要它在我们这方面发现的是它的居停和朋友,而不是它的主子和暴君。

天鹅在一切方面都高于家鹅一等,家鹅只以野草和籽粒为生,天鹅却会找到一种比较精美的、不平凡的食料。它不断地用妙计捕捉鱼类,它做出无数的不同姿态以求捕捉的成功,并尽量利用它的灵巧与气力。它会避开或抵抗它的敌人:一只老天鹅在水里,连一只最强大的狗它也不怕,它用翅膀一击,连人腿都能打断,其迅疾、猛烈可想而知。总之,天鹅似乎是不怕任何暗算、任何攻击的,因为它的勇敢程度不亚于它的灵巧与气力。

驯天鹅的惯常叫声与其说是响亮的,毋宁说是浑浊的,那是一种哮喘声,十分像俗语所谓的"猫咒天",古罗马人用一个谐声字"独楞散"表示出来,听着那种音调,就觉得它仿佛是在恫吓,或是在愤怒。古人之所以能描写出那些和鸣锵锵的天鹅,使它们那么受人赞美,显然不

是拿一些像我们驯养的这种几乎喑哑的天鹅做蓝本的。我们觉得野天鹅曾较好地保持着它的天赋美质,它有充分自由的感觉,同时也就有充分自由的音调。可不,我们在它的鸣叫里,或者说在它的嘹喉里,可以听得出一种有节奏、有曲折的歌声,有如军号的响亮,不过这种尖锐的、少变换的音调远抵不上我们的鸣禽的那种温柔的和声与悠扬朗润的变化罢了。

此外,古人不仅把天鹅说成一个神奇的歌手,他们还认为,在一切临终时有所感触的生物中,只有天鹅会在弥留时歌唱,用和谐的声音作为最后叹息的前奏。据他们说,天鹅发出这样柔和、这样动人的声调,是在它将要断气的时候,它是要对生命做一个哀痛而深情的告别。这种声调,如怨如诉,低沉地、悲伤地、凄黯地构成它自己的丧歌。他们又说,人们可以听到这种歌声,是在朝暾初上、风浪既平的时候,甚至有人还看到许多天鹅唱着自己的挽歌,在音乐声中气绝了。在自然史上没有一个杜撰的故事,在古代社会里没有一则寓言比这个传说更被人赞美、更被人重述、更被人相信的了,它控制了古希腊人的活泼而敏感的想象力:诗人也好,演说家也好,乃至哲学家,都接受着这个传说,认为这事实实在太美了,根本不愿意怀疑它。我们应该原谅他们杜撰这种寓言,这些寓言真是可爱,也真是动人,其价值远在那些可悲的、枯燥的史实之上,对于敏感的心灵来说,这都是些慰藉的比喻。无疑地,天鹅并不歌唱自己的死亡。但是,每逢谈到一个大天才临终前所做的最后一次飞扬、最后一次辉煌表现的时候,人们总是无限感慨地想到这样一句动人的成语:"这是天鹅之歌!"

人 生 悟 语

    除了天鹅,恐怕没有哪种动物能激发出人们如此多的赞叹和向往了。幽静的湖面,羽衣将举的白天鹅,散发着雍容华贵的气息,传达着和平、自由的理想。而天鹅的绝唱令人无限欷歔,也许是因为不愿被死亡征服的,不仅是这美丽的精灵,更是人类的灵魂吧。   (郭月霞)

假如我们有一种习惯，在一切地方都能看到美，看到美的东西都能够欣赏，那么一切消逝景物的无限形象宝藏，就是我们最好最亲的所有物，是常青的欢乐。

花鸟昆虫创造的奇境 李霁野

这两天又翻读哈德生的《鸟与人》，在第二章中他谈到，他叫格雷在讲演中说，对于禽鸟的喜爱、欣赏和研究，比在许多人的二道手兴趣的和习惯的娱乐中，有更新鲜、更欢快的乐趣；叫着禽鸟的快感比其他任何欢乐都更为纯洁而持久。这几句话引起我颇为愉快的回忆。

在我故乡老屋的后面有一个池塘，塘中有个小小的土岛，这是我童年的仙乡。有时我站在塘岸看望游鱼和浮萍，一次，一双翡翠鸟从水面急飞掠过，那电光似的一闪留下色彩悦目的印象，很久以后，多次我一闭目，这印象就在我的脑际浮现，仙乡似的景物清晰在望。同我一起惊看翡翠鸟的有我童年初恋的少女，她的倩影当然也会一同出现。

在此后三十多年，我在白沙女子师范学校教书，常在一条小溪岸上散步。一次看见一双翡翠鸟在水面一闪飞过，我不禁惊呼："翡翠，翡翠！"使游侣有些惊异。我闭目默默站了一会儿，童年的仙乡景物和伊人的倩影又在我的脑际浮现了。

在童年另一给我留下美好印象的鸟是黄鹂。看到听到这个鸟时，自然要联想到杜甫的诗句——"两个黄鹂鸣翠柳"。在抗日战争胜利后，我回到故乡，那仙乡似的池塘虽然不像童年时美丽了，但我站在塘岸看望，美的联想一点也没有遭到破坏，看望翡翠时的幻美影像还多次浮现眼前。有一次，我突然听到黄鹂在不远的树上歌唱，那娇黄色的羽毛在透过树叶的日光下鲜艳夺目。父亲写春联的形象立刻在我的脑际出现了，因为父亲常写"两个黄鹂鸣翠柳，一行白鹭上青天"。我虽然没有同父亲谈过，但我想这两种在故乡常见的鸟，一定在他的视觉和听觉上留下过很美好的印象。

我这次回乡，一方面同一位朋友刚分手，一方面殷切期望着同还在异乡的妻稚欢聚，情绪波动是较大的。这次听看到黄鹂时，印象自然同这时的心情分不开。这以后我没有再听看到黄鹂，但偶一吟诵杜甫的诗句，那情景和心情还是会立刻再现，虽然时间过去已经 20 年甚至 30 年了。

还有一种童年常见的鸟就是鸽。鸽声叫起来也很令人愉快，但在我的记忆中留下美好印象的不是鸽鸣，而是高飞在空中的鸽尾的哨声。我童年放风筝时，表兄有时在上面加一个哨，那声音同这很相似。有一年冬季，我在天津女师学院患重感冒，一直好不了，放假回到北京，住在当时还存在的未名社，一早醒来，天气晴朗，我听到云鸽的哨声，像仙乐一样给我以美的享受，童年放风筝的情景立刻在我的眼前出现了。感冒病倒不药自愈。

大雁是富于诗意和感情联想的，雁传书和鸽送信一为诗，一为真，我们对前者更为欣赏。听到雁嘹天，看到雁行飞过碧空，我总听到母亲亲切的声音，看到母亲慈祥的容貌，因为童年的回忆留下的印象太深了。在白沙我已经是中年的人了，雁声和雁行却能够引起同样亲切的感情波动，但对童年的印象只起相映生辉的作用，二者有时分别呈现，有时浑然一体，但都美似海市蜃楼。

白鹭在我的故乡是比较少见的，在四川就颇多了。杜甫的诗写的是"一行白鹭"，似乎是群居的多。我在北碚（bèi）时，每天沿着嘉陵江岸散步，一次黄昏，在我的眼前呈现一幅极美的画图，一天清早一只白鸟从碧空飞过，当时就口占一绝：

曾记温泉晚渡头，

斜阳帆影恋碧流。

今朝白鹤腾空去，

不负此番万里游。

因为只有一只白鸟，我的知识有限，又没有切近观察，我就假定那只白鸟是鹤了。鹤也罢，白鹭也罢，这幅美景图，在我闭目长眠之前是不会消失的了。

我的家虽然在一个小镇上，同农村并不隔离，倒是鸡犬相闻的。也许有人以为鸡犬之声不会引起什么美的联想吧，那就大错特错了。从童年起，鸡鸣犬吠都使我深深感到农村入夜安静得可爱，使我对"鸟鸣山更幽"多一层体会。以后长期住在城市里，总惋惜听不见这两种声音。1926年我回故乡省母，它们唤起许多童年回想，使我感到很大的安慰。我在白沙时写过一首长诗，有句云："鸡鸣频频忆故村"，就是当时的真情实感。

抗日战争胜利后一年多，我才有机会沿着视为畏途的川陕公路坐长途汽车回乡。第一天到达一个小村的小旅店过夜。天将破晓时，醒来听到鸡鸣，周围死般沉静。月色窥窗，似乎在致黎明的问候。"鸡声茅店月"——这诗的意境在我的心上留下永不磨灭的印记，这瞬间的生活我认为是最幸福的了，只有死亡才能泯灭它。旅途的万苦千辛统统可以忘怀了。

有时候视觉和嗅觉联合起来，留下的印象就更鲜明难忘，时时闪现在我们的心头。妻同我都很爱夜来香。新婚后，一次坐在小院里乘凉，旁边有一盆夜来香，我们目不转睛的看着它。花朵突然放苞，清香扑鼻，我们相视微笑。虽然前年我们才买到一盆夜来香，想一温旧梦却终于失望；但我们只要一提起或想到这个花名，旧时的情景就会像一幅美妙画图呈现在我们眼前，人生难免的一些小小烦恼也就烟消云散了。

哈德生说："我们偏爱一种花，因为这种花与我们的快乐童年或早年生活有亲切的联系。这种联系使一种花成为花中之王，有微妙的魅力，只要见到它或嗅到它，就可以在我们的脑子里唤起美丽的幻象。这使我想起童年看到乳燕在菊丛飞舞，携情侣踏雪寻梅的往事，我在《初

恋》中写过，在这里就不重述了。

在白沙，一次漫步经过一段峡谷，走上一座小山，看到竹枝上一只小鸟(大概是画眉)，面对夕阳歌唱。"白云生处有人家"，但我们未见到人，只闻微风吹送来的水仙香味，鸟语花香结合，留下永不磨灭的美妙印象，在鸟语花香的环境中，虽然花鸟不同，但这幅图景总会浮现在眼前脑际。

除鸟之外，我很喜爱两种昆虫——蟋蟀和知了。蟋蟀的弹琴声，我觉得比人工的乐声更为悦耳。它能唤起多少我童年的愉快回忆呵！它同我童年小友的欢笑声分不开。它会使我突然听到初恋情人银铃般的笑语。除在白沙偶然听到一两次，这美妙的弹琴声我多年都没有听到过了。但"轻柔的声音化为乌有，音乐还在记忆中颤抖"。

在天津这样喧闹的城市中生活多年，这样的经验就比较少了。我不像哈德生一样，对城市生活怀着那样深的憎恶，因为我不能像他一样，觉得在旷野荒原，只要能最亲近地投入大自然的怀抱，并不想听到"君喉歌宛转"，就可以"旷野即天堂"。他既然可以同我(é)默异趣，我也不必勉强和他求同了。

但是物以稀为贵，我在天津的一次经历特别为我所珍惜。我同妻定情之后，有时我们到海河岸上散步闲坐。一次夏季月夜，我们在树阴下坐着看海河上的帆船缓缓行驶，船头白浪在月光中闪闪发亮，忽然一阵蝉声，我们像倾听音乐一样沉默。抗战后期我在白沙，一次蝉声就为我复活了这幻象，使我的乡愁倍增。今年已到初秋天气了，我意外听到小园里一阵蝉鸣，上言的情景立刻浮现在我的眼前了。与此同时，我也听到了纺织娘，但却未引起丰富优美的联想。

哈德生说，假如我们有一种习惯，在一切地方都能看到美，看到美的东西都能够欣赏，那么一切消逝景物的无限形象宝藏，就是我们最好最亲的所有物，是常青的欢乐，是储藏在我们内心里的阳光。

法国雕塑家罗丹说："生活中从不缺少美，而是缺少发现美的眼睛。"只要用心去体悟自然的造物,黄鹂、夜来香、蟋蟀等普通的花鸟昆虫,都可以触动我们柔软的心灵,把我们带到神奇的美景中去。学着做一个善于发现美的人,我们的生活将会永远阳光普照。

（郭月霞）

爱,我想,比死和死的恐惧更强大。只要依靠它,依靠这种爱,生命才能维持下去发展下去。

麻　　雀　　[俄]屠格涅夫

我打猎归来,沿着花园的林阴路走着。狗跑在我前面。

突然,狗放慢脚步,蹑足潜行,好像嗅到了前边有什么野物。

我顺着林阴路望去,看见一只嘴边还带黄毛、头上生着柔毛的小麻雀。它从巢里跌落下来(风猛烈地吹打着林阴路上的白桦),呆呆地伏在地上,孤立无援地张开两只羽毛还未丰满的小翅膀。

我的狗慢慢地向它靠近。忽然,从附近一棵树上飞下一只黑胸脯的老麻雀,像一棵石子似的落到狗的鼻子跟前——它全身倒竖着羽毛,惊恐万状,发出绝望、凄惨的叫声,两次扑向露出牙齿、大张着的狗嘴边上去。

它是猛扑下来救护幼雀的。它用身体掩护着自己的幼儿……但它整个小小的身体因恐怖而战栗着，它小小的声音也变得粗暴嘶哑了,它在牺牲自己!

在它看来,狗该是个多么庞大的怪物啊!然而,它还是不能站在自己高高的、安全的树枝上……一种比它的理智更强烈的力量使它从那儿扑下身来。

我的特列左尔(狗的译名)站住了,向后退了退……看来,它也感到了这种力量。

我赶紧唤住惊慌失措的狗——然后,怀着尊敬的心情走开了。

是啊,请不要见笑。我尊敬那小小的、英勇的鸟儿,我尊敬它那种爱的冲动和力量。

爱,我想,比死和死的恐惧更强大。只要依靠它,依靠这种爱,生命才能维持下去发展下去。

人 生 悟 语

麻雀,貌不惊人,也没有娇媚动听的歌喉,可这再普通不过的小鸟,在死亡面前,表现出了那么伟大无私的爱和令人肃然起敬的勇敢,甚至散发着神圣的光辉。只要心中怀着爱的种子,我们一定可以喷薄而出,谱写出壮丽的生命交响曲。

(郭月霞)

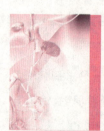

在西伯利亚发生的人和熊为了儿子和生存相互合作的事情,不可思议。为了熊仔,熊妈妈竟有那么大的勇气!

西伯利亚的熊妈妈 鲍尔吉·原野

去年夏天,在翻译保郎陪同下,我到南西伯利亚采风。一天,向导辉腾——他是图瓦共和国艺术科学院的秘书——说领我们见一个人。

我们开车进入森林，在一幢木房子前，一个人远远迎着。"这是猎人德维·捷列夫涅。"辉腾介绍说，"他想见中国人。"

德维·捷列夫涅60多岁，粉皮肤，生就3岁婴儿般好奇的眼睛，缺左小臂。这名字俄语的意思为"两棵树"。

他家墙上挂着熊的头颅标本。熊的眼神像德维一样天真，它微张着嘴，一边的牙齿折断了，顶戴一个新鲜的花环。德维在熊面前诉说一大通独白。保郎告诉我，"两棵树"对熊讲的话是："熊妈妈，安加拉河水涨高了一尺，森林里又有几种野花开放，拜特山峰从下午开始变青。"

我听着脊背发紧，太神秘了。"讲一下熊的故事吧。"保郎说。

"这是熊妈妈的故事。"德维边喝啤酒边说，"那一年，我领儿子朱格去萨彦岭东麓的彼列兑抓岩羊。朱格喝了山涧的水之后就病了，估计水里掺进了黑鼬的尿。我们只好在山上住了七天，吃光了干肉。野果还没长出来，我们快要饿死了，而且朱格会先饿死。

"那时候动物也没有食物，春天嘛，它们不出来，我打不到猎物。有一天傍晚，运气来了。我在一个岩洞边发现一只熊仔。它饿得走不动了，舔掌、喊叫。我架好猎枪，这时候空气中传来震颤，刚长出的树叶跟着抖动——母熊在树后发出低吼，就是它（德维指墙上的标本）。我明白，这时枪口不能指向它的孩子，便放下枪。母熊转身走了，它走得很慢，也是缺少食物引起的虚弱。我看它走的方向，突然明白，那是我儿子躺着的地方。我摇晃着回去，见朱格躺在树枝上，他看看我，又转过头。我手里什么猎物都没有。在离我们十几米远的树后，母熊看着我们。过一会儿，它走了。母熊回来时，带着熊仔，站着看我们。"

"这是什么意思？"保郎问。

"意思是，它们没食物，要饿死了，想吃掉我们。我们也没食物，想吃掉它们。但是，我没把握一枪打死母熊。它会在我装子弹的空隙扑过来。我可以一枪打死熊仔，母熊也会一掌打死我儿子。然而我有枪，它不敢。

165

"我们就这样对峙，谁也不动。我儿子朱格已经昏迷过去了，腹泻脱水，加上饿。我心里懊恼，但没办法。我一动，母熊就会扑向我儿子。

"母熊的眼睛始终看着我的枪。它的小眼睛对枪又迷惑又崇拜。好吧，我举着枪，走到悬崖边上——我身后十步左右是一处悬崖——在石头上把枪摔碎，扔下去。母熊见到这个情景，头像斧子一样往地上撞，这是感激，我能看到它流出的眼泪。这回公平了，我想，搏斗吧！

"熊不走，也不上来扑我们。这下我没办法了，我毁掉枪，表明伤不到你们，还要怎么样？再想，母熊是想为幼仔谋一点儿食物。为了让它们走，也为了我儿子，我闭着眼用刀把左小臂割断扔了过去。上帝呀！熊仔撕咬我的左臂，上面竟然还有我的手指。你们想不到后面的事情，母熊走过来舔我的伤口。它的带刺儿的舌头舔着上面的血，我闭着眼睛对熊说：'吃掉我吧，但别伤害我的儿子'。

"我可能昏了过去，最后被母熊的吼声弄醒，它看着我，然后，疯也似的奔跑，从悬崖扑下去。我费了很长时间才弄明白，母熊自杀了。要知道动物从来不自杀，但熊妈妈从悬崖跳下去了。我胆战心惊地爬到悬崖边往下看，母熊躺在一块石头上，嘴和鼻子都是血。它死了。"

"告诉他们结果，德维。"辉腾说。"结果就是，我们活到了今天。""说熊。"辉腾提示。"唉！我们吃了熊的肉，活了过来。我又趟着冰水给熊仔捞来很多鱼，它吃饱走了，它(指标本)被我带回来。我的伤口被母熊舔好了。"德维给熊的嘴边塞一支红河牌香烟，往它头上洒一些啤酒。

"这是哪一年？"我问。

"普京第三次上图瓦打猎那一年。"

"2006年。"辉腾说。

2006年，在西伯利亚发生的人和熊为了儿子和生存相互合作的事情，不可思议。为了熊仔，熊妈妈竟有那么大的勇气！

　　此时的新月已经不眠不休地找遍了附近所有的山川河谷,终于慢慢靠近了以往不敢轻易靠近的村庄……

母狼新月 陈 俊

　　新月本是高原上最美丽的一匹母狼，全身黑油油的皮毛如缎子般光滑，额头上一抹新月般的白毛,让她成为狼群中至高无上的皇后。

　　那天，她被一头还挂着脐带的鲜美小鹿所吸引，一路从山峰追过树林，奔到了澜沧江边。走投无路的小鹿奋力一跃，跳到了随着江水漂流而下的一捆柴草堆上，新月毫不迟疑地也跃了过去。绝望中，小鹿竟然转身投进了翻滚的江水。新月正待转身上岸，不禁倒吸一口凉气——漂浮的柴草堆已经悄悄远离江岸，到达江心了。

　　太阳升了又落，月亮圆了又缺。

　　终于，一阵震荡让已经神志不清的新月苏醒了过来。原来，柴草堆已经搁浅在一片沙滩上。

　　新月不知道，澜沧江的激流已经使她远离故土上千公里了，她上岸的地方,名叫西双版纳。

西双版纳从来没有过猛兽的存在，新月捕猎动物就如同摘下路边的一枚野果一样轻松。不到半个月,新月的身体状况就完全恢复到了巅峰状态。一身油亮的皮毛比睡神用来遮掩天空的夜幕还要深邃。

一日午后,新月正躺在树阴下小憩,前方的树丛里忽然出现了一张黑白交杂的脸,来的是一条狗。

新月纹丝不动地躺着,看着对方一点点靠近。花狗停住了脚步,上下打量着新月,呼吸越来越沉重。忽然,他转身冲进了树丛,过了一会儿,他又气喘吁吁地回来了,把嘴里叼着的一根鸡腿骨放在了新月的面前,并拖着舌头绕着新月转来转去。突然,他在新月的背上试探性地舔了一下。

新月顿时浑身一颤,来自异性的久违的接触让她迷离起来。

花狗,现在该叫他阿夏了。阿夏得寸进尺,最后,终于开始温柔地用自己的下颌摩擦新月的额头了——这是犬科动物最亲昵的表白了。

最后,阿夏终于与新月在树阴下缠绵起来……

当新月腹中的胎动越来越明显的时候,她也越来越焦躁,阿夏是那么一只善解人意的狗，但他怎么能和狼王相比，怎么能与自己相配——不行,我一定要保证自己后代的血统,坚决不能让他们成为低贱的狗的后代。

于是,当新月吃完阿夏送来的半只新鲜鸭子,趁着阿夏温柔地摩擦着自己额头的时候,她闭上眼,冲着阿夏的喉管用尽全身的力量咬了下去。阿夏没有发出半点声息,便瞪着眼睛断了气。

很快,第一个孩子降生了,新月细心地舔干净他的身体,一身黑毛让她满意无比,黑色象征狼群拥有的黑夜,他叫修罗;第二个,一身黄毛,黄毛象征狼群驰骋的大地,新月叫他加罗;第三个,新月一呆,一身黑白相间的花毛? 新月无法忍受自己的队伍里出现这样的异类,狼的孩子就该只有黑黄两色,别的都不能存在。于是,可怜的老三还没来得及吸上一口母乳，就被新月毫不迟疑地吞进了肚子——他从自己的腹中来，回到自己的腹中去，没什么不合理的，新月如此想。

在新月乳汁的喂养下，幸存的修罗和加罗如同被打气一般一日日强壮起来。为了早日让他们学会捕猎，新月到村里的猪圈里偷回了一只活蹦乱跳的小猪崽。但修罗和加罗像见到了最心爱的玩具一般，撵得小猪崽惨叫着逃窜，却始终未在小猪崽身上留下一道伤痕。

新月的眉头皱了起来，这哪里有狼丝毫的风范啊。

新月摇摇头，冲过去一把按住小猪崽，咬断它的脖子，用利爪撕开它的肚子，满心期待地抬起头，看哪个儿子能先冲过来大快朵颐（即大饱口福）。"汪！"一声凄厉的狗叫顿时让新月被雷击一般，她森然望去，加罗竟然很灵活地将尾巴夹在两腿之间，望着她发出恐怖的狗叫声。

新月怒吼一声，飞扑过去，将加罗的"汪汪"声咬断在了他的肚子里，然后，她回头冷冷打量着修罗，只要他发出一声狗叫，她也会毫不犹豫地结束这个狗儿子的性命。

修罗看着母亲冰冷的眼神，里面有一种死亡的味道。满地的鲜血和兄弟的尸体蓦然激发了他体内的兽性。他忽然疯了般地扑向加罗的尸体，用刚刚成型的尖牙利爪撕开加罗的肚子，拼命吞吃加罗的狗心狗肺。当他终于从加罗的肚子里抬起头时，眼中的童真纯净完全消失，取而代之的是一路无尽的空洞和残忍。

在新月的教导下，修罗很快就成为西双版纳最完美的终极杀手，他与新月横扫整个森林。

一次，新月与修罗将一只岩羊逼到了一处悬崖上，当修罗闪电般地一口咬住岩羊咽喉的时候，垂死挣扎的岩羊竟然拖带着死不松口的修罗一起跳下了深不可测的悬崖……

当修罗睁开双眼的时候，发觉自己的两条腿被棍子绑得死死的。眼前，是一张和蔼的笑脸："好一条勇敢的小猎狗，一定是追岩羊的时候从山崖上摔下来的吧？我叫贡嘎，以后，我就是你的主人了。我给你起个名字，叫扎西！"

每天，贡嘎都会在他面前摆上一碗热气腾腾的肉拌饭："吃吧，这是你猎的岩羊哦！"

一个月后，扎西的腿伤完全康复，他也习惯了贡嘎的抚摸和召唤，越来越喜欢吞下热腾腾的食物。他本来就带着一半狗的血统，于是，他开始汪汪叫，尾巴也不再僵直地拖着，远远看到贡嘎出现的时候，他的尾巴已经可以甩成一朵美丽的菊花了。

此时的新月已经不眠不休地找遍了附近所有的山川河谷，终于慢慢靠近了以往不敢轻易靠近的村庄……

一个阳光灿烂的午后，贡嘎吩咐扎西蹲在场坝上看守晾晒的谷子，自己背起背篓上山去了。在蘑菇遍地的草甸上，新月没有任何征兆地跳了出来，扑向了贡嘎。贡嘎虽然从未见过狼，但看新月气势汹汹的架势，也下意识地抽出了砍刀。一人一狼顿时在草地上扭打作一团，贡嘎情急之下大叫起来："扎西——"

当扎西听到主人的召唤奔跑到战场的时候，眼前的景象顿时让他惊呆了，主人和自己的母亲正扭打作一团。看着援军出现，贡嘎和新月同时发出了战斗的号令："扎西，上！""噢呜！"

自己到底是扎西还是修罗，他已经不知道了，当狼的血液占上风的时候，他站在新月身后，冲着贡嘎发出嗥叫；当狗的血统回复的时候，他冲着新月汪汪地咆哮不止。新月与贡嘎继续缠斗着，不知是扎西还是修罗的亦狗亦狼的动物在草地上吼叫着、跳跃着……

终于，战斗结束了，草地上一边躺着血肉模糊、奄奄一息的贡嘎；另一边躺着独眼缺耳、身上刀口纵横、气若游丝的新月。

扎西冲过去，呜呜地低哼着，舔着主人的脸，用力咬起贡嘎的衣领，拖着他一步一步向家的方向走去。

新月的一只眼睛淌着血，另一只眼睛淌着泪。她没想到，自己苦心打造的儿子，最后还是变成了一条狗。她静静地躺着，等待着死亡。

不知过了多久，她又听到了熟悉的吼声。面前回来的，是那个曾经狼味十足的修罗。他的尾巴又再次僵直，喉咙里发出阴森的低吼。他舔着母亲身上的伤口，希望她能明白，自己还是她的狼儿子。

可是，新月已经看到了会摇尾巴会汪汪叫的扎西，她不会再相信自己的修罗是一匹狼了。当修罗小心地舔着新月眼睛的伤口的时候，新月用她生命最后的一股力量,干净利落地切断了修罗,不对,应该是扎西的喉咙。她的修罗,从摔下悬崖那天就已经死了!

西双版纳本没有狼,过去没有,现在没有,将来也不会再有……

> 血终于尽了,金雕的灵魂也消散了。只有这血糊糊的尸体,像一个无辜的婴儿,被扔在地上。

神 雕 之 死 　傅剑锋

　　它被秘密运到盗猎者的标本制作中心时,左腿几乎被诱捕它的铁夹夹断了。

　　但断爪仍像锐利的铁钩,关节有成人的拇指粗细。它因疼痛而展开的翅膀,超过两米。那灰色的喙如同弯刀一角,磨损很少,昭示着它的年轻与力量。最奇特的是脖子上一圈金色的毛,在栗色的羽翅衬托中,尽显王者风范。

　　它就是日渐罕见的金雕——当阳光照在其羽毛上时,会泛起金色光芒。它能以300公里的时速凌空直击猎物,使鼠、兔、狐瞬间毙命。它

还有"杀破狼"的绝招——一爪扭住狼颈,另一爪直插狼眼,曾有金雕让 14 匹狼毙命。它是藏民眼中的神灵,是国家一级保护动物,是墨西哥国鸟,也曾是古罗马的权力象征。7500 万年以来,它就是以这种姿态君临万物,俯瞰一切。由于日渐稀少,它已被列入世界濒危物种红皮书。

但现在,它的双腿被铁丝捆住了,身体被一块大木板挤到墙上。它只能艰难地把头仰起来喘息,惊疑地看着这个人类的世界。它的眼珠很黑很亮,褐红色的瞳仁里没有一点杂质——它是被藏人认为唯一敢直视太阳的神鸟。

它原本会像许多同类一样,悄无声息地死在盗猎者手中。但一个于心不忍的目击者,冒着生命危险,向我们讲述了青海盗猎者对这只金雕的屠杀过程。

那个盗猎者拿出一枚两寸长的钢针,慢慢向金雕走近。"那时,他的脸上竟然还挂着像平常一样的笑。"目击者回忆说。

在目击人的惊愕中,盗猎者抓住了金雕的头,拿起一个榔头,几下就将钢针从头顶打了进去……

几秒后,他拔出了钢针。针上的血也被擦净了。"不可思议的是,那时他脸上还挂着笑。"目击者回忆。

尽管痛入脑髓,金雕没有一丝悲鸣。盗猎者认为它死了,把它扔到了地上。

但这只神鸟又站了起来,只是全身发抖。"我看到了它瞟过来的目光,那是红宝石一样的光芒。我读懂了它眼睛里的质疑:我怎么了? 我为什么站不稳了? 你们为什么这样对我!? "目击者回忆。

金雕就这样定定地看了 3 秒钟,然后扑倒在地。

天已经黑了,它们的命运也是黑的。这只被钉了钢针的金雕,被盗猎者扔在储藏间。

它毕竟是神鸟,生命仍未消失。偷偷进入储物间的目击者看到:金雕好像被泼过冰水,每根羽毛都在颤抖,它的身体也是凉的,它发出嘶哑又雄浑的哀号。目击者描述着这只雕的最后时光:"它的声音能让人心都碎掉,它的生命就要消亡了,我想它在呼唤它的亲人,它在绝望地呼唤它的爱人……"

或许只有永恒的爱情,可以温暖它的最后一刻。在全世界的动物园里,没有人工繁殖过一只金雕,因为这种鸟最向往自由与爱情,它们不屑于人工凑合,甚至通过在动物园里撞笼来以死相抗。

或许只有不变的亲情,可以温暖它的最后一刻。一位瑞典女动物学家,曾记录过这种猛禽极其温柔的一面——一对金雕把巢筑在山崖绝壁的裂缝里,里面还有一对毛茸茸的小雕。只要动物学家略微靠近它们的领地,金雕夫妇就会向她发起凶猛的进攻。动物学家在望远镜里发现:大雕每天从外面觅食回来,就会把肉撕成一条一条,极尽温柔地喂给"叽叽"乱叫的小雏。

或许,只有曾经的速度、力量、一击必杀的王者之风,能温暖它的最后一刻;或许只有长空中的无限自由,才能温暖它的最后一刻……

但现在,没有人可以探究到它的思想。目击者只能绝望地抚摸着它渐渐变凉的身体。

黑夜终于消退,阳光射进了储藏室的窗户,金雕的身体却黯淡无光了。酣睡了一夜的盗猎者对目击者说,金雕一定死了。他准备扒下它的皮,作成标本。

盗猎者走近金雕。这只已经被他认定死亡的神鸟,忽然以不可思议的生命意志站了起来。"我又看到了金雕的眼睛,它的瞳仁反射着像宝石一样的光,眼神纯净得像婴儿,"目击者回忆,"它在流着泪看我,它只企求我能救它,它已经不是草原上的王者,而像一个受伤的少年……"

也在这个瞬间,金雕仰起了头,张开翅膀,准备重新飞回蓝天。窗口射进来的阳光,又把它的双翅染成了金色,就像帝王的袍子罩在了身上……但只有两秒钟,它又倒在了地上。

盗猎者也被震撼了。在他 10 年的杀戮中,可能很少碰到过这样的情况。但很快,他回过神,用铁夹撬开金雕的嘴,像对待那只老胡兀鹫那样塞进了一把毒药。半小时后,金雕的嘴边流出了鲜血。

然后,盗猎者割开了金雕的喉管,把手伸到它的体内掏出了胃。因为在黑市,金雕的胃被炒到几千元至上万元 1 个——买家确信:雕胃是治胃病的奇药。

血一直在往外冒，这年轻的雕好像有流不完的血和愤怒。盗猎者用了好几块抹布擦血，才剥下它的皮。

血终于流尽了，金雕的灵魂也消散了。只有这血糊糊的尸体，像一个无辜的婴儿，被扔在地上。

但在藏民的传说里，神鸟金雕从不会在人间留下尸体。当它知道将死时，会竭力飞向高空，直到被闪电劈碎；或者飞向太阳，直到被热浪融化……

人 生 悟 语

英雄的灵魂，无论寄托在怎样的形体中，都会永远保持着他的骄傲和高贵。盗猎者可以摧残金雕的身体，却永远无法摧毁它坚定的意志和勇敢的心。在金雕的愤怒面前，我们谴责卑劣的偷猎者，可我们更应该忏悔，为了一些人对自然的亵渎和残酷。 (郭月霞)

我和母亲不约而同地都站了起来："怎么像我们家黑母鸡的声音？"再寻声望去时，眼前的情景把我和母亲都惊呆了。

痴　　鸡 曹文轩

每年春天，总有那么几只母鸡，要克制不住地生出孵小鸡的欲望。那些日子，它们几乎不吃不喝，到处寻觅着鸡蛋。一见鸡蛋，就会惊喜地"咯咯咯"地叫唤几声，然后绕蛋转上几圈，蓬松开羽毛，慢慢蹲下去,将蛋拢住,焐在胸脯下面。但许多人家,却并无孵小鸡的打算,便在心里不能同意这些母鸡们的做法。

我总记着许多年前,我家的一只黑母鸡。

那年春天,它也想孵小鸡。第一个看出它有这个念头的是母亲。她几次喂食,见它心不在焉只是很随意地啄几粒食就独自走到一边去时,说:"它莫非要孵小鸡?"我们小孩一听很高兴:"噢,孵小鸡,孵小鸡了。"

母亲说:"不能。你大姨妈家,已有一只鸡代我们家孵了。这只黑鸡,它应该下蛋。它是最能下蛋的一只鸡。"

我从母亲的眼中可以看出,她已很仔细地在心中盘算过这只黑鸡将会在春季里产多少蛋,这些蛋又可以换回多少油盐酱醋来。她看了看那只黑母鸡,似乎有点儿为难。但最后还是说:"万万不能让它孵小鸡。"

这天,母亲终于认定了黑母鸡确实有了孵小鸡的念头,并进入状态了。得出这一结论是因为她忽然发现黑母鸡不见了,便去找它,最后在鸡窝里发现了它。那时,它正一本正经、全神贯注地趴在几只尚未来得及取出的鸡蛋上。母亲将它抓出来时,那几只鸡蛋早已被焐得很暖和了。

母亲给了我一根竹竿:"撵它,大声喊,把它吓醒。"

"让它孵吧。"

母亲坚持说:"不能。鸡不下蛋,你连买瓶墨水的钱都没有。"

我知道不能改变母亲的主意,取过竹竿,跑过去将黑鸡撵起来。它在前面跑,我就挥着竹竿在后面追,并大声喊叫:"噢——噢——"从屋前追到屋后,从竹林追到菜园,从路上追到地里。看着黑母鸡狼狈逃窜的样子,我竟在心里觉到了一种快意。我用双目将它盯紧,把追赶的速度不断加快,把喊叫的声音不断加大,引得正要去上学的学生和正要下地干活的人都站住了看。几个妹妹起初是站在那儿跟着叫,后来也操了棍棒之类的家伙参加进来,与我一起轰赶。

黑母鸡的速度越来越慢,翅膀也耷拉了下来,还不时地跌倒。见竹竿挥舞过来,只好又挣扎着爬起,继续跑。

我终于精疲力竭地瘫坐在了草垛底下,一边喘气,一边抹着额头上的大汗。

黑母鸡钻到了草丛里，一声不吭地直将自己藏到傍晚，才钻出草丛。

但经这一惊吓，黑母鸡似乎并未醒来。它晾着双翅，咯咯咯地叫着，依旧寻觅着鸡蛋。它一下子就瘦了下来，似乎只剩下一只空壳。本来鲜红欲滴的鸡冠，此时失了血色，而一身漆黑的羽毛也变得枯焦，失去了光泽。不知是因为它总晾着翅膀使其他鸡们误以为它有进攻的意思，还是因为鸡们如人类一样喜欢捉弄痴子，总而言之，它们不是群起而追之，便是群起而啄之。它毫无反抗的念头，且也无反抗的能力，在追赶与攻击中，只能仓皇逃窜，只能蜷缩在角落上，被啄得一地羽毛。它的脸上已有几处流血。

每逢看到如此情景，我一边为它的执迷不悟而生气，一边用竹竿去狠狠打击那些心狠嘴辣的鸡们，使它能够摇晃着身体躲藏起来。

过不几天，大姨妈家送孵出的小鸡来了。

黑母鸡一听到小鸡叫，立即直起颈子，随即大步跑过来，翅大身轻，简直像飞。见了小鸡，它竟不顾有人在旁，就咯咯咯地跑过来，它要做鸡妈妈。但那些小鸡一见了它，就像小孩一下子见到疯子，吓得四处逃散。我就仿佛听见黑母鸡说"你们怎么跑了"，只见它四处去追那些小鸡。等追着了，它就用大翅将它们罩到了怀里。那被罩住的小鸡，就在黑暗里惊叫，然后用力地钻了出来，往人腿下跑。它东追西撵，弄得小鸡们东一只西一只，四下里一片"唧唧唧"的鸡叫声。

母亲说："还不赶快将它赶开去！"

我拿了竹竿，就去轰它。起初它不管不顾，后来终于受不了竹竿抽打在身上的疼痛，只好丢下了小鸡，逃到竹林里去了。

我们将受惊的小鸡一只一只找回来。它们互相见到之后，竟很令人怜爱地互相拥挤成一团，目光里满是怯生生的神情。

母亲说："非得把这痴鸡弄醒，要不，这群小鸡不得安生的。"

母亲专门将邻居家的毛头请来对付黑母鸡。毛头做了一面小旗，缚在了它的尾巴上。它误以为有什么东西向它飞来了，惊得大叫，发疯似的跑起来，直到后来飞到了草垛上。它原以为会摆脱小旗的，不想小旗仍然跟着它；它又从草垛上飞了下来。在它从草垛上飞下来时，我看见那面小旗在风中飞扬，犹如给黑母鸡又插上了一只翅膀。

其他的鸡也被惊得到处乱飞，家中那只黄狗汪汪乱叫。地地道道的鸡犬不宁。

黑母鸡钻进了竹林，那面小旗被竹枝钩住，终于从它的尾巴上被拽了下来。它跌倒在地上，张着嘴巴喘气，很久未能爬起来。

黑母鸡依旧没有能够醒来。而经过这段时间的折腾，其他的母鸡也不能下蛋了。

"把它卖掉吧。"我说。

母亲说："谁要一副骨头架子？"

黑母鸡变得古怪起来，它晚上不肯入窝，总要人找上半天，才能找回它。而早上一出窝，就独自一个跑开了，或钻到草垛的洞里，或钻在一只废弃了的盒子里，搞得家里的人都很心烦。又过了两天，它简直变得可恶了。当小鸡从笼子里放出，在院子里走动时，它就会出其不意地跑出去追小鸡。一旦追上时，它便显出一种变态的狠毒，竟如鹰一样，用翅膀去击打小鸡，直把小鸡打得乱飞乱叫。

母亲赶开它说："你大概要挨宰了！"

一天，家里无人，黑母鸡大概因为一只小鸡并不认它，企图摆脱它的爱抚，竟啄了那只小鸡的翅膀。

母亲回来后见到这只小鸡的翅膀流着血，很心疼，就又去叫来毛头。

毛头说："这一回，它再不醒，就真的醒不来了。"他找了一块黑布，将黑母鸡的双眼蒙住，然后举起来，将它的双爪放在一根晾衣服的铁丝上。

黑母鸡站在铁丝上晃悠不止。那时候它的恐惧，可想而知，大概要比人立于悬崖面临万丈深渊更甚。

起风了，风吹得铁丝呜呜响。黑母鸡在铁丝上开始大幅度地晃悠。它除了用双爪抓住铁丝，还蹲下身子，将胸脯紧贴着铁丝，两只翅膀一刻也不敢收拢。它几次差点儿从铁丝上栽下来，靠用力扇动翅膀之后，才又勉强留在了铁丝上。

母亲叹息道："这回大概要醒来了。再醒不来，也不要再去惊它了。"

傍晚，黑母鸡等其他的鸡差不多进窝后，也摇摇晃晃地进了窝。

我对母亲说："它怕是真的醒了。"

母亲说："以后得把它分开来，让它吃些偏食。"

然而，过了两天，黑母鸡却不见了，无论你怎么四处去唤它，也未能将它唤出。我们就只能寄希望于它自己走出来了。但一个星期过去了，也未能见到它的踪影。

起初，我还想着它，10天之后，便也将它淡忘了。

黑母鸡失踪后大约30多天。这天，我和母亲正在菜园里种菜，忽然隐隐约约地听到不远处的竹林里有小鸡的叫声。"谁家的小鸡跑到我们家竹林里来了？"母亲这么一说，我们也就不再在意了。但过不一会儿，又听到了咯咯咯的母鸡声，我和母亲不约而同地都站了起来："怎么像我们家黑母鸡的声音？"再寻声望去时，眼前的情景把我和母亲都惊呆了。

黑母鸡领着一群小鸡正走出竹林，来到一棵柳树下。当时，正是中午，阳光明亮照眼，微风中，柳丝轻轻飘扬。那些小鸡似乎已经长了一些日子，都已显出羽色了，竟一只只都是白的，像一团团雪，在黑母鸡周围欢快地觅食与玩耍。再细看黑母鸡，只见它神态安详，再无一丝痴态，鸡冠也红了，毛也亮亮闪闪地又紧密、又有光泽。

我跳过篱笆，连忙从家里抓来米，轻轻走过去，撒给黑母鸡和它的一群白色的小鸡。它们并不怕人，很高兴地啄着。

母亲纳闷儿："它是在哪儿孵了一窝小鸡呢？"

半年之后，我和母亲到距家50多米的东河边上去把一垛草准备弄回来时，发现那个本是孩子们捉迷藏用的洞里，竟有许多带血迹的蛋壳。我和母亲猜想，这些鸡蛋，就是在黑母鸡发痴时，我家的其他母鸡受了惊，不敢在家里的窝中下蛋，将蛋下到这儿来了。这片地方长了许多杂草，很少有人到这儿来。大概是草籽和虫子，维持了黑母鸡与它的孩子们的生活。

黑母鸡自从出现之后，就再也没有领着它的孩子们回那个寂寞的草垛洞。

想想人也真是残忍,好端端的却硬要剥夺了母鸡们做母亲的权利;这只鸡也真够倔强,痴了也不改做母亲的决心。与其说那一窝小鸡让我们激动,不如说,世间母性的力量让我们震撼!尽管那只是一只鸡!

(郭月霞)

相处十几年的马啊,已经成为我们家相濡以沫的一员了,马去槽空,等于揪去父母心头的一块肉啊!

一匹拉着家的马 柯 英

我总是想起这匹马,一匹在我家劳役十多年的枣红马。

农村包产到户那年,集体的牲畜分包到户。抓阄那个下午,父亲一心想抓到一匹马。然而,最后,我们却抓了一头骆驼。父亲不甘心,卖了骆驼,又从信用社贷了100元钱,去县城买马。

半夜,睡梦中的我被母亲推醒,说是马买回来了。我一骨碌爬起来,瞌睡也没了。跑进后院,在朦胧的灯光下,看到一匹马拴在槽头了,呼哧呼哧打着响鼻,烦躁地转来挪去,仿佛《西游记》中刚被降服的白龙马,蛮不服气的样子。父亲从百十里外的县城牵着它一路走来,走了一天半时间,累得蹲在那儿站不起来,可他满脸是笑,在我年少的记忆里很少有的快乐。

第二天一早,我和小弟去看马,父亲早已在槽头边立着,像看一位多年未见的相好似的亲昵,一槽带露水的青草,是父亲早起割来的。顽皮的弟弟嚷着骑马,父亲说,这是只狮子,你敢?试都试不到跟前。

那马浑身枣红,果真兔耳直竖,扬鬃跃蹄,鼻子里呼呼生风,雄赳赳,气昂昂,带着睥睨(pì nì,眼睛斜看,指态度傲慢)一切的神气原地打转。鬃毛又密又长,粗壮的尾巴啪啪摔打,碗口粗的蹄腕震地有声,浑身都是不可驯服的野性。母亲抱怨说:"这狮子似的,看你咋使唤。"父亲笑说:"性子烈才是好马呢,使顺了比啥都忠实。"

父亲先是试着靠近它,想给它戴上嚼子,但它根本不容人靠近,像一匹野物一样警觉地防着,又喷响鼻,又顿蹄示威,曾经征服过村里许多最难驯服的马的父亲也奈何不了它,叫来几个小伙子帮忙,结果也是枉然。最后,有人出主意说用活套套住脖子。找来一盘大绳,挽了活结,父亲拿着靠近,三番五次没机会得手,这马的聪明远远在众人的预料之上。父亲终于瞅准机会把套套在了它的脖子上,它立刻使性摆气地乱跳起来,几个人死拽着大绳,被它甩来甩去,后院里简直成了杂技表演了。冲突一起,马有些气急败坏了,向一人高的围墙跃去,想跃墙而出,因被人牵着,墙未跃出,却"轰隆"一下把墙壁撞倒了。人们面面相觑,愣愣地望着它。而它却高昂着头,不屑一顾的样子,悠然地走到槽头叼起一口草,睥睨着发呆的人,悠然吃着。那几个小伙子叹惜说:"马是好马,可惜不是拉车耕地的货色,放到战场上去它才威风八面呢。"

父亲却对它信心十足,格外欣赏。他说,我就不信驯服不了它!父亲说这话时,浑身都透出一种挑战的意味。他那时 36 岁,正当壮年,有的是倔劲和力气。接下来几天,父亲对它再没采取强硬措施,每天鲜草伺候,没事时蹲在一边看着它,那马也一边吃草一边望他,他和它用眼神交流着感情,我看不懂,但我想是这样。过些日子,这马居然温驯许多,起码在父亲面前,不再认生,放弃了戒备和敌意。父亲试着靠近它,它也不再扬蹄怒吼,只是不让人动它的头和耳朵,多年后一直保持着这份尊严。父亲和枣红马像两个一对一的高手,终于握手言和了。

父亲的确是一个爱马懂马的人,他花在马身上的心血胜过于他的每个孩子。为马,他可以起五更睡半夜去割草,去放牧,去添夜草,把马喂养得膘肥毛亮,让乡亲们看着就眼热。这马也只认父亲,套车、耕地,

只有父亲一人能使唤,别人边也沾不着。

正像父亲说的,驯服了的枣红马,的确只忠实于主人。有一次,父亲和村里人去山里拉石头,出山时,拉着千斤重的车,别人家都是两匹马轮流换着拉出沙窝,而我家的枣红马,死梗着脖子,哼哧哼哧硬把一车石头拉出了山。父亲一身汗,马也一身水,让一群人望着惊叹不已。耕地、打碾等农活,它样样都让人惊叹,夏天打场,那时农机少,主要靠牲畜拉石磙子,别人家两匹马一天才打碾两百多个麦捆子,我家一匹马就早早打碾完毕。不论车上、碾上,这马还从来不用人扬鞭动粗,很自尊的样子。有次,我的一个叔叔借去拉车,装好一车土,要上坡时,叔叔动了鞭子,结果它把车拉着狂奔,跳到了一摊泥窝里,害得叔叔无奈,只好卸了它,另找马拉了出来。

父亲靠这个忠实的帮手,勤勤苦苦务细着庄稼,他的庄稼是村里数一数二的。我们兄弟俩就这样花着父亲的血汗钱,考上学,永远地离开了农村。

枣红马在我家劳役了 12 年,当年的雄姿英发,转眼间毛色苍苍,它对于我们一个普通农家的意义,如同我们的家就安在它拉着的车上,拉着我们一家脱离了贫苦,过上了温饱的日子;拉着我们奔向了各自的前程。好多次父亲、母亲说起这匹马,都满怀深情地说:"如果没有这马,这一份庄稼真不知咋务细。等它老了,把它当我家一口人一样好好安葬了。"

那年冬天,为了我的婚事,父亲却不得不把马卖了。

虽然在此之前,父亲因上了年纪,动过卖马的念头,但最终舍不得。

为了我的婚事,父亲决定卖马。父母犹豫了好几个晚上,最后下了决心,说:"卖了吧,多少还能卖几个钱。要不是手头紧,说啥也不卖。"马贩子拉走马后,父亲呆呆蹲在后院里,母亲躲在厨房里流泪。相处十几年的马啊,已经成为我们家相濡以沫的一员了,马去槽空,等于揪去父母心头的一块肉啊!

空荡荡的马棚里,再也听不到嘶嘶马鸣;冷清清的马车,再也驰骋不起昔日风采,父亲突然老了许多。

不久，父亲在门前碰到那个马贩子，问起我家的马，那人说："你那马性子太烈，拉回去后不吃不喝，又刨地又跳墙，有一次差点儿跑掉，已经快跑到你们村了，才让我们的人追上，回去就宰了。"

父亲一听，眼泪止不住地流了下来。

原来，我们夹住了一只产后不久的母黄鼬，它不惜脱皮而去，因为它是一位母亲！它只有一个信念：尽快与孩子团聚，尽快回去为孩子哺乳。

母爱如此惨烈 李 政

上世纪 70 年代，在我们农村老家，一进入腊月，闲暇的人们便纷纷到谷场边、坟地里、老宅院里下铁夹逮黄鼬，因为腊月里的黄鼬皮最值钱。

剥黄鼬皮是个技术活儿，有经验的人多是"活剥"：逮住黄鼬后，用细麻绳套住它的脖子，把它吊在树杈上，再用小刀在黄鼬的鼻子和嘴巴的嫩皮处切个十字口，然后抓住黄鼬皮双手用力向下翻卷，随着黄鼬一声声痛苦的尖叫过后，一张热腾腾的黄鼬皮就被完整地剥下来。然后将事先准备好的细沙装进黄鼬皮筒里，吊在过道的阴凉处风干。一张黄鼬皮出手后,过年买肉的钱也就有了,弄好了,还能再买两挂鞭炮。

那年冬天,雪下得格外勤。整个冬天,地上始终铺着厚厚的积雪。一天傍晚,父亲兴奋地跑回家说,发现了黄鼬脚印。

他拿起铁夹子就跑出门,我也紧紧撵了过去。

在生产队的谷场边,父亲扫开了一小块积雪,下好夹子,将夹子伪装好,外面只露出一只烧煳的麻雀做诱饵,再用细铁丝把铁夹子固定在打场的石磙上,并做好了记号后,一步三回头地回家了。

那夜的风雪特别大,北风裹着雪花拍打着发黑的窗户纸,"啪啪"作响。我缩在被窝里,兴奋得难以入睡,好像嗅到了煮熟的肉香味,望见了那串令人手痒的鞭炮。

父亲的声音把我从梦中惊醒,看看窗纸已经透亮。

我悄悄地穿衣下炕。不顾风大雪猛,连滚带爬地向谷场边狂奔而去。

远远地望见昨天下夹子的地方。黑乎乎一片狼藉,等扑到跟前后,我惊呆了,铁夹子上夹着一张卷状的黄鼬皮,却不见黄鼬踪影。

正在发呆的我,又发现雪里一条醒目的暗红色印迹向场边延伸,我顾不上多想,顺着红印向前追去。追到生产队的草料房根,听见里面发出"吱吱"的微弱叫声。

破窗进去仔细寻找,我发现,在草窝里,有四五只出生不久的小黄鼬。此刻,它们围着一个脱了皮的死黄鼬乱拱乱啃。

我翻动了一下早已僵硬的脱皮黄鼬,它腹下肿胀的奶子依稀可辨。

惨烈的场景刺激得我心头一热,直想呕吐。

原来,我们夹住了一只产后不久的母黄鼬,它不惜脱皮而去,因为它是一位母亲!母亲的天职,促使它挣脱夹子时,已将生死置之度外,已将扯皮裂肉的痛苦抛到脑后。被困后,它只有一个信念:尽快与孩子团聚,尽快回去为孩子哺乳!

这种博大的母爱,使我热血沸腾。尽管棉鞋里已灌满了雪泥,我却浑身燥热。

天快大亮了,村头已有人影向这边晃来,我忙跑回谷场,取回那张黄鼬皮慢慢伸展平整,轻轻地套在母黄鼬僵硬的尸体上,连同那副铁

183

夹子，找了个干净的地方埋了下去……

尽管那年春节，我没吃到肉，也没有买到鞭炮，但 1974 年那个春节，让我终生难忘。

乞丐把小狗埋在了后院。人们从此再也没有见到过他。不过有人记得，他走的时候脖子一直朝后弯着，眼睛直盯盯地仰望着天空。

仰　望　　[美]保罗·詹尼斯

过街天桥上有一个乞丐。他不会弹琴，不会唱歌，甚至不会在地上书写悲惨遭遇。所以，只是偶尔有人把硬币丢在他的小盆里，乞丐总算能填饱肚子。另外，还能坚持他唯一的习惯：每天买张彩票。

夜幕降临时，乞丐会回到他的住处——城郊一个废弃的菜园。菜园里有一眼枯井，井边有棵树。

这天，跑来一条瑟瑟发抖的小狗。小狗瘦得可怜，试探着在乞丐的小盆里舔舐着，乞丐昨晚用它盛过食物。乞丐小心地把小狗搂进怀里，两个不被牵挂的生命紧紧依偎在一起。

小狗很聪明，叼着小盆打转。路人觉得惊奇，纷纷把钱放到小盆里。"富裕"起来的乞丐好运也随之降临，他居然中了大奖。乞丐买下了那座菜园，建起了一座豪华的房子。不过，他保留了后院的窝棚、枯井和老树。

　　乞丐迷上了购物，他喜欢服务小姐迷人的微笑。人们称他先生，乞丐高兴极了，有尊严的生活真好！唯一让乞丐先生感到尴尬的是人们对小狗的态度。尽管小狗已经被梳洗得很干净，但斑驳的毛色还是暴露了它低贱的身份。

　　乞丐决心让小狗在自己的眼前消失，他要忘掉卑贱的过去。

　　乞丐把小狗拎到了后院的枯井边。井很深，井底很潮湿，除了井壁上渗出的水滴，什么吃的也没有。乞丐找了几块肉投下去。

　　从此，乞丐一个人潇洒地去享受服务小姐热情的目光，去参加那些高级派对。好在他总算没有忘记每天往井里投几块肉。

　　在井底，无论白天黑夜，小狗一直仰着脑袋向上张望。可是除了每天落下来的一些食物，什么也没有。

　　转眼一个多月过去了，乞丐过得并不快乐。人们微笑的眼神让乞丐想起了动物园里给人们敬礼的狗熊——它看重的只是你手里的食物，根本不在乎你是谁。这个世界上只有那条小狗才是自己真正的朋友，而自己却把它丢到了井底。

　　乞丐跑到井边，爬下去救他的小狗。看着小狗，乞丐痛哭失声——小狗的脑袋一直朝后仰着。因为在井下待的时间过长，小狗的脖子已经无法伸直，只能仰着头在地上打转。

　　乞丐每天领着小狗游走在这个城市的各个角落，他把钱施舍到其他乞丐手中。在感激涕零中，他感到了满足。于是，乞丐有了新打算，他通知乞丐们每天到他家里来领钱。

　　消息迅速传开，领钱的队伍越来越大。半夜，乞丐被街上传来的吵闹声惊醒。透过窗子他吓了一跳，有人披着毯子，有人支起了帐篷，就像排队在买当红歌星的演唱会门票一样。

　　天还没亮，电视台的人来了，晚上的新闻播出了这一盛况。

　　第二天，人们像潮水一样涌来。队伍越排越长，警察不得不赶来维持秩序。乞丐沉醉在自己的壮举之中，每天奔忙于银行与家之间，钱像水一样流了出去。

直到有一天，银行通知他已经用光了最后一枚硬币，乞丐不得不宣布——他已经没钱可发了！人们开始咒骂，并向他的房子冲去，一块块石头飞向门窗。眼看疯狂的人们就要冲进屋里，吓坏了的乞丐带着小狗逃到了后院，急忙爬下井去，甚至没来得及把小狗抱上。

乞丐快要到达井底的时候，绳梯拴在树上的一端突然断开，乞丐和他的绳梯一起摔到了软绵绵的井底。疯狂的人们捣毁了房屋，拿走了所有东西。好在没有人发现井里的乞丐。

半夜，乞丐开始喊救命，可除了小狗，没人知道他在井底。

乞丐对着太阳喊，对着月亮喊，没有人能够听见。小狗每天四处去寻找食物扔下来，变了味儿的骨头，发了霉的面包，扔下什么乞丐就吃什么。有一次，小狗扔下一只死猫。

一连几天小狗没有往下扔东西了，乞丐不知道出了什么事。他只能靠舔井壁上渗出的水珠活着。乞丐凝望着井口的天空，他知道自己快要死了。

一天早晨，井口隐约的说话声惊醒了昏睡中的乞丐，他拼尽全力喊了起来。乞丐被人们用绳子吊了上来，阳光刺得他睁不开眼。

"要不是这条小狗死在井口上，没人能听见你的喊声。"

乞丐看见了骨瘦如柴的小狗，它是被饿死的。

乞丐把小狗埋在了后院。人们从此再也没有见到过他。不过有人记得，他走的时候脖子一直朝后弯着，眼睛直盯盯地仰望着天空。

人 生 悟 语

　　狗的忠实让人动容。狗往往给予那个给了它些许阳光的人更多更深沉的爱，不讲条件，不计回报，不顾结果，从来不懂得背信弃义、忘恩负义为何物。正是这份仿佛与生俱来、深入到骨髓的忠诚，让人与狗的关系变得如此简单、诚挚、清澈、透明。这份特殊情感比起某些人之间的尔虞我诈，不知道要高贵多少倍。　（王　蕴）

季节

深处

第七辑

　　春花秋月，夏雨冬雪，每一个季节都有自己与众不同的景致。当我们跟随着文字的脚步，慢慢地走进季节的深处时，往往会有一番别开生面的体会。而假若把四季合在一处，构成一幅完整的图画，这幅画，也许就是我们人生的背景吧！

一切都在变化,都在显露真形,仅仅会留下一缕淡淡的尾音,唯有大自然能给我永恒的启示。

绿色遥思 张 炜

我觉得作家天生就是一些与大自然保持紧密联系的人,从小到大,一直如此。他们比起其他人,自由而质朴,敏感得很。这一切我想都是从大自然中汲取和培植而来。所以他能保住一腔柔情和自由的情怀。我读他们写海洋和高原,写城市和战争的作品,都明显地触摸到了那些东西。那是一种常常存在的力量,富有弹性,以柔克刚,无坚不摧。这种力量有时你还真分不清是纤细的还是粗犷的,可以用来做什么更好。我发现一个作家一旦割断了与大自然的这种联结,他也就算完了,想什么办法去补救都没有用。当然有从事创作的人并且是很有名的人不讲究这个,但我总觉得他本质上还不是一个诗人。

我反对很狭窄地去理解"大自然"这个概念。但当你的感觉与之接通的时刻,首先出现在心扉的总会是广阔的原野丛林,是未加雕饰的群山,是海洋及海岸上一望无际的灌木和野花。绿色永远地安慰着我们,我们也模模糊糊地知道:哪里树木葱茏,哪里就更有希望,更有幸福。连一些动物也汇集到那里,在其间藏身和繁衍。任何动物都不能脱离一种自然背景而独立存在,它们与大自然深深地交融铸和。

当我试图维持一份精神生活的同时,会常常感到与窗外大街上新兴的生活反差太大。如今各种欲望都涨满起来,本来就少得可怜的一点斯文也被野性一扫而光。普通人被诱惑,但他们无能为力,像过去一

样善良易欺，只是增添了三分焦虑。我看到他们就不想停留，不想待在人群里。我急匆匆地奔向河边，奔向草地和树林。凉凉的风里有草药的香味，一只只鸟儿在树梢上鸣叫。蜻蜓咬在一支芦秆上，它的红色的肚腹像指针一样指向我。宁静而遥远的天空就像童年一样的颜色，可是它把童年隔开了。三五个灰蓝色的鸽子落下来，小心地伸开粉丹丹的小脚掌。我可以看到它们光光的一丝不染的额头，看到那一对不安的红色的圆眼。我想象它们在我的手掌下，让我轻轻抚摸时所感受到的一阵阵滑润。然而它们始终远远地伫立。那种恐惧和提防一般来说是没有错的。周围一片绿色，散布在空中的花粉的气味钻进鼻孔。我一人独处，倾听着天籁，默默接受着崭新的启示。我没有力量，没有一点力量；然而唯有这里可以让我悄悄地恢复起什么。

我曾经一个人在山区里奔波过。当时我刚满 17 岁。那是一段艰难的日子，当然它也教给我很多很多。极度的沮丧和失望，双脚皲裂了还要攀登，难言的痛楚和哀怨，早早来临的仇视。记得我急急地顶着烈日翻山，一件背心握在手里，不知不觉钻到了山隙深处。强烈的阳光把石头照得雪亮，所有的山草都像到了最后的时刻。我从一个陡陡的砾石坡上滑下来，脚板灼热地落定在一个小山谷里。映入眼帘的是一片清澈透底的亮水，是弯到山根后面去的光滑水流。我来不及仔细看就扑入水中，先饱饱地喝了一顿，然后在浅水处仰下来。细细的石英沙浮到身上，像些富有灵性的小东西似的，给我以安慰。就是这个酷热的中午，我躺在水里，想了很多事情。我想过了一个个亲属，他们的不同处境，与我的关系，以及我所负有的巨大责任。就是这一刻我才恍然大悟："我年轻极了，我还有很多时间可以成长，可以往前赶路。"不久，我登上了那座山。

让我们还是回到生机盎然的原野上吧，回到绿色中间，那儿或者沉默或者喧哗；但总会有一种久远的强大的旋律，这是在其他地方所听不到的。自然界的大小生命一起参入弹拨一只琴，妙不可言。我相信最终还有一种矫正人心的更为深远的力量潜藏其间，那就是向善的力量。让我们感觉它、搜寻它、依靠它，一辈子也不犹疑。

想来想去,我觉得没有更多的东西可以信赖,今天如此,明天大概还是如此。一切都在变化,都在显露真形,仅仅会留下一缕淡淡的尾音,唯有大自然能给我永恒的启示。

人生悟语

人类本来就是自然母亲的孩子之一,只是很多时候人被太多的欲望蒙蔽了心灵,和自然之间产生了深深的隔阂。可是,天地无声,托载万物,只要我们学会和自然交流,她就会给寂寞者以沉思,给疲倦者以力量,给失落者以慰藉,给乐观者以希望,给忧郁者以阳光。

(郭月霞)

只有在雨中,我才真正感受到这世界是活的,是有欢乐和泪水的。

雨的四季 刘湛秋

我喜欢雨,无论什么季节的雨,我都喜欢。她给我的形象和记忆,永远是美的。

春天,树叶开始闪出黄青,花苞轻轻地在风中摆动,似乎还带着一种冬天的昏黄。可是只要经过一场春雨的洗淋,那种颜色和神态是难以想象的。每一棵树仿佛都睁开特别明亮的眼睛,树枝的手臂也顿时柔软了,而那萌发的叶子,简直就起伏着一层绿茵茵的波浪。水珠子从花苞里滴下来,比少女的眼泪还娇媚。半空中似乎总挂着透明的水雾丝帘,牵动着阳光的彩棱镜。这时,整个大地是美丽的,小草似乎像复苏的蚯蚓一样翻动,发出一种春天才能听到的沙沙声。呼吸变得畅快,空气里像有无数芳甜的果子,在诱惑着鼻子和嘴唇。真的,只有这一场雨,才完全驱走了冬天,才使世界改变了姿容。

而夏天,就更是别有一番风情了。夏天的雨也有夏天的性格,热烈而又粗犷。天上聚集几朵乌云,有时连一点雷的预告也没有,当你还来不及思索,豆粒般的雨点就已打来。可这时雨也并不可怕,因为你浑身的毛孔都热得张开了嘴,巴望着那清凉的甘露。打伞、戴斗笠固然能保持住身上的干净。可光头浇、洗个雨澡却更有滋味,只是淋湿的头发、额头、睫毛滴着水,挡着眼睛的视线,耳朵也有些痒嗦嗦的。这时,你会更喜欢一切。如果说,春雨给大地披上美丽的衣裳,而经过几场夏天的透雨的浇灌,大地就以自己的丰满而展示它全部的诱惑了。一切都毫不掩饰地敞开了。花朵怒放着,树叶鼓着浆汁,数不清的杂草争先恐后地成长,暑气被一片绿的海绵吸收着。而荷叶铺满了河面,迫不及待地等待着雨点和远方的蝉声,近处的蛙鼓一起奏起了夏天的雨的交响曲。

当田野染上一层金黄,各种各样的果实摇着铃铛的时候,雨,似乎也像出嫁生了孩子的母亲,显得端庄而又沉思了。这时候,雨不大出门。田野上几乎总是金黄的太阳。也许,人们都忘记了雨。成熟的庄稼地等待收割,金灿灿的种子需要晒干,甚至红透了的山果也希望最后的晒甜。忽然,在一个夜晚,窗玻璃上发出了响声,那是雨,是使人静谧,使人怀想,使人动情的秋雨啊!天空是暗的,但雨却闪着光;田野是静的,但雨在倾诉着。顿时,你会产生一脉悠远的情思。也许,在人们劳累了一个春夏,在收获已经在大门口了的时候,多么需要安静和沉思啊!雨变得更轻,也更深情了,水声在屋檐下,水花在窗玻璃上,会陪伴着你的夜梦。如果你怀着那种快乐感的话,那白天的秋雨也不会使人厌烦。你只会感到更高邈、深远,并让凄冷的雨滴,去纯净你的灵魂,而且你一定会遥望到在一场秋雨后将出现一个更净美、开阔的大地。

也许,到冬天来临,人们会讨厌雨吧!但这时候,雨已经化妆了,它经常变成美丽的雪花,飘然莅临人间。但在南国,雨仍然偶尔造访大地,但它变得更吝啬了。它既不倾盆瓢泼,又不绵绵如丝,或淅淅沥沥,它显出一种自然、平静。在冬日灰蒙蒙的天空中,雨变得透明,甚至有些干巴,几乎没有春、夏、秋那样富有色彩。但是,在人们受够了凛冽的风的刺激,讨厌那干涩而苦的气息,当雨在头顶上飘落的时候,似乎又降临了一种特殊的温暖,仿佛从那湿润中又漾出花和树叶的气息。那种清冷是柔和的,没有北风那样咄咄逼人。远远地望过去,收割过的田野变得很亮,没有叶的枝干,淋着雨的草垛,对着瓷色的天空,像一幅干净利落的木刻。而近处池畔里的油菜,经这冬雨一洗,甚至忘记了严冬。忽然到了晚间,水银柱降下来,黎明提前敲着窗户,你睁眼一看,屋顶、树枝、街道,都已经盖上柔软的雪被,地上的光亮比天上还亮。这雨的精灵,雨的公主,给南国城市和田野带来异常的蜜情,这是它送给人们一年中最后的一份礼物。

啊,雨,我爱恋的雨啊,你一年四季常在我的眼前流动,你给我的生命带来活跃,你给我的感情带来滋润,你给我的思想带来流动。只有在雨中,我才真正感到这世界是活的,是有欢乐和泪水的。但在北方干燥的城市,我们的相逢是多么稀少!只希望日益增多的绿色,能把你请回我们的生活之中。

啊,总是美丽而使人爱恋的雨啊!

人 生 悟 语

当雨珠从云层坠入凡间时,当雨丝洒落到发梢指尖时,你可曾注意一年四季的雨宛如多变的精灵,时时不同?当对草长莺飞、月白风清熟视无睹时,你可曾发现自己的心灵已经迟钝麻木?可曾感觉自然的诸多变化已经在我们的生活中悄然隐去?你又为此做了些什么呢?

(郭月霞)

古语云："乐以教和。"我做了七八年音乐教师没有实证过这句话，不料这天在这荒村中实证了。

山中避雨 丰子恺

前天同了两个女孩到西湖山中游玩，天忽下雨。我们仓皇奔走，看见前方有一小庙，庙门口有三家村，其中一家是开小茶店而带卖香烟的。我们趋之如归。茶店虽小，茶也要一角钱一壶。但在这时候，即使两角钱一壶，我们也不嫌贵了。

茶越冲越淡，雨越落越大。最初因游山遇雨，觉得扫兴；这时候山中阴雨的一种寂寥而深沉的趣味牵引了我的感兴，反觉得比晴天游山趣味更好。所谓"山色空蒙雨亦奇"，我于此体会出了这种境界的好处。然而两个女孩子不解这种趣味，她们坐在这小茶店里躲雨，只是怨天尤人，苦闷万状。我无法把我所体验的境界为她们说明，也不愿使她们"大人化"而体验我所感的趣味。

茶博士坐在门口拉胡琴。除雨声外，这是我们当时所闻的唯一的声音。拉的是《梅花三弄》，虽然声音摸得不大正确，拍子还拉得不错。这好像是因为顾客稀少，他坐在门口拉这曲胡琴来代替收音机做广告的。可惜他拉了一会儿就罢，使我们所闻的只是嘈杂而冗长的雨声。为了安慰两个女孩子，我就去向茶博士借胡琴。"你的胡琴借我弄弄好不好？"他很客气地把胡琴递给我。

我借了胡琴回茶店，两个女孩很欢喜。"你会拉的？你会拉的？"我就拉给她们看。手法虽生，音阶还摸得准。因为我小时候曾经请我家邻近的柴主人阿庆教过《梅花三弄》，又请对面弄内一个裁缝司务大汉教过胡琴上的工尺。阿庆的教法很特别，他只是拉《梅花三弄》给你听，却不教你工尺的曲谱。他拉得很熟，但他不知工尺。我对他的拉奏望洋兴叹，始终学他不来。后来知道大汉识字，就请教他。他把小工调、正工调的音阶位置写了一张纸给我，我的胡琴拉奏由此入门。现在所以能够摸出正确的音阶，一半由于以前略有摸小提琴的经验，一半仍是根基于大汉教授的。在山中小茶店里的雨窗下，我用胡琴从容地（因为快了要拉错）拉了种种西洋小曲。

两女孩和着了歌唱，好像是西湖上卖唱的，引得三家村里的人都来看。一个女孩唱着《渔光曲》，要我用胡琴去和她。我和着她拉，三家村里的青年们也齐唱起来，一时把这苦雨荒山闹得十分温暖。我曾经吃过七八年音乐教师饭，曾经用钢琴伴奏过混声四部合唱，但是有生以来，没有尝过今日般音乐的趣味。

两部空黄包车拉过，被我们雇定了。我付了茶钱，还了胡琴，辞别三家村的青年们，坐上车子。油布遮盖我面前，看不见雨景。我回味刚才的经验，觉得胡琴这种乐器很有意思。

钢琴笨重如棺材，小提琴要数十百元一具，制造虽精，世间有几人能够享用呢？胡琴只要两三角钱一把，虽然音域没有小提琴之广，也尽够演奏寻常小曲。虽然音色不比小提琴优美，但装配得法，其发音也还可听。这种乐器在我国民间很流行，剃头店里有之，裁缝店里有之，江北船上有之，三家村里有之。

倘能多造几个简易而高尚的胡琴曲，使像《渔光曲》一般流行于民间，其艺术陶冶的效果，恐比学校的音乐课广大得多呢。

我离去三家村时，村里的青年们都送我上车，表示惜别。我也觉得有些依依。（曾经搪塞他们说："下星期再来！"其实恐怕我此生不会再到这三家村里去吃茶且拉胡琴了。）若没有胡琴的因缘，三家村里的青年对于我这路人有何惜别之情，而我又有何依依于这些萍水相逢的人呢？古语云："乐以教和。"我做了七八年音乐教师没有实证过这句话，不料这天在这荒村中实证了。

　　山中阴雨，似乎是为了成全和胡琴的一段缘分。本来是苦雨荒村的烦恼，却因为一把简易的胡琴，把众人带入了其乐融融之境。也许，人生路上也是如此，无论外界是风雨飘摇，还是阳光和煦，重要的是善于自处，学会乐以忘忧。　　　　　　（郭月霞）

　　有些东西在亢奋的季节里猝然死去。有些东西在冬天茫茫大雪的覆盖下静静生长。这些事情像大地的秘密，完成在季节深处。

季节深处 孙继泉

　　我拉开抽屉的时候，蝉静静地伏在那里，已经没有一丝躁性，我小心地把它捏起，它的翅膀扇动几下，发出低而短的叫声。这是一只昏头昏脑的蝉，一只迷失家园的蝉，它从后窗飞进来的时候，就不停地在我的书房里乱撞，叫，我半是出于爱怜，半是出于厌烦，把它放进抽屉里，在抽屉里它还是叫，于是我的书桌变成了一只八音盒。

　　在这之前，已经有一只蝉从后窗进来，如今，它已经风干成标本，放在我的书橱里。

　　我把这只蝉放在窗台上，我想让它吹吹风，恢复一下力气。

　　一里以外，是一片杂树林子，杨树、槐树、柏树、樗树、桃树、梧桐……在围墙根部，还有几棵桑树，已有碗口粗细，这个时候正结了一树红红的桑葚，被鸟吃掉一些，自己落掉一些。桑树一般没有人专门栽它，它长得很慢，能栽树的地方都栽上了成材快的树，桑树都是自己出的。在乡下，你随便将谁家的一棵幼小的桑树折断，用它抽驴打牛，没人和你计较。许多日子过去，桑树在某个角落悄悄长得粗大，别人就不能再去动了，桑树质轻、韧，是做扁担的好材料哩。

这片林子里有多少蝉，没有人能说得清，夏日的正午，你走进林子，随意晃动哪一棵树，都会惊飞十几只或者几十只蝉，它们四散奔逃，有的遗下一泡尿来，躲不及就会浇在脸上。一次我猛地踩了一棵杨树，蝉们四处逃窜，我只数下了往东往北两个方向飞去的蝉，共 13 只。

林子后面就是岗山。山脚下，是勤快的人开出的一方方荒地，种着花生和地瓜，地瓜已拖了很长的秧，秧的根部是深绿色，梢部是浅绿色。昨夜下了一场雨，我想那段浅绿色的半尺长的秧子肯定是一个雨夜生长的。往上，有石砌的盘山路，凹处生满了野草。路沿石上贴着几棵蒺藜，几日前，还顶着一朵朵黄色的小花，如今却已结实，用手摸一摸它棱状的果实，硬硬地有些扎手。一块卧在那里的巨石，中间裂了一道直直的纹，像是用剑劈的。就在这条纹缝里，生出一溜小草，密密地像是要把分成两块的石头缝合。谁拔下的一把草放在石头上，草上的泥土被雨水冲掉，散着白色的根须，它们的梢子却微微翘起，试图慢慢站立起来。路两边及至更远的地方，便是满目景芝了，景芝正开了紫白色的碎花，有不少已经被雨水打落，洒了一地落英。还有拉拉秧，将没有生长植物的地方填满……其实拉拉秧山上并不是很多，平地上多。你到田野里看一看，路边，沟边，河边，甚至河道里所有没有水的地方，拉拉秧一丛一丛，将所有的裸土覆住，那才壮观。拉拉秧可以说是夏天最野性最霸气的一种植物，如果不是人们一丝不苟地盯着，在这块地里种玉米，让那块地里长芝麻，恐怕整个平原就都长了拉拉秧了。

蝉一天都没叫，也没飞，甚至没有走离它原来的地方。我把它放在纱窗上，想让它在纱窗的小方格上走一走，一松手，却啪地掉下来。这可能是一只老年的蝉，它已经没有活动的力量。我后悔，没有将它放出去。据说一只蝉要在地下生长四年才能拱出地面，在地上只能生长 18 天。18 天，一寸光阴一寸金。这只误飞进来的蝉，可能比在树林中要少活一天。一天，对它来说是多么宝贵。不过，它如果在树林里，也可能早

被一只饥饿的鸟啄去，成为鸟的果腹之物，也许不少蝉都不能够安全地度过 18 天。

下午四五点钟，蝉开始活动了。我注意到它先是把两只前足蜷起来，两只后足伸长，蹬直，它的尾便慢慢地翘起来，翘得接近直角，又无力地落下来，这样反复了十余次。后来我明白过来，它是想翻一个身。这是一只将死的蝉。你注意过蝉尸吗？地面上一只只死掉的蝉，都是六足朝上，安静地躺着，这大约是它临死的最佳状态。蝉将它自己的身体翻转过来，使用的可能是它最后的仅有的力气。我的这个用高密度板铺成的光滑的窗台不利于它完成这个动作。如果在泥地上就好了，它或许可以借助于一个坎儿，可是这里不行，它得花大力气。我把一根铅笔放在它跟前，看它能不能用上，它没有去凑近铅笔，它的眼睛可能失明了。我索性把它捏起来，倒放在地上，它微微地扇动着翅膀，明显地感觉不舒服，我又把它翻过来。

七点，我去看蝉，蝉一动不动，它死了。它最终都没有翻过身去，它在痛苦中死去。太阳还很高，从后窗照进来，照不到伏在前窗窗台上的蝉。

代表夏天的东西有多少？蝉、蛙、草、树、雨。缺一样，都不是一个完整的夏天。它们是夏天的旗。在一个夏天里将出生多少只蝉，多少只蛙，多少株草，一棵树会生出多少枝丫，一场雨会催发多少生命，无法计数。但，缺一株草，大地将缺少一抹嫩绿，缺一场雨，空气中就缺少些许湿润，缺一腔蝉鸣，夏日的混响都不够浓烈……一只蛙的夭折就会使一个夏天出现残缺，每死掉一只蝉，夏天都背我们迈出一步。

夏天，你到林子里去，树木旺长，草茂密，可是，你蹲下身来，地下，不少昆虫已悄然谢世，它们翅膀上的花纹还那么美丽。一棵好端端的树，不久前还是那么蓬蓬勃勃，如今却陡然枯掉一个枝杈。大约这个枝杈的生发原本是一个错误，或者这个枝杈所指的方向在拒绝这棵树。还有的整棵死去，你看不出它死掉的原因。一个活得好好的人面对一棵站着死去的树，总会心生感伤。

整个田野都是这样。掀开几个阔大的叶片，你可能会惊喜地发现一串果实，但是，在你歇息的地头上，却散乱着一堆白花花的鸟或兽的骨

骸,它们的皮肉或被强者吃掉,或者烂进泥里。一条穿越玉米地的柏油路上,一条蛇被车轮轧扁,它的花纹鲜亮清晰。河湾里,几座新坟堆起,插在坟上的纸花被急雨冲洗得退掉了颜色。不久前,如今埋在坟中的人还肩扛一把铁锹,从这里走来走去,心里想着一些美好的事情,或者,哼着一首曲子。等到秋天庄稼砍伐,坟丘暴露,它上面的青草已经能够供野兔藏身,新坟也就变做旧坟。有些东西在亢奋的季节里猝然死去,有些东西在冬天茫茫大雪的覆盖下静静生长,这些事情像大地的秘密,完成在季节深处。

人 生 悟 语

　　季节的流转,生命的轮回,是自然界永恒的力量和秘密。任何一种生物都在这无限的循环中,都是其中不可或缺的一环。而孕育、生长、衰老、死去,也是每个生命注定的历程,但即使只有短短的十几天,也要在生长的季节里放声歌唱,然后坦然面对生命的下一个轮回。

(郭月霞)

这是我要寻的秋的韵致了么?秋天是有成绩的人生,绚烂多彩而肃穆庄严,似朦胧而实清明,充满了大彻大悟的味道。

秋　韵　宗璞

　　京华秋色,最先想到的总是香山红叶。曾记得满山如火如荼的壮观,在太阳下,那红色似乎在跳动,像火焰一样。二三友人,骑着小驴笑语与得得蹄声相和,循着弯曲小道,在山里穿行。秋的丰富和幽静调和得匀匀的,向每个毛孔渗进来。后来驴没有了,路平坦得多了,可以痛快地一直走到半山。如果走的是双清这一边,一段山路后,上几个台阶,眼前会出现大片金黄,那是几棵大树,现在想来,也许是银杏罢。满树茂密的叶子都黄透了,从树梢披散到地,黄得那样滋润,好像把秋天的丰收集聚在那里了。让人觉得,这才是秋天的基调。

今年秋到香山,人也到香山。满路车辆与行人,如同电影散场,或要举行大规模代表会。只好改道万安山,去寻秋意。山麓有一片黄栌,不甚茂密。法海寺废墟前石阶两旁,有两片暗红,也很寥落。废墟上有顺治年间的残碑,镌有不得砍伐,不得放牧的字样。乱草丛中,断石横卧,枯树枝头,露出灰蓝的天和不甚明亮的太阳。这似乎很有秋天的萧索气象了。

然而,这不是我要寻找的秋的韵致。

有人说,该到圆明园去,西洋楼西北的一片树林,这时大概正染着红、黄两种富丽的颜色。可对我来说,不断地寻秋是太奢侈了,不能支出这时间,且待来年罢。家人说:来年人更多,你骑车的本领更差,也还是无由寻到的。那就待来生罢,我说,大家一笑。

其实,我是注意今世的。清晨照例的散步,便是为了寻健康,没有什么浪漫色彩。这一天,秋已深了,披着斜风细雨,照例走到临湖轩下小湖旁,忽然觉得景色这般奇妙,似乎我从未到过这里。

小湖南面有一座小山,山与湖之间是一排高大的银杏树。几天不见,竟变成一座金黄屏障,遮住了山,映进了水。扇形叶子落了一地,铺满了绕湖的小径。似乎这金黄屏障向四周渗透,无限地扩大了。循路走去,湖东侧一片鲜红跳进眼帘。这样耀眼的红叶!不是黄栌,黄栌的红较暗;不是枫树,枫叶的红较深。这红叶着了雨,远看鲜亮极了,近看时,是对称的长形叶子,地下也有不少,成了薄薄一层红毡。在小片鲜红和高大的金屏障之间,还有深浅不同的绿,深浅不同的褐、棕等丰富的颜色环抱着澄明的秋水。冷冷的几滴秋雨,更给整个景色添了几分朦胧,似乎除了眼前的一切,还有别的蕴藏。

这是我要寻的秋的韵致了么？秋天是有成绩的人生，绚烂多彩而肃穆庄严，似朦胧而实清明，充满了大彻大悟的味道。

秋去冬来之时，意外地收到一份讣告，是父亲的一位哲学友人故去了。讣告上除了生卒年月外，只有一首遗诗。译出来是这等模样：

> 不要推却友爱
> 不要延迟欢乐
> 现在不悟
> 便永迷惑
> 在这里
> 一切都有了着落

我要寻找的秋韵，原来便在现在，在这里，在心头。

人 生 悟 语

很多时候，我们都在不断地寻觅，寻觅美好的理想，寻觅奇特的景致，寻觅真挚的深情，或者只是寻觅一片红叶……要到哪里才能找到梦想呢？蓦然回首的顿悟中，才明白原来一直殷勤寻觅的东西不在天涯海角，就在我们心中。内心的宁静平和，才是真正的成熟。

（郭月霞）

枫叶如丹,不正是它同风霜搏斗的战绩,不正是它的斑斑血痕吗?

枫叶如丹 袁 鹰

春天,绿的世界。秋天,丹的世界。

绿,是播种者的颜色,是开拓者的颜色。人们说它是希望,是青春,是生命。这是至理名言。

到夏季,绿得更浓,更深,更密。生命在充实,在丰富。生命,在蝉鸣蛙噪中翕动,在炽热和郁闷中成长,在暴风骤雨中经受考验。

于是,凉风起天末,秋天来了。万山红遍,枫叶如丹。落木萧萧,赤城霞起。丹,是成熟的颜色,是果实的颜色,是收获者的颜色,又是孕育着新生命的颜色。

撒种,发芽,吐叶,开花,结果。

孕育,诞生,长大,挫折,成熟。

天地万物,人间万事,无一不是贯穿这个共同的过程。而且,自然与人世,处处相通。

今年5月,曾访问澳大利亚。5月在南半球,正是深秋。草木,是金黄色的;树木,是金黄色的。

一天,在新南威士州青山山谷一位陶瓷美术家R先生家作客,到时天色已晚,看不清周遭景色,仿佛是一座林中木屋。次日清晨起床,整个青山全在静憩中。走到院里,迎面是株枫树,红艳艳的枫叶,挂满一树,铺满一地。

我回屋取了相机,把镜头试了又试,总觉得缺少些什么。若是画家,会描出一幅绚烂的油画。可我又不是。再望望那株枫树,竟如一位凄苦的老人在晨风中低头无语。

这时,木屋门开了,一个八九岁的女孩蹦了出来。她是 R 先生的外孙女莉贝卡,他们全家的宝贝疙瘩。小莉贝卡见我凝视着枫树,就跑到树下,拾起两片红叶,来回地跳跃,哼着只有她自己懂的曲调。

最初的一缕朝阳投进山谷,照到红艳艳的枫叶上,照到莉贝卡金色的头发上。就在这一刹那间,我揿动快门,留下一张自己很满意、朋友们也都喜欢的照片。后来有位澳大利亚朋友为那张照片起了个题目:秋之生命。

也就在那一刹那间,我恍然明白:枫叶如丹,也许由于有跳跃的、欢乐的生命,也许它本身正是有丰富内涵的生命,才更使人感到真、善、美,感到它的真正价值,而且感受得那么真切。北京香山红叶(是黄栌树,并非枫树),自然能使人心旷神怡;若是没有那满山流水般的游人,没有树林中鸣声上下的小鸟,也许又会使人感到寂寞了。

于是,又想起 20 年前曾游南京栖霞山。栖霞红叶,也是金陵一景。去时虽为十月下旬,枫叶也密布枝头,但那红色却缺少光泽,显得有点黯淡。我不无扫兴地说:"盛名之下,其实难副。"南京友人摇摇头,说再迟十天半月,打上一层霜,就会不同了。问怎么个不同法,他说经过风霜,红叶就显得有光泽,有精神。

不经风霜,红叶就没有光泽和精神,恐怕不只是从文学家的眼睛看,也还有点哲理韵味在。难怪栖霞山下大殿里一副楹联有云:"风霜红叶径,数江南四百八十寺,无此秋山。"这半副楹联,让我记到如今。

枫叶如丹,不正是它同风霜搏斗的战绩,不正是它的斑斑血痕吗?

"霜叶红于二月花",经历了这个境界,才是真正的成熟,真正的美。

愿丹的颜色,丹的真、善、美,长驻心头。

经历了风霜,红叶会更加鲜艳;有了青春的映衬,进入秋季的生命更能表现出生命的律动,经历沧桑后的成熟和平静。坚强的生命,在同困难挫折的斗争中,能焕发出更加夺目的光彩。我们应该感谢生命中的每一次考验,这是成长路上最好的礼物。　(郭月霞)

生命被腰斩的大恸,柿树可还记得分明? 它以晚秋中超凡脱俗的美艳,试图向我证明什么?

香山看叶 郑云云

站在幽静的山谷里,仰头望树,不见红叶。

阳光应当在山外什么地方朗朗照着。那里游人一定如织,红叶也应灿烂如花。正是好秋天气,阳光如游人,谁肯辜负红叶之美?

然而还是这里好,我喜欢这无人的山谷。真要看叶,哪能在热闹的去处? 树儿本是世界上最淡泊平和的物种,而我们是人类中甘愿孤独的一群。唯有在静默中的彼此凝望,才能互相明察各自的蜕变。

秋风吹起,很凉很凉,是第几阵秋风? 想不分明。只是身上的感觉超常敏锐起来。自知我在看叶,叶亦在看我,举手投足之间,都仿佛在叶无言的包围之中。其实,我是知道树的心思都在叶里了。那是树的眼睛。树木用它们望着四季轮回,望着世间万象,望着风雨晨露日升日落,望着一群又一群灰喜鹊在夕阳下归巢。

如潮的人群,在山外涌来涌去的观赏红叶。人群中的红男绿女,有几人能读懂枫叶之美？

山谷中的老枫树伸开它依然绿着的手掌，每一片叶如今又成了它的手掌，成千上万的树叶令我想起大慈大悲的千手观音。然而它们不是观音，是树，所以我才能听见它们善意的调配和嘲笑：人类是如何经受不住疼痛啊，这么年轻就失去了感动和生命的能力，只会跻身于热闹以求麻木和消解生命的疼痛，是多么愚不可及的一群！

心惊于树的嘲弄，却不得不承认骂得好！

其实，叶红叶绿，关卿何事？

明眸皓齿的我们，心已粗糙苍老；而历经沧桑的香山之枫，该是经历了多少次生命的大恸，却依然维护住青翠年轻热烈的心。岁岁之秋，红叶染山，那份生命的高贵，无法与人言说。

回回看见外貌已惨不忍睹的老树，在春天里依然我行我素地绽放出青翠绿芽，内心便感动不已。唯有树了，唯有扎根于土的大树，才能有这般的英雄气。

而在深秋的风中缓慢旋落的红叶呢？

我想起京戏舞台上那出美艳惨烈的"霸王别姬"。身着红裳的虞姬决断地横抹一剑，便在生命的舞台上轻盈深情的旋转着旋转着，恰似一片红叶，在命运的风中缓缓着地。但求以一己的美丽消亡，换取爱者的生之路。那一片红裳，濡湿了古今英雄泪！真正是天地为之动容的永恒一幕。

接下来便是乌江自刎。至此，树们又该嗟叹人类的脆弱了。"无颜见江东父老"，难道如此便有颜见虞姬之魂？李易安可以"至今思项羽，不肯过江东"，为项羽的赴死击掌赞叹，但虞姬呢，那一片红裳，算不算白白落地？

我们为什么竟不如树？

山谷中，枫叶还绿着。走出山谷，不见枫，却见高坡上红艳艳一棵树。鲜红的叶，像一条条红鱼在风中游动；鲜红的果，大如握拳，在晚秋的艳阳天里一颗一颗如倒挂的金钟。蓝天上，风吹响，山谷口，我惊异的站立。那是柿树。北方的柿树。

树的根部一圈黑乌乌的伤痕，那是与野酸枣树嫁接时留下的伤痕。

野柿树的果其实又小又硬如枣核般,北方所有的柿树,都必须经过这样的嫁接才能结出你所见到的艳如金钟般的果。

我默然。心想也只有树了,只有树才能承受生命不能承受之重。生命被腰斩的大恸,柿树可还记得分明? 它以晚秋中超凡脱俗的美艳,试图向我证明什么?

我望树,树亦望我。蓝天若水,红叶如鱼。我听见有金属的音响,一阵阵穿越了山林。

这次的薄游,虽然也给了我些牢骚和别的苦味,但我要用良心做担保的说,它所给予我的心灵深处的欢悦,是无穷的深远的!

西湖的雪景 钟敬文

从来谈论西湖之胜景的,大抵注目于春夏两季;而各地游客,也多于此时翩然来临。——秋季游人已减少,入冬后,则更形疏落了。这当中自然有以致其然的道理。春夏之间,气温和暖,湖上风物,应时佳胜,或"杂花生树，群莺乱飞"，或"浴晴鸥鹭争飞，拂挟荷风荐爽"，都是要教人眷眷不易忘情的。于此时节，往来湖上，沉醉于柔媚芳馨的情味中，谁说不应该呢？但是春花固可爱，秋月不是也要使人销魂么？四时的烟景不同，而真赏者各能得其佳趣；不过，这未易泛求于一般人罢了。高深父先生曾告诉过我们："若能高朗其怀，旷达其意，超尘脱俗，别具天眼，览景会心，便得真趣。"我们虽不成材，但对于先贤这种深于体验的话，也忍只当做全无关系的耳边风么？

自宋朝以来，平章西湖风景的，有所谓"西湖十景，钱塘十景"之说，虽里面也曾列入"断桥残雪"、"孤山霁雪"两个名目，但实际上，真的会去赏玩这种清寒不很近情的景致的，怕没有多少人吧。《四时幽赏录》的著者，在"冬时幽赏"门中，言及雪景的，只占十分的七八；其名目有"雪霁策蹇寻梅中"，"三茅山顶望江天雪霁"，"西溪道中玩雪"，"扫雪烹茶玩画"，"山窗听雪敲竹"，"雪后镇海楼观晚炊"等。其中大半所述景色，读了不禁移人神思，固不徒文字粹美而已。但他是一位潇洒出尘的名士，所以能够有此独具心眼的幽赏；我们一方面自然佩服他心情的深湛，另一方面却也可以证出能领略此中奥味者之所以稀少的必然了。

西湖的雪景，我共玩了两次。第一次是在此间初下雪的第三天。我于午前10点钟时才出去。一个人从校门乘黄包车到湖滨下车，徒步走出钱塘门。经白堤，旋转入孤山路。沿孤山西行，到西冷桥，折由大道回来。此次雪本不大，加以出去时间太迟，山野上盖着的，大都已消去，所以没有什么动人之处。现在我要细述的，是第二次的重游。那天是1月24日。因为在床上感到意外冰冷之故，清晨初醒来时，我便预知昨宵是下了雪。果然，当我打开房门一看时，对面房屋的瓦全变成白色了，天井中一株木樨花的枝叶上，也粘缀着一小堆一小堆的白粉。详细的看去，觉得比日前两三回所下的都来得大些。因为以前的，虽然也铺盖了屋顶，但有些瓦沟上却仍然是黑色，这天却一色地白着，绝少有铺不匀的地方了。并且都厚厚的，约莫有一两寸高的程度。目前的雪，虽然铺满了屋顶，但于木樨花树，却好像全无关系似的，此回它可不免受影响了，这也是雪落得比较大些的明证。

老李照例是起得很迟的，有时我上了两课下来，才看见他在房里穿衣服，预备上办公厅去。这天，我起来跑到他的房里，把他叫醒之后，他犹带着几分睡意问我："老钟，今天外面有没有下雪？"我回答他说："不但有呢，并且颇大。"他起初怀疑着，直待我把窗内的白布幔拉开，让他望见了屋顶才肯相信。"老钟，我们今天到灵隐去耍子吧？"他很高兴地说。我"哼"的应了一声，便回到自己的房里来了。

我们在校门上车时，大约已9点钟左右了。时小雨霏霏，冷风拂人如泼水。从车帘两旁缺处望出去，路旁高起之地，和所有一切高低不平的屋顶，都撒着白面粉似的，又如铺陈着新打好的棉被一般。街上的雪已大半变成雪泥，车子在上面碾过，不绝的发出"唧唧"的声音，与车轮转动时摩擦着中间横木的音响相杂。

我们到了湖滨，便换登汽车。往时这条路线的搭客是颇热闹的，现在却很零落了。同车的不到10个人，为遨游而来的客人只怕没有一半。当车驶过白堤时，我们向车外眺望内外湖风景，但见一片迷濛的水汽弥漫着，对面的山峰，只有一个几乎辨不清楚的薄影。葛岭、宝石山这边，因为距离比较密迩的缘故，山上的积雪和树木，大略可以看得出来；但地位较高的傲塔，便陷于朦胧中了。到西冷桥前附近时，再回望湖中，见湖心亭四围枯秃的树干，好似怯寒般地在那里呆立着。我不禁联想起《陶庵梦忆》中一段情词俱幽绝的文字来：

崇祯五年十二月，余住西湖。大雪三日，湖中人鸟声俱绝。是日更定矣，余拿一小舟，拥毳衣炉火，独往湖心亭看雪。天与云与水上下一白。湖上影子，唯长堤一痕，湖心亭一点，与余舟一芥，舟中人两三粒而已。到亭上，有两人铺毡对坐，一童子烧酒，炉正沸。见余大喜，曰："湖中焉得更有此人！"拉余同饮，余强饮三大白而别。问其姓氏，是金陵人，客此。及下船，舟子喃喃曰："莫说相公痴，更有痴似相公者！"（《湖心亭看雪》）

不知这时的湖心亭上，尚有此种痴人否？心里不觉漠然了一会儿。车过西泠桥以后,车暂驶行于两边山岭林木连接着的野道中。所有的山上,都堆积着很厚的雪块,虽然不能如瓦屋上那样铺填得均匀普遍,但那一片片清白的光彩,却尽够使我感到宇宙的清寒、壮旷与纯洁了!常绿树的枝叶后所堆着的雪,和枯树上的,很有差别。前者因为有叶子衬托着之故,雪上特别堆积得大块点,远远望去,如开满了白色的山茶花,或吾乡的水锦花。后者,则只有一小小块的雪片能够在上面黏着不坠落下去,与刚着花的梅李树非常相似。实在,我初次几乎把那些近在路旁的几株错认了。野上半黄或全赤了的枯草,多压在两三寸厚的雪褥下面;有些枝条软弱的树,也被压抑得欹(qī)欹倒倒的。路上行人很稀少。道旁野人的屋里,时见有衣饰破旧而笨重的老人、童子,在围着火炉取暖。看了那种古朴清贫的情况,仿佛令我忘怀了我们所处时代的纷扰、繁遽(jù)了。

到了灵隐山门,我们便下车了。一走进去,空气怪清冷的,不但没有游客,往时那些卖念珠、古钱、天竺筷子的小贩子也不见了。石道上铺积着颇深的雪泥;飞来峰疏疏落落的着了许多雪块,清冷亭及其他建筑物的顶面,一例的密盖着纯白色的毡毯。一个拍照的,当我们刚进门时,便紧紧地跟在后面。因为老李的高兴,我们便在清冷亭旁照了两个影。

好奇心打动着我,使我感觉到眼前所看到的并不满足,而更向处境较幽深的韬光庵去。我幽悄地尽移着步向前走,老李也不声张地跟着我。从灵隐寺到韬光庵的这条山径,实际上虽不见怎样的长,但颇深曲而饶于风致。这里的雪,要比城中和湖上各处的都大些。在径上的雪块,大约有半尺来厚,两旁树上的积雪,也比来路上所见的浓重。曾来游玩过的人,该不会忘记的吧,这条路上两旁是怎样的繁植着高高的绿竹。这时,竹枝和竹叶上,大都着满了雪,向下低低地垂着。《四时幽赏录•山窗听雪敲竹》又云:"飞雪有声,唯在竹间最雅。山窗寒夜,时听雪洒竹林;淅沥萧萧,连翩瑟瑟,声韵悠然,逸我清听。忽而回风交急,折竹一声,使我寒毡增冷。"这种风味,可惜我没有福分消受。

在冬天,本来是游客冷落的时候,何况这样雨雪清冷的日子呢?所以当我们跑到庵里时,别的游人一个都没有——这在我们上山时看山径上的足迹便可以晓得的——而僧人的眼色里,并且也有一种觉得怪

异的表示。我们一直跑上最后的观海亭。那里石阶上下都厚厚地堆满了水沫似的雪，亭前的树上，雪着得很重，在雪的下层并结了冰块。旁边有几株山茶花，正在艳开着粉红色的花朵。那花朵有些坠下来的，半掩在雪花里，红白相映，色彩灿然，使我们感到华而不俗，清而不寒；因而联忆起那"天寒翠袖薄，日暮倚修竹"的美人儿来。

登上这亭，在平日是可以近瞰西湖，远望浙江，甚至于缥缈的沧海的，可是此刻却不能了。离庵不远的山岭、僧房、竹树、尚勉强可见，稍远的则封锁在茫漠的烟雾里了。

空斋踢壁卧，忽梦溪山好。朝骑秃尾驴，来寻雪中道。石壁引孤松，长空没飞鸟。不见远山横，寒烟起林杪。（《雪中登黄山》）

我倚着亭柱，默默地在咀嚼着渔洋这首五言诗的清妙；尤其是结尾两句，更道破了雪景的三昧。但说不定许多没有经验的人，要妄笑它是无味的诗句呢。文艺的真赏鉴，本来是件不容易的事，这又何必咄咄见怪？自己解说了一番，心里也就释然了。

本来拟在僧房里吃素面的，不知为什么，竟跑到山门前的酒楼喝酒了，老李不能多喝，我一个人也就无多兴致干杯了。在那里，我把在山径上带下来的一团冷雪，放进在酒杯里混着喝。堂倌看了说："这是顶上的冰淇淋呢。"

半因为等不到汽车，半因为想多玩一点雪景，我们决意步行到岳坟才叫划子去游湖。一路上，虽然走的是来时汽车经过的故道，但在徒步观赏中，不免觉得更有情味了。我们的革履，踏着一两寸厚的雪泥前进，频频地发出一种清脆的声音。有时路旁树枝上的雪块，忽然掉了下来，着在我们的外套上，正前人所谓"玉堕冰柯，沾衣生湿"的情景。我迟回着我的步履，扩展着我的视域，油然有一脉浓重而灵秘的诗情，浮上我的心头来，使我幽然意远，漠然神凝。郑綮（qǐ）答人家自己的诗思，在灞桥雪中、驴背上，真是怪懂得趣儿的说法！

当我们在岳王庙前登舟时，雪又纷纷地下起来了。湖里除了我们的

一只小划子以外，再看不到别的舟楫。平湖漠漠，一切都沉默无哗。舟穿过西泠桥，缓泛里西湖中，孤山和对面诸山及上下的楼亭、房屋，都白了头，在风雪中兀立着。山径上，望不见一个人影；湖面连水鸟都没有踪迹，只有乱飘的雪花坠下时，微起些涟漪而已。柳宗元诗云："千山鸟飞绝，万径人踪灭。孤舟蓑笠翁，独钓寒江雪。"我想这时如果有一个渔翁在垂钓，它很可以借来说明眼前的景物呢。

舟将驶近断桥的时候，雪花飞飘得更其凌乱。我们向北一面的外套，差不多大半白而且湿了。风也似乎吹得格外紧劲些，我的脸不能向它吹来的方面望去。因为革履渗进了雪水的缘故，双足尤冰冻得难忍。这时，本来不多开口的舟子，忽然问我们说："你们觉得此处比较寒冷么？"我们问他什么缘故。据说是宝石山一带的雪山风吹过来的原因。我于是默默地联想到知识的范围和它的获得等重大的问题上去了。

我们到湖滨登岸时，已是下午3点余钟了。公园中各处都堆满了雪，有些已变成泥泞。除了极少数在待生意的舟子和别的苦力之外，平日朝夕在此间舒舒地来往着的少男少女、老爷太太，此时大都密藏在"销金帐中，低斟浅酌，饮羊羔美酒"——至少也靠在腾着血焰的火炉旁，陪伴家人或挚友，无忧虑地在大谈其闲天——以享乐着他们幸福的时光，再不愿来风狂雪乱的水涯，消受贫穷人所应受的寒冷了！

这次的薄游，虽然也给了我些牢骚和别的苦味，但我要用良心做担保的说，它所给予我的心灵深处的欢悦，是无穷的深远的！可惜我的诗笔是钝秃了。否则，我将如何超越了一切古诗人的狂热歌咏了它呢！

好吧，容我在这儿诚心沥情地说一声，谢谢雪的西湖，谢谢西湖的雪！

人 生 悟 语

　　雪中的西湖，少了繁花似锦与如织的游人，添了几分寂寞和冷清。可在欣赏者眼中，这人鸟声俱寂的时刻，却别有一种悠远的诗情。独具匠心的人，赏景看花时能于冷清处发现佳境；读书做事时能于别人忽略处发现文章。

　　　　　　　　　　　　　　　　　　　　　　　　　　　　　　（郭月霞）

第七辑　季节深处

我寄情思与明月

有一个地方让我们魂牵梦萦,有一片土地让我们终生难忘,这就是故乡,这就是故乡的土地。不论我们走到哪里,不论我们身居何职,都无法抹去故乡的记忆,都无法忘怀自己出生的地方。我们会嗅到故土的味道,我们难以割舍那种绿叶对根的情谊。

我寄情思与明月 郭保林

中秋的月,是团圆的家;中秋的月,是旅人的乡愁;中秋的月,是思念的情愫。月到中秋分外明,人在他乡好伤怀。月,很圆,淡淡的清辉,从树梢无声地泻下,迷蒙的雾气也不甘落后,正步步紧随。间或有轻微的风儿吹过,雾气又瞬时不见了影踪,那一片银白的光亮却越发清晰了。我静坐阳台的一隅,屋内熄灭了所有的灯,让那朗朗的月光尽情地扑满整个空间。抬头观那一轮圆月,不知月宫里的嫦娥是否已安然入睡?闻着那浓郁的桂香,还有捣药的玉兔和酿酒的吴刚相伴,是否已将思念忘却?月儿无语,却听见自己心中有心痛的颤音。

漂泊的旅者将家扛在肩上,走到哪儿,哪儿便是家。远离故乡多年,已很久未见故乡的那一轮圆月了。漂泊的心也时而有些累,可已找不到归家的方向。只剩童年与月亮的点滴情思,时常慰藉孤寂想念的心。

故乡是一个小小的山村,不大,但山清水秀,绿树在身后环绕,田野在眼前延伸,给人一种小家碧玉欲说还休的美感。故乡的月,很是清新,娴静,没有丝毫的清冷与忧伤,总是那么朗朗的照着。尤其每当中秋满月的夜晚,人们从一天的劳作中闲下来,然后齐聚在晒谷坪,一边品尝圆圆的月饼,一边扯着东家长西家短的闲话,静待月儿的到来。在闲话家常的转眼间,偶尔环顾四周,已是另一番景色:月色溶溶,如纱如雾,如银如水,不经意间便洒满了山村的每一个角落,树影,人影,屋影,朦

朦胧胧，影影绰绰之间，一时天更广了，地更宽了。这时候，不论怎么美的月色，小孩子还是静不下来的，他们有时在尽情地嬉戏打闹，有时又三五成群叽叽喳喳地在商量着什么，可能是在计划怎么去偷谁家的南瓜吧。在故乡的山村一直有这样的乡俗——八月十五月圆之夜可以随意地去地里偷南瓜，即使第二天主人家发现了，也不能乱骂的。虽然这样，一帮小孩子还是要周密地计划一番的，然后轻手轻脚地，经仔细地探查后，利索地向目标靠近，在偷的时候还一边窥着身后是否有人发现，一旦得手，便紧抱"战利品"，如老鼠般迅疾地逃走。偷来的南瓜也就在月下架上锅煮上，有时还比一比谁的南瓜最大最甜呢。那种情景，那份欢愉，给小小的我们带来了太多的快乐。喝完清香甜美的南瓜汤后，小孩子们便静静地趴在父母的膝头，看着那天边的圆月，听着那遥远古老的关于月亮的故事，进入甜甜的梦乡，童稚的脸上是天真满足的笑。

明月依旧高照，却再难有儿时那样的心境了。如今身处钢筋水泥铺就高楼林立的城市，看月亮也不能尽兴了，总是只能看到一片狭小的天地。但每当中秋满月时，我仍然还是要爬上屋顶的阳台，希望能看到月下更广的天地，可只恨自家房屋太矮，而四周高楼耸立，头顶的那片天，还是窄窄的，月亮可不管这些，依然在天地间穿梭往来。其实，天还是无边的，只是高楼挡住了我们的视线，困住了我们奋飞的梦想，我们成天在利益的游戏中疲于奔波，已有太久未曾静心地领略那朦胧月色的温暖温馨温情了。

又到中秋月明时，于这样的月夜，我托月儿捎去我对故乡的无比眷恋，对亲人朋友的无限思念。"但愿人长久，千里共婵娟"，这样想着想着的时候，犹如一袭微风拂过心房，仿佛一阵细雨滋润心田。今夜，好一份恬静的心境，好一片难舍的情怀。天上的明月也仿佛更亮了，月色也更美了。月儿呀，月儿，你怎么会寂寞呢？怎么会有人说你寒凉透骨呢？尘世间有那么多的人对你牵肠挂肚，注视你的目光已是太多，你虽然高高地挂在天上，却温暖在人们的心头。

心中生明月，天涯共此时。

当我远离故乡去生存，拼搏和拓荒数年之后，终于明白有一种东西是不可超越的，那就是黑土地所给予我的生命的原汁。

黑 土 地 韩静霆

我是北方的黑土捏成的，土性浇铸在我的灵魂之中了。

我生于黑土，长于黑土。童年，我用黑土捏出我的天使：人、马、牛、羊、鸡、狗。我和黑土造就的这些众生厮守、说话、说梦。我用黑土制成能吹奏抑抑扬扬、呜呜咽咽曲调的埙（xūn，吹奏乐器）。我的埙就是我的唇舌，我生命的延长，我灵魂的独白。我是黑土的上帝，黑土也是我的上帝。26年前我孑然一身进关，闯荡京华。我住在前门箭楼下的小客栈里，柔和湿滑的京腔在议论我：这个北方的小牛犊子。哦，是的。牛犊子，北方，我。我走出北方黑色的漠野，什么也没带——不不，我带走了一样东西，永生永世不可抛弃也无法抛弃的，就是我的土性。

带着黑土地给我的足够的营养，我离开了故土。西北高原的风吹不倒我这北方的榛莽，海南天涯的烈日晒不干我黑褐色肌肤蕴藏的油性。有时候，我枕着塬，枕着海，闭上眼睛想到的却是北方黑土地柔软的怀抱，想到儿时睡过的桦树皮摇床。我为此心旌摇荡，依稀看到黑土地上跋涉而去的祖先。哦，努尔哈赤的雕弓拉成满月，"玉骢嘶罢飞尘起，皂雕没处冷云平"；哦，挖参人如崖上的壁虎，没入密林，"雪中食草冰上宿"；哦，刚刚冷却的火山口杉林葱茏，岩洞里举起了伐木人的炊烟；哦，田畴把黑色的垅划到天尽头，那里，一人、一犁、一牛，共同较量着耐力和韧性。犁着、耕着、走着，没有一点声音。我的黑土地就是这样一部悠远的、孔武的、神秘的、充满着内聚力的不朽经典。当然，在黑土的深层，也埋藏着古战场鲜血锈蚀的剑，也抛落了亡国之民的遗骸，也有过拼搏、绞杀、屈辱和失败。即使是失败，我的先人也是屡败屡战，不屈不挠。北方的黑土地是何等博大啊，兼容着火山与冰岸、天池与地泉、针叶林与毛毛草、红高粱与罂粟花、野性与柔情、爱情与仇恨、严峻与温馨、粗犷与粗疏、自强与自私、寥廓与孤寂。既有长久的四季轮回，又有短暂的无霜期；既有虎群的雄浑，又有狗皮帽子的寒碜；既有宽广又有褊狭，既有宁静又有躁动，坦诚而又神秘，富丽而又贫瘠。我的黑土地啊，我的黑土地，我对你的爱也是又宽阔又褊狭，又坦诚又神秘的。我读着你，想念你，梦过你。我也渴望走"宇宙黑洞"，穿破固垒，渴望超越。当我远离故乡去生存，拼搏和拓荒数年之后，终于明白有一种东西是不可超越的，那就是黑土地所给予我的生命的原汁。

人 生 悟 语

　　走遍天涯海角的灵魂，也无法摆脱对故土的依恋和故土留在血液里的余温。黑魆魆的沃野像母亲的怀抱，紧紧拥抱着闯荡天涯的人的身心。那土地是归宿，最安全；是生机，最兴旺；是体现朴质和安抚浮躁的交流。人的根系在故乡的土地里暗暗滋长……　　（王 蕴）

地是有气的，人的精气神只有接上了地气，才能够脚踏实地。

地　母 江少宾

这并不是一块肥沃的土地，但就是为了这块巴掌大的地方，曾二爷不惜和自己的亲侄子公开叫骂。曾二爷说，这地老子都种五六年了，现在说给你就给你？混蛋嘛！

村里出面调解了，但无济于事。左邻右舍也说尽了好话，曾二爷同样寸步不让。

这样的无结果，最后常常只有诉诸媒体。曾二爷的固执溢于言表，即便是面对我们的摄像机，老人也是振振有词毫不怯场。村子里的青壮早些年都出去打工了，曾二爷的侄子也远赴江浙，加入到打工者的行列。侄子的这块地就丢给了曾二爷，当时，双方还签了一份协议，将土地无偿地送给曾二爷耕种，期限是 10 年。但现如今，侄子反悔了，想重新要回这块土地。双方的争执由此而起。

曾二爷的意思再明白不过，不管侄子答应不答应，这地也得由自己耕种到第十年，理由是当初双方签订的协议。而二爷家的侄子也是寸步不让，说自己愿意承担全部的违约责任，每年再额外地付给曾二爷 200 斤大米。按说这样的条件已经很不错了，但曾二爷还是不乐意。曾二爷侍弄了一辈子的泥疙瘩，一天不下地，浑身就不自在。"这块地一般人真种不出来，就跟人一样，我已经摸熟了它的脾气。"曾二爷说着说着就潜然落泪，我们就在他的身旁，但老人全无羞涩毫不顾忌。曾二爷说,他这一生只为一个人流过眼泪,那个人,就是他离世不久的母亲。说话间,曾二爷就蹲在了地上,手里捏着一块初春的土疙瘩,那样子,仿佛那不是泥土,而是母亲的脸庞和双手。曾二爷的眼泪落得我都不好意思,如果不是亲眼所见,我一定不相信这会是真的。

我蹲在老人的身边,他的眼泪,仿佛是针,稳而准地扎在我的心上。我猛然间就懂得了乡下的双亲,何以一直不愿意住在城里,而是坚守于遥远的乡下。我的双亲已年逾古稀,和曾二爷差不多年纪。这些年来,虽然家里的条件已经大为改善,但双亲还是不肯舍弃那座陈年的老屋,还是不肯舍弃那几亩已然贫瘠的土地。甚至,在二哥最后一个离开那块土地在城里安家落户时,父亲还做起了手脚,就为了能够保住二哥名下的那一亩三分地。他,也已经摸熟了那块地的脾气。事情后来还是败露了,父亲电话告知我这个消息时,一个劲儿地摇头叹气。父亲试图让我找找在镇里当副书记的同学,只要他一句话,父亲说,这地就还能是我的。我当然没有向同学开口,就是我开了口,同学也是不可能网开一面的。这两年,要求回乡务农的人,每个村都有,每个村都有人在为这种事怄气。隔壁村子的来宝为了要回自己的土地,甚至和姻亲大打出手,还把床铺搬到了村委会的办公室里。农民兄弟的过激之举得到了村委会最低程度的警戒和最大限度的理解,毕竟,其间透露出的信息,让一度濒临瘫痪的基层组织重新找回了信心和勇气。

曾二爷所在的村委会同样如此。村书记说,现在还真不怕农民找他们的麻烦,现在的麻烦十有八九是为了土地。以前白送都没人要的土地,现在成了"香饽饽",最欣慰的除了一直就没准备离开土地的老农,就是那些村主任和村书记。和一个老弱病残把守的村子相比,村里的主任和书记们当然更希望能够看到,古老的土地能在年轻人的手里焕发出新生的活力。

一群衣着光鲜的年轻人围向我们的采访车。他们都是曾经抛下土地外出打工的壮劳力。然而现如今,土地仿佛母亲的手,把这些曾经不愿务农的人,一个个都召回了这块生养了他们的土地。一个年轻人为此给我们算了一笔经济账,现在没了"三提五统",一亩地如果一年种两季,净收入大约是以前的三到四倍,如果种经济作物的话(比如草莓、苹果和葡萄),估计十倍都不止。而外出务工,一年的收入大概也只能是这个数字。他并没有说自己打工一年的确切收入,而是用了"大概"、"估计"、"差不多"这样含糊的字眼。我知道,年轻人向来都需要点面子。外面的世界确实很精彩,但外面的世界对大多数民工们来说,也一直很无奈。只是,许多年轻人在"衣锦还乡"时,很少会提起那些令他们失望和伤感的往事。

去年初冬,在我居住的小区后面,打拼着许多农民工,他们不懂技术活,大多是在抬钢筋,筛黄沙,拎泥桶。晚归的时候,我时常看见他们三三两两地蹾在脚手架下面,啃一些生冷的馒头,愁苦的面容像起落的蝙蝠,无声地出没于一个个黄昏。但在今年的一张照片上,我看到这样一幅场景:一个年轻的农民工手里捉着几个大馒头,身上白白的(石灰水的斑迹),嘴里白白的(馒头的碎末),笑得非常开心(像是他的幸福正从天而降。像是他刚刚拣到了一大笔现金)。他的开心让我无比心酸,我不知道他那一刻的开心,究竟包含着一种什么样的内容。我总觉得他的笑容与某些统计报表上的数字极其类似,难以让人彻底相信。

还是小区后面的那个工地,临近春节的时候,包工头忽然玩起了他们喜欢玩的"失踪"。46位农民工整天蹲在工地上,苦苦地守望包工头的身影。他们中的许多人,拼死拼活地干了三四个月,眼见着春节了,同乡同族的包工头却撇下了他们。

我所在的电视台和当地的其他几家新闻媒体都编发了这条新闻。同事回来告诉我,农民一见记者去采访,恨不得跪下来,以表达他们的感激之情。这些走投无路的农民们,几乎把所有的希望都寄托于媒体,巴望着曝光之后,有关部门能够出面干预,从而改变他们的命运。我身在媒体,我知道,对地方媒体的寄托,常常是一场空。

现在,围在我身边的就是决定重拾土地的从前的民工。他们中的许多人都有过类似的大同小异的经历,几乎没有一个人的工钱能够全部结清。工头们总有各种各样的理由来搪塞他们,因为民工中的绝大多数,都不知道签劳动合同,任何一个借口,都可以让他们立即走人。他

们找过施工单位，找过劳动部门，最后似乎还是只有媒体才可以帮助他们。而现在的媒体也乐意给予弱势群体这样的帮助，这样的帮助既符合媒体的职业道德，同时也为诸多媒体赢得了丰厚的社会效益和经济效益。这一切都像是个圈套，撒网和收网的，都是媒体自己。媒体其实是在知觉和不知觉间，利用自己的话语权，形成了另一种温柔而无形的暴力。而那些确实需要帮助的民工们，最后真正能够得到帮助的，常常寥寥无几。

说到最后，他们告诉我的还是现如今耕作的效益和意义。其实我知道，那绝不是唯一的原因，或者说并不完全是真实的。工业和农业之间的剪刀差依然存在。天灾人祸依然会让农民们白费力气。农业人口的医疗和养老依然是个无法回避的社会问题……我更愿意相信的是：对土地的回归，一半是觉醒，一半是无奈。

在城里，民工们总是弱势，而一旦还乡，他们则成了真正的主人。土地让他们觉着踏实，而踏实，或许比什么都重要，甚至几乎就意味着一切。

这种踏实感和归属感，在曾二爷的身上一眼就能看清。自始至终，曾二爷一直蹲在地上，手里还捏着那块土疙瘩。仿佛，他一离开，这土地就再也不属于他。

曾二爷的侄子也是那种倔强的性子。他的倔强看上去，就像是一块厚实的土地。他显然比二爷多见了一些世面，说起如今做地的种种好处来，一五一十，头头是道。他还当着我们的面，当着二爷的面，说实在不行，他只有去县里上告。这句话仿佛一把小火苗，一下子就把曾二爷的怒火燃得老高。

"你去告吧，你个小兔崽子！老子就是死，也死在这块地里！"

"我不要这块地，我不也是一个死？"

在侄子的威逼里，曾二爷古铜色的脸上——让我想到罗中立的油画《父亲》——再次老泪纵横。这个一脸沧桑的老人望着自家侄子的背影，骂了几句之后，就蹲在田头狠命地抽烟，再也没有出声。或许老人也已经知道，费再多的口舌也解决不了问题。侄子这回是同他一样，

"吃了秤砣铁了心"。

初春的田野浮游着阵阵寒意。阳光仿佛一条条冬眠的蛇，在田野上慢慢地蔓延和苏醒。微风也像母亲的手，轻轻地掀动泥土的外衣。尽管野草依然枯黄，但初春的田野，已经散发出新生的地气。老人的泪水使得这一切又多了一层极不和谐的黯然背景，尽管我知道，老人的泪水，并不仅仅是因为生气。

曾二爷所在的村民组有 124.8 亩耕地。曾几何时，这些良田被成片地抛荒，被耕种的还不到四分之一。耕种的也以老人和妇女居多，更多的青壮年则选择了外出打工，或者是经营小本生意。在国家还没有全面取消农业税之前，泛黄书页里勤劳而质朴的乡亲似乎都失踪了，老黄牛似的品质，好像也不见了。——事实上，勤劳也是一种圈套，它使得乡亲父老一段时间以来，再也没有闲心和精力，考虑别的事情。更主要的原因可能还在于，除了在地里勤劳地刨食，农民们实在想不到更多的法子，养活自己和亲人。只有如曾二爷这样的老农，才愿意留下来，守望着田园，守望着村子，守望着生养了他们的土地。他们是相信的，有了土地就饿不死人，正如城里人，只要有一份安稳的工作，或者是一门手艺。正是因为有了这种朴素的信仰，曾二爷们才死活不肯挪移，死活不肯离开能让他们感觉踏实下来的土地。一如我年迈的双亲，从来就不曾安心地在合肥住过两个星期。在他们看来，城市里悬空的楼阁像是逼仄的牢笼，城市里的水泥地也不像是真实的土地，他们觉着接不上"气"。在他们的意识里，地是有气的，人的精气神只有接上了地气，才能够脚踏实地。这样的感觉我们可能永远也无法理解，事实上我们前脚迈进城，后脚就遗忘了脚踏实地的感觉，就遗忘了泥土的气息。其实它们一直就潜伏在我们流动的血脉里。我们当然很难感知这样的气息，它们仅仅是一股暗流，或许，也只游走于我们的梦里。

而我们一旦醒来，就再也无法回忆。

这是辆循环往复的风车。在乡间，风车的轮子似乎更容易被我们想起。我实在不愿意把曾二爷比作谁，这样的比拟对曾二爷来说，并没有任何实质性的意义。对曾二爷来说，他知道的仅仅只是，他不能没有脚

踏实地的生活，他也不能离开任何一块能给他带来踏实感的土地。

在乡间，其实许多纠纷，都仅仅只是因为争夺这种看似简单的踏实，都仅仅只是因为失去这种踏实感，让农人们觉得像是母亲永远地离开了自己。

曾二爷的泪水确实让我想到了他刚刚离世的母亲。我想也只有如失去母亲般的伤痛，才可以让一个老人当着几个年轻人的面，痛哭流涕，大放悲声。

曾二爷的侄子这时候忽然踅了回来。他轻轻地捣了捣曾二爷拢在一起的胳膊，又恭恭敬敬地递上一支烟，显得低声下气。我定定地看向他，我听见他说："二爷，要不着，这地还是你种吧，我帮你。"曾二爷一下子就擦干了泪水，眼里写满狐疑，"你、你可真的？"

曾二爷的侄子看了看我们的摄像机，他说："真的。我帮你！"

我没有了解曾二爷的侄子前后何以会有如此巨大的反差，尽管作为一名从业多年的"老记"，我不应该让新闻留下这样明显的缺憾。但我还是在老人的欷歔声里，和摄像师一起收拾起机器，慢慢地向村口无声地撤离。我甚至没有询问曾二爷所在的村子究竟叫什么名字，还有曾二爷的侄子，我同样没有询问他的名字。我觉得这些都不那么重要了，包括曾二爷自己的名字。

因为，你或许已经见过这个老人，你或许已经见过这个村子。

人 生 悟 语

在工业化和商业化的潮水泛滥过后，搁浅在岸边的人们如梦初醒：土地才是真正的母亲，任何时候人都只有以土地为母。耕作，那是与大自然交流情感的苏醒；收获，那是从土地里抛洒出的秘密果实……蓦然回首才知道，土地像母亲别无所求。

（王 蕴）

我对它基本的要求只是——当我劳碌一天，躺下歇息的时候，最好不会在梦中被它惊醒。

我的乡村我的痛 杨献平

一

到冀南的城市沙河下车，看到大批飞行的烟尘，黑色的，大把大把，在空中飞扬。我甚至可以明显感觉到，它们落在皮肤上的撕裂疼感。坐在开往村庄的长途班车上，我又看到了干旱，忍不住一阵沮丧——路边的庄稼面目憔悴，满身尘灰，一棵棵无精打采。它们脚下的泥土开裂，一张张嘴巴，如像在哀求或说出一些什么。坡上青草枯萎了，尽管还青，但我一眼就可以看出：那是一种虚假和病态的青。稀疏的树木动也不动，身体打卷。有一些牛羊卧在它们的荫凉里，大口呼吸也大声嘶鸣。

到家，和母亲坐在梧桐和椿树织造的荫凉里。有风，从东边山岭上，断断续续吹来，向西，掠过我们的身体和屋顶。西边的山岭上，几只灰雀在飞。院子下面的玉米叶子如刀，纷纷向下。苹果树上的青果像是儿子的拳头，三五成群，满身太阳光泽。

和母亲坐在一起，再次听到干旱这个词语——在我记忆中，每年五月，冀南一带的农村和城市，都是干旱的，似乎是这片地域由来已久的一个习惯。庄稼苗刚刚长起来，有的扎根，有的抽穗扬花——而就在此时，持续的干旱开始了，炽烈的阳光，像是一个熟练的工人，一天一天，

抽丝取茧，剥掉土壤中的水分。

我知道，水是一种滋润，是和人、牛羊、草木联结在一起的。

母亲说，地里庄稼都旱死了，没死的也挺不了几天。然后叹息，黑色脸上的皱纹再一次拧紧，像螺丝，一点一点，似乎嵌入到骨头中了。我一阵黯然，回家的快乐，路上想象的诗意：乡村的安静和湿润、蓬勃的绿意和简朴的花朵……在回家的第一时间，灰飞烟灭，消失殆尽。

太阳向西，趴在另一座山头上，依旧热烈，但不再毒辣。感觉像是一个凶悍妇人，伸出尖细的手指，使劲抓住山峰上的巨大石头，不愿沉沦下去。风开始凉了，吹在皮肤上，有清水的质感。我起来，走到院子边，看着那些玉米，竟然也像我一样，微卷的叶子开始舒展，并露出青油油的光泽。对面，远处的森林绵延不断，一色的松树亲密无间，屹立不动。母亲说，河沟都没水了，只有靠近森林的河沟有，很多人买了水泵和塑料水管，往自己地里抽，昼夜没个消停，一个多月时间过去了，竟然还有水。

黑夜缓慢升起，一家人坐在院子里，黑暗笼罩，夜虫在附近的泥土和草叶上不停叫唤；有一些飞蛾远道而来，奋不顾身，扑打灯泡。孩子们在光明处相互追逐，笑声喊声此起彼伏。父亲抽着香烟，看着我们说话。我不时抬头看看深邃的天空，还是从前时候的广阔和辽远模样。我一直觉得：这个夜晚，或者稍晚，它会用云彩遮住满天的星斗，因为我或我们再次回到这里，突然风云大作，雷电交加，随后的大雨像儿子捣我的小手一样，以最优美的连贯动作，扑然而落。

二

第二天早上，醒来，在旧年书桌上，抓起黑皮的《圣经》，随手翻开，474页，《约伯记》第七章。看到的第一行文字是："我对神说：我岂是洋海，岂是大鱼，你竟防守我呢？若说，我的床必安慰我，我的榻必解释我的苦情。"我不知道这是什么，我懵懂，躺在床上，想了一会儿，觉得懂了，又忽然不懂。窗外又是日光，逐渐热烈的光芒在窗外的瓜藤上，洋溢着一团团金黄色的火焰。父亲早就下地了,房后传来锄头和沙石碰撞的声音。

吃过早饭,母亲夹着黑皮《圣经》,要去聚会。孩子们照样奔跑嬉闹,他们的笑声和喊声依旧是快乐的,没有杂质,至少不像我这样:会不停地想到一些事情;想到人乃至自己过去在这里的生活遭遇和某一时间内的场景、表情与心情。

父亲抽完一颗香烟,拿了锄头,说要去地里除草。我也想去,和父亲一起干活。很多年了,我几乎忘记了锄头在手中摩擦的感觉,忘记了锄地的方式。看见父亲手中的锄头,我走过去摸了摸,光滑的锄杆上面,有一些浅浅的裂纹,里面嵌满黑色的汗垢。我拿回手掌,放在鼻子下面嗅了嗅,真的是汗味——父亲的,母亲的,可能还有弟弟的和弟媳的。

上午,村庄到处都是人,在自己的田里,挑水浇玉米苗,一只只扁担上晃荡着水桶,在村庄外围小路上不规则地晃动。有一些熟稔的人,站在就近的地边,问我啥时候回来的,待多长时间。我也大声回答,双方的声音在空中跌宕,穿过玉米和树梢,趴在鸟雀的翅膀上,来回送达。这一过程,我始终觉得是一种简朴的诗意。

但这只是一个瞬间,在乡村,更多的时候是汗水,是大旱之中的焦虑、苦疼和无休止的肢体劳作。抢救庄稼,我也曾经历,在十多年之前的乡村初夏,我何尝不是如此呢?从事劳作虽然短暂,但那种勒进血肉的痛楚,至今还隐隐作痛。不知何时,有人站在对面的马路上,朝村庄里面大声喊:奶奶,奶奶。声音沿着弯曲的河谷一直向后,在干枯的石头上蹦跳,然后顺着逐渐炎热的空气,升到村庄里面,再从各家的墙角,转到一家院子里。

我想去母亲聚会的地方看看——好多次,我都拒绝,或者不愿意进入。对于宗教,我想到是"爱"、"善"、"和平"和"忍耐",以及宽容与救赎。我想:一个人,尤其是平头百姓,没做过恶,就不会要求"救赎";忍耐是一个美德,也是刀子,但美德是自救,不是拯救。

走出院子,再下一条小路,我和妻子一起,走过另外一个村庄,路过几家简易养鸡场,路边堆满黑色鸡粪;遇见几个十多岁的姑娘和小子,从面孔看，依稀知道是谁的儿子女儿。再到一个村庄，我们走进去，经过几户人家院落，在一座三间大的房子前，听到不大整齐的朗诵赞美诗的声音——在村庄，尤其是忙碌的，干旱的季节，那种声音显得突兀和怪异。我停下来，不敢推门，就在黑色的木板门前，站住。侧耳细听，里面集体唱道："不从恶人的计谋，不站罪人的道路……他要像一棵树，栽在溪水旁，按时候结果子，叶子也不枯干。"

我想这些诗句倒是通俗易懂。"不从恶人的计谋"，其中，"不从"这个词语让我震惊，但不仅仅是《圣经》所包含的。我蓦然觉得："不从"在现实当中的种种困境都是自己赋予的。"不从"不仅是一种拒绝，且是坚守。妻子似乎也若有所思，走到院子边，抓住一朵紫色的鸡冠花仔细看，我不知道她看到或者想到什么。

大约30分钟，门开了，黑洞洞的门，里面的光亮像是傍晚的。墙壁上挂着连串的基督像，背后十字架，或者站在几只羔羊旁，一边流水，脚下绿草。

第一个出门的是一个蹲着走的男人——我依稀记得，小时候，他被自己父亲打断了腿，终生不能站起来，当然也不会有媳妇和孩子。第二个是南脑村娶了一个傻子媳妇的男人，头发白，稀疏，穿的白色短袖衬衣看起来是黑黄色的。第三个是70岁的大姨妈，年轻时信仰神鬼，在家里摆了不少的香案，1997年，一夜之间改信基督。再一个是母亲，出门，看到我们，把《圣经》夹在腋下，走过来，妻子迎上去，拉了她的手，一起回家。

三

几天时间，晾在房顶的麦子就干透了。又一天中午，抬头，蓝空之中，乱云飞渡，有下雨的迹象。我急忙和母亲、妻子上房，将麦粒拢在一起，装在大小不一的口袋里，再扛下来。一杆大称之后，10个口袋，合计580公斤。母亲说，3亩多地，就打了这么多。我拆开口袋，再看那些麦子，都是瘪瘪的，抓在手里一把，感觉轻飘飘的。此后，到大姨家、舅母家、姑妈和小姨家,都要问问今年打了多少斤麦子,都说不多。几家亲戚当中,数舅母的地多,6亩,才打了1100公斤。

他们说,种地是赔本的,尽管少了和免了好多税。天旱,地少是问题,化肥和种子更是问题。还不如出去打工,一天挣20块钱都比种地好。我觉得也是,一个家,几口人,泡在地里,起早贪黑,除草撒肥,播种收割,翻犁浇水,根本就没有消闲的时候。到几家,都是这样说,邻居和其他村里的人也都这样重复说。我说那就不种了,他们说不种又不行。理由一:总不能看着地荒了,败坏了祖宗的家业吧。理由二:挣不到钱还有点粮食吃,至少饿不死。理由三:有点地种总比没有强,不用买着吃。

与村人闲聊时,我也想到了3个不切实际的办法:第一:把村里的田地合到一起,像以前的公社,留一部分青年妇女耕种。成立打工服务机构,引导男人集体到外面打工。第二:大面积种植经济作物(土质不好,棉花等都不行),或者开发附近的山川旅游资源。第三:植树造林,发展经济树木,建工厂,搞农副产品深加工,这需要村、乡甚至更上一级权力机构的组织实施。但他们都摇头,使劲摇,不明所以地摇。

我知道我是无能为力的,一个人,在庞大群体中,很明显地觉得个体和个人的小。有几天,母亲带着我们,去看自己的板栗树和核桃树。它们都在山上,东一棵西一棵,来回之间,都是山坡,红石深嵌,灌木横行,道路曲折。母亲说,去年核桃收成不好,一棵树上稀稀拉拉结几个,还不够孩子吃。今年的核桃倒很稠,满树都是。我走近看,真的是核桃满树,都在风中摇。绿叶婆娑,树冠庞大,枝丫众多,令人欣喜。我们3个人转悠了半天,数了数,算上刚成年的,才23棵核桃树,不禁又觉得沮丧。

其他家的情况也大抵如此。前些年,大家都栽种板栗树,除了旱死的,侥幸活下来的已然成林。这时候,树上开出了金黄色的长条花,蜜蜂在上面飞舞和停留。我知道,花开之后便是果实。但母亲说,要是再不下雨,恐怕也不会结多少栗子。柿子树大概因为老了,尽管庞大,但满树不见一枚柿子,干枯的枝干倒是不少,夹在绿叶之间,形状弯曲,

颜色黝黑。

站在对面的山岭上,看见村庄,自己家的老房子——曾爷爷的,爷爷的,我与弟弟出生的。在众多的房子之间,石头一样静默。我想起以前的事情,小小的院子里面,一棵庞大的梧桐,每年春天开花,想吃糖时,就舔梧桐花的屁股,很甜,不是糖块的甜,是蜂蜜的甜,但不持久。母亲告诉我:大你5岁的玉笙娶媳妇花了3万多块钱,盖房子两万,母亲一直生病,10年都没有还清欠账,现在一个煤矿下井;和你同岁的立敏从山西找了一个媳妇,生了三个,都是闺女,今年又有了,怕计划生育的抓,跑了。三桂的女儿和山西的一个小子好上了,偷着跑,一家人找回来,吊在梁上用蘸水的麻绳打。

我听着,感觉有点陌生,但很快又觉得熟悉。毕竟是这里生养的,一个人出生的地方,冥冥之中,肯定有一种特定的因循的素质强行灌输了他。这种素质并不一定都是美好的,甚至是恶劣的,但必须存在,持续终生。就我个人而言,此前几年,或者现在,我仍旧不愿意再次返回这个村庄。我不止一次说过:这么博大的土地,哪里都是我的,行走或者躺下,都会被批准和容纳。但我不可避免地携带了这个村庄,不是一点,而是全部。帕斯卡尔说:"如果万物只有一个起源,那么万物也只有一个终结……也只有通过一个人,这种联结才会重续起来。"(《思想录》)

四

翻出中学时的日记,发现一句话:"谁在前方等我?",时间是1990年3月24日,下午,阴,乍暖还寒。心情迷茫。那时候,我17岁,一个大孩子,这句话或者梦想爱情,或者渴望一份理想的职业。而现在,它的味道全变了——迷茫的终极询问,抑或是对个体的置疑乃至生命的敲打?我一时想不清楚,但仍觉得震惊——有时候,一句话,命中的东西比一个人的身体更为准确和庞大。

我走出来,外面还是兜头照射的阳光,偶尔的乌云从西边飞来。对

227

面的森林青黑,山坡上跑过一只灰色的野兔,没有人惊扰它,尽管它总是将刚刚冒出头来的黄豆苗根根咬断。对面的村庄炊烟升起,盘旋,上升,在高处消失。我忽然想:谁在高空等着炊烟呢?散开的,柔软的,呛人的气体,大地的呼吸和灵魂,究竟要去向哪里?

蓦然想起前些天和父母亲一起,到3里外的田锄玉米地,挑水逐棵浇将要蔫死的苗儿。看到爷爷奶奶的坟,就在田地里面,两个人合在一起,远看有些孤独和落寞。我总是想,应当再将他们分成两座坟茔,像两个人,在一面土炕上各盖一条被子那样。但妻子说,这样是最好的,活同裘,死同穴,想来也是一世夫妻的夙愿。回家路上,我一直在莫名其妙地想:爷爷奶奶,还有其他的逝者,死去之后,他们还有没有灵魂和知觉?要是有,又在何处?没有,又是为什么?

在路上又看到另外一座坟,两个年轻人,两口子,吵架,一起喝了一瓶农药死了,就埋在一边的山坡下面。

在很多时候,尽管30多岁了,可我总是觉得自己还小,10多岁的样子,心态也是,不愿涉及太多的事情,哪怕一点俗事,都浑身不自在。不愿意说自己的年龄,不愿意告诉对方自己的一些往事。我也觉得自己很庸俗,单纯,或者在某种时候显得脆弱,甚至怯弱。而另一方面,我一直感觉自己老了——心理的老,30多岁,就像60岁,内心充满皱纹和伤痕,疲累和不安。在自己的潜意识里,总有一个声音在茫然询问:我的前面是什么?

母亲说,村里两个老人,养子在养父病得要死时,与其断绝了关系。患癌症的养父在炕上挺了半年多,到6月,眼看就要过去了,可硬是又支撑了半个多月。总是对老婆念叨一句话:把事情办完了,就来——我等着你。村人都说,老人可能在某个地方存了一个贵重东西,要老婆拿出来,变成钱,自己死后,生不能好好活着,死了,要"住"一个好地方。

这只是他的一个愿望。死后两年,坟头依旧,黄土青石,再简易不过。第三年年头上,老伴也死了。有一次和父亲一起到田里除草,看到他俩的坟茔,在一大片杨树林里,安静、孤单,隐隐弥散着悲凉。想起他对老伴说的"我等你。"感觉像是一种召唤,说不清楚的,有着某种魔力

的声音、箴言或者咒语——在一个固定的地方，一个人站着，向另外一个人发出召唤的声音，曲折幽幽，令人脊背发凉。

　　对于那位养子，也没有人谴责他。赫拉克里特说："真正和唯一的美德就是恨自我。"我不知道他有没有恨过自我。我还知道，他和我母亲一样，是这一代最为虔诚的基督信徒之一。每次遇到，我都问他：基督教给你一些什么？他说了很多，但似乎都不切主题。后来，我看到：神在《马太福音》的"论仇恨"一节中说："我实在告诉你，若有一分钱没有还清，你断不能从那里（监狱）出来。"我也想——没有一个人能像对待自己一样，对待别人的生死。这是令人沮丧的，我和另一个我之间，到底是一条怎样的旅程？

五

　　大雨，几天，始终阴着的天空垂下万千丝带，把上帝和大地，人和天空连接在一起，把神灵和人放在同一个位置。我们欢喜，鼓舞。坐在一边的父亲说，雨下得迟了，庄稼沾不上光。也就是说，错过了时节，再好的雨水也失去了效用。但有一点可以欣慰：干涸的河沟迎来了哗哗的水声，山坡上新栽的板栗树、田里的黄豆和谷子可以趁机疯长了。

　　这时候，大家都是欢乐的。雨终究是一种滋润，在这里，没有一个人厌倦和排斥。而电视新闻上洪水泛滥，后来，我打开网络一眼就看到这些消息：

　　（2005年）全国4438万人受灾。史上最大洪峰今进珠三角。全国有22个省（自治区、直辖市）发生不同程度的洪涝灾害，受灾人口4437.61万人，死亡536人，失踪137人，直接经济损失203.52亿元（综合新华社电）。

　　暴雨山洪突袭重庆璧山，19.8万人受灾，3人死亡（8月4日《重庆时报》）。

　　阅读时，我没有注意到经济损失——这是我致命的一个弱点，对钱财的情感隔膜，梦魇一样，在很多时候让我失魂落魄，无所适从，但每次都不长记性。我想到那些洪水中的挣扎和死亡,那么多人,几百万,我遥远的乡亲们,他们在大水中哭泣,在倒塌之中看到这个世界的人的恐慌。

我总想那里的雨水,如果能转移到北方来,在干旱的村庄,均匀下落,一天,甚至几个小时,也可以缓解,令众多的人得到滋润,克制和减小灾难。而雨水,南方和北方,它的偏倚让人痛心,我不止一次对村人说,要是南方的雨均匀过来多好? 有时候怔怔地望着蓝得要命的天空,不住地叹息。很多时候从树下经过,虫子的尿落在手臂上,第一个想到的就是雨。

而雨真的下来了,那些天,我们一家人坐在家里,看外面的大雨,雨中的事物纷纷发出响声,尤其是玉米、梧桐树和杨树,啪啪的雨声,在深夜当中尤其清脆,悠远而又神秘,我常常在凌晨起来,站在屋檐下面,在清凉的雨水中,感觉它的清澈气息。

到第三天,山坡上有的地方冒出了泉水,一股股的,冒着热气,冲刷出一条条深深的沟,向下,向更多的水,哗哗奔流。雨住不久,很多人带了锄头,背了化肥,到玉米地里施肥,到处都是身体与玉米叶子摩擦的声音,锄头与沙石相撞的声音,此起彼伏,在村庄,在空旷的山野,显得宁静而诗意。

又两天,大雨止歇,太阳出来,大地一片崭新,到处都是湿漉漉的,那么多的叶子,青翠得近乎透明,燕子们低空飞行,蛰伏了多天的蜜蜂(包括野黄蜂和大头蜂)重新飞临花朵。村人们忙着给庄稼追肥,一家一家,三五成群,都在地里。孩子们的叫声比燕子更为欢快,在河沟里抓螃蟹,一个个满身是汗,喊叫不停。

我和妻子也没闲着,跟着父亲,到一块地,追肥,掩埋,扶起在风雨中倾倒的青玉米;再到另外一片地。如此几天,追过肥的玉米叶子黑油油的,没有追肥的则呈暗黄色。与此同时,蒿草也茂盛起来,干旱时候蛰伏的家伙,现在也趁着雨水和化肥,争先恐后,一棵一棵,乍开身子,在田里和地边横冲直撞,不可一世。

我们只好锄掉,或者拔掉。把它们的身体扔到空地上。父亲说,再

下雨,这些草还会复活。多好的词语啊!青草复活,但要不是长在田里,就不用等再一次的复活了。山上的紫荆和茅草也茂盛起来,不到两天时间,就掩住了裸露的红色石头。中午,阳光热烈,没风,但仍感觉清凉无比,尤其是树阴,渗入泥土的雨水开始返回,向大地表面,向空中,甚至更远的地方。

地里的活计忙得差不多了,我突感身体不适,母亲说,距离不远的邢台县一个村里有一个很好的老中医,切脉抓药特别准,去看看。我们去了,却又检查出另一种不适来。他说,你这个病,有些年头了,就像种地,年年光种庄稼不施肥,肯定要亏的。给我开了 20 服中药,装在一个大袋子里。此后 20 天,我都在中药中度过。喝药时,母亲总是说,要先晾一碗开水,喝完就喝温水,那样不苦,我不,一口气喝掉半大碗的中药,然后抿抿嘴唇,感觉中药在舌头和牙齿上的苦味。

临走前几天,又下雨了,一连两天,到处都是水汪汪的。早晨,趁着未落的夜色,告别父母兄弟的时候,我竟然十分平静,没有像上几次那样忍不住哽咽起来,泪流满面,心也不怎么疼。只是在挥手时候,鼻子有点酸,眼泪就要涌出来了,但又含了回去。到市区,下车,感觉仍旧是干燥和灼热的,好像没有下过雨一样——到处都是和来时一样的烟尘。烟尘,在众多的楼宇、街道、人和车辆前后,落下又溅起。

六

回首的村庄,已经看不到了。火车向北,然后再向西,内蒙和青海高地之后,是甘肃的戈壁和沙漠,浑浊黄河和祁连雪山:地旷人稀,天高地厚。回到单位,感觉仍在老家乡村,它的湿润和绿,忙碌和消闲——我得承认,在乡村两个月,这是我近两年中最为单纯的生活。一家人,血缘的凝聚,天伦的融合,尽管干旱和炎热,持续的疼痛和偶然的快乐,尽管阳光晒黑脸庞和胳膊,四周的遥远和封闭,但它们仍旧是难得的,尤其是对我这样一个长期在外的人——短暂的乡村生活是身体的一种搁置和停靠,是内心的一次回归和灵魂的一种抚摸。

　　我还得感谢——我的父母生下我，而且在乡村，让我知道了苦难，在世界一隅的某种状态的生命和生存。那是一个小小的村庄，在冀南太行山南麓，行政区域为河北省沙河市××乡××村，与武安市、邢台县搭界。8个小小的村庄在皱褶的山地之间，相互勾连，和睦而战争，说笑也打闹，通婚也通奸。

　　这里最高的山是和武安市搭界的北武当山，还有和山西左权县分享的摩天岭，海拔分别为 1700 米和 1680 米。最著名的建筑宋代长城，在南边的低纵山岭上，早已残垣断壁，只有几座瞭望台依旧高高矗立。最低的地方是相距 5 华里的石盆村，遇有大雨，洪水暴发，大水决决，有时冲垮堤坝、田地和房屋。最多的庄稼是麦子和玉米，收成年年不一，被雨水左右。

　　最多的人是孩子，襁褓里的和上初中的，几乎每对夫妇两个以上；最热门的话题是挣钱、赔钱和通奸，偶尔的死亡和新生；最忙的时候是农历 5 月和阳历 9 月中旬，收割麦子，翻松土地，再种麦子，浇水施肥。最悠闲的是冬天，大雪之中，银装素裹，人们窝在家里，围着炉子烤火，或者坐在稀薄的阳光下面说淡话。最实在的人是砾岩村的几个傻子，有一说一，有二说二，他们的话不用任何思考，可以完全相信。

　　最有名的人是曾经的大队支书（仅靠某种生理本能），现已卸任；最令人胆寒的是派出所民警；最叫人喜欢的是学习优异的学生；人缘最好的是没有婆家的大闺女们；最容易叫人说是非的是丈夫长期不在家的女人们；最令人厌烦的是那些陌生的传教人。

　　在家两个月，除了做农活，就是和父母坐在一起说话，这是最幸福的了。除此之外，是间断的读书和短距离的行走。读的书只有两本——《圣经》和《鼠疫》，去的地方最远的是山西左权县拐儿镇和河南的汤阴岳飞庙，其他的地方都是几十里的路程。去得最多的亲戚家是大姨和小姨家；最幸福的感觉是和母亲坐在一起说话，看着儿子和小侄女无所顾忌地玩耍。

　　有些时候在河沟里面洗澡，正午无人，太阳毒烈，一个人，脱光衣服躺在巨大的青石板上，上下滚烫，点燃一支香烟，看着空中的流云，感觉惬意无比,但朝天的裸体似乎有所忌惮,怕路过的行人看到。那时候,鸟雀飞来飞去,河水哗哗,一些金黄色的蜜蜂落在水边,成群结队,喝水、采蜜、然后飞走。也有几次在傍晚,下河洗澡,那是真的放松了的,黑色是最好的衣裳。我记得,还在星空下,光着身子唱山西民歌——

蜜蜂蜂采花瞎忙唉,俺想妹子那个头疼……
小花花开在那个地边上,好心人帮俺说媒来。

早就应当离开了,但行程一推再推,我和妻子都不愿走。儿子浑然忘了我们在西北还有一个家,甚至对他成堆的玩具都没有了记忆。但我知道,我们必须离开,再一次,又一次地,以前是一个人,现在是 3 个人,离开乍来还去的生养地,父母的村庄,我们的村庄,走州过县,从华北到西北,在外省的土地,像父母一样,在时间中活着,在泥浆和风尘当中,慢慢老去。

回到西北——巴丹吉林沙漠,下车,突然流下了鼻血,除了刚刚来到的时候有过,10 多年间,再没有这样的情况。而今,鼻血再次蜂拥而出,之后是嗓子的疼痛,扁桃体红肿,一连 20 天。我知道,对于沙漠,我需要再一次的适应,从身体到内心。时常想到村庄,两个月期间的种种情境,忍不住微笑,也忍不住叹息,我不知道因为什么。对于乡村,尽管我还能够触摸到它的真实肌体,但我要的已经不多了,我对它基本的要求只是——当我劳碌一天,躺下歇息的时候,最好不会在梦中被它惊醒。

❀❀ 人 生 悟 语 ❀❀

岁月的打磨让乡村不再拥有年轻的脊梁;时光的馈赠让麦田在风雨中呻吟……那如深掩着的门的心灵,昏睡着;那一双双似窗的眼里长满了生锈的心思,纠结着如枯草的睫毛。乡村生活留在了梦里,默默地悄悄地,期待着某天有闪烁的希望之星陨落在此……

(王 蕴)

233

每当我一看到紫丁香花，一闻到紫丁香花的香味，我就会情不自禁地想起这么一件事，这么一个人。

丁香花下 黄秋耘

从 1935 年初秋到 1937 年 7 月卢沟桥事变，我在清华大学度过了两年的峥嵘岁月。在这两年当中，我经历过一些严峻的考验，甚至执行过一些相当危险的任务……可是，将近半个世纪过去了，至今还时常涌现在我回忆中使我永生难忘的却是一桩寻常的小事和那位跟我只有过"两面之缘"的"救命恩人"。

和我同时代的人也许还会记得，1936 年 3 月 31 日，北平的大、中学生在沙滩北大三院开过一个追悼在狱中受刑病死的战友叫郭清的大会，会后举行抬棺游行。我和六七百个同志参加了这次游行。我们的队伍从北池子走到南池子，就跟上千名反动军警碰上了。他们挥舞着警棍、皮鞭和大刀向游行队伍冲击，而我们却赤手空拳，只能用几根竹竿招架着。经过一场剧烈的搏斗，我们终于被冲散了。当场逮捕了 54 个同学，打伤了上百个同学之后，反动军警还穷追着我们，几乎是两三个撵一个。我在前面跑，两个警察在后面追，我后脑勺挨了一下警棍，鲜血渗出了便帽，滴在天蓝色的大褂儿上，前后都有斑斑点点的血迹。幸亏我在大学里是个游泳运动员，终归跑得比他们快些，一眨眼就把他们拉下了一百多米。我窜过几条七枝八叉的胡同，跑进北池子南口的一条小巷里，眼看着有一户人家虚掩着门，我推开门一闪身躲了进去，反手就关上了门。当时我浑身都是污泥和血迹，脸上也是红一块花一块的，不像个人样。院子里收拾得挺干净，静悄悄的，没一个人影。过了半晌，门帘子一掀开，走出来一个很文静的姑娘，小个子，大眼睛，模样儿有点像《城南旧事》中那个林英子，年纪却比林英子大好几岁，大概是个高中学生吧。她看到我这个模样，吓了一跳，但还是很镇定地问我："你怎么啦？哪儿受的伤？"

"我是清华大学的学生，刚才去参加游行，被警察打伤了。他们要抓我。借你这儿躲一躲，行不行？假如你不同意，我马上就出去。"

她拦住我："你不能出去。这个样子跑出去，岂不是自投罗网！来！让我先给你包扎一下。"接着，她把我领进屋里，拿出绷带和药棉，上了药。迅速地用熟练而轻快的手指给我包扎好伤口，又用酒精擦干净我的脸孔，关切地问道："我粗手粗脚的，弄痛了你没有？不难受吗？"

我整理整理衣服，站起来："不怎么痛啦！我可以走了。"

她端详了我好一阵子："不行，你身上有血迹，警察会认出来的，得换身衣服，戴上呢帽！"她从衣柜里拿出一件蓝布大褂儿和一顶旧呢帽："是我哥哥的，你穿戴上大概还凑合，他个子和你差不多。"

我一再推辞，她有点生气了："唉，你这人呀，真是个书呆子！生死关头，逃命要紧嘛，哪还顾得上那么多礼数？"

我走出这户人家，回头望了一眼门牌号码。靠着蓝布大褂和呢帽的掩护，谁也看不出我是个被打伤的"逃犯"，拐了个弯，到了骑河楼清华同学会，坐上直开清华园的校车，我就这样安然无恙地脱险了。

我在清华的小医院里缝合好伤口，休息了三五天，就痊愈了。我总想着把蓝布大褂和呢帽还给人家。直接送到她家里去吗？万一出来应门的不是她而是别人，那我该怎么说才好呢？我只好写了一封短信，约她下星期六的傍晚亲自到中山公园今雨轩旁边的紫丁香花丛附近，取回我借去的大褂和呢帽。收信人的姓名只写着"大小姐"收，落款我没有写，因为那天在匆忙中我们谁都没有请教过对方的尊称大名。

我们终于在紫丁香花下见面了。她很大方地走到我面前，稍微点点头示意。

当时我还是一个十分腼腆的小伙子，我总觉得，随便询问一个不认

235

识的姑娘的姓名或者介绍自己的姓名都是不太庄重的,太唐突。我只是激动地红着脸对她说:"非常感谢你的帮忙,那一天,要不是换了衣服,我一出门就会被捕的。胡同口有两只穿黑制服的狗在守着呢!"

"甭客气,这些都是我应该做的。其实这些旧东西你大可不必还给我。"

"我怕你不好向你哥哥交代!"

"不要紧。他也不是常穿戴的。再说,他和你一样,也是个大学生。他是爱国的,不过,没有你那么勇敢。"

她将手上的纸包递给我:"给,这是你那天换下来的大褂和便帽,上面的血迹我给洗掉了。多可惜,这是志士的鲜血啊!"她半开玩笑半认真地说。当时有一支流行的爱国歌曲《五月的鲜花》,开头有一句歌词:"五月的鲜花开遍了原野,鲜花掩盖着志士的鲜血。"

"其实,你也大可不必还我。这件血衣,留下来作纪念不是很好吗?"

她稚气地笑着说:"你叫我搁在哪儿呀?假如家里的人问起来,我又该怎么说才好呀?这件事,除了咱俩,现在还没有第三个人知道!我爹是个好人,在中学里教书,他胆子小得要命!假如让他知道了,他会骂我的。"

她默默地望了我一眼,好像要记住我的容貌似的,似乎想问我的姓名,但是欲说还休,很快又说:"假如没有什么事,我该走了!"临别时,我们轻轻地握了握手,手指尖仅仅接触到对方的手指尖。她走到离开我十多步的地方,迅速地回过头来望了我一眼,好像有点依依惜别的样子。她那轻盈而苗条的身影,很快就消失在苍茫的暮色和茂密的丁香花丛里面了。我猛地想跑上前去跟她多说几句话,至少问清楚她的姓名,但我终于痛苦地克制住自己,我还随时有被捕的危险。

这就是全部事情的经过,要说是"爱情"吧,恐怕算不上,要说是友谊呢,又和普通的、寻常的友谊不太一样,好像多了一点什么东西——革命的情谊,一种患难与共、信守不渝的革命情谊,而且产生在两个不到 20 岁的青年男女之间,这是人世间最值得珍贵的东西。不知怎的,

虽然事情已经过去将近半个世纪了，我甚至不知道我的这位"救命恩人"是否还在人间，但每当我一看到紫丁香花，一闻到紫丁香花的香味，我就会情不自禁地想起这么一件事，这么一个人，仿佛又看到她那消逝在紫丁香花丛中的身影，仿佛又听到她离去时轻轻的脚步声。

　　我提起裙子，走下亭来，一个正在锄土的农夫，忽然伸了伸腰，回转头来目不转睛地望着我——一直到我拐弯之后，他才收了视线。

爱 晚 亭 谢冰莹

　　萧瑟的微风，吹动沙沙的树叶；潺潺的溪水，和着婉转的鸟声，这是一曲多么美的自然音乐呵！

　　枝头的鸣蝉，大概有点疲倦了？不然，何以它们的声音这样断续而凄楚呢！

　　溪水总是这样穿过沙石，流过小草轻软地响着，它大概是日夜不停的吧？

　　翩翩的蝶儿已停止了它们的工作躺在丛丛的草间去了。唯有无数

237

的蚊儿还在绕着树枝一去一来地乱飞。

浅蓝色的云里映出从东方刚射出来的半边新月——她好似在凝视着我，睁着眼睛紧紧地盯望着我——望着在这溪水之前，绿树之下，爱晚亭旁的我——我的狂态。

我乘着风起时大声呼啸，有时也蓬头乱发地跳跃着。哦哦，多么有趣哟！当我左手提着绸裙，右臂举起轻舞时，那一副天真娇憨而又惹人笑的狂态完全照在清澄的水里。于是我对着溪水中舞着的影儿笑了，她也笑了！我笑得更厉害，她也越笑得更起劲。于是我又望着她哭，她也皱着眉张开口向我哭。我真的流起泪来了，然而她也掉了泪。她的泪和我的泪竟一样多，一样快慢地掉在水里。

有时我跟着蛤蟆跳，它跳入草里，我也跳入草里，它跳在石上蹲着，我也蹲在石的上面，可是它洞然一声跳进溪水里，我只得怅惘地痴望着它很自由地游行罢了。

更有时鸟唱歌，我也唱歌，但是我的嗓子干了，声音嘶了。它还在很得意很快活似的唱着。

最后，我这样用了左手撑持着全身，两眼斜视着衬在蔚蓝的云里的那几片白絮似的柔云，和向我微笑的淡月。

我望久了，眼帘里像有无限的针刺着一般，我倦极了，倒在绿茸茸的嫩草上悠悠地睡了。和煦的春风，婉转的鸟声，一阵阵地，一声声地竟送我入了沉睡之乡。

梦中看见了两年前死去的祖母，和去年腊月刚亡的两个表弟妹。祖母很和蔼地微笑着抱住我亲吻，弟妹则牵着我的衣要求我讲《红毛野人的故事》，我似醒非醒地感觉伤心，叹了一声深长的冷气。

清醒了，完全清醒了，打开眼睛，满眼春色，于是我又忘掉了刚才的梦。

然而当我斜倚石栏，倾听枫声，睨视流水，回忆过去一切甜蜜而幸福的生活时，不觉又是"清泪斑斑襟上垂"了。

但是，清风吹干了泪痕，散发罩住了面庞的时候，我又抬起头来望着行云和流水，青山和飞鸟微微地苦笑了一声。

唉！我愿以我这死灰、黯淡、枯燥，无聊的人生，换条欣欣向荣、生气蓬勃的新生命。

我愿让我这烦闷而急躁的心灵，变成和月姊那样恬淡，那样悠闲。

我愿所有的过去和未来的泪珠，都付之流水！

我愿将满腔的忧愤，诉之于春风！

我愿将凄切的悲歌，给予林间鸣鸟！

我愿以绵绵的情丝，挂之于树梢！

我愿以一颗热烈的赤心，浮之于太空！

我愿我所有的一切，都化归乌有，化归乌有啊！

淡淡的阳光，穿过浓密的树林，穿过天顶，渐渐地往西边的角上移去。归鸦掠过我的头顶，呜呀呜呀地叫了几声。蝉声也嘈杂起来，流水的声音似乎也洪大了，林间的晚风也开始了它们的工作，我忽而打了一个寒噤，觉得有些凉意了，站起来整理了衣裙，低头望望我坐着的青草，已被我蹂躏得烘热而稀软了。

"春风吹来，露珠润了之后，它该能恢复原状吧？"我很悲伤地叹息着说。

我提起裙子，走下亭来，一个正在锄土的农夫，忽然伸了伸腰，回转头来目不转睛地望着我——一直到我拐弯之后，他才收了视线。

当我远离故乡去生存，拼搏和拓荒数年之后，终于明白有一种东西是不可超越的，那就是黑土地所给予我的生命的原汁。

遥远的绝响

第九辑

天地者，万物之逆旅；光阴者，百代之过客。品味历史的况味，倾听遥远的绝响时，我们从历史深处打捞起来的，已经不再是单纯的传奇和轶事。历史的烟云在岁月中散去后，依然能够站立在我们面前的，是那些光辉的形象和不屈的精神。

苏东坡从宋代丰神秀逸地走来，衣袂飘飘，屐痕蜿蜒。他长须白面，细眼含笑地走在无数敬佩他、欣赏他、爱慕他的才女的香闺里、心窝中。

来生便嫁苏东坡 刘艳琴

佛说，人是有来生的，修得今生的善事，来生便能如愿以偿。我也宁愿相信人生真有一个轮回，在生命的另一片天地中，我祈盼能心随愿迁，能活得山水生色、日月增辉，再嫁一个我又敬又爱时刻与他生死相依的男人。捧着他的诗文，背着他的笔墨，随着他塞北江南山东河西，踏遍山山水水，走过岁岁年年；在他的风月里，感受着他的真爱；在他的辛劳中，体味着他的洒脱；在他的报国之志里，沸腾热血；在他的闺阁之情里，幸福一生。

都说女人是为情而生的，可我觉得女人的爱情首先是建立在敬佩上，因而，女人也最容易被文字所打动，然而，古往今来，三千年的沧海桑田里，真正用文字打动我心弦的唯有宋代的苏东坡一人而已。捧读着苏东坡的诗文集，我总是不由地感慨：这才是一个值得用我一生之光阴倾心相守的男子汉！也许真有来生呢，那么，我要认真地、虔诚地、刻苦地……修炼今生，也许上帝受了感动，会可怜我的一片苦心，让我转世投胎为一个才貌双全的美人，满足我那千年等一回的愿望——嫁给苏东坡。虽然他曾经有过三任妻子（姬妾尚不算在内），虽然他的妻子的寿命都不长，然而，我仍然愿意把生命浓缩成一束烛光，辉映在他的指间心上。哪怕只有 11 年（他的女人总是跟 11 这个数字紧密相关），哪怕为此历尽千年的情劫。

纵览古今,如东坡般真性情者实乃凤毛麟角,这一点,从他对待妻子的情谊上可见一斑。第一任妻子王弗与苏东坡生活了 11 年后病逝,东坡在她埋骨的山头亲手栽了三万株松苗。三万株啊,要种多长时间?点点滴滴的泥水中,包含了多少情和爱! 他是把自己那一缕相思化成了三万株万古长青的松树,经寒历暑,沐雨栉风,岁岁年年,生生世世,守候在爱妻身旁。又是 10 年后,苏东坡为王弗写下了那首令所有读懂了的人摧心扼腕、痛断肝肠的《江城子·记梦》:"十年生死两茫茫,不思量,自难忘。千里孤坟,无处话凄凉。纵使相逢应不识,尘满面,鬓如霜。夜来幽梦忽还乡。小轩窗,正梳妆。相顾无言,唯有泪千行。料得年年断肠处,明月夜,短松冈。"生时 10 年相伴,死后 10 年相思,王弗何幸,得如此优秀的男人"不思量,自难忘","年年断肠"! 作为女人,得其中一个 10 年就已足矣,20 年乃至一生的魂牵梦绕,王弗地下有灵,也该笑得如鲜花般灿烂吧。何况此时的东坡已于 6 年前娶了小苏轼 11 岁的王弗的堂妹王闰之了。苏东坡并没有因有了新欢就忘了旧情。

　　再说王闰之。作为进士之女,嫁一个年轻貌美前途无量的书生应该不成问题;作为王弗的堂妹,她是应该了解甚至见过苏东坡这个姐夫的,据说当年王弗嫁给苏东坡时,很令她羡慕了一番。王闰之能以 11 岁的年龄差距去做填房,除了崇拜和敬佩,大概就是感动于东坡对妻子的深情厚意了。不幸的是,25 年后,王闰之又病逝了。这个陪着他宦海沉浮在黄州惠州儋州的穷达多变中绝无怨尤的贤德妻子、视前妻之子如己出的贤德母亲的去世,使东坡的情感再受重创。苏东坡曾与王闰之誓言生则同室,死则同穴,王闰之死后百日,苏轼请他的朋友、大画家李公麟(龙眠)画了 10 张罗汉像,在主请和尚给她诵经超度往来生乐土时,将此 10 张足以传世的佛像献给了妻子的亡魂,并终于在多年后由苏辙将停放在京西一座寺庙的灵柩与苏东坡埋在了一起,苏辙是了解这个哥哥的,帮他实现了生则同室,死则同穴的誓言。

　　除了这两个妻子外,还有一个由侍妾扶正的王朝云。这个 12 岁进门的丫头,几十年来侍奉在苏轼左右,在他最得意时,也在他最倒霉时。特别是在坡翁最后流放海南的岁月里,在那些侍妾"树倒猢狲散"

243

的时候，朝云的生死相依，更应该源于刻骨铭心的敬爱，东坡这个比朝云大 26 岁的"白须消散"的"病翁"，能打动朝云的除了才气，应该就是深情了。朝云没有看错，三个妻子中，苏东坡写给朝云的诗词最多，坡翁称之为"天女维摩"（类似于后来我们说的天使），以知己看待。大概是上天也嫉妒东坡如此得女人的垂青吧，33 岁的朝云在扶正了 11 年后又病逝，苏轼将她埋在惠州城西的丰湖边上，俯瞰二人一起开辟的放生池，一湖净水，有如朝云的一片丹心，竟然令东坡不忍重游。朝云死后，苏东坡就一直鳏居，再未婚娶。他给朝云的楹联是：不合时宜，唯有朝云能识我；独弹古调，每逢暮雨倍思卿。"每逢暮雨倍思卿"，在苏东坡此后的日子里，有多少夜雨孤灯的夜晚，就有多少"欲取鸣琴弹，恨无知音赏"的百结愁肠。朝云就这样款款地走在暮年东坡的深情里，直到永远……

每一想到苏东坡对这三个女人的情和爱，我眼里心上总是有些潮湿，思绪软软地蔓延开来，弥漫成一片旷古的遐思。遐思中我还想到了苏辙。

苏东坡的真性情还彰显于对弟弟苏辙的兄弟之情上。千百年来家喻户晓的《水调歌头·明月几时有》前面的小序上，写明了是"怀子由"的。"明月几时有，把酒问青天。不知天上宫阙，今夕是何年。我欲乘风归去，又恐琼楼玉宇，高处不胜寒。起舞弄清影，何似在人间。转朱阁，低绮户，照无眠。不应有恨，何事长向别时圆。人有悲欢离合，月有阴晴圆缺，此事古难全。但愿人长久，千里共婵娟。"那无眠的思念，那"但愿人长久，千里共婵娟"的殷殷关切之祷告，无不流溢着手足深情，在苏东坡因"乌台诗案"入狱后，一个阴差阳错的误会使苏东坡误以为皇帝要杀他，在心惊胆战中他首先想到的是弟弟，给苏辙留下了两首诀别诗，愿与子由"世世为兄弟"；自海南返乡途中，老东坡病重，念念不忘的是：归来之后始终不见子由。兄弟情深，以至于此，有兄如此，夫复何求？

这样一个几十年如一日重情谊的男人，这样一个兄长和丈夫，普天之下，能有几人？怎不令无情的"豪杰"倾倒，怎不令游戏情感的男人汗颜！应该说柳永和杜牧都是很有女人缘的，可到头来，不也是"十年一觉扬州梦,赢得青楼薄幸名"？既是青楼,又是薄幸,更没见史书有过他们对妻子耿耿相思的记载。所以,在千年的搜寻中,我要嫁给苏东坡,嫁给一个有情有意的兄长,嫁给一个全心全意爱妻子的男人,沉浸在他呵护的柔情里,虚枕在他温暖的胸膛上,把全世界浓缩成一个爱人。

苏东坡的率真也流露出他的正直。在新旧两党各自为了自己的利益拼杀得如火如荼时,苏东坡没有为了一己之私随风而摇摆,王安石的新法中有推行榷盐——食盐官卖的法规,盐价高得老百姓吃不起:"岂是闻《韶》不知味？尔来三月食无盐",基于对芸芸众生的关爱,东坡不完全赞成这个新法;当司马光要全部废除新法时,他又坚持说新法中有利于国富民强的部分,应有所保留,官场中挣扎了大半辈子的东坡,始终没有学会左右逢源,八面玲珑,并且一有不快意的事,便"如蝇在食,吐之方快",此等坦荡胸怀,水晶人生,才可以说是真正读过圣贤书的文人,才可谓书生本色。难怪他入狱后,无论政见上相容还是相悖者,都多方营救(这其中包括王安石和司马光),不是人格魅力,何能如此？一个征服了同性的男人,才是男人中的帝王。嫁给这样的男人,你就是王后,走到哪里,你都可以把骄傲写在脸上,把胸脯挺得高高,把腰肢扭得乱颤,把脚步走得铿锵;走到哪里,你都可以笑得日月灿烂,山河添色。这样的男人,谁不想嫁呢？嫁给他,我不会像王弗,在他因诗获罪时,和着眼泪痛烧他的诗稿,我会做朝云,为他收拾行囊,伴他一路风风雨雨地远行。

从才子角度看,李白无疑是大才子。但李白有点冷血。遍寻李白的文字,很少有涉及情谊的,更不要说男女情爱。李白是不屑于谈情说爱的。李白与杜甫曾有二十多天的同游蒙山,两人曾"醉眠秋共被,携手月同行",这令杜甫铭刻于心,时时思念,直接寄赠、思念李白的诗,就有10首,《梦李白》、《天末怀李白》等诗,写满了梦中的长相忆,而李白似乎只是在当时分别时留下了两首后,再也没有了后来。李白最爱的是他的酒,其次是他的游山玩水,再其次是他的牢骚。东坡也爱酒,还爱喝酒,醉了便与朋友在"杯盘狼藉"后"相与枕藉乎舟中",大睡到不知东方既白,真是一片白云般洁净的心,他从不怕什么酒后失态,更不

介意别人是否嘲笑，喝得酣畅，醉得坦然；他醉后也赋词："夜饮东坡醒复醉，归来仿佛三更。家童鼻息已雷鸣，敲门都不应，倚杖听江声。长恨此身非我有，何时忘却营营？夜阑风静縠（hú）纹平。小舟从此逝，江海寄余生。"赋完后便倒头大睡。有人持此词以告太守："小舟从此逝，江海寄余生"？这不是顺江脱逃了吗？害得有监视他行止职责的黄州太守慌忙寻找，坡翁却在床上鼾声如雷。一个如此悠然于心、忘怀于外的坡翁是以把杯为乐的，他是崇尚"诗酒趁年华"的。他"把酒问青天"，他"酒酣胆尚开张"，他"一樽还酹江月"，即使没有酒，"空杯亦常持"，他极少有"举杯消愁愁更愁"的愤懑，有的是"得之心寓之酒"的乐趣和对人生的透彻体悟。可以说，喝酒的态度最能看出一个人的本性，狡猾的人总是推脱，推脱不了就耍赖——不是偷着倒掉，就是以水代酒；奸诈的人常常后发制人，看别人喝醉而幸灾乐祸。我倒不是说每饮辄醉的人就是好人，但很本色地喝酒的人，必然是坦诚率真的可爱之人。苏东坡把他自己平摊在天宇之下，扒开自己的胸膛晾晒他如婴儿般的赤胆忠心，千百年来，令人不忍伸手去捧。如此坦诚率真的人，总是可爱和可信任的，朋友信任，妻子更信任。一个与妻子"长相知，不相疑"的丈夫，古往今来，都是女人追求的终极目标。都说女人是为爱活着的，这话我深信不疑，我可以没有华冠丽服，没有香车别墅，但不能没有让我敬佩让我欣赏让我深信的人来释放我满腔的柔情，不能没有我的爱！

　　我想嫁给苏东坡的缘由当然还包括他的潇洒和豁达。东坡是我知道的唯一一个"卒然临之而不惊，无故加之而不怒"的人。在他的一生中，无论得意与失意，他都不愁眉苦脸，他总能从困苦中找到乐趣。被贬黄州、没有官俸、只好开荒于团练营以糊口时的东坡，还自称"东坡居士"，大有"审容膝之易安"的乐趣。一次途中遇雨，"同行皆狼狈"，独东坡仗藜徐步，引以为乐："莫听穿林打叶声，何妨吟啸且徐行。竹杖芒鞋轻胜马，谁怕？一蓑烟雨任平生。料峭春风吹酒醒，微冷。山头斜照却相迎。回首向来萧瑟处，归去，也无风雨也无晴"，如此的举重若轻，大无大有，哪个能行？我知道，屈原做不到，李白也做不到。屈原耿耿于"举世皆浊我独清，众人皆醉我独醒"，仿佛自己是泰山极顶上最高的一棵松树，整个一个孤标傲世，终于成为一个"风必摧之"的林中秀木也就不值得奇怪了。李白只会在"欲渡黄河冰塞川，将登太行雪满山"这样走投无路的时刻"拔剑四顾心茫然"，在奉诏入京，授待诏翰林时"仰天大笑出门去，我辈岂是蓬蒿人"——几乎是得意忘形；临了被"发银放还"，还假惺惺地说什么"安能摧眉折腰事权贵？使我不得开心颜"，他侍奉的倒不是权贵，是皇上，是皇妃！苏东坡不是，在几度浮沉的宦海中，他顶多感慨"人生如梦"，便去"诵明月之诗，歌窈窕之章"去了，连个牢骚也没有。即使在病中，也是一片笑容："寂寂东坡一病翁，白须消散满霜风。小儿误喜朱颜在，一笑哪知是酒红"，有病是不能喝酒的，他倒喝了个脸红，看，这不是个恶作剧后的捂嘴窃笑的老顽童嘛！"充满劳绩，但人诗意地，栖居在这片大地上"，真好像海德格尔是看见苏东坡生，才触发的诗情。

苏东坡的性情真是太能诱惑女人了，能诱惑女人的还有他的才气。散文上可与韩愈、柳宗元、欧阳修比肩；诗歌上与黄庭坚并称"苏黄"；词为豪放派鼻祖，千百年来堪与伯仲的只有辛弃疾；书法是"苏、黄、米、蔡"的"宋四家"之一；绘画以墨竹开南画派文人画之先河；能监修工程——苏堤；能烹饪出"东坡肉"、"东坡汤"等一系列食品；能采药配药、给百姓治病……我甚至找不出作为那个时代的人的东坡，还有什么是不能的。可以说在其中任何领域能做出这样一个成就的，就堪称大才子，苏东坡却钟天地灵秀于一身，揽人间才华于掌股，我遍览古今中外（也许我不够博闻）也未再得一人如此。他是上帝塑造在人间的一个绝版！

苏东坡从宋代丰神秀逸地走来，衣袂飘飘，屐痕蜿蜒。他长须白面，细眼含笑地走在无数敬佩他、欣赏他、爱慕他的才女的香闺里、心窝中。佛说，修五百年方能同舟，修一千年才能共枕。从坡翁乘风归去的公元1101年算起，已有900多年，当我也乘风归去并转世投生时，应该有一千年了吧，他在他的千年里倏忽而过，我在我的千年里苦苦修行，虽然我不知道在这千年的轮回中，有多少人曾经如我一样地期盼过，但我仍愿意倾尽我的全部虔诚来祈祷：来生让我嫁给苏东坡，嫁给这个上帝唯一的骄傲。

　　"大人"是一种与造物同体、与天地并生、逍遥浮世、与道俱成的存在。

遥远的绝响(节选) 余秋雨

一

　　对于那个时代、那些人物,我一直不敢动笔。岂止不敢动笔,我甚至不敢逼视、不敢谛听。有时,我怀疑他们是否真的存在过。如果不予怀疑,那么我就必须怀疑其他许多时代的许多人物。我曾暗自判断,倘若他们真的存在过,也不能代表中国。但当我每次面对世界文明史上那些让我们汗颜的篇章时,却总想把有关他们的那些故事告诉异邦朋友。异邦朋友能真正听懂这些故事吗? 好像很难。因此也唯有这些故事能代表中国。能代表中国却又在中国显得奇罕和落寞,这是他们的毛病还是中国的毛病? 我不知道。像一阵怪异的风,早就吹过去了,却让整个大地保留着对它的惊恐和记忆。连历代语言学家赠送给它的词汇都少不了一个"风"字:风流、风度、风神、风情、风姿……确实,那是一阵怪异的风。

说到这里读者已经明白,我是在讲魏晋。我之所以一直躲避着它,是因为它太伤我的精神。那是另外一个心灵世界和人格天地,即便仅仅是仰望一下,也会对比出我们所习惯的一切的平庸。平庸既然已经习惯也就会带来安定,安安定定地谈论着自己的心力能够驾驭的各种文化现象似乎已成为我们的职业和使命。有时也疑惑,既然自己的心力能够驾驭,再谈来谈去又有什么意义?但真要让我进入一种震惊和陌生,依我的脾性和年龄,毕竟会迟疑、却步。

半年前与一位研究生闲谈,不期然地谈到了中国文化中堪称"风流"的一脉,我突然向他提起前人的一种说法:能称得上真风流的,是"魏晋人物晚唐诗"。这位研究生眼睛一亮,似深有所悟。我带的研究生,有好几位在报考前就是大学教师,文学功底不薄,因此以后几次见面,魏晋人物就成了一个甩不开的话题。每次谈到,心中总有一种异样的涌动,但每次都谈不透。前不久收到台湾中国文化大学副教授唐冀明博士赐赠的大作《魏晋清谈》,唐先生在书的扉页上写道,他在台北读到我的一本书,"惊喜异常,以为正始之音复闻于今。"唐先生所谓"正始之音",便是指魏晋名士在正始年间的淋漓玄谈。唐先生当然是过奖,但我捧着他的题词不禁呆想:或许不知什么时候,我们已经与自己所惊恐的对象产生了默默的交流。那么,干脆让我们稍稍进入一下吧。我在书桌前直了直腰,定定神,轻轻铺开稿纸。没有哪一篇文章使我如此拘谨过。

二

这是一个真正的乱世。出现过一批名副其实的铁血英雄,播扬过一种烈烈扬扬的生命意志,普及过"成者为王、败者为寇"的政治逻辑,即便是再冷僻的陋巷荒陌,也因震慑、崇拜、窥测、兴奋而变得炯炯有神。

突然,英雄们相继谢世了,英雄和英雄之间龙争虎斗了大半辈子,他们的年龄大致相仿,因此也总是在差不多的时间离开人间。像骤然挣脱了条条绷紧的绳索,历史一下子变得轻松,却又剧烈摇晃起来。

英雄们留下的激情还在,后代还在,部下还在,亲信还在,但统治这一切的巨手却已在阴暗的墓穴里枯萎;与此同时,过去被英雄们的伟力所掩盖和制服着的各种社会力量又猛然涌起,为自己争夺权力和地位。这两种力量的冲撞,与过去英雄们的威严抗衡相比,低了好几个社会价值等级。于是,宏谋远图不见了,壮丽的鏖战不见了,历史的诗情不见了,代之以明争暗斗、上下其手、投机取巧,代之以权术、策反、谋害。当初的英雄们也会玩弄这一切,但玩弄仅止于玩弄,他们的奋斗主题仍然是响亮而富于人格魅力的。

当英雄们逝去之后,手段性的一切成了主题,历史失去了放得到桌面上来的精神魂魄,进入到一种无序状态。专制的有序会酿造黑暗,混乱的无序也会酿造黑暗。我们习惯所说的乱世,就是指无序的黑暗。魏晋,就是这样一个无序和黑暗的"后英雄时期"。

曹操总算是个强悍的英雄了吧,但正如他自己所说,"神龟虽寿,犹有竟时,腾蛇乘雾,终为土灰",66岁便撒手尘寰。照理,他有25个儿子,其中包括才华横溢的曹丕和曹植,应该可以放心地延续一代代的曹氏基业了,但众所周知,事情刚到曹丕、曹植两位亲兄弟身上就已经闹得连旁人看了也十分心酸的地步,哪有更多的力量来对付家族外部的政治对手?

没隔多久,司马氏集团战胜了曹氏集团,曹操的功业完全灰飞烟灭。这中间,最可怜的是那些或多或少有点政治热情的文人名士了,他们最容易被英雄人格所吸引,何况这些英雄及他们的家族中有一些人本身就是文采斐然的大知识分子,在周围自然而然地形成了文人集团,等到政治斗争一激烈,这些文人名士便纷纷成了刀下之鬼,比政治家死得更多更惨。

我一直在想,为什么在魏晋乱世,文人名士的生命会如此不值钱。思考的结果是:看似不值钱恰恰是因为太值钱。当时的文人名士,有很大一部分人承袭了春秋战国和秦汉以来的哲学、社会学、政治学、军事学思想,无论在实际的智能水平还是在广泛的社会声望上都能有力地辅佐各个政治集团。因此,争取他们,往往涉及政治集团的品位和成败;杀戮他们,则是因为确确实实地害怕他们,提防他们为其他政治集团效力。

相比之下,当初被秦始皇所坑的儒生,作为知识分子的个体人格形象还比较模糊,而到了魏晋时期被杀的知识分子,无论在哪一个方面都不一样了。他们早已是真正的名人,姓氏、事迹、品格、声誉,都随着他们的鲜血,渗入中华大地,渗入文明史册。

文化的惨痛,莫过于此;历史的恐怖,莫过于此。何晏,玄学的创始人、哲学家、诗人、谋士,被杀;张华,政治家、诗人、《博物志》的作者,被杀;潘岳,与陆机齐名的诗人,中国古代最著名的美男子,被杀;谢灵运,中国古代山水诗的鼻祖,直到今天还有很多名句活在人们口边的横跨千年的第一流诗人,被杀;范晔,写成了煌煌史学巨著《后汉书》的杰出历史学家,被杀……这个名单可以开得很长。

置他们于死地的罪名很多,而能够解救他们、为他们辩护的人却一个也找不到。对他们的死,大家都十分漠然,也许有几天曾成为谈资,但浓重的杀气压在四周,谁也不敢多谈。待到时过境迁,新的纷乱又杂陈在人们眼前,翻旧账的兴趣早已索然。

于是,在中国古代,文化名人的成批被杀历来引不起太大的社会波澜,连后代史册写到这些事情时的笔调也平静得如古井静水。真正无法平静的,是血泊边上低眉躲开的那些侥幸存活的名士。吓坏了一批,吓得庸俗了、胆怯了、圆滑了、变节了、噤口了,这是自然的,人很脆弱,从肢体结构到神经系统都是这样,不能深责;但毕竟还有一些人从惊吓中回过神来,重新思考哲学、历史以及生命的存在方式,于是,一种独特的人生风范,便从黑暗、混乱、血腥的挤压中飘然而出。

三

当年曹操身边曾有一个文才很好、深受信用的书记官叫阮瑀,生了个儿子叫阮籍。曹操去世时阮籍正好 10 岁,因此他注定要面对"后英

251

雄时期"的乱世,目睹那么多鲜血和头颅了。不幸他又充满了历史感和文化感,内心会承受多大的磨难,我们无法知道。

我们只知道,阮籍喜欢一个人驾着木车游荡,木车上载着酒,没有方向地向前行驶。泥路高低不平,木车颠簸着,酒坛摇晃着,他的双手则抖抖索索地握着缰绳。突然马停了,他定睛一看,路走到了尽头。真的没路了?他哑着嗓子自问,眼泪已夺眶而出。终于,声声抽泣变成了号啕大哭,哭够了,持缰驱车向后转,另外找路。另外那条路走着走着也到尽头了,他又大哭。走一路哭一路,荒草野地间谁也没有听见,他只哭给自己听。

一天,他就这样信马由缰地来到了河南荥阳的广武山,他知道这是楚汉相争最激烈的地方。山上还有古城遗迹,东城屯过项羽,西城屯过刘邦,中间相隔二百步,还流淌着一条广武涧。涧水汩汩,城基废弛,天风浩荡,落叶满山,阮籍徘徊良久,叹一声:"时无英雄,使竖子成名!"他的这声叹息,不知怎么被传到世间。也许那天出行因路途遥远他破例带了个同行者?或是他自己在何处记录了这个感叹?反正这个感叹成了今后千余年许多既有英雄梦、又有寂寞感的历史人物的共同心声。直到20世纪,寂寞的鲁迅还引用过,毛泽东读鲁迅书时发现了,也写进了一封更有寂寞感的家信中。鲁迅凭记忆引用,记错了两个字,毛泽东也跟着错。遇到的问题是,阮籍的这声叹息,究竟指向着谁?可能是指刘邦。刘邦在楚汉相争中胜利了,原因是他的对手项羽并非真英雄。在一个没有真英雄的时代,只能让区区小子成名。也可能是同时指刘邦、项羽。因为他叹息的是"成名"而不是"得胜",刘、项无论胜负都成名了,在他看来,他们都不值得成名,都不是英雄;甚至还可能是反过来,他承认刘邦、项羽都是英雄,但他们早已远去,剩下眼前这些小人徒享虚名。面对着刘、项遗迹,他悲叹着现世的寥落。好像苏东坡就是这样理解的,曾有一个朋友问他:阮籍说"时无英雄,使竖子成名",其中"竖子"是指刘邦吗?苏东坡回答说:"非也。伤时无刘、项也。竖子指魏晋间人耳。"

既然完全相反的理解也能说得通,那么我们也只能用比较超拔的态度来对待这句话了。茫茫九州大地,到处都是为争做英雄而留下的斑斑疮痍,但究竟有哪几个时代出现了真正的英雄呢?既然没有英雄,世间又为什么如此热闹？

也许，正因为没有英雄，世间才如此热闹的吧？我相信，广武山之行使阮籍更厌烦尘嚣了。在中国古代，凭吊古迹是文人一生中的一件大事，在历史和地理的交错中，雷击般的生命感悟甚至会使一个人脱胎换骨。那应是黄昏时分吧，离开广武山之后，阮籍的木车在夕阳衰草间越走越慢，这次他不哭了，但仍有一种沉郁的气流涌向喉头，涌向口腔，他长长一吐，音调浑厚而悠扬。喉音、鼻音翻卷了几圈，最后把音收在唇齿间，变成一种口哨声飘洒在山风暮霭之间，这口哨声并不尖利，而是婉转而高亢。这也算一种歌吟方式吧，阮籍以前也从别人嘴里听到过，好像称之为"啸"。啸不承担切实的内容，不遵循既定的格式，只随心所欲地吐露出一派风致，一腔心曲，因此特别适合乱世名士。尽情一啸，什么也抓不住，但什么都在里边了。这天阮籍在木车中真正体会到了啸的厚味，美丽而孤寂的心声在夜气中回翔。

对阮籍来说，更重要的一座山是苏门山。苏门山在河南辉县，当时有一位有名的隐士孙登隐居其间，苏门山因孙登而著名，而孙登也常被人称之为苏门先生。阮籍上山之后，蹲在孙登面前，询问他一系列重大的历史问题和哲学问题，但孙登好像什么也没有听见，一声不吭，甚至连眼珠也不转一转。阮籍傻傻地看着泥塑木雕般的孙登，突然领悟到自己的重大问题是多么没有意思。那就快速斩断吧，能与眼前这位大师交流的或许是另外一个语汇系统？好像被一种神奇的力量推动着，他缓缓地啸了起来。啸完一段，再看孙登，孙登竟笑眯眯地注视着他，说："再来一遍。"阮籍一听，连忙站起身来，对着群山云天，啸了好久。啸完回身，孙登又已平静入定，他知道自己已经完成了与这位大师的一次交流，此行没有白来。阮籍下山了，有点高兴又有点茫然。但刚走到半山腰，一种奇迹发生了。如天乐开奏，如梵琴拨响，如百凤齐鸣，一种难以想象的音乐突然充溢于山野林谷之间。阮籍震惊片刻后立即领悟了，这是孙登大师的啸声，如此辉煌和圣洁，把自己的啸不知比到哪里去了。但孙登大师显然不是要与他争胜，而是在回答他的全部历史问题和哲学问题。阮籍仰头聆听，直到啸声结束。然后急步回家，写下了一篇《大人先生传》。他从孙登身上，知道了什么叫做"大人"。他在文章中说，"大人"是一种与造物同体、与天地并生、逍遥浮世、与道俱成的存在，相比之下，天下那些束身修行、足履绳墨的君子是多么可笑。天地在不断变化，君子们究竟能固守住什么礼法呢？说穿了，躬行礼法而又自以为是的君子，就像寄生在裤裆缝里的虱子。爬来爬去都爬不出裤裆缝，还标榜说是循规蹈矩；饿了咬人一口，还自以为找到了什么风水吉宅。

人生悟语

不能容忍、不要沉默、不甘顺服、不屑苟且，那个时代的名士因着一曲百唱不衰的广陵散而越发放荡不羁，因着一座人人向往的世外桃源而越发超凡脱俗……在清醒中沉醉地游荡，在痛苦中疯癫地迷失。落日依旧，青山不老，时光漫入灵魂，化作一片高亢的歌哭……

（王　蕴）

汨罗江，它温柔而温暖的臂弯，曾先后收留中国诗歌史上两位走投无路的诗人。

汨罗江之祭　李元洛

在中国的河流中，汨（汨，音密）罗江，发源于江西，流入湖南，远算不上波高浪阔源远流长，但却是一条闻名遐迩的圣水。它温柔而温暖的臂弯，曾先后收留了中国诗歌史上两位走投无路的诗人，不过，一位在下游，今日的汨罗县境，以水为坟，年年端午，竞渡的万千龙舟还在打捞他的魂魄（指屈原）；一位在上游，如今的平江县域，堆土为墓，少人拜谒，与凄清的墓地长年相伴的，多是春风秋雨夕阳晨雾，还有偶然在坟头点燃的几炷清香。

大历五年，也就是公元770年秋冬之际，杜甫出峡入湘在湖南流寓三年之后，写下《暮秋将归秦留别湖南幕府亲友》一诗，从长沙出发，准备顺湘江而下洞庭，然后入长江而至汉水，转道襄阳回归河南故里。然而，他其时年近花甲，早已病体支离，舟入朔风凛冽的洞庭，更是多症并发而一病不起。被历代学者断为绝笔之作的《风疾舟中伏枕书怀世六韵奉呈湖南亲友》，如同自撰的讣闻。他写了"舟泊常依震，湖平早见参。故国悲寒望，群云惨岁阴"的洞庭湖冬日景色，船过湘阴，北去巴陵，"春草封归恨，源花费独寻。转篷忧悄悄，行病倒涔涔"，病重的他只得转道前往湘阴与巴陵途中的昌江县城，去投亲靠友。今日的平江，唐时称昌江，府治为中县平坪，在汨罗江的上游。但在距县城仅十里的小田村附近的江上，世星即告陨落，他年幼的儿子宗武只得将父亲草草葬于小田村天井湖，也就是我们今日见到的平江杜墓。如果你远道前来，不仅可以一瞻遗迹，而且风行水上山间，鸟过田头陌上，还会向你叙述许多有关杜甫的传说。

全国杜墓今有八处，除四处纯属传闻和纪念性质者外，学术界考证杜甫真冢，主要有耒（lěi）阳说、平江说、偃（yǎn）师说与巩县说，而我则认为平江杜墓是杜甫的原始墓葬，而死后的杜甫也很可能一直没有北归。杜甫去世后43年，他的孙子杜嗣业请任江陵士曹参军的元稹（元稹是唐朝诗人，为官、遭贬、暴病而死。与白居易友善，常相唱和，世称"元白"。）作墓志铭，铭中说杜甫"扁舟下荆楚间，竟以寓卒，旅殡岳阳"。今人多以为此"岳阳"乃今日之岳阳市或岳阳县，殊不知后者从西晋以至清末，均称为"巴陵"。"岳阳楼"原也只是三国时鲁肃操练水军的阅兵台，开元四年张说以中书令守岳阳时，于旧址建楼，名为"西楼"，至李白杜甫始以"岳阳楼"为题。如果杜甫葬于岳阳城厢，当有人吟咏，但却付阙如。唐时的昌江，是岳州的五个属县之一，至五代后唐时才改名平江。高山曰"岳",山南曰"阳",平江县境内有海拔1653米之天岳山,而汨罗江流域在山之南与山之西,正是元稹所谓的"旅殡岳阳"之地。平江的杜姓,至今繁衍有800人以上,以"杜"命名的地方如"杜家山"、"杜家园"等,就有十余处之多,此处流传于今日的杜氏家谱,也说杜甫殁后因干戈扰攘,归葬偃师未果,因而"爱葬平江",而子孙"卜居是邑,以祭守其墓"。明代的湖广参政陈恺曾在平江杜甫后裔家中发现两封皇敕,一是至德二载唐肃宗授杜甫为左拾遗的诰敕,一为宋代授杜甫后裔杜邦杰为"承节郎"的敕书,他并作《跋杜氏诰敕》予以详尽的记载与说明,清初钱谦益在《杜诗笺注》中也曾说,"今藏湖广岳州府平江县裔孙杜富家"。据说,这两件诰敕传至杜富的嫡系后裔杜瑞生,于辛亥革命年间遗失。将近百年,音沉信杳,如果有朝一日它们能重现江湖,就可为平江杜墓出示旁证与铁证了。

我居杜甫曾经流寓过的长沙,虽然离平江地不远,而且心向往之,但人事倥偬(kōng zǒng,意指事情急迫匆忙),竟然直到最后的一个秋冬交割之日,才和我昔日的学生余三定、朱平珍夫妇以及也曾是学生的段华偕行,去今日平江大桥乡小田村天井湖,拜谒那一座山中的也是我心中的坟茔(yíng)。

车出平江县城,驰过汨罗江大桥,往南行20余里,拐上一条泥泞曲折的乡间小道,颠颠簸簸,终于看到山丘间有一溜白色的粉墙,那就是光绪十年重修的"杜公祠"。祠门额上有一方青石,刻有"诗圣遗阡(qiān,指通往坟墓的道路)"字样。祠前有一方可供停车的大坪,据说那就是天井湖干涸后填成。"杜公祠"如果是书名,白色粉墙就是它的封面,封面之内又会有些什么精彩文章呢?三张大门关闭已久,大约平日也少人问津,我们是不速之客,杜甫也早已长眠不起,蓬门今日当然也不会再为君而开,我们只得从旁侧围墙已经坍塌拆毁的缺口进去。杜公祠为砖木结构的两进(平房的一宅之内分前后两排的,一排称为一进。)天井结构,几间敝旧的房舍现在已改为小学的教室,桌椅破旧,秋冬之日光线更是暗淡,窗户没有玻璃,糊窗纸早已破碎,秋风与朔风于其间畅通无阻。杜甫墓就在教室窗外不远,他老先生每天都可

以听到克服困难前来上学的乡里小儿咿唔诵读之声，若当"八月秋高风怒号"之时，或是"天涯霜雪霁寒宵"之际，以苍生为念以天下为怀的他，会不会长叹息以掩涕呢？细察祠堂墙壁上尘封破旧的字画，在檐下廊前徘徊流连，平珍对我们说："这两个覆盆式的麻石柱础，下方上圆，刻有莲花瓣纹饰，从形制可断为唐代遗物，全国其他唐代古建筑遗迹也可以证明。"

"那当然是杜墓真实性的实证，不，石证了。"我高兴地随声附和，并弯腰抚摸那冰凉的石础，想重温千年前的时光。

祠堂后面的小山丘上，有一栋建于多年前的房舍，现在也改为三间教室。门楣石匾上嵌刻有"铁瓶诗社"四字。诗社不知成立于何许年？诗社而名"铁瓶"，不知瓶内藏有什么纶音妙旨（比喻不得不服从的话。纶音：皇帝的诏令。）？为什么"瓶"而谓"铁"呢？但铁定无疑的却是，建社的人与诗有缘，并欲继承发扬老杜的流风余韵。我甚至忽发痴想：有诗灵做伴，得天独厚，现在不起眼的莘莘学子之中，将来会不会有人一登诗坛而叱咤风云呢？正遐思远想之时，管理墓园的老人已被请来，他领我们走到诗社下侧围墙的一扇小门边，打开那把资历不浅犹有古风的铜锁，小门吱呀一声推开，在一座小小的山包之上，在几株青松翠柏的守护之中，猝不及防，近在咫尺，杜甫墓怆然轰然巍然，撞伤撞痛也撞亮了我的眼睛！

80年代之初，平江文物管理所按原貌维修了杜墓。墓坐北朝南，封土堆以青麻石结顶，墓围用红麻石与青砖砌成，青石墓碑正中镌文为"唐左拾遗工部员外郎（"左拾遗"和"工部员外郎"是杜甫平生做过的两次官名。杜文贞公之墓"。这，就是我们的千秋诗圣最后的安息之所了。杜甫生地是河南，死所为湖南。黄河之南与洞庭湖之南，他和水结下的真是生死缘，更何况他一生坎坷，最后除了漂泊于西南天地之间，就是将自己一家老小满怀忧愤托付给水上的一叶孤舟。他晚年流落湖湘，虽然兄弟音讯不通，然而"吴楚东南坼，乾坤日夜浮"，洞庭的浩阔景象也曾一度鼓舞了他已老的壮心；虽然李白、高适、孟浩然等老朋友皆已先后故去，自己也老而多病，然而"戎马关山北，凭轩涕泗流"（诗

257

句出自杜甫诗《登岳阳楼》），他想到的仍是干戈扰攘的苦难时代。岁云暮矣,思之如何? 在一年将尽之时,他忧心如焚的仍是水深火热中的百姓黎民:"岁云暮矣多北风,潇湘洞庭白雪中。渔父天寒网罟(gǔ)冻,莫徭射雁鸣桑弓。去年米贵缺军食,今年米贱大伤农。高马达官厌酒肉,此辈杼轴茅茨空。"(《岁晏行》)他自己已是穷途末路,生命的残焰行将熄灭,但却仍然心系天下苍生:"公孙仍恃险,侯景未生擒。书信中原阔,干戈北斗深。畏人千里井,闻俗九州箴。战血流依旧,军声动至今。"——他的绝笔诗固然多有身世之悲,托孤之痛,但却仍然不忘时代的动乱和人民的痛苦,这就不仅是"穷年忧黎元",而是生死以之了,这是何等高远博大的襟怀啊! 我们临来匆匆,未及准备香烛,只好在墓前久久默然低首,燃点一炷永远也不会熄灭的心香。

秋风吹来,墓草萧瑟。墓前的香炉小小,炉中残留三四根燃尽的香头,也不知是何方来客对他的祭奠。我不由想起杜甫生前身后的凄凉。忠厚谦逊的他,于前辈、同辈和晚辈的诗作,他奉致了许多景慕、褒扬与提携之辞,对大名鼎鼎的李白,他盛赞"白也诗无敌,飘然思不群",而王维是"最传秀句寰区满",高适是"美名人不及,佳句法如何",元结是"两章对秋月,一字偕华星"。对那些诗名不盛官位不尊而确有才华的诗人呢? 他同样是乐道人善,郑虔是"先生有道出羲皇氏,先生有才过屈宋",薛据是"赋诗宾客间,挥洒动入垠。"对那些无名之辈呢? 他也曾多所赞誉,如说杜勤"词源倒流三峡水,笔阵独扫千人军",赏郑谏议"思飘云物外,律中鬼神惊。毫发无遗憾,波澜独老成",而暮年在长沙遇到苏涣,对他的作品也赞美有加。本身有至高成就却胸怀宽广,厚以待人,真是最合格的全国作家协会主席的人选了,可惜当时没有这样的组织,他当年不仅命途多舛,没有进入主流社会获得一官半职,时人也缺少慧眼,未能识珠。

杜甫赞誉过李白、高适、岑参、王维等诗坛大家,并且和他们均有交游,其中与李白的交谊还被今人誉为诗坛的千秋佳话,但他们却都无只言片语提及杜甫的作品,这不能不说是一个千古难解之谜,因为我们已经无从问询。同时代人对杜甫诗表示欣赏的不多,只有诗名不彰

第九辑 遥远的绝响

258

的韦济、严武等少数几位，而给他高度赞誉的，则是衡阳判官郭受和韶州刺史韦迢，但时间却已是杜甫逝世前夕了。前者今存诗二首，后者一首。郭受的诗是："新诗海内流传遍，旧德朝中属望劳。郡邑地卑饶雾雨，江湖天阔足风涛。松醪（láo）酒熟旁看醉，莲叶轻舟自学操。春兴不知凡几首？衡阳纸价顿时高。"（《杜员外兄垂示因作此寄上》）而韦迢在《潭州留别员外院长》一诗中，则赞美他"大名诗独步"。杜甫当年从岳阳往长沙途中曾作《南征》一诗，他长叹息说："百年歌自苦，未见有知音。"且不说同时代的人冷落了他，在他生时，殷璠（fán）于天宝末年编《河岳英灵集》，一些三四流的诗人都入选了，而杜甫却有向隅之叹。他死后不久，高仲武编《中兴间气集》，选录至德到大历末年26位诗人的作品，杜甫竟然未能入列。世上许多有抱负有才华的人，常常得不到认识和赏识，有如明珠暗投于尘封的角落，好似良骥局促于偏远的一隅，有的人还屡遭厄运，抱憾甚至抱恨终生。然而，有些人却僭居高位，浪得虚名，肥马高车，锦衣玉食，一辈子似乎活得有滋有味。怀才不遇而困顿一生的杜甫，在生命行将结束的暮年，他得到郭受与韦迢的赞扬，虽说他们是文坛的无名之辈，虽说杜甫和他们是浅友而非深交，但在杜甫凄凉寒冷的岁月，那不是如同两盆炉火温暖了他那颗已经冻僵的心吗？

千秋万岁名，寂寞身后事。杜甫如此评价和叹息李白，不知他对自己是否也有这种预感？杜甫和李白一样有千秋万岁之名，这已是毫无疑问的了，李白的故里与墓地我还无缘瞻拜，但河南巩县现为巩义市的杜甫故居，却依然湫隘寒伧，杜甫墓园也只是封土一堆，青碑一块。而平江杜墓呢？60年代初期，墓顶和墓围的红色麻石，东边的附碑及碑柱，均被挖掘一空去兴修水利，好像一栋屋宇被揭瓦掀顶破门拆墙，远比茅屋为秋风所破惨淡得多了，然而那是为农村水利事业作贡献，杜甫该不会有多少怨言的。不料"文革"期间，他也被大张挞伐，一位在成都草堂大书过"世上疮痍，民间疾苦；诗中圣哲，笔底波澜"的位高名重的学者（指郭沫若），也一反昔常，对曾经极力赞颂的诗人横加批判，但杜甫却已无法申辩了，当时被"横扫"的天下芸芸，又有谁能够申辩？不

过，红卫兵倒确实搞得他惊魂不定，他们挖开封土堆的东前角，据说取出石制油灯两盏，霉烂古书手稿一堆，在"兵荒马乱"之中，这些遗物都已下落不明，无从查找，而闻讯前来的文物工作者考证东墓室的质地与结构，断定为唐代墓葬，这，大约是那些"破四旧"者所始料不及的功绩吧？磨难仍然接踵，古已有之于今为烈的盗墓贼，不久前竟然也在诗人头上动土，将杜墓打了一个大洞，时值年关，守墓的老人过了几天才发觉，虽然报了案，公安局也来人调查，但到底盗走了一些什么，众说纷纭。盗墓贼是绝不会读杜甫的，杜甫从来不是大官也非大款，儿子无力将他的遗骸安葬故里，孙子也是穷困的平民百姓，山河修阻，烽火遍地，40 年后到底将祖父的灵柩迁回河南没有，至今仍是疑案。生前两袖清风，死后一贫如洗，有什么好盗的呢？

于是，在汨罗江的上游，在拜别小田村杜甫墓之际，在唯有江声似旧时的千古江涛声里，我轻声吟诵北宋初年徐屯田《过杜工部坟》一诗，权当专程来谒的我们的心祭：

> 水与汨罗接，天心深有存。远移工部死，来伴大夫魂。流落同千古，风骚共一源。江山不受吊，寒日下西原。

人 生 悟 语

　　汨罗江畔的风声渐渐衰老，怎么也辨别不出时间中谁是过客，千年的哭声化作一张薄薄的诗笺，夹在千山万水的书页中……祭拜那曾经为众生疾呼的亡魂，让思绪像草一样随意长高长长，哪怕只剩下一根茅草，也同样刺痛人心。

（王　蕴）

浩气长存 林 非

始终记得在遥远的少年时代，朗读着《战国策》里荆轲的故事，吟咏着"风萧萧兮易水寒"这悲怆的曲调，心中竟燃起一团团熊熊的火焰，还立即向浑身蔓延开来，灼热的血液似乎要沸腾起来，无法再安静地坐在方凳上，双手抚摸着滚烫的胸脯，竟霍地站立起来，绕着桌子缓慢地移动脚步，还默默地昂起头颅，愤怒地睁着双眼，就像自己竟成了这不畏强暴和视死如归的壮士。

当秦国的千军万马正大肆挞伐，践踏着东方多少肥沃的土地，杀戮着无数手无寸铁的民众时，荆轲这壮士竟义无反顾地前往暴君的宫殿，想用自己的意志和力量去制服凶残与暴虐。他虽然是悲惨地失败和死去了，然而这种壮烈和决绝的精神，永远会像卷起阵阵的狂飙，越过漫长的历史，越过浑茫的旷野和嘈杂的城市，叩打着人们的胸膛，询问他们能否也像荆轲那样，为了保障大家生命的安全，为了处罚暴君残酷的罪行，毫无畏惧地去献身和成仁，这穿越着空间和时间的声音，永远呼唤着人们作出响亮的回答。

对于这急迫和严肃的提问，任何一个有点血性的男人和女人，似乎都应该责成自己作出像样的回答。自然是不可能人人都佩剑带刀，去拼搏和厮杀的，不过这一种慷慨献身的精神境界，肯定又是人人都应该具备的，只有当人们的心里蕴藏着这样凛然的正气，才能够在面对

着暴虐的欺凌、贪婪的掠夺和淫逸的泛滥时，勇敢地去加以谴责和制止。而如果不是这样地去坚持正义，却浑浑噩噩地活着，醉生梦死地活着，那就会成为十足的苟且偷生。回顾我自己几十年来平庸的生涯，虽然也曾经满腔热血投笔从戎，想与黑暗抗争，想去追求光明，可是在多少回面临着独断专横和强迫命令此种沉重气氛底下的荒谬和不义时，却缄默地低头，胆怯地嗫嚅，违心地附和，这是多么痛苦而又微茫的苟活啊！

我常常想起荆轲死去 600 多年之后出世的陶潜，他是多么的想有所作为，渴望着"刑天舞干戚"这样英勇顽强的精神，然而他置身的仕途实在太肮脏和黑暗了，无法再忍耐着混迹下去，却又不敢像荆轲那样去抗争和搏斗，只好伤心地选择了条逃匿和隐遁的路，似乎是在过一种悠闲和飘逸的生活，唱出了"采菊东篱下"和"飞鸟相与还"这些千古传扬的佳句，然而没有勇气作出一番事业的痛楚，肯定会常常咬啮自己的心灵，他如此动情地讴歌着荆轲，不正是痛悼自己无法献身于人世的极大悲哀吗？他所吟唱的"此人虽已没，千载有余情"，恰巧是一种无限的憧憬和向往。他整个的人生历程自然是早已注定好了，不可能像荆轲那样英勇无畏地面向人生，可是荆轲那种决绝、壮烈和高旷的精神，却在他毕生的路途中留下清晰和深邃的痕迹，他毕竟抛弃和超越了卑俗，向着高尚的境界攀缘。

我最敬佩的巾帼英雄秋瑾，也曾经歌唱着荆轲的"殿前一击虽不中，已夺专制魔王魄"，充满了多么豪迈的胆魄和磅礴的气概，我想也许正是荆轲那种一往无前的精神，激励着她去投身革命和从容就义，人们常常用妩媚、温柔、娇嫩和弱小这些字眼，去形容世间的女子，可是每当想起了蔑视酷刑和斩首的秋瑾，我常常会感到惭愧得无地自容，为什么自己总是这样胆怯和恐惧呢？我想如果陶潜能够有机会碰见她的话，在内心中肯定会激动得比我更难于自持，因为他是最敢于真诚地审判自己灵魂的诗人。真是可以这样断然地说，如果一个人阅读或听说了荆轲的故事，却依旧无动于衷，还纵容自己沉溺在无聊、卑琐和屈辱的日子里面，却并不痛下决心去改弦易辙的话，那就确实是一种庸俗和可怕的苟活。

　　荆轲应该说是一个十分幸运的人，因为他曾经接触和交往过的几位朋友，也都是那样的决绝、壮烈和高旷。郑重地将他推荐给燕太子丹的隐士田光，只是因为听到太子丹告诫自己切勿诉诸旁人的一句嘱咐，竟在催促荆轲赶快晋见太子丹的时刻，决绝地拔出宝剑自刎了。太子丹提醒他不要泄露这个消息，当然是表示对他莫大的信任，他却惧怕这种疑虑的念头即或像丝线那么细微，也可能会影响这轰轰烈烈的义举，于是用死亡之后的永远沉默，表示出自己忠贞的承诺。我常常缅怀和思索着此种书生的意气，觉得这似乎执著得近于迂腐，却又那样温暖、鼓舞和感动着人们的心灵。正是这种刚烈和浩瀚的气势，激励着荆轲走上抗击强暴的征途。田光的死似乎显得有些轻率，其实却是囊括了千钧的重量，因为在生命中如果缺乏和丧失了诚实的允诺，变得油滑和狡诈起来，那就会成为毫无意义的存在。而田光以决绝的自刎表达出承诺的重量，整个的生命就闪烁出一股逼人的寒光。

　　英勇而又机智的荆轲，正筹划着一个有条不紊的行动方案，为了吸引秦王嬴政的乐于上钩，就需要砍下他仇人樊於期的头颅，作为晋见奉献的一项礼品。想当初樊於期在行将被嬴政屠戮之际，匆忙逃亡到燕国投奔了太子丹，估计他不会忍心下令去砍杀的，于是执著的荆轲悄悄去谒见樊於期，告诉他一个既可以报仇雪耻，又能够保卫燕国的计划。也是决绝、壮烈和高旷的樊於期，立即撕开胸前的衣襟，紧握着拳头倾诉出切齿腐心和痛彻骨髓的仇恨。在宣泄了这通心灵的悲愤之后，也像田光那样决绝地自刎了。每当回顾着这三位义士的时候，我的心弦总会异常激烈地振荡着，多么希望自己也逐渐生活得像这样勇敢和昂扬起来。

　　樊於期的猝然死去，自然也激励着荆轲的意志和行动，他和太子丹所完成的最后一个计划，是连剧毒的匕首都已经淬成。这是针对嬴政在自己上朝的宫殿里，为了要杜绝行刺的危险，连警卫的兵甲都得远远地站在殿外，晋见的各色人等更是绝对禁止佩带任何刀枪。荆轲他们怎么能想得如此巧妙，将这把匕首藏在伪称要呈献国土的地图中

263

间？对时刻都贪婪地想要攫取大批土地的暴君来说,实在是一种最好的引诱。这把匕首只要刺出一缕鲜红的血丝来,就会致人以死命。被用来当做尝试的牺牲者已经在刹那间倒下死去,尚未出发就造成了几个无辜者的骤然死亡,复仇雪耻和保卫社稷的代价实在是太沉重了,我常常想着也许历史就是如此悲惨地翻开它的每一页的。

所有的准备工作都宣告完成了,荆轲只等候着一位挚友的来临。在荆轲从来都很沉稳的心中,不知道是否在猛烈地翻腾和跳荡？我常常躲在黑暗的小屋里,多么想超越时间和空间的阻塞,跟他推心置腹地交谈,询问他当时何等紧张的心情。此刻的荆轲自然是不会有心想谈天说地的,他正焦急地等待着远方的挚友,忙碌地替他准备着行装,觉得只有他与自己同行,才应付得了秦国宫殿里警戒森严的场面。我总是猜想着荆轲正在做一个兴奋和壮烈的梦：两个人紧紧地挟住了赢政,一把匕首在他头顶挥舞,勒令他赶快答应退还那大片侵占的疆土。

急躁难耐的太子丹,既缺乏智慧猜透荆轲周密的计划,又并未谦虚和诚恳地向他请教与磋商,却莫名其妙地怀疑他动摇和懊悔了,催促他赶紧动身,说是如果他再犹豫不决的话,就将派遣乳臭未干的鲁莽汉子秦舞阳先行上路。这一番毫无头脑和气急败坏的话语,对于豪情满怀和寻觅知音的荆轲来说,实在是一种极端粗暴和无法忍受的侮辱,引起了他的愤怒和呵斥。我有多少回读着《战国策》里的这段记载时,禁不住要扼腕长叹起来,深感荆轲后来的失败,正是在这儿埋下了灾祸的种子。这娇生惯养和颐指气使的太子,实在是太缺乏远见了,太没有涵养了,太不信任跟自己共襄义举的伙伴了。正是他胡乱的猜疑和慌张的催促,刺伤和激怒了荆轲充满尊严的内心,这样就完全扰乱和毁坏了那个周密的计划。唐代散文家李翱所撰写的《题燕太子丹传后》,指责他把荆轲当成是自己所利用的牺牲品,确乎是洞察了这公子王孙自私内心,不过他说荆轲未曾看出这一点来,却并不符合明显的事实。如果他看不出来的话,怎么会如此愤慨地呵斥往昔多么尊敬的太子丹？不过他尽管看出来了,却又绝对不会放弃抵抗暴秦的正义行动。

从容沉稳和豁达大度的荆轲，是并不轻易发怒的。司马迁编写的《史记·刺客列传》，在抄录《战国策》里有关的全部记载时，还刻意地补充和渲染过荆轲的这种性格，描摹他在跟不相干的人们论剑或博棋消遣时，每逢那些家伙发怒叫嚣起来，就默默地走开去，再也不打照面了。一个怀着远大志向的人，怎么能斤斤计较那些琐屑的争执？在市井庸人的眼里，也许会认为他胆怯和无能，却哪里懂得他这颗整日整夜都在燃烧的心，只有为伟大的理想和目标，才会义无反顾地释放和爆发出来。

　　荆轲对于太子丹燃烧出这种愤懑的怒火，是因为深感他侮辱了自己尊贵的人格，亵渎了曾经引为知音的情谊，所以再也不愿意居住在这座美丽的花园和繁华的台榭里面，连片刻都不能忍耐了，原来想等待着那位挚友的来临，虽然它是涉及这整个壮举成败与否的重大关键，却也无法再等待下去，于是就怒气冲冲地仓促出发了。每当阅读到这儿，我总是深深地感到有一种不祥的预兆笼罩在自己周围。

　　在易水之滨送别的场面，会让多少世纪之后的人们依然心潮澎湃，在阴霾的长空中，风声不住地呜咽着，好像整个天地都为荆轲的远行低回和垂泪。高渐离凄厉和悲切的击筑声，引起了荆轲哀伤的歌咏，平常在一起聚会的志士们，都静静地淌着眼泪，有的还动情地啜泣着，他们也会估计到荆轲的失败和英勇牺牲吗？我在默默地背诵《战国策》时，总是鄙夷着太子丹狭隘和浅陋的心胸，如果不是他扰乱了荆轲这完满的计划，那么两个充满谋略和勇气的壮士，也许就能够大功告成，让多少后人惆怅叹惜的悲惨结局或者就不会发生。我早已发觉荆轲预感到了前途的凶多吉少，否则怎么会高唱"壮士一去兮不复还"这悲怆的歌呢？然而他既然已经不屑再在这儿敷衍地生活下去，当然只有冒着生命的危险踏上征途，曾经允诺过的誓言就必须去践行，哪怕抛弃生命也要完成这庄严的承诺。我猜测着荆轲在放声豪歌时，心里一定会思念自刎的田光和樊於期，悲悼和崇敬着他们高贵的英灵，他从忧伤的情绪中飞升着自己的绝唱，唱得激昂慷慨和淋漓尽致，像飓风似的敲击着众人的胸膛，叩打得他们都睁大滚圆的眼珠，头发根根地竖立，还悄悄地耸起了雪白的冠冕。

　　《战国策》和《史记·刺客列传》里描摹的这个场面，曾经感动过世世代代的多少华夏子孙。我就听到不少朋友诉说过这雄壮而又凄凉的歌声，总在心弦上振荡，鼓舞和召唤着自己奋发有为起来，去从事正义和严肃的工作，却不该在苟且偷生中浪掷自己的生命，如其这样不是比死亡更来得令人恐惧吗？

　　当荆轲和秦舞阳步入咸阳宫的阶陛时，威严的武将和肃穆的文官，似乎都在怀疑地瞪着他们，而端坐在殿上的秦王，轻轻晃动着莫测高深的脸膛，好像已经窥见了他们包藏的祸心。只是在市井中杀人逞凶却从未见过世面的秦舞阳，吓得浑身颤抖，走路摇摇晃晃的，脸色刚变得灰白，却又泛出血红的颜色，那些臣子们都疑惑和紧张地瞧着他昏眩的神态。胸有成竹的荆轲把这一切都瞧在眼里，不慌不忙地走向秦王的案前，恭恭敬敬地作揖着说："这来自北方蛮夷的傻小子，哪里见过上国的天子？一会儿恐怕还会吓得尿流屎滚，请我王宽大为怀，好让他赶紧完成使命！"于是在跟秦王的对答中，乘势从秦舞阳手里递上卷着的匕首和地图，在嬴政贪婪与狂喜的目光底下，轻轻地滚动和展开了它。有多少回读到了那儿，我几乎都要击节朗诵起来，钦佩着荆轲临危不惧的胆魄和化险为夷的本领。凝练成这样的气质和涵养，真可以说是超凡绝俗了。永远受到后世的赞叹和敬仰，自然是并非偶然的事情。

　　且说荆轲左手揪住了秦王的衣袖，右手执着那把可怕的匕首，从秦王的头顶凶猛地向底下戳去。想置他于死地，简直是易如反掌的事情，为什么会耽误了？这个千古的谜语竟从未有人猜透过。其实在《战国策》和《史记·刺客列传》里，是叙述得清清楚楚的。当太子丹向荆轲布置这个庄重的任务时，明白地交代了两种不同的方案，最好是挟持和胁迫他，勒令他答应退还各国诸侯的土地；如果他胆敢反抗，就只好刺杀了事。这样也可以造成秦国的混乱，然后再以合纵之势攻讨它。

　　荆轲当然是想心领神会地贯彻这个计划，所以异常焦急地等待着远方的挚友，因为他一眼就看清了秦舞阳粗蛮背后的颟顸（mān hān）

和窝囊，只好独自去抓住和威胁秦王，这样就显得缺乏十足的把握，因为自己的青春年华毕竟已经暗暗地消逝。竭力渲染着这段往事的司马迁《刺客列传》里添加另外的记载：据说荆轲曾将自己的政见向卫元君游说过，却未被采纳。卫元君即位于公元前253年，12年后被秦国所迁徙，游说的事情应当发生于其间，如果说荆轲在当时刚过弱冠（古代男子20岁行加冠礼，并由长辈取字，以示成年。因为还没到壮年，称作弱冠。后世泛指男子20岁左右的年纪。）之年，那么在他行刺秦王的公元前227年，至少已是40岁左右的中年汉子，精力正在缓缓地消退，而嬴政则刚度过三十挂零的岁月，正值血气方刚和行动敏捷的年龄，想在角斗中降服他确实很艰难。

荆轲面临着挟持抑或刺杀的抉择，有些类似哈姆莱特"生存还是毁灭"的困惑。因为他首先是必须考虑原来计划中挟持的方案，只有等到无法降服时才去刺杀。这把剧毒的匕首是让他吓唬得心惊胆战，答应退还侵占的土地，抑或立即戳进他的头颅，等待着秦国的大乱呢？也许正是这瞬间的犹豫，耽误了整个行动的时机，才以悲惨的失败告终。

且说灵活和健壮的嬴政，从刹那的惊愕中挣脱出来，只得边拔剑边绕着柱子躲闪，在昏天黑地般的慌乱中，竟想不起呼唤宫殿底下守卫的武将。多少手无寸铁的大臣也惊慌地张望着，有几个勇敢的就赤手空拳地阻拦和包围着荆轲，摆出了搏斗的架势。有个侍医将手中提着的药囊使劲地向荆轲掷去。还有的轻轻叫喊着替嬴政鼓劲："大王快从背后拔剑。"

嬴政狠狠地打量着被几个臣子所缠住的荆轲，终于镇定地拔出剑来，冲上几步砍断了他蹲立着的左腿。荆轲流着鲜血跌倒在地上，赶紧将手中的匕首掷向嬴政，嬴政浑身晃动着，在当啷的声响中，匕首钉在柱子上。嬴政又凶狠地挥剑刺去，遍体鳞伤的荆轲在血泊中大声地笑骂，他于临死前还无畏地叫唤着，说起了正是首先要挟持秦王，让他答应退还大片领土的计划，才阻碍了行刺的实现，这确实是一出永远令人扼腕叹息的悲剧。映衬着光明磊落和大义凛然的荆轲，太子丹的父亲燕王喜实在太卑鄙和无耻了，这个连禽兽都不如的龌龊小人，在兵败逃遁的时刻竟下令搜捕和宰杀自己亲生的儿子,想去呈献给侵凌和屠戮自己祖国的敌人。这出丑恶得令人耻笑和唾弃的喜剧,正好也剖开了某些统治者的丑恶灵魂,为了苟且偷生竟可以这样无耻地钻营,甚至出卖自己全部的节操和情感。

陶潜在自己那首诗里还惋惜荆轲的武艺,说是"惜哉剑术疏,奇功遂不成",他肯定是根据《史记·刺客列传》中鲁勾践私下的议论,"惜哉其不讲于刺剑之术",才作出这个结论的罢。然而荆轲的行刺,并不是仗剑而行,却是暗藏着匕首,因此陶潜这多少带着一些佩服而又惋惜的议论,其实也是以讹传讹的话儿。而且《刺客列传》中分明描写鲁勾践是跟荆轲博棋的,盖聂才跟他议论过剑术。在这个巨大悲剧的幕帷降下之后,并非盖聂却是鲁勾践评论荆轲的剑术,司马迁的这种写法很值得玩味,是否有点儿像当今所说黑色幽默的味道?正是曾说过自己"好读书不求甚解"的陶潜,对此也许是作出了一个错误的判断吗?真远不如李翱的《题燕太子丹传后》,评论太子丹和荆轲不谙时移势易的道理,认为他们所策划的挟持此种打算,其实是违反了历史进程的荒谬行为。他们只是迂腐地记住了公元前 681 年曹沫挟持齐桓公,逼他归还鲁国土地的故事,却想不到离开他们 450 年前诸侯并立的局面,那些所谓贤明的国君都标榜自己说话的信誉,以争取人心的归附;而他们所面对的秦王嬴政,正穷凶极恶地驱赶着虎狼般残暴的军队,处心积虑地要消灭所有在风雨飘摇中剩余的邻国,就算是挟持成功了,最多也只能换来一个停止侵凌的虚假承诺罢了。这是能够接受李翱此种见解的,却同时又觉得在这里也是最好地显示出豪情满怀和注重信义的侠士荆轲,根本就无法理解专制魔王嬴政的狡诈与卑劣,才会考虑这样去与虎谋皮,而不是大快人心地把他杀死了事。

无论是有过什么样的议论,这一幕喑呜叱咤的历史悲剧,都将会浩气长存,永远激励着百代以下的志士仁人们。当然是绝对地不必大家都去扮演刺客的角色,尤其是在像希特勒那样被历史所咒骂和唾弃的专制魔王最终绝迹后,民主的秩序必将替代个人的独裁,刺客是专制魔王的惩罚者,却也是民主秩序的破坏者,因此一般的说来就不再需要刺客们去建立正义的功勋了。不过像荆轲那种决绝、壮烈和高旷的精神，将会永远鼓舞着大家去抛弃苟且偷安的日子，憎恶醉生梦死和声色犬马的堕落，永远憧憬着圣洁和高尚的人生目标，尽量为人类和世界的迈进作出自己的贡献。

　　这里不存在刻板，刻板容不下真正的人性。这里什么也没有，只有人的生命在蒸腾。

莫 高 窟 余秋雨

　　莫高窟对面，是三危山。《山海经》记，"舜逐三苗于三危"。可见它是华夏文明的早期屏障，早得与神话分不清界线。那场战斗怎么个打法，现在已很难想象，但浩浩荡荡的中原大军总该是来过的。当时整个地球还人迹稀少，嗒嗒的马蹄声显得空阔而响亮。让这么一座三危山来做莫高窟的影壁，气概之大，人力莫及，只能是造化的安排。

　　公元 366 年，一个和尚来到这里。他叫乐樽，戒行清虚，执心恬静，手持一枝锡杖，云游四野。到此已是傍晚时分，他想找个地方栖宿。正在峰头四顾,突然看到奇景:三危山金光灿烂,烈烈扬扬,像有千佛在跃动。是晚霞吗?不对,晚霞就在西边,与三危山的金光遥遥相对应。

三危金光之迹,后人解释颇多,在此我不想议论。反正当时的乐樽和尚,刹那时激动万分。他怔怔地站着,眼前是腾燃的金光,背后是五彩的晚霞,他浑身被照得通红,手上的锡杖也变得水晶般透明。他怔怔地站着,天地间没有一点声息,只有光的流溢,色的笼罩。他有所醒悟,把锡杖插在地上,庄重地跪下身来,朗声发愿,从今要广为化缘,在这里筑窟造像,使它真正成为圣地。和尚发愿完毕,两方光焰俱黯,苍然暮色压着茫茫沙原。

不久,乐樽和尚的第一个石窟就开工了。他在化缘之时广为播扬自己的奇遇,远近信士也就纷纷来朝拜胜景。年长日久,新的洞窟也一一挖出来了,上自王公,下至平民,或者独筑,或者合资,把自己的信仰和祝祈,全向这座陡坡凿进。从此,这个山峦的历史,就离不开工匠斧凿的叮当声。

工匠中隐潜着许多真正的艺术家。前代艺术家的遗留,又给后代艺术家以默默的滋养。于是,这个沙漠深处的陡坡,浓浓地吸纳了无量度的才情,空灵灵又胀鼓鼓地站着,变得神秘而又安详。

从哪一个人口密集的城市到这里,都非常遥远。在可以想象的将来,还只能是这样。它因华美而矜持,它因富有而远藏。它执意要让每一个朝圣者,用长途的艰辛来换取报偿。

我来这里时刚过中秋,但朔风已是铺天盖地。一路上都见鼻子冻得通红的外国人在问路,他们不懂中文,只是一迭连声地喊着:"莫高!莫高!"声调圆润,如呼亲人。国内游客更是拥挤,傍晚闭馆时分,还有一批刚刚赶到的游客,在苦苦央求门卫,开方便之门。我在莫高窟一连待了好几天。第一天入暮,游客都已走完了,我沿着莫高窟的山脚来回徘徊。试着想把白天观看的感受在心头整理一下,很难;只得一次次对着这堵山坡傻想,它究竟是个什么样的存在?

比之于埃及的金字塔,印度的山奇大塔,古罗马的斗兽场遗迹,中国的许多文化遗迹常常带有历史的层累性。别国的遗迹一般修建

于一时,兴盛于一时,以后就以纯粹遗迹的方式保存着,让人瞻仰。中国的长城就不是如此,总是代代修建、代代拓伸。长城,作为一种空间蜿蜒,竟与时间的蜿蜒紧紧对应。中国历史太长、战乱太多、苦难太深,没有哪一种纯粹的遗迹能够长久保存,除非躲在地下,躲在坟里,躲在不为常人注意的秘处。阿房宫烧了,滕王阁坍了,黄鹤楼则是新近重修。成都的都江堰所以能长久保留,是因为它始终发挥着水利功能。因此,大凡至今哄传的历史胜迹,总有生生不息、吐纳百代的独特禀赋。

莫高窟可以傲视异邦古迹的地方,就在于它是一千多年的层层累聚。看莫高窟,不是看死了一千年的标本,而是看活了一千年的生命。一千年而始终活着,血脉畅通、呼吸匀停,这是一种何等壮阔的生命!一代又一代艺术家前呼后拥向我们走来,每个艺术家又牵连着喧闹的背景,在这里举行着横跨千年的游行。纷杂的衣饰使我们眼花缭乱,呼呼的旌旗使我们满耳轰鸣。在别的地方,你可以蹲下身来细细玩索一块碎石、一条土埂,在这儿完全不行,你也被裹卷着,身不由己,踉踉跄跄,直到被历史的洪流消融。在这儿,一个人的感官很不够用,那干脆就丢弃自己,让无数双艺术巨手把你碎成轻尘。

因此,我不能不在这暮色压顶的时刻,在山脚前来回徘徊,一点点地找回自己,定一定被震撼了的惊魂。晚风起了,夹着细沙,吹得脸颊发疼。沙漠的月亮,也特别清冷。山脚前有一泓泉流,汩汩有声。抬头看看,侧耳听听,总算,我的思路稍见头绪。白天看了些什么,还是记不大清。只记得开头看到的是青褐浑厚的色流,那应该是北魏的遗存。色泽浓沉得如同立体,笔触奔放豪迈得如同剑戟。那个年代战事频繁,驰骋沙场的又多北方骠壮之士,强悍与苦难汇合,流泻到了石窟的洞壁。

当工匠们正在这洞窟描绘的时候,南方的陶渊明,在破残的家园里喝着闷酒。陶渊明喝的不知是什么酒,这里流荡着的无疑是烈酒,没有什么芬芳的香味,只是一派力、一股劲,能让人疯了一般,拔剑而起。这里有点冷、有点野,甚至有点残忍;色流开始畅快柔美了,那一定是到了隋文帝统一中国之后。衣服和图案都变得华丽，有了香气，有了暖意，有了笑声。这是自然的，隋炀帝正乐呵呵地坐在御船中南下，新竣的运河碧波荡漾，通向扬州名贵的奇花。隋炀帝太凶狠，工匠们不会去追随他的笑声，但他们已经变得大气、精细，处处预示着，他们手下将会奔泻出一些更惊人的东西；色流猛地一下旋涡卷涌，当然是到了唐代。人世间能有的色彩都喷射出来，但又喷得一点儿也不野，舒舒展展地纳入细密流利的线条，幻化为壮丽无比的交响乐章。这里不再仅仅是初春的气温，而已是春风浩荡，万物苏醒，人们的每一缕筋肉都想跳腾。这里连禽鸟都在歌舞，连繁花都裹卷成图案，为这个天地欢呼。这里的雕塑都有脉搏和呼吸，挂着千年不枯的吟笑和娇嗔。这里的每一个场面，都非双眼能够看尽，而每一个角落，都够你留连长久。这里没有重复，真正的欢乐从不重复。

这里不存在刻板，刻板容不下真正的人性。这里什么也没有，只有人的生命在蒸腾。一到别的洞窟还能思忖片刻，而这里，一进入就让你燥热，让你失态，让你只想双足腾空。不管它画的是什么内容，一看就让你在心底惊呼，这才是人，这才是生命。人世间最有吸引力的，莫过于一群活得很自在的人发出的生命信号。这种信号是磁，是蜜，是涡卷方圆的魔井。没有一个人能够摆脱这种涡卷，没有一个人能够面对着它们而保持平静。唐代就该这样，这样才算唐代。我们的民族，总算拥有这么个朝代，总算有过这么一个时刻，驾驭那些瑰丽的色流，而竟能指挥若定；色流更趋精细，这应是五代。唐代的雄风余威未息，只是由炽热走向温煦，由狂放渐趋沉着。头顶的蓝天好像小了一点，野外的清风也不再鼓荡胸襟；终于有点灰暗了，舞蹈者仰首到变化了的天色，舞姿也开始变得拘谨。仍然不乏雅丽，仍然时见妙笔，但欢快的整体气氛，已难于找寻。洞窟外面，辛弃疾、陆游仍在握剑长歌，美妙的音色已显得孤单，苏东坡则以绝世天才，与陶渊明呼应。大宋的国土，被下坡的颓势，被理学的层云，被重重的僵持，遮得有点阴沉；色流中很难再找到红色了，那该是到了元代……

这些朦胧的印象，稍一梳理，已颇觉劳累，像是赶了一次长途的旅

人。据说把莫高窟的壁画连起来,整整长达60华里。我只不信,60华里的路途对我轻而易举,哪有这般劳累？夜已深了,莫高窟已经完全沉睡。就像端详一个壮汉的睡姿一般,看它睡着了,也没有什么奇特,低低的,静静的,荒秃秃的,与别处的小山一样。

第三天一早,我又一次投入人流,去探寻莫高窟的底蕴,尽管毫无自信。

游客各种各样。有的排着队,在静听讲解员讲述佛教故事;有的捧着画具,在洞窟里临摹;有的不时拿出笔记写上几句,与身旁的伙伴轻声讨论着学术课题。他们就像焦距不一的镜头,对着同一个拍摄对象,选择着自己所需要的清楚和模糊。莫高窟确实有着层次丰富的景深(depth of field),让不同的游客摄取。听故事,学艺术,探历史,寻文化,都未尝不可。一切伟大的艺术,都不会只是呈现自己单方面的生命。它们为观看者存在,它们期待着仰望的人群。一堵壁画,加上壁画前的叹息,才是这堵壁画的立体生命。游客们在观看壁画,也在观看自己。于是,我眼前出现了两个长廊:艺术的长廊和观看者的心灵长廊;也出现了两个景深:历史的景深和民族心理的景深。

如果仅仅为了听佛教故事,那么它多姿的神貌和色泽就显得有点浪费。如果仅仅为了学绘画技法,那么它就吸引不了那么多普通的游客。如果仅仅为了历史和文化,那么它至多只能成为厚厚著述中的插图。它似乎还要深得多,复杂得多,也神奇得多。

它是一种聚会,一种感召。它把人性神化,付诸造型,又用造型引发人性,于是,它成了民族心底一种彩色的梦幻、一种圣洁的沉淀、一种永久的向往。

它是一种狂欢,一种释放。在它的怀抱里神人交融,时空飞腾,于是,它让人走进神话、走进寓言,走进宇宙意识的霓虹。在这里,狂欢是天然秩序,释放是天赋人格,艺术的天国是自由的殿堂。

它是一种仪式、一种超越宗教的宗教。佛教理义已被美的火焰蒸馏,剩下了仪式应有的玄秘、洁净和高超。只要知闻它的人,都会以一生来投奔这种仪式,接受它的洗礼和熏陶。

这个仪式如此宏大,如此广。甚至,没有沙漠,也没有莫高窟,没有敦煌。仪式从海港的起点已经开始,在沙窝中一串串深深的脚印间,在一个个夜风中的帐篷里,在一具具洁白的遗骨中,在长毛飘飘的骆驼背上。流过太多眼泪的眼睛,已被风沙磨钝,但是不要紧,迎面走来从那里回来的朝拜者,双眼是如此晶亮。我相信,一切为宗教而来的人,一定能带走超越宗教的感受,在一生的潜意识中蕴藏。蕴藏又变作遗传,下一代的苦旅者又浩浩荡荡。为什么甘肃艺术家只是在这里撷取了一个舞姿,就能引起全国性的狂热?为什么张大千举着油灯从这里带走一些线条,就能风靡世界画坛?只是仪式,只是人性,只是深层的蕴藏。过多地捉摸他们的技法没有多大用处,全心全意的成功只在于全身心地朝拜过敦煌。蔡元培在本世纪初提出过以美育代宗教,我在这里分明看见,最高的美育也有宗教的风貌。或许,人类的将来,就是要在这颗星球上建立一种有关美的宗教?

离开敦煌后,我又到别处旅行。

我到过另一个佛教艺术胜地,那里山清水秀,交通便利。思维机敏的讲解员把佛教故事与今天的新闻、行为规范联系起来,讲了一门古怪的道德课程。听讲者会心微笑,时露愧色。我还到过一个山水胜处,奇峰竞秀,美不胜收。一个导游指着几座略似人体的山峰,讲着一个个贞节故事,如画的山水立时成了一座座道德造型。听讲者满怀兴趣,扑于船头,细细指认。我真怕,怕这块土地到处是善的堆垒,挤走了美的踪影。为此,我更加思念莫高窟。

什么时候,哪一位大手笔的艺术家,能告诉我莫高窟的真正奥秘?日本井上靖的《敦煌》显然不能令人满意,也许应该有中国的赫尔曼·黑塞,写一部《纳尔齐斯与歌德蒙》,把宗教艺术的产生,刻画得如此激动人心,富有现代精神。

不管怎么说,这块土地上应该重新会聚那场人马喧腾、载歌载舞的游行。

我们,是飞天的后人。

　　此时,端详杯中的菊花,无言无语,悄无声息。它已从绚烂归于平淡,却自然地伸展身骸,浴在净水中,清雅,和润,自成一格。

人淡如菊　郭春燕

　　友赠菊花茶,以为奇。既是花,又是茶,那该是怎样清逸俊朗的模样?

　　沸水冲之,几枚干枯的花随波翻腾,渐至平静,霎时,一朵朵淡黄色的菊花盛开在透明玻璃杯中,如浴在水中的女子,爽洁清新,盈盈动人。于是,眼波盘桓,不忍移去。

　　投几块冰糖,待融尽,把盏轻饮,浅浅的隐隐的一股清香,顺喉而下,片刻便达肺腑,顿觉心骸俱松,一切释然。其茶淡,其人亦淡,渐渐地氤氲成一缕风,一絮云,在空中闲来荡去。细斟之,人生当何不凝成一杯菊花茶,滤掉俗尘,拂去杂念,独自逸然地开放?

　　茶香缭绕,隐约可见青郁的山上,飘下一人。他荷锄背笠,短衣绾裤,衣襟上斜斜地别着一枝嫩黄的菊花。他步风踏尘,来到自家竹篱茅舍前,推开虚掩的柴门,随手将那枝菊花插在竹篱上。隔壁邻人在瓜架下,支起一方小桌,两碟小菜,一杯淡酒,正自斟自饮。见他归来,忙不迭地招呼过来。他亦不推辞,洗盏更碟,相与推杯对酌,不胜欢悦,而面色渐渐微酡。此时,落日熔金,天边红透一片。晚风清爽,一阵阵袭来,篱上的菊花颤动身姿,面容晕染了一层猩红,似已醉在夕阳中……

他就是晋朝的陶渊明,以隐逸者著称。因为不愿向小人俯首,不为五斗米折腰,遂躲至村野乡陌,吟诗作文,经营一方田亩,不问世事,快活潇洒地打发着时光。其后的许多文人竞效其法,一旦失意落魄,便轻甩发须,仰天大笑出门去,寻山林,觅村舍,远离尘世,在自然中了度余生。也许中国文人向来处穷达用舍、水清水浊之间,自以为濯缨濯足、行藏在我,胸中一股清气,总想以己之志肆逞天下,却往往在现实中碰得头破血流,遭贬谪,便自嘲:天涯何处无芳草。拈一枝花,枫桥夜泊,寒江钓雪,将人生沏成了一杯淡茶,含蓄味永,朦胧了秦时明月,清癯(qú,瘦)了唐宋诗词,那缕茶香绕过花丛,悠悠、淡淡、一直飘荡到今天……虽然他们称不上伟大,却"宁静而致远,淡泊以明志",保持了内心的独立与完整,是无奈之举,也是明智之行。

菊,轻轻地脱口而出,唇齿之间无须费力,而那种清韵便随徐徐气息悠然淡出,一如其姿态的优雅与脱俗。在乡间,田埂上,小路上,车辙碾过,牛蹄踏过,泥泞中依然可见清瘦的野菊花,怯然,却坚毅地微笑着。拢在手里,沁出一股冷冷的暗香,未及盈袖,却萦回于鼻喉齿颊之间,舒缓而畅意。我相信它小小的体内一定吸取了天地自然的精华和灵气,澄清了尘埃和芜秽,莹心一片,于是韵致天成,佳趣横生。在城市里,菊并不鲜见,花瓣繁复,叶绿且阔,花容日渐丰美,但却少了一种峭拔和秀挺,甫一照面,也不再会愕然惊诧、蓦然回首,而心中的那枝野菊花已悄悄摇曳,发出淡淡幽香……

东晋高僧慧远,独爱山林之幽,尤恋庐山秀美。当时刺史桓伊便为他建造了一座禅舍,名之"东林精舍",据言其舍"洞尽山美,却负香炉之峰,傍带瀑布之壑……清泉环阶,白云满室",人居此,"神清而气肃"。原来自然间钟灵毓秀,比起纷纷扰扰、尔虞我诈的名利场,何啻(chì,但;只;仅)天壤云泥!难怪隐逸之士慕梅兰竹菊,寻尘外幽踪,携松林清风洗濯心灵,沐朝露夕岚廓清耳目,绝尘弃俗,标示出一番高洁孤傲的风姿情采。

第九辑
遥远的绝响

以我的想象，山林虽幽，田野虽阔，却也一定有其物质的不足，生活的不便。即使浪漫如屈原"朝饮木兰之坠露兮，夕餐秋菊之落英"，还是要吃要住要行，于是，这些隐者涉水攀山，伐薪煮炊，一袭青衫飘在风雨中，凄冷，孤寂，甘苦自尝，冷暖自知。在此情境下，他们微微一笑，挥毫落纸如云烟，风神散朗，一派闲适和逸然，其淡泊之心足以辉映时世，且光射当代。因为今人难再舍名利、弃富贵，拥一心恬淡，去山林村野听天籁之音，探幽壑之美了。

轻轻把杯，看一朵朵菊花开在水面上，深吸一口，那股馥郁荡然于胸，恍然见陶渊明正坐在自家的院内，时值重阳，亲手种植的菊花已静静地开放，给凋零的秋天抹上一层炫目的色彩。渊明环顾四周，一张竹椅，一架素琴，还有一篱菊花，蓦地，他竟有一丝丝寥然泛上心头，想要饮酒，伸手触壶，摇摇，却是空空。正兀自发怔，一白衫人飘然而至，定睛细看，原来是好友王弘提壶送酒来了。渊明欣喜地牵住王弘的手，然后落座、斟酒，畅然对饮，兴酣处，他移过琴来，抚琴高歌，以寄其意。渐渐，渊明醺醺然已有醉意，他斜斜地靠在椅上，抬手挥曰："我醉欲眠，卿可去。"便沉沉睡去。看来，率真的渊明有花有酒有友，心亦足矣，也真该再做一个好梦了。

云淡风轻的日子里，怀里抱满菊花，笑在灿阳下，那实在是一幅纯美的图画，这缘于淡泊无尘的心境，而这种淡泊又不是了无牵挂，因为渗透点点人性的温存，益显其骨高格标。就像陶渊明和王弘的友谊，其淡如水，其味弥长，悠悠情谊似东篱之菊盛开在彼此心间，那种淡淡的韵味香远益清，让人生也变得芬芳起来。

秋，霜降，众芳谢，唯有一枝枝菊怒放。枝叶俏然，花容清冽，皎然而超尘。尤在月夜，朗朗清辉泼溅花上，透剔晶凝，冷冷不可浸淫。此时，端详杯中的菊花，无言无语，悄无声息。它已从绚烂而归于平淡，却自然地伸展身骸，浴在净水中，清雅，和润，自成一格。臻此，又何尝不是一种升华？

茶已微凉，轻啜，却是沁透肺腑，神清目爽。

人淡如菊，菊淡似人……

第九辑
遥远的绝响

人 生 悟 语

　　从陶潜的诗中走来,花瓣上依然清晰可见先贤的铮铮铁骨和隐者风范。百花争艳的季节里,菊独守一隅,是不适俗韵的淡泊,是期待清雅素洁的超然,是沉默不屈的淡然心迹。菊的血脉中流淌着傲秋霜、临寒风的清绝。菊之韵,无穷无尽……　　　　　　(王　蕴)

278

精神明亮的人

第十辑

　　生而为人，我们就同时拥有了两个部分，一个部分是肉体，另一个部分是精神。肉体的满足，无法代替精神的富有；欲望的达成，也无法遏制心灵的渴望。打个比方，肉体穿行于黝黑的隧道，只有点亮精神的灯盏，才能照亮前行的道路，寻找到正确的方向。

同学们跟他也都很友好,觉得和他在一起高兴,愉快。我因此而欣慰。我知道,一个心灵的小花园,"侍弄"得开始美好起来了……

心灵花园 梁晓声

谁不希望拥有一座小小花园?哪怕是一尺之地呢。若有,当代人定会以木栅围起。那木栅也定会以各人的条件和意愿,摆弄得尽可能美观。

都市寸土千金,地价炒得越来越高。也许,今后将更高。拥有一个小小花园的希望,对寻常之辈不啻是一种奢望与梦想。

其实,谁都有一座小小花园,谁都是有苗圃之地的,这便是内心世界。人的智力需要开发,人的内心世界也是需要开发的。人和动物的区别,恐怕还在于人有内心世界。心,不过是人的一个重要脏器,而内心世界则是一种特殊的景观,它是由外部世界不断作用于内心而渐渐形成的。

我常"侍弄"心灵的苗圃。身已不健,心尤荒芜,又岂能活得好呢?职业的缘故,使我惯对自己和他人的心灵深入研究。结论是:心灵,与人的身体健康同样重要。

我的儿子梁爽,小学五年级。这正是一个人的内心世界开始形成的年龄。我也常教他学会如何"侍弄"那小小心灵的苗圃。"侍弄"这个词,用在此处是很勉强的,不那么贴切,意思无非是人的内心世界如果惰于拂拭,就会浮尘厚积、杂草丛生。这联系到禅家的一桩"公案":"时时勤拂拭,莫使惹尘埃。"

我系俗人，仅能以俗人的观念和方式教子。故我对儿子首先的教诲是——人的内心世界，大概最容易招惹尘埃、沾染污垢。心灵的清洁卫生只能是相对的，好比居处的清洁卫生，只能是相对的。倘若根本不"拂拭"，甚至反感别人中肯的批评，则是大不可取，犹如讳疾忌医。

　　一次儿子放学，进屋就说："爸爸，今天同学的红领巾被老师收去了。"

　　我问为什么。儿子回答："犯错误了呗！把老师气坏了。"

　　那同学是他好朋友，却有些日子不到家里来玩了。我依稀记得，似乎老师要在他们两人之间选拔一名班干部。

　　我将他召至跟前，推心置腹地问："跟爸爸说实话，你是不是因此而高兴？"

　　他便诚实地回答："有点儿。"

　　我说："你学过一个词，叫'幸灾乐祸'，你能正确解释这个词吗？红领巾被老师收去了，还算不得什么灾。但是，你心里已有了这种'幸灾乐祸'的根苗，那么，你哪一天听说他生病了，住院了，甚至生命有危险了，说不定你内心里也会暗暗地高兴。"

　　儿子的目光告诉我，他不相信自己会那样。我又说："如果你们老师并不打算在你们两个之间选拔一名班干部，你倒未必幸灾乐祸。如果你心里清楚，老师最终选拔的肯定是你，你也未必幸灾乐祸。你之所以如此，是因为他和你被选上的可能性是相当的，甚至他被选上的可能性更大些。于是，你才幸灾乐祸，这完全是由嫉妒产生的。你看，嫉妒心理多丑恶呀，它竟使人对朋友也心存不良。"

　　接着，我给他讲了两件事。有一对女孩儿，她们原本是好朋友，又都是从小学芭蕾的。一次，老师要从她们两人中间选一个主角。其中一个认为肯定是自己，应该是自己，可老师偏偏选了另一个。于是，她就在演出的头一天晚上，将她好朋友的舞裙，剪成了一片片的碎片。还有两个女孩儿，是一对小杂技演员。一个是"尖子"，也就是被托举起来的。另一个是"底座儿"，也就是将对方托举起来的。她们的演出几乎场场获得热烈的掌声。可不知为什么，那个"底座儿"内心生上了嫉妒，总是莫名其妙地觉得，掌声是为"尖子"一个人鼓的。她觉得不公平。日复一日，那种暗暗的嫉妒，就变成了愤恨。终于有一天，她故意失手，制造了一场不幸，使"尖子"在演出时当场摔成重伤……

我对儿子讲，因嫉妒而伤害到别人，如果发生在成年人身上，那就可能是犯罪行为了……

儿子问："大人也嫉妒吗？"

我说大人一旦嫉妒起来尤其厉害。凡那样的人，皆因从小就让嫉妒这颗种子，在心灵里深深扎了根。他们的内心世界，不是花园，不是苗圃，而是荆棘密布的乱石岗……

儿子问："爸爸你也嫉妒过吗？"

我说，当然也嫉妒过，直到现在还时常嫉妒比自己幸运、比自己优越、比自己强大的人。不管是伟大的人还是普通的人，都有嫉妒之心，没产生过嫉妒心的人是根本没有的。

儿子问："那怎么办呢？"

我说，第一，要明白嫉妒是丑恶的，是邪恶的，对他人和社会具有危害性和危险性。第二，不可能一切所谓好事、好的机会，都会理所当然地降临在自己头上。当幸运降临在别人头上时，你应对自己说，我的机会和幸运可能在下一次……

邻居们都很喜欢我的儿子，认为他是个"懂事"的好孩子。同学们跟他也都很友好，觉得和他在一起高兴、愉快。我因此而欣慰。我知道，一个心灵的小花园，"侍弄"得开始美好起来了……

人生悟语

以心为花园，以思想为种子，不仅仅会繁花似锦，也会杂草丛生，一切皆视播撒什么样的思想种子而定。"种瓜得瓜，种豆得豆"的真理永远不变。播下健康的种子，心灵就不会被杂草吞噬，播下爱、宽容、善良、宁静的种子，就会收获快乐的人生。　　　　(王　蕴)

等待是种美丽的坚持,只要等待就有希望,而希望是生活的源泉和动力。

等待是美丽的 李 愚

曾有人问德川家康:"杜鹃不啼,而要听它啼,有什么办法?"德川家康的回答是:"等待它啼。"

大仲马的巨著《基度山伯爵》的最后一句话令我刻骨铭心:"人类的全部智慧都包含在这两个词中:等待和希望……"

在南美洲安第斯高原海拔4000多米人迹罕至的地方,生长着一种花,名叫普雅花。普雅花的花期仅有两个月,花开之时极为美丽,花谢之时也是整个花株枯萎之时。然而谁能想到,普雅花为了两个月的花期竟等了100年!

用100年等待一次花开,等待一次两个月的美丽,值吗?神奇的普雅花也许从来不曾思考过这个问题。它只是静静地伫立在高原上,默默地用叶儿采集阳光的芬芳,默默地用根儿汲取大地的养料,默默地努力营造自己的花事,默默地等待了100年,只是为了用百年一次的花开来证明生命的美丽和价值。

几米的《希望井》中有这样一段话:"掉落深井,我大声呼喊,等待救援……天黑了,黯然低头,才发现水面满是闪烁的星光。我在最深的绝望里,遇见最美丽的惊喜。"

几米用诗意盎然的语言写出了耐人寻味的哲理:人生不会风平浪静,生活不会一帆风顺,任何时候都有可能出现困境,这时候你应该学会等待,在等待中你也许会发现生活的另外一个出口,"上帝在为你关闭一扇门时,会为你打开一扇窗"。

等待是种美丽的坚持,只要等待就有希望,而希望是生活的源泉和动力。希望到来之前是等待,希望到来之后还是等待,因为那时又有一个新的希望了。其实,生命就是一个等待的过程,我们的一生就是在等待中度过的。

雨什么时候下?风什么时候起?一个字——等!

人 生 悟 语

遥望川上的云烟,折叠起那份疲惫的焦躁不安,让岁月的刻刀慢慢划过心海,等待,就如一句千古吟诵的诗,读一遍又一遍,最终成为经典。梦寐以求的渴望,总在前方给人以妩媚的畅想,等待的彷徨终会浮现出青山不老的沧桑……

(王 蕴)

善良、丰富、高贵——令人怀念的品质,人之为人的品质,我期待今天更多的人拥有它们。

善良·丰富·高贵 周国平

如果我是一个从前的哲人,来到今天的世界,我会最怀念什么?一定是这六个字:善良、丰富、高贵。

看到医院拒收付不起昂贵医疗费的穷人,看到商人出售假冒伪劣商品,制造急性和慢性的死亡;看到矿难频繁,矿主用工人的生命换取高额利润；看到每天发生的许多凶杀案，往往为了很少的钱或很小的缘由夺走一条生命，我为人心的冷漠感到震惊，于是我怀念善良。

善良，生命对生命的同情，多么普通的品质，今天仿佛成了稀有之物。善良是区分好人与坏人的最初界限，也是最后界限。

看到今天许多人以满足物质欲望为人生唯一的目标，全部生活由赚钱和花钱两件事组成，我为人们心灵的贫乏感而震惊，于是我怀念丰富。

丰富，人的精神能力的生长、开花和结果，是上天赐给万物之灵的最高享受，为什么人们弃之如敝屣（xǐ，鞋）呢？上天的赐予本来是公平的，每个人的人性中都蕴涵着精神需求。那些永远折腾在功利世界里的人，那些从来不谙思考、阅读、独处、艺术欣赏、精神创造等让心灵快乐的人，他们是怎样辜负了上天的赐予啊，不管他们多么有钱，他们是度过了怎样贫穷的一生啊。

看到有些人为了获取金钱和权力毫无廉耻，可以干任何出卖自己尊严的事，然后又依仗所获取的金钱和权力毫无顾忌地凌辱他人的尊严，我为这些人灵魂的卑鄙感到震惊，于是我怀念高贵。

高贵，曾经是许多时代最看重的价值，被看得比生命还重要，现在似乎很少有人提起了。今天的一些人就是这样，不知尊严为何物，不把别人当人，任意欺凌和侮辱，而根源正在于他没有把自己当人，事实上你在他身上也已经看不出丝毫人的品性。高贵者的特别之处是极其尊重他人，他的自尊正因此得到了最充分的体现。人的灵魂应该是高贵的，人应该做精神贵族。

我听见一切时代的哲人在向今天的人们呼唤：人啊，你要有善良的心，丰富的心灵，高贵的灵魂，这样你才无愧于人的称号，你才是作为真正的人在世间生活。

善良，丰富，高贵——令人怀念的品质，人之为人的品质，我期待今天更多的人拥有它们。

    那是40个世纪以前播下的高贵种子,它百十年一发,只要显形问世,就一定以骇俗的美久久引起震撼。

清洁的精神 张承志

    这不是一个很多人都可能体验的世界。

    而且很难举例、论证和顺序叙述。缠绕着自己的思想如同野草,记录也许就只有采用野草的形式——让它蔓延,让它尽情,让它孤独地荣衰。高崖之下,野草般的思想那么饱满又那么闭塞。这是一个瞬间。趁着流矢正在稀疏,下一次火光冲天的喧嚣还没有开始;趁着大地尚能容得下残余的正气,趁着一副末世相中的人们正苦于卖身无术而力量薄弱,应当珍惜这个瞬间。

一

    关于汉字里的"洁"字,人们早已司空见惯、不假思索、不以为然,甚至清洁可耻、肮脏光荣的准则正在风靡时髦。洁,今天,好像只有在

公共场所，比如在垃圾站或厕所等地方，才能看得见这个字了。

那时在河南登封，在一个名叫王城岗的丘陵上，听着豫剧的调子，每天都眼望着古老的箕山发掘。箕山太古老了，九州的故事都是在那座山上起源。夏商周，遥远得、几乎是历史传说的茫茫古代，那时宛如迎在眼前又无影无踪，烦恼着我们每个考古队员。一天天地，我们挖着只能称作龙山文化或二里头早期文化的土，心里却盼它属于大禹治水的夏朝。感谢那些辛苦的日子，它们在我的脑中埋下了这个思路，直到今天。

是的，没有今天，我不可能感受什么是古代。由于今天泛滥的不义、庸俗和无耻，我终于迟迟地靠近了一个结论：所谓古代，就是洁与耻尚没有沦灭的时代。箕山之阴，颍水之阳，在厚厚的黄土之下压埋着的，未必是王朝国家的遗址，而是洁与耻的过去。

那是神话般的、唯洁为首的年代。洁，几乎是处在极致，超越界限，不近人情。后来，经过如同司马迁、庄子、淮南子等大师的文学记录以后，不知为什么人们又只赏玩文学的字句而不信任文学的真实——断定它是过分的传说而不予置信，而渐渐忘记了它是一个重要的、古中国关于人怎样活着的观点。

今天没有人再这样谈论问题，这样写好像就是落后和保守的记号。但是，四千年的文明史都从那个洁字开篇，我不觉得有任何偏激。

一切都开始在这座低平的、素色的箕山上。一个青年，一个樵夫，一头牛和一道溪水，引来了哺育我们的这个文明。如今重读《逍遥篇》或者《史记》，古文和逝事都远不可及，都不可思议，都简直无法置信了。

遥远的箕山，渐渐化成了一幢巨影，遮断了我的视野。山势非常平缓，从山脚拾路慢慢上坡，一阵工夫就可以抵达箕顶。山的顶部宽敞坦平，烟树素淡，悄寂无声。在那荒凉的箕顶上人觉得凄凉。在冬天的晴空尽头，在那里可以一直眺望到中岳嵩山齿形的远影。遗址都在下面的河边，那低伏的王城岗上。我在那个遗址上挖过很久，但是田野发掘并不能找到清洁的古代。

《史记》注引皇甫谧《高士传》,记载了尧舜禅让时期的一个叫许由的古人。许由因帝尧要以王位相让,便潜入箕山隐姓埋名。然而尧执意让位,追许由不舍。于是,当尧再次寻见许由,求他当九州长时,许由不仅坚辞不从,而且以此为奇耻大辱。他奔至河畔,清洗听脏了的双耳。

时有巢父牵犊欲饮之,见由洗耳,问其故。对曰:尧欲召我为九州长,恶闻其声,是故洗耳。巢父曰:子若处高岸深谷,人道不通,谁能见子?子故浮游,欲闻求其名誉,污吾犊口。牵犊上流饮之。

所谓强中有强,那时是人相竞洁。牵牛的老人听了许由的诉说,不仅没有夸奖反而愤愤不满:你若不是介入那种世界,哪里至于弄脏了耳朵?想在你洗耳不过是另一种沽名钓誉。下游饮牛,上游洗耳,既然你已知道自己双耳已污,为什么又来弄脏我的牛口?

毫无疑问,今日中华的有些人正春风得意、稳扎稳打,对下如无尾恶狗般刁悍,对上如无势宦官般谦卑。无论昨天极左、今天极商、明天极右,都永远在正副部司局处科的广阔台阶上攀登的各级官迷以及他们的后备军——小小年纪未老先衰一本正经立志"从政"的小体制派,还有他们的另一翼,Partner、搭档——疯狂嘲笑理想、如蛆腐肉、高高举着印有无耻两个大字的奸商旗的、所谓海里的泥鳅蛤蜊们,是打死他们也不会相信这个故事的。

但是司马迁亲自去过箕山。

《史记·伯夷传》中记道:

尧让天下于许由,许由不受,耻之逃隐……太史公曰:余登箕山,其上盖有许由冢云。

这座山从那时就同称许由山。但是在我登上箕顶那次,没有找到许由的墓。山顶是一个巨大平缓的凹地,低低伸展开去,宛如一个长满荒草的簸箕。这山顶不仅宽阔,而且没有什么峰尖崖陷,登上山顶一览无余。我和河南博物馆的几个小伙子细细找遍了每一丛蒿草,没有任何遗迹残痕。

当双脚踢缠着高高的茅草时,不觉间我们对古史的这一笔记录认起真来。司马迁的下笔可靠,已经在考古者的铁铲下证实了多次。他真的

看见许由墓了吗,我不住地想。

　　箕顶已经开始涌上暮色,视野里一阵阵袭来凄凉。天色转暗后我们突然感慨,禁不住地猜测许由的形象,好像在蒿草一下下绊着脚、太阳一分分消隐下沉的时候,那些简赅的史料又被特别细致地咀嚼了一遍。山的四面都无声。暮色中的箕山,以及山麓联结的朦胧四野中,浮动着一种浑浊的哀切。

　　那时我不知道,就在那一天里我不仅相信了这个古史传说而且企图找寻它。我抱着考古队员式的希望,有一瞬甚至盼望出现奇迹:由我发现许墓。但箕顶上不见牛,不见农夫,不见布衣之士刚愎的清高;不仅登封洛阳,不仅豫北晋南的原野,都沉陷在晚暮的沉默中,一动不动,缄口不言。

　　那一天以后不久, 田野工作收尾, 我没能抽空再上一回箕山。然后, 人和心思都远远地飞到了别处,离开河南弹指就是 15 年。应该说我没有从浮躁中蜕离,我被意气裹挟而去,渐渐淡忘了中原和大禹治水的夏王朝。许由墓,对于我来说,确确实实已经湮没无存了。

二

　　长久以来滋生了一个印象。我一直觉得,在中国的古典中,许由洗耳的例子是极限。品味这个故事,不能不觉得它载道于绝对的描写。它在一个最高的例子上规定"洁"与"污"的概念,它把人类可能有过的原始社会禅让时代归纳为山野之民最高洁、王侯上流最卑污的结论。它的原则本身太高傲,这使它与后世的人们之间产生了隔阂。

　　今天回顾已经为时过晚,它的确已沦为了箕山的传说。今天无论怎样庄重的文章也难脱调侃。今天的中国人,可能已经没有体会它的心境和教养了。

　　就这样时间在流逝着。应该说这些年来,世界上的进程惊心动魄。在它的冲淘下我明白了:文明中有一些最纯的因素,唯它能凝聚起涣散失望的人群,使衰败的民族熬过险关、求得再生。所以,尽管我已经迷恋着我的先烈的信仰和纯朴的集体;尽管我的心意情思早已远离中原三千里外并且不愿还家;但我依然强烈地想起箕山,还有古史传说的年代。

箕山许由的本质,后来分衍成很多传统。洁的意识被义、信、耻、殉等林立的文化所簇拥,形成了中国文化的精神森林,使中国人长久地自尊而有力。

后来,伟大的《史记·刺客列传》著成,中国的烈士传统得到了文章的提炼,并长久地在中国人的心中矗立起来,直至昨天。

《史记·刺客列传》是中国古代散文之最。它所收录的精神是不可思议、无法言传、美得魅人的。

三

英雄首先出在山东。司马迁在这篇奇文中以鲁人曹沫为开始。

应该说,曹沫是一个用一把刀子战胜了大国霸权的外交家。在他的羸弱的鲁国被强大的齐国欺凌的时候,外交席上,曹沫一把揪住了齐桓公,用尖刀逼他退还侵略鲁国的土地。齐桓公刚刚服了输,曹沫马上扔下刀下坛。回到席上,继续前话,若无其事。

今天,我们的体制派们按照他们不知在哪儿受到的教育,无疑会大声叫喊曹沫犯规,但在当时,若没有曹沫的过激动作,强权就会压制天下。

意味深长的是,司马迁注明了这些壮士来去的周期。

其后百六十有七年,而吴有专诸之事。

专诸的意味,首先在于他是第一个被记诸史籍的刺客。在这里司马迁的感觉起了决定的作用。司马迁没有因为刺客的卑微而为统治者去取舍。他的一笔,不仅使异端的死者名垂后世,更使自己的著作得到了杀青压卷。

刺,本来仅仅是政治的非常手段,本来只是残酷的战争形式的一种而已。但是在漫长的历史中,它更多地属于正义的弱者;在血腥的

人类史中,它常常是弱者在绝境中被迫选择的、唯一可能制胜的决死拼斗。

由于形式的神秘和危险,由于人在行动中爆发出的个性和勇敢,这种行为经常呈着一种异样的美。事发之日,一把刀子被秘密地烹煮于鱼腹之中。专诸乔装献鱼,进入宴席,掌握着千钧一发,使怨主王僚丧命。鱼肠剑,这仅有一件的奇异兵器,从此成为家喻户晓的故事,并且在古代的东方树立了一种极端的英雄主义和浪漫主义。

从专诸到他的继承者之间,周期是 70 年。

这一次的主角豫让把他前辈的开创发展得惊心动魄。豫让只因为尊重了自己人的惨死,决心选择刺杀手段。他不仅演出了一场以个人对抗强权的威武话剧,而且提出了一个非常响亮的思想:"士为知己者死,女为悦己者容。"

第一次攻击失败以后,他用漆疮烂身体,吞炭弄哑声音,残身苦形,使妻子不识,然后寻找接近怨主赵襄子的时机。

就这样行刺之日到了,豫让的悲愿仍以失败终结。但是被捕的豫让骄傲而有理。他认为:"明主不掩人之美,忠臣有死名之义。"在甲兵捆绑的阶下,他堂堂正正地要求名誉,请求赵襄子借衣服让他砍一刀,为他成全。

这是中国古代史上形式和仪式的伟大胜利。连处于反面角色的敌人也表现得高尚。赵襄子脱下了贵族的华服,豫让如同表演胜利者的舞蹈。他拔剑三跃而击之,然后伏剑自杀。

也许这一点最令人费解——他们居然如此追求名誉。

必须说,在名誉的范畴里出现了最大的异化。今日名利之徒的追逐,古代刺客的死名,两者之间的天壤之别的现实,该让人说些什么呢?

周期一时变得短促,40 余年后,一个叫深井里的地方,出现了勇士聂政。

和豫让一样,聂政也是仅仅因为自尊心受到了意外的尊重,就决意为知己者赴死。但聂政其人远比豫让深沉得多。是聂政把"孝"和"情"

引入了残酷的行动。当他在社会的底层,受到严仲子的礼遇和委托时,他以母亲的晚年为行动与否的条件。终于,母亲尽其天年了,聂政开始践约。

聂政来到了严仲子处。只是在此时,他才知道了目标是韩国之相侠累。聂政的思想非常彻底。从一开始,他就决定不仅要实现行刺,而且要使事件包括表面都变成自己的,从而保护知己者严仲子,因此他拒绝助手,单身上道。

聂政抵达韩国,接近了目标,仗剑冲上台阶,包括韩国之相侠累在内一连击杀数十人。但是事情还没有完。

在杀场上,聂政"皮面决眼,自屠出肠",使自己变成了一具无法辨认的尸首。

这里藏着深沉的秘密。本来,两人谋事,一人牺牲,严仲子已经没有危险,像豫让一样,聂政应该有殉义成名的特权。聂政没有必要毁形。

谜底是由聂政的姐姐揭穿的。在那个时代里,不仅人知己,而且姐知弟。聂姐听说韩国出事,猜出是弟弟所为。她仓皇赶到韩,伏在弟弟的遗体上哭喊:这是深井里的聂政!原来聂政一家仅有这一个出了嫁的姐姐,聂政毁容弃名是担忧她受到牵连。聂姐哭道:我怎能因为惧死,而灭了贤弟之名!最后自尽于聂政身旁。

四

这样的叙述,会被人非议为用现代语叙述古文。但我想重要的是,在一片后庭花的歌声中,中国需要这种声音。对于这一篇价值千金的古典来说,一切今天的叙述都将绝对地因人而异。对于正义的态度,对于世界的看法,人会因品质和血性的不同,导致笔下的分歧。更重要的是,人的精神不能这么简单地烂光丢净。管别人呢,我要用我的篇章反复地为烈士传统招魂,为美的精神制造哪怕是微弱的回声。

二百余年之后,美名震撼世界的英雄荆轲诞生了。

荆轲刺秦王的故事妇孺皆知。但是今天大家都应该重读荆轲。《史记·刺客列传》中的荆轲一节,是古代中国勇敢行为和清洁精神的集大成。那一处处永不磨灭的描写,感动了、哺育了一代代的中国人。

独自静静读着荆轲的纪事,人会忍不住地想:我难道还能如此忍受吗? 如此庸庸碌碌的我还算一个人吗? 在关口到来的时候我敢让自己也流哪怕一滴血吗?

易水枯竭,时代变了。

荆轲也曾因不合时尚潮流而苦恼。与文人不能说书,与武士不能论剑。他也曾被逼得性情怪僻,赌博嗜酒,远远地走到社会底层去寻找解脱,结友朋党。他和流落市井的艺人高渐离终日唱和,相乐相泣。他们相交的深沉,以后被惊心动魄地证实了。

荆轲遭逢的是一个大时代。

他被长者田光引荐给了燕国的太子丹。田光按照三人不能守密、两人谋事一人当殉的铁的原则,引荐荆轲之后立即自尽。就这样荆轲进入了太子丹邸。

荆轲在行动之前,被燕太子每日车骑美女,恣其所欲。燕太子丹亡国已迫在眉睫,苦苦请荆轲行动。当秦军逼近易水时,荆轲制定了刺杀秦王的周密计划。

至今细细分析这个危险的计划,仍不能不为它的逻辑性和可行性叹服。关键是"近身"。荆轲为了获得靠近秦王的时机,首先要求以避难燕国的亡命秦将樊於期的首级,然后要求以燕国肥美领土的地图为诱饵,然后以约誓朋党为保证。他全面备战,甚至准备了最好的攻击武器:药淬的徐夫人匕首。

就这样,燕国的人马来到了易水,行动等待着实行。

出发那天出现了一个冲突。由于荆轲队伍动身迟延,燕太子丹产生了怀疑。当他婉言催促时,荆轲震怒了。

这段《刺客列传》上的记载,多少年来没有得到读者的察觉。荆轲和燕国太子在易水上的这次争执,具有很深的意味。这个记载说明:那天的易水送行,不仅是不欢而散甚至是结仇而别。燕太子只是逼人赴死,只是督战易水;至于荆轲,他此时已经不是为了政治,不是为了垂死的贵族而拼命;他此时是为了自己,为了诺言,为了表达人格而战斗。此时的他,是为了同时向秦王和燕太子宣布抗议而战斗。

那一天的故事脍炙人口。没有一个中国人不知道那支慷慨的歌。但是我想荆轲的心情是黯淡的。队伍尚未出发,已有两人舍命,都是为了他此行,而且都是为了一句话。田光只因为太子丹嘱咐了一句"愿先生勿泄",便自杀以守密。樊於期也只因为荆轲说了一句"愿得将军之首",便立即献出头颅。在非常时期,人们都表现出了惊人的素质,逼迫着荆轲的水平。

风萧萧兮易水寒,壮士一去兮不复还。荆轲和他的党人高渐离在易水之畔的悲壮唱和,其实藏着无人知晓的深沉含义。所谓易水之别,只在两人之间。这是一对同志的告别和约束,是他们私人之间的一个誓言。直到后日高渐离登场了结他的使命时,人们才体味到这誓言的沉重。

就这样,长久地震撼中国的荆轲刺秦王事件,就作为弱者的正义和烈性的象征,作为一种失败者的最终抵抗形式,被历史确立并且肯定了。

图穷而匕首现,荆轲牺牲了。继荆轲之后,高渐离带着今天已经不见了的乐器筑,独自地接近了秦王。他被秦王认出是荆轲党人,被挖去眼睛,阶下演奏以取乐。但是高渐离筑中灌铅,乐器充兵器,艰难地实施了第二次攻击。

不知道高渐离举着筑扑向秦王时,他究竟有过怎样的表情。那时人们议论勇者时,似乎有着特殊的见地和方法论。田光向太子丹推荐荆轲时曾阐述说,血勇之人,怒而面赤;脉勇之人,怒而面青;骨勇之人,怒而面白。那时人们把这个问题分析得入骨三分,一直深入到生理上。田光对荆轲的评价是:神勇之人,怒而色不变。

我无法判断高渐离脸上的颜色。

回忆着他们的行迹,我激动,我更怅然若失,我无法表述自己战栗般的感受。

高渐离奏雅乐而行刺的行为,更与燕国太子的事业无关。他的行为,已经完全是一种不屈情感的激扬,是一种民众对权势的不可遏止的蔑视,是一种已经再也寻不回来的、凄绝的美。

五

我们对荆轲故事的最晚近的一次回顾是在狼牙山,八路军的 5 名勇士如荆轲一去不返,使古代的精神骄傲地得到了继承。有一段时期有不少青年把狼牙山当成圣地。记得那时狼牙山的主峰棋盘砣上,每天都飘扬着好多面红旗,从山脚下的东流水村到陡峭的阎王鼻子的险路上,每天都络绎不绝地攀登着风尘仆仆的中学生。

我自己登过两次狼牙山,两次都是在冬天。那时人们喜欢模仿英雄。伙伴们在顶峰研究地形和当年五勇士的位置,在凛冽的山风呼啸中,让心中充满豪迈的激情。

不用说,无论是刺客故事还是许由故事,都并不能使人读了快乐。读后的体会很难言传。暗暗偏爱它们的人会有一些模糊的结论。近年来我常常读它们。没有结论,我只是喜爱读时的感觉。那是一种清冽、干净的感觉。他们栩栩如生。独自面对着他们,我永远地承认自己的低下。但是经常地这样与他们在一起,渐渐我觉得被他们的精神所熏染,心一天天渴望清洁。

是的,是清洁。他们的勇敢,来源于古代的洁的精神。

记不清是什么时候读到的了,有一个故事:舞台上曾出过一个美女,她认为,在暴政之下演出是不洁的,于是退隐多年不演。时间流逝,她衰老了,但正义仍未归来。天下不乏美女。在她坚持清洁的精神的年代里,另一个舞女登台并取代了她。没有人批评那个人粉饰升平和不洁,也没有人忆起仗义的她。更重要的是,世间公论那个登台者美。晚年,她哀叹道,我视洁为命,因洁而勇,以洁为美。世论与我不同,天理也与我不同吗?

我想,我们无权让清洁地死去的灵魂湮灭。

但她象征的只是无名者，未做背水一战的人，是一个许由式的清洁而无力的人，而聂政、荆轲是完全不同的类型。他们是无力者的安慰，是清洁的暴力，是不义的世界和伦理的讨伐者。

若是那个舞女决心向暴君行刺，又会怎样呢？

因此没有什么恐怖主义，只有无助的人绝望的战斗。鲁迅一定深深地体会过无助。鲁迅，就是被腐朽的势力，尤其是被他即便死也"一个都不想饶恕"的人们逼得一步步完成自我、并濒临无助的绝境的思想家和艺术家。他创造的怪诞的刺客形象"眉间尺"变成了白骨骷髅，在滚滚的沸水中追咬着仇敌的头——不知算不算恐怖主义。尤其是，在《史记》已经留下了那样不可超越的奇笔之后，鲁迅居然仍不放弃，仍写出了眉间尺。鲁迅做的这件事值得注意。从鲁迅做的这件事中，也许能看见鲁迅思想的犀利、激烈的深处。

许由故事中的底层思想也在发展。几个浑身发散着异端光彩的刺客，都是大时代中地位卑贱的人。他们身上的异彩为王公贵族所不备。国家危亡之际非壮士、文人们挺身而出。他们视国耻为不可容忍，把这种耻看成自己私人的、必须以命相抵的奇辱大耻——中国文明中的"耻"的观念就这样强化了，它对一个民族的支撑意义，也许以后会日益清晰。

不用说，在那个大时代中，除了耻的观念外，豪迈的义与信等传统也一并奠基。一诺千金，以命承诺，舍生取义，义不容辞——这些中国文明中的有力的格言，都是经过了志士的鲜血浇灌以后，才如同淬火之后的铁，如同沉水之后的石一样，铸入了中国的精神。

我们的精神，起源于上古时代的"洁"字。

登上中岳嵩山的太室，有一种可以望尽中国的感觉。视野里，整个北方一派迷茫。冬树、野草和毗连的村落还都是那么纯朴。我独自久久地望着，心里荡漾着充实的心情。昔日因壮举而得名的处处地点都安在，大地依然如故。包括时间，好像几千年的时间并没有弃我们而去。时间好像一直在静静地守护着这片土地，以及我崇拜的烈士们。我仿佛看见了匆匆离去的许由；仿佛看见了在寒冷冬日的易水河畔，在肃杀的风中唱和相约的荆轲和高渐离；仿佛看见了山峰挺拔的狼牙山上与敌决战的五壮士。

中国给予我教育的时候,从来都是突兀的。几次突然燃起的熊熊烈火,极大地纠正了我的悲观。是的,我们谁也没有权力对中国妄自菲薄。应当坚信:在大陆上孕育了中国的同时,最高尚的洁意识便同时生根。那是四十个世纪以前播下的高贵种子,它百十年一发,只要显形问世,就一定以骇俗的美久久引起震撼。它并非我们常见的风情事物。我们应该等待这种高洁美的勃发。

世间往往有大困惑,尔后才有大觉悟,因此,不怕有惑于其前,只怕无悟于其后。

惑   王开林

严格说来,游伴求学的阶段还只能算作入世的前期,因为羽翮未丰之故,雏鹰也不敢试探云天。

这种企盼却不可遏止。

毕竟草原对于羊是一种诱惑,昊旻对于鸟也是一种诱惑。

它们只想到那里的快乐与自由。

危险呢,是无处不在的,但它们不怕,所谓初生牛犊不怕虎吧。

一个人,除非夭折,入世是迟早的事情。这扇大门也永远敞开着,不管熙熙者为名,还是攘攘者为利,它都来者不拒。然而,出口却相对狭小,在这扇窄门外不远的地方,布满了寺院,这里无疑隐藏着一条通往天堂和来生的捷径。

在寺庙之旁,原本还有隐居者的林薮,现在却被伐木者刀斧剃成了濯濯童山,连蛇鼠之类也迁居别处了。

入世之前,谁会认定自己命运多舛呢?尽管人们都很清楚,怀才不遇是常有的事情。

"愿乘长风破万里浪!"

"直挂云帆济沧海!"

这些都仅仅是美好的理想和愿望。

卞和三献玉,先是被刖足,后是被挖眼,他以残废之躯忍百耻而酬夙愿,是大坚忍者,也是大悲苦者,读史至于此处,怎不令人黯然神伤,恻然心痛?

既有献玉的人,就有淘金的人。

淘金者逐利,"利"字旁边有倚刀,他们走的是一条险道。孟子对梁惠王说:"王何必曰利,唯有仁义而已矣。"这种教诲无论是对庙堂之君还是对市井之民,都终告无效。

何况名利相生,蔚然而为世间的大学问、大风景,众人昧于所得,便不计得失。良知呢?成了烫手碍眼之物,统统被弃之沟渠。

圣人死在 2470 年前,"仁、义"早已是两粒干瘪的种子,根本不可能再发芽了。

好呀,你方唱罢我登场,何必分南北剧种呢?又何必分生、旦、净、末、丑呢?还是八仙过海,各显神通吧。

入世之初,性善性恶且撇开不顾。

强者说:"虎嘴拔牙,刀口舔血!"

弱者说:"明哲保身,与世无尤。"

智者说:"鹬蚌相争,渔翁得利。"

愚者说:"有酒有肉,心满意足。"

看破者出语则又有不同:"人生在世,衣食二字,我富也如此,贵也如此,贫也如此,贱也如此。何必殚思竭虑以求其余?"

一个聪明的现代人却会立刻看到问题的实质所在:"贫富贵贱的区别乃是生活质量高下的区别。人生如朝露易晞,世事如白云苍狗,富贵与贫贱又何异于霄壤云泥?失意者可以'视富贵如浮云'而自解,却不应该以此自欺!"

聒耳之声不绝如缕,我们莫衷一是。

且走一程,看一程,思一程,悟一程。我们便不难遇见那些欺世盗名之徒和见利忘义之辈。

名利为傥来之物,汲汲于心者,追逐千里而往往不得;淡淡于怀者,退避三舍而屡屡获之。名为天下之公器,也是瞰瞰易玷之物,若让小人染指,必定败坏无疑。偷钱者不惜钱,正如沽名者不惜名,他们的龌龊行为使假名日鄙,真名亦为之贱。

古人何以重名节?因为他们有一种自觉意识:"要留清白在人间!"

今人践之踏之而不以为过,都是因为今日之名不同于古时之名,今日之名可由各种新闻媒介去胡乱炒作,古时候,必先实至而后名归。

入世者惑于名,就会成为迷途的羔羊。

现代人与报纸、声像结欢甚牢,眼见着各路名人多于皂泡,自己却默默无闻,怎能不既生烦恼又生羡慕呢?若真有一点楚霸王项羽的豪气,便也会大言不惭地说出"彼可取而代也"的话来。

入世者惑于名,必然急于见效,如此则往往弃大功而修小技,最终的造化就可想而知了。

人生在世,若能在"立德、立功、立言"三事上成就一二,则可以不抱愧,不遗悔。

立德极为艰难,沧海横流,若没有至强至紧的心性,又怎么经受得起世俗风浪的冲击?何况要立德就必须时时以高洁自励。在红尘之中,卓然如鹤立鸡群，衬出了宵小之辈的丑陋，是很遭嫉恨的。孔子周游列国，孟子说梁惠王，都以失败而告终，非其理不立，非其言不当，而是因为它们的德操不为鼠虫之辈所容。反之，张仪、苏秦都无德可称，仅凭其如簧巧舌，就轻而易举地攫取了功名利禄。

一个才志超凡的人若勇于任事，敢为天下先，又有很好的机遇，也是可以建立一番功业的。古人说："难得而易失者，时也；时至而不旋踵者，机也。故圣人常顺时而动，智者必因机以发。"真要是时运相济，才志相称，立功往往只在指麾之间，否则，筚路蓝缕，胼手胝足，甚至杀身求仁，舍生取义，功业依然如九丈沙塔，百建难有一成。"戊戌六君子"爱国不可谓不深，运思不可谓不苦，用国不可谓不勤，最终却都惨死于屠刀之下，千秋功业也成了梦幻空花。自古以来，大才子大志士往往落魄失意，除了嗟叹"时哉命也"，又能如何？

志愿不酬，抱负不展，他们就只好退而立言，如顾炎武、王夫之等先贤，都最终走了这条路。对于他们来说，名山、事业乃是最后的依托。

世间立德者少有，而立功、立言者多见。最可笑的是，百无一能者也想功德圆满，不学无术者也想著作等身，尽管他们最终被讥为不自量力和糟蹋斯文，却使尘世添出许多喧嚣与烦聒。

厌于立德而惑于立功、立言，其结果往往走向意愿的反面。这样的功也就很难成为不世之功，这样的言也就很难成为不刊之言。

世人既惑于名，惑于利，也惑于情。

所谓男女之情，岂是风月二字这样简单？

情与欲其实不可分割，纯粹的情（仅指心灵成分）是很难孤立存在的，若不是少男少女的游戏，就是柏拉图主义者的侈谈。

唐朝诗人孟郊有一首《偶作》："利剑不可近，美人不可亲。利剑近伤手，美人近伤身。道险不在远，十步能摧轮。情爱不在多，一夕能伤神。"这首诗虽然有点危言耸听的意思，但也并非全无道理。

惑于情，自不免惑于色。我们自解的办法虽多，能收奇效的却根本没有。僧侣若遇到这种难题，或可以手捻檀珠，口中念念有词："色即是空，空即是色。"然而，常人身上却全无一点道行，又如何能视红粉即白

骨？这就难怪会有"冲冠一怒为红颜"的吴三桂,有"不爱江山爱美人"的温莎公爵。

孟子说:"食、色,性也。"但极情纵欲就完全超越了本性的限度,适足以使神智两伤。大丈夫伟男子虽然都是有情之人,但其脱俗之处是在于不受情爱的羁绊,他们能入能出,由于有大气概,因此才能成就波澜壮阔、多姿多彩的大感情。

少年惑于情爱,悔在其后;中年惑于情爱,悔则随之;老年惑于情爱,悔则立至。那些千金买笑的人就完全不值一晒了。

"三十而立,四十而不惑。"

孔子的这种界定未免失之简单了一些,因为惑与不惑并不以四十岁为分水岭。有的人终其一生仍在浓雾之中,找不到出路;有的人却早早地钻出了黑洞,见到光明。

我从来就没有断然决然的出尘之想,一则视为畏途,一则尚无觉悟。于名利也还没能修成视之如粪土的功夫,但我有明确的原则,正如孔子所说:"饭疏食,饮水,曲肱而枕之,乐亦在其中矣。不义而富且贵,于我如浮云。"如此坚守本心,"三立"之事庶几乎可成一二?至于情,我则完全抱着顺其自然的态度,似乎没有迷惑的危险。

世间往往有大困惑,尔后才有大觉悟,因此,不怕有惑于其前,只怕无悟于其后。

不惑,无疑是人生中一种大境界。

人 生 悟 语

抵达消失了欲望的彼岸,是一种境界,清新、平和、亲切、辽阔……驱除了冒险的经历,洗刷尽停顿的转机,让思绪自由翱翔,每个苹果对于无欲的人来说都是一个初升的太阳。壁立千仞,无欲则刚。无论感性还是理性,无论精致还是朴素,出发就能到达闪闪发光的未来……

(王 蕴)

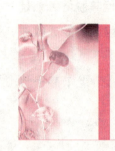

值得尊敬的成年人，一定是那种"直至成年依然童心未泯的人"。

精神明亮的人 _{王开岭}

—

上上世纪的一个黎明，在巴黎乡下一栋亮灯的木屋里，居斯塔夫·福楼拜在给最亲密的女友写信："我拼命工作，天天洗澡，不接待来访，不看报纸，按时看日出（像现在这样）。我工作到深夜，窗户敞开，不穿外衣，在寂静的书房里……"

"按时看日出"，我被这句话猝然绊倒了。

一位以"面壁写作"为誓志的世界文豪，一个如此吝惜时间的人，却每天惦记着"日出"，把再寻常不过的晨曦之降视若一件盛事，当作一门必修课来迎对……为什么？

它像一盆水泼醒了我，浑身打个激灵。

我竭力去想象、去模拟那情景，并久久地揣摩、体味着它——

陪伴你的，有刚刚苏醒的树木，略含咸味的风，玻璃般的草叶，潮湿的土腥味，清脆的雀啾，充满果汁味的空气……还有远处闪光的河带，岸边的薄雾，怒放的凌霄，绛紫或淡蓝的牵牛花，隐隐战栗的棘条，月挂树梢的氤氲，那蛋壳般薄薄的静……

从词的意义上说，黑夜意味着"偃息"和"孕育"；而日出，则象征着一种"诞生"，一种"升蠢"和"伊始"，乃富有动感、汁液和青春性的一个

词。它意味着你的生命画册又添置了新的页码,你的体能电池又充满了新的热力。

正像分娩决不重复,"日出"也从不重复。它拒绝抄袭和雷同,因为它是艺术,是大自然的最重视的一幅杰作。

黎明,拥有一天中最纯澈、最鲜泽、最让人激动的光线,那是生命最易受鼓舞、最能添置信心和热望的时刻,也是最能让青春荡漾、幻念勃发的时刻。像含有神性的水晶球,它唤醒了我们对生命的原初印象,唤醒体内某种沉睡的细胞,使我们看到远方的事物,看清了险些忘却的东西,看清了梦想、光阴、生机和道路……

迎接晨曦,不仅仅是感官愉悦,更是精神体验;不仅仅是人对自然的欣赏,更是大自然以其神奇力量作用于生命的一轮撞击。它意味着一场相遇,让我们有机会和生命完成一次对视,有机会认真地打量自己,获得对个体更细腻、清新的感受。它意味着一次洗礼,一次被照耀和沐浴的仪式,赋予生命以新的索引,新的知觉,新的闪念、启示与发现……

"按时看日出",是生命健康与积极性情的一个标志,更精神明亮的标志!它不仅仅代表了一种生存姿态,更昭示着一种热爱生活的理念,一种生命哲学和精神美学。

透过那橘色晨曦,我触摸到了一幅优美剪影:一个人在给自己的生命举行升旗!

二

与福楼拜相比,我们对自然又是怎样的态度呢?

在一个普通人的生命中,有过多少次沐浴晨曦的体验? 我们创造过多少这样的机会?

仔细想想,或许确实有过那么一两回吧。可那又是怎样的情景呢? 比如某个刚下火车的凌晨——睡眼惺忪,满脸疲态的你,不情愿地背着包,拖着慵懒灌铅的腿,被浩荡人流推搡着,在昏黄的路灯陪衬下,

涌向出站口。踏上站前广场的那一刹，一束极细的猩红的浮光突然鱼鳍般拂了你一下，吹在你脸上——你倏地意识到：日出了！但这个闪念并没有打动你，你丝毫不关心它，你早已被沉重的身体击垮了，眼皮浮肿，头昏脑涨，除了赶紧找地儿睡一觉，你什么也不想，一刻也不愿再多呆……

或许还有其他的机会，比如登泰山、游黄山什么的：蹲在人山人海中，蜷在租来的军大衣里，无聊而焦急地看夜光表，熬上一宿。终于，当人群开始骚动，在啧啧称奇的欢呼声中，大幕拉开，期待已久的演出开始了……然而，这一切都是在混乱、嘈杂、人声鼎沸和拥挤不堪中进行的。越过无数的后脑勺和下巴，你终于看到了，那个与电视里一模一样的场面——像升国旗一样，规定时分、规定地点、规定程序。你突然惊醒：这是早就被设计好了的，早就被导游、门票和游览图计划好了的。美是美，但就是感觉有点儿不对劲：不自然，有人工痕迹，且谋划太久，准备得太充分，不免"主题先行"的味道，像租来的、买来的……

而更多的人，或许连一次都没有！

一生中的那个时刻，他们无不蜷缩在被子里。他们在昏迷，在蒙头大睡，在冷漠地打着呼噜——第一万次、第几万次地打着呼噜。

那光线永远照不到他们。照不见那萎靡的身体和灵魂。

三

放弃早晨，意味着什么呢？

意味着你已先被遗弃了；意味着你所看到的世界是"旧"的，和昨天一模一样的"陈"，仿佛一个人老是吃经年发霉的粮食，永远轮不上新的，永远只会把新的变成旧的；意味着不等你开始，不等你站在起点上，就已被抛至中场，就像一个人未谙童趣即已步入中年。

多少年，我都没有因光线而激动的经历了。

上班的路上，挤车的当口，迎来的已是煮熟的光线，中年的光线。

即使你偶尔起个大早，忽萌看日出的念头，又能怎样呢？

都市的晨曦，不知从何时起，早已变了质——高楼大厦夺走了地平线，灰蒙蒙的尘霾，空气中老有油乎乎的腻感，老有挥之不散的汽油味，即使你捂起了耳朵，也挡不住来往的车辆的喇叭声。没有真正的黑夜，自然也就无所谓真正的黎明……没有纯洁的泥土，没有旷野远山，没有庄稼地，只有牛角一样粗硬的黑水泥和钢化砖。所有的景色，所有的目击物，皆无施洗过的那种鲜艳与亮泽、那种蔬菜般的翠绿与寂静……你意识不到一种"新"，感受不到婴儿苏醒时的那种清新与好奇，即使你大睁着眼，仍觉像在昏沉的睡中。

四

千禧年之际，不知谁发明了"新世纪第一缕曙光"这个诗化概念，尔后，又吸引了"文化搭台，经济唱戏"的政府投资，再经权威气象人士的加盟，竟打造出了一个富有科技含量的旅游品牌。为此，浙江的临海和温岭还发生了"曙光节之争"（南京紫金天文台将"曙光"赐予了临海的括苍山主峰，北京天文台则咬定在温岭，最后双方达成协议，将"曙光"大奖正式颁给了吉林珲春。）一时间，媒体纷至沓来，电视现场直播，鞍马争趋，庙门披红，门票陡涨，那峦顶便成了寸土寸金的摇钱树，其火爆程度俨然当年大气功师的显灵堂，香客们的虔诚劲儿仿佛领受佛祖之洗礼……

其实，大自然从无等级之别，时间符号只是人为地制造，对大自然来说，根本不存在厚此薄彼的所谓"新世纪""第一缕"……看日出，本是一种私人性极强、朴素而平静的生命美学行为，而一旦搞成热闹的集市，搞成一场阵容豪华的商业演出，也就失去了其本色的自然含义。想想我们平日的冷漠与昏迷，想想每天的昏头大睡，这种对"光阴"的超强重视简直是一种讽刺。

对一个习惯了对自然的漠视、又素无美学心理积淀的人来说，即使那一刻，你花大价钱购下了山的最黄金的制高点，你又能领略到什么呢？又能比别人多争取到什么呢？

爱默生在《论自然》中道："实际上，很少有成年人能够真正看到自然，多数人不会仔细地观察太阳，至多他们只是一掠而过。太阳只会照亮成年人的眼睛，但却会通过眼睛照进孩子的心灵。一个真正热爱自然的人，是那种内外感觉都协调一致的人，是那种直至成年依然童心未泯的人。"

应该说，真正热爱日出的，像福楼拜，即这种童心未泯的人。还有梭罗、史蒂文森、普里什文、蒲宁、爱德华兹……我甚至敢断言，假如他们能活到今天，在那所谓"第一缕曙光"照着的地方，一定找不着他们的身影。

无论何时何地，我们只有恢复孩子般的好奇与纯真，只有像儿童一样精神明亮、目光清澈，才能对这世界有所发现，才能比平日看到更多，才能从最平凡的事物中注视到神奇与美丽。而成人世界里，几乎已没有真正生动的自然，只剩下了桌子和墙壁，只剩下了人的游戏规则，只剩下了同人打交道的经验和逻辑……

背叛童年的成年人算什么人呢？混沌、黯淡、萎靡、失明……

值得尊敬的成年人，一定是那种"直至成年依然童心未泯的人"。

人生悟语

灵魂总会在穿越一片黑夜后才能到达彼岸——那是那片崭新的天地，如新生儿般的新鲜、光明，那是一份属于天地的澄澈童心。人生是一次冒险的旅程，肩负着热爱生命、热爱生活的责任和诉求。不管命运多么多舛，只要心中喷薄着对生命的渴求，就不会辜负快乐、坦荡的童年的梦，就能走到人生的最高境界。　　（王　蕴）

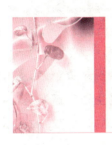

作家是需要寂寞的滋润的；徐先生舍不得清理满抽屉的旧东西；这些东西现在是买不到了，也没人买。作家越来越少了。

满抽屉的寂寞 （中国香港）董 桥

一

朋友谈天谈起徐讦先生的小说，谈起徐先生过世 4 年多了，谈起我没有写过纪念徐先生的文章。我说我尊敬的好几位前辈先后过世，我都写不出悼念文章。悼念文章不容易写；天下好文章都要有布局，一有布局，难免都有点造作，有点假；说文章写得"真"，写得"情见乎词"，其实意思是说文章布局好，假得好，造作得好，弄假成真。悼念的心情是真的，写出来恐怕失去真情，只剩美好得太厉害的辞藻，那就不好了。

我很清楚怎么样写的文章才是好文章，自己写文章一向求好求精，真怕为了"练"出一篇上好的悼念文章，把自己对死者的真感情都给"练"死了。生平最怕读一些故意放下许多感情进去写的文章。感情真那么多、那么容易流露出来，这世界一定单纯得多了。写文章是智力的活动，不可太动感情，动了太多感情就不该写文章。我写文章一向冷静、用功，很辛苦，悼念一个人的时候很难同时冷静用功地去做这样辛苦的工作。

徐先生过世 4 年多了，"悼念"他的心情早已经平静下来了，剩下的是偶然对他的怀念。"悼念"是动态的，"怀念"是静态的。朋友交往好像也有动态静态之分，我和徐先生交往是"静态"的。

二

60年代末期徐先生办《笔端》，我投了一篇稿子去，他来信约见面。第一次见面没谈什么，只记得他说杂志计划分期评介几位英美作家，要我试着写一写。我当时没有固定职业，经济负担又重，一口答应他。这以后，我大概给《笔端》写了好几篇东西，徐先生很了解我，又介绍我在一家报纸上翻译小说，天天连载，增加收入。我们成了可以聊天的朋友。

有一次跟徐先生见面吃晚饭，他穿一件黑衬衫，打一条白领带，整齐、考究极了，我竟无端想起毛姆和毛姆的小说。徐先生小说的文字欧化得很流畅，很有风格；人物的意识形态也不带什么中国传统味道，动作、感情都有几分洋味儿；他写小说又喜欢用第一人称，读起来更像毛姆。那天我故意跟徐先生大谈毛姆，徐先生听了说：

"毛姆的东西我看得不多！"

说得实在技巧。徐先生的《江湖行》是很有中国乡土味道的小说。Lord David Cecil说毛姆的短篇小说都是很有功力的"故事"，可是毛姆的创作想象力平平无奇，因此，毛姆始终不能运用自己的生活体验把读者带进一个"特殊的世界"里去。哈代笔下的Dorset村很像Dorset村，甚至比真的还要真；珍·奥斯汀写宴会漂亮得像一场真的宴会，可是完全是从作者眼中的宴会写宴会，所以比真宴会多了许多东西。徐先生的创作想象力可能不比毛姆高许多，但是，徐先生把眼中看到的中国社会中国人物想象成受西方思想影响的中国社会中国人物，他笔下的故事总是浮现出一种奇异的气氛，把中国读者带进一个"特殊的世界"里去。于是，在中国，1943年是徐訏年。《江湖行》的文字虽然干净，故事虽然动人，但是，徐訏在这本书里遗失了使徐訏成功的徐訏：徐訏走出了徐訏的天地，却找不到徐訏自己。可以在中国文学史上构成一个"整体的徐訏"的，仍然是《荒谬的英法海峡》、《精神病患者的悲歌》、《吉卜赛的诱惑》、《鬼恋》、《风萧萧》、《盲恋》等代表徐讦特殊的、西化的创作想象力的作品。

作家不要轻易走出自己苦心经营起来的天地。《江湖行》没有毁掉徐先生的既定地位，《江湖行》也没有提升徐先生的既定地位；《江湖行》成了徐讦的私生子，成了一本寂寞的书。

三

说寂寞，徐先生是很寂寞的。他从来不"老"，可是他很"旧"，"旧"得很有趣，像一个堆满旧钢笔、旧信封、旧钱包、旧护照、旧打火机、旧照片的抽屉。他不太给人打电话，有事宁愿写信，长信短信都写得很清雅。喜欢用闲章，信纸上盖一枚"三不足斋"的红印。他当然不用原子笔，对钢笔笔尖尤其挑剔，不然也不会画出那么别致的签名，他喜欢给自己的书设计封面，用亲笔抄写制版《画眉篇》的衬底。他写白话诗绝不辛苦，但读来有诗的味道，即使不分行也读得出是诗。他写的英文字很像欧洲文人的笔法，笔头粗，字形挺直，字体幼小，连着写几行特别好看。

徐先生心情既然那么"旧"，晚年写的《忆人念事》文章越发清淡得到家。我总觉得他应该住在巴黎的旧客栈里，上半天躲在房间里写东西，中午到附近酒馆吃午饭，回去睡午觉，傍晚出去喝一杯开胃酒，吃晚饭，然后去听音乐，看歌剧，跟朋友在咖啡馆里聊天聊到半夜。徐先生是典型的老作家，很 private，很喜欢打开窗子让街上的寂寞飘进自己的房间里来。徐先生的寂寞是他给自己的人生刻意安排的一个情节，一个布局，结果弄假成真，很有感染力，像他的小说。作家是需要寂寞的滋润的；徐先生舍不得清理满抽屉的旧东西；这些东西现在是买不到了，也没人买。作家越来越少了。

今天是不是我超越他人的机会?今天是我生命中的最后一天。

假如今天是我生命中的最后一天

[美]奥格·曼狄诺

假如今天是我生命中的最后一天。

我要如何利用这最后、最宝贵的一天呢?首先,我要把一天的时间珍藏好,不让一分一秒的时间滴漏。我不为昨日的不幸叹息,过去的已够不幸,不要再赔上今日的运道。

时光会倒流吗?太阳会西升东落吗?我可以纠正昨天的错误吗?我能抚平昨日的创伤吗?我能比昨天年轻吗?一句出口的恶言,一记挥出的拳头,一切造成的痛,能收回吗?

不能!过去的永远过去了,我不再去想它。

假如今天是我生命中的最后一天。

我该怎么办?忘记昨天,也不要痴想明天。明天是一个未知数,为什么要把今天的精力浪费在未知的事上?想着明天的种种,今天的时光也白白流失了。祈盼今早的太阳再次升起，太阳已经落山。走在今天的路上，能做明天的事吗？我能把明天的金币放进今天的钱袋吗？明日瓜熟，今日能蒂落吗？明天的死亡能将今天的欢乐蒙上阴影吗？我能杞人忧天吗？明天和明天一样被我埋葬。我不再想它。

今天是我生命中的最后一天。

这是我仅有的一天，是现实的永恒。我像被赦免死刑的囚犯，用喜悦的泪水拥抱新生的太阳。我举起双手，感谢这无与伦比的一天。当我想到昨天和我一起迎接日出的朋友，今天已不复存在时，我为自己的幸存，感激上苍。我是无比幸运的人，今天的时光是额外的奖赏。许多强者都先我而去，为什么我得到这额外的一天？是不是因为他们已大功告成，而我尚在旅途跋涉？如果这样，这是不是成就我的一次机会，让我功德圆满？造物主的安排是否别具匠心？

今天是不是我超越他人的机会？今天是我生命中的最后一天。

生命只有一次，而人生也不过是时间的累积。我若让今天的时光白白流失，就等于毁掉人生最后一页。因此，我珍惜今天的一分一秒，因为他们将一去不复返。我无法把今天存入银行，明天再来取用。时间像风一样不可捕捉。每一分一秒，我要用双手捧住，用爱心抚摸，因为他们如此宝贵。垂死的人用毕生的钱财都无法换得一口生气。我无法计算时间的价值，它们是无价之宝！

今天是我生命中的最后一天。

我憎恨那些浪费时间的行为。我要摧毁拖延的习性。我要以真诚埋葬怀疑，用信心驱赶恐惧。我不听闲话，不游手好闲，不与不务正业的人来往。我终于醒悟到，若是懒惰，无异于从我所爱之人手中窃取食物和衣裳。我不是贼，我有爱心，今天是我最后的机会，我要证明我的爱心和伟大。

今天是我生命中的最后一天。

今日事今日毕。今天我要趁孩子还小的时候，多加爱护，明天他们将离我而去，我也会离开。今天我要深情地拥抱我的妻子，给她甜蜜的热吻，明天她会离去，我也是。今天我要帮助落难的朋友，明天他不再求援，我也听不到他的哀求。我要乐于奉献，因为明天我无法给予，也没有人来领受了。

今天是我生命中的最后一天。

如果这是我的末日，那么它就是不朽的纪念日。我把它当成最美好的日子。我要把每分每秒化为甘露，一口一口，细细品尝，满怀感激。我要每一分钟都有价值。我要加倍努力，直到精疲力竭。即使这样，我还要继续努力。今天的每一分钟都胜过昨天的每一小时，最后的也是最好的。

假如今天是我生命中的最后一天……

如果不是的话，我要跪倒在上苍面前，深深致谢。

人 生 悟 语

人生短暂，即使活上一百岁，也就只有3万多天。每个生命都不仅仅属于自己，更属于身边那些孜孜不倦地付出爱的人。珍惜那份存在，珍视那份拥有，珍重那份期待，人才有了生活的力量和向往。战胜病与痛，自信，阳光，生命自会熠熠闪光。　　　　(王　蕴)

我们在寂寞的人生途程中一路走来，应珍视入眼的每一朵花。

每朵花都有盛开的理由 张丽钧

在电视上看"十佳教师"的事迹报告，看着看着，眼泪就蜇疼了眼睛。他们当中有一位姓方的女教师，讲述了发生在她身上的真实故事。

方老师的丈夫在外地工作，他们有一个 4 岁的女儿；方老师教初三数学，同时担任一个班级的班主任工作。那年夏初，复习进入了白热化阶段。方老师每天早晨 6 点以前赶到学校，晚上 10 点以后才能回家。上幼儿园的孩子每天先随她到学校，等她安顿好工作后再送到幼儿园；晚上 7 点钟，她将孩子从幼儿园接回家，拔掉所有的电器插头，再将玩具堆放在女儿面前，然后反锁上家门到学校去辅导学生晚自习。

有一天，学校要进行模拟考试，一大早，女儿说自己"特别冷"，方老师摸摸她的额头，感觉有一点发热，但她没在意。晚上她把女儿接回家，女儿又说"特别困"，方老师便让女儿睡觉，自己急匆匆赶到学校去看学生晚自习。第二天，孩子说没力气起床，要求不上幼儿园了，在家里玩一天。她也就答应了。第三天，孩子说眼睛看不见东西，方老师便带女儿去医院检查。结果，医生说，孩子因为高烧，角膜已经软化穿孔，彻底失明了……方老师讲到这里不由得呜咽起来。但她平静了一下情绪，马上接着说："那一届学生十分争气，有一半学生考上了省重点高中。虽说为了他们的成功我付出了高额代价，但我觉得值！他们的成功是我一生的安慰与自豪！"

我的心，在那一刻碎了！这个伟大的方老师，竟可笑地认为送走几个成绩优秀的学生就可以抵消她对一个无辜女孩所犯下的罪过！她把那个可怜的女童看成了自己的私有财产，以为牺牲掉孩子正显示母亲无比高尚的情操！最可怕、最可恨的是把这件事视为"卖点"的评委们，他们究竟想通过方老师这个让人椎心泣血的故事标榜什么？

有些人生课业，错过了就永远错过了，我们终其一生都休想寻到弥补的机会；而有些人生课业，错过后几乎每天都有弥补的机会，我们为什么一定要愚蠢地用"无机会"去给"有机会"殉葬呢？我们的教育应该摒弃那些非人性的东西。不要总去夸耀一个老师身患重疾置生死于度外毫不吝惜地抛洒生命；不要总去夸耀一个校长因为考季来临工作紧张便不去为老父亲送葬；不要总去夸耀一个母亲为了不耽误孩子的学习,在自己的婆母临终前都不满足她看一眼孙子的愿望……

我们在寂寞的人生途程中一路走来,应珍视入眼的每一朵花。在花枝下自觉地低头,不要莽撞地碰落了她。给她浇水,对她微笑,鼓励她努力延续美丽的花期——不是吗?

❧ 人 生 悟 语 ❧

生命对谁都不是永恒,它能承受多大的重量,能有如何的韧性?为了一些可以弥补的理由而耽误了真正珍贵的生命,这是愚昧的象征,是冷酷、残忍的无能。每朵生命的浪花都该归于灿烂的阳光,在自己的天地活泼地成长,在匆匆逝去的时光中拔节,散发光芒。

(王 蕴)

当一个人还年轻的时候,他最大的资本就是他的清白记录,如果他不保护这个记录,他很快就会变得污浊丑恶。从人的本质意义上说,失去了清白便失去了一切。

清白的记录 潘向黎

有一个熟人,是我的同龄人,读大学时就认识的。我们不是同一个学校,但知道他是个活跃人士,并且早早就有了市场意识,在大家还在闷头读书的时候,已经知道编娱乐手册挣稿费,去外地旅游时在边远地区为当地人拍照,挣回一部分车钱。我们来往不多,关于他的故事大多是听说的,对于当时的我来说太"前卫"了,理解有些困难,所以他并没有给我太深的印象。他毕业后到北京工作,我们就再没有见过面。

十年一转眼就过去了，没有想到和他又见面了。他出差来上海，有事找我。办完了正事，我们几个年轻朋友就找了家茶馆开始大泡特泡。话题很多。关于北京和上海这些年的变化——同龄人的看法永远比报纸上、电视里的信息更有参照意义，有关自己这些年的经历——我们都有了不少变化，对现状的感觉与今后的打算，还有天南海北各种奇闻怪事……

　　这种谈话通常都很愉快，没想到的是，因为这次谈话，这个 10 多年前就认识的人却给我留下了深刻的印象——直到现在我才肯定，我不会忘记他了。

　　他说起他前几年在南方的 Z 市经商的事。当时他和朋友合伙在 Z 市注册了一个公司，做进出口贸易，初见成效。因为他在北京还有工作，所以他让那个朋友负责 Z 市的日常事务，有大事和他联系或者他飞过去处理。

　　"那时候，已经挣了 200 多万的家当了，我们说好全都放在公司里，个人不吃不用，把生意做大。结果有一天，一个电传过来，是我们的客户，说我们公司没有按期付款。我打电话找我的合伙人，哪儿都找不到他，我意识到有问题，马上飞过去。打开公司门，我眼前顿时一黑，整个公司都空了，除了家具还在，所有的东西都没有了，当然我的那个朋友也没有了踪影。有人告诉我他出国了。不用说他带走了所有的钱。留给我的，是一张国际长途电话账单，还有拖欠的房租和各种账单，共有 10 万块。我当时就傻了，整个脑子都乱糟糟的。从心里说我觉得我是受害者，我的钱让人卷走了，根本没有理由要我付这些账单，我真想一走了之。可是我又觉得这样不行，公司是我的，出这种事是我看错人，错了就应该承担责任。更何况，我是一个前程远大的人，我不能让自己这辈子永远不能到 Z 市。我要自己能堂堂正正地到任何地方。"

　　故事的结局是：他将个人的积蓄倾其所有付清了账单，向一个朋友借了机票钱回了北京。他当然没有就此灰心，又重新开始干起了别的。而那个合伙人，听说有人在泰国看见过他。"我想想，他比我惨，他不敢回来了。我觉得自己当初绝对是作了一个英明的决定。"

如果不是身处一个只问结果、不问过程、巧取豪夺和欺世盗名畅通无阻的时代，无法理解我们听到这番话的感动。我对经商没有兴趣，也无从判断他是不是一个有经营才能的人，只是当我听到他说"我是一个前程远大的人"时，我相信他会有所作为的，不管是哪个方面，这是迟早的事。一个人在那样的情况下，没有惊慌失措，没有自怜自艾，更没有放弃一切，仍然对自己抱着很高的期望和自信，这样的人应该是有出息的，否则这世界就彻底疯了。

觉得自己前程远大、是做大事的人，对人的影响也是截然不同的，有人处处严格要求自己，尤其在大事上坚持原则，认为"暗室欺心，君子不为"；有人却觉得自己可以随便放任，不屑于遵守规范，反正"成则为王，败则寇"。

可是，当一个人还年轻的时候，他最大的资本就是他的清白记录，如果他不保护这个记录，他很快就会变得污浊丑恶。从人的本质意义上说，失去了清白便失去了一切。无论攫取多少东西都不是成功，即使赢得了世界，也必履危机。因为占有的越多只说明他伤天害理的事干得越多。一旦失败没有人会伸出援手，于是"眼看他起高楼，眼看他楼塌了"。

雁过留声，人过留名。一个人如果在某地做了缺德亏心的事，他就很难再到那里，别人的鄙视与不信任，使那个地方成为他的禁地；同样，一个人如果对朋友做了损人利己、情理难容的事，那么这个朋友也就成了他不敢见的人。一个志向远大的人，确实是不肯让自己轻易有这样不敢去的地方、不敢见的人的。换言之，每个志向远大的人，必然有这种自我意识，要让自己永远可以堂堂正正地到任何一个地方、见任何一个人，拒绝一时得益而后心虚、躲避、脸红、眼神闪烁的小人态。

我也认为我的这位同龄人当初做了一个"绝对英明的决定"。听见他这样平静如水地说自己的失败，看见他脸上的坦然、眼睛里未折断的锋芒，我不禁在心里为他击节叫好：

好样的，我的同龄人！

剩下的事，就是看他在成功的路上能走多远，并且为他祝福。

有人告诉我,暗示真的很有用。你告诉自己,你是一个一般的人,你就真的只能做一个普通人;你告诉自己,你一定会成功,结果是你一定比那些没有信心的人更成功。坚信自己会成功,所以,留一份清白的记录,千万不要玷污自己的未来。　　　　(王　蕴)

生命末日之前,还将大量创作,大量毁灭。愿创作多于毁灭!

毁　　画 吴冠中

　　20 年前我住在前海北沿时,附近邻居生了一个瞎子婴儿,我看着这双目失明的孩子一天天成长,为他感到悲哀,他将度过怎样的一生!我想,如果这孩子是我自己,我决不愿来到人间;但父母总是珍惜自己的小生命,千方百计养育残疾的后代。作者对自己的作品,当然会体会到父母对孩子的心情。学生时代撕毁过大量习作,那是寻常情况,未必总触动心弦。创作中也经常撕毁作品,用调色刀戳向画布,气愤,痛苦,发泄。有时毁掉了不满意的画反而感到舒畅些,因那无可救药的"成品"不断在啮咬作者的心魂。当我在深山老林或边远地处十分艰难的条件下画出了次、废品,真是颓丧之极,但仍用油布小心翼翼保护着丑陋的画面背回宿处,是病儿啊,即使是瞎子婴儿也不肯遗弃。

　　数十年风风雨雨中作了大批画,有心爱的、有带缺陷的、有很不满意但浸透苦劳的……任何一个探索者都走过弯路和歧途,都会留下许多失败之作、蹩脚货,暴露真实吧,何必遮丑,然而,换了人间,金钱控制了人,

第十辑 精神明亮的人

进而摧毁了良知和人性。作品于今有了市价，我以往送朋友、同学、学生、甚至报刊等的画不少进入了市场，出现于拍卖行。20 世纪 50 年代我作了一组井冈山风景画，当时应井冈山管理处的要求复制了一套赠送作为藏品陈列。后来我翻看手头原作，感到不满意，便连续烧毁，那都属于探索油画民族化的幼稚阶段，但赠管理处的那套复制品近来却一件接一件在"佳士得"拍卖行出现。书画赠友人，这本是我国传统人际关系的美德，往往不重金钱重友情。郑板桥赠友之作并不少，他那篇出色的润笔词我是当做讽刺人情虚伪的鲁迅式杂文来读的。

艺术作品最终成为商品，这是客观规律，无可非议。但在一时盛名之下，往往不够艺术价值的劣画也都招摇过市，欺蒙喜爱的收藏者，被市场上来回倒卖，互相欺骗。我早下决心要毁掉所有不满意的作品，不愿谬种流传，开始屠杀生灵了，屠杀自己的孩子；将有遗憾的次品一批批，一次次张挂起来审查，一次次淘汰，一次次刀下留人，一次次重新定案。一次次、一批批毁，画在纸上的，无论墨彩、水彩、水粉，可撕得粉碎；作在布上的油画只能用剪刀剪，剪成片片。作在三合板上的最不好办，需用油画颜料涂盖。儿媳和小孙孙陪我整理，他们帮我展开 6 尺以上的巨幅一同撕裂时也满怀惋惜之情，但惋惜不得啊！我往往叫儿媳替我撕，自己确乎也有不忍下手的隐痛。画室里废纸成堆了，于是儿媳和阿姨抱下楼去用火烧，我在画室窗口俯视院里在熊熊之火中飞起的作品的纸灰，也看到许多围观的孩子和邻居们在交谈，不知他们说些什么。画室里尚有一批覆盖了五颜六色的三合板，只能暂时堆到阳台上去，还不知能派什么用场，记得困难时期我的次品油画是用来盖鸡窝的。

生命末日之前，还将大量创作，大量毁灭。愿创作多于毁灭！

人 生 悟 语

　　都说作品是艺术家的孩子，那么那些有缺陷的作品就如同是艺术家生出的残疾儿。父母抚育残疾儿，是使命感；而艺术家毁弃残疾作品，则是责任心。殊途同归，一样的大情怀！　　　　（王 蕴）